CONTRAT INDÉCENT

CRYSTAL KASWELL

D1730514

Traduction par
ANGELIQUE MOREAU

Traduction par
VALENTIN TRANSLATION

Contrat Indécent
Droits d'auteur © 2015-2020 Crystal Kaswell.
Écrit par Crystal Kaswell.
Traduction par Angelique Moreau et Valentin Translation.
Couverture par Hang Le.

Chapitre Un

L e manager jette un regard rapide à mes chaussures à talons bon marché et à ma jupe droite trop large, et il secoue la tête.

— Désolé, mais la place est déjà pourvue.

Il me reluque la poitrine et hausse un sourcil. *Peut-être accepteriez-vous un autre type de travail ?*

Je ravale l'insulte qui me monte dans la gorge.

— Savez-vous quand vous allez réembaucher ?

— Ce ne sera peut-être pas pour tout de suite.

— Pensez à moi. J'ai beaucoup d'expérience.

Pas vraiment celle qu'il recherche, mais je suis une bonne serveuse.

Il prend mon CV, mais garde les yeux braqués sur ma poitrine.

— Désolé, ma belle, on a des critères bien spécifiques.

Oui, j'imagine.

J'inspire profondément, mais ça ne me calme pas. Ce gars n'est rien ni personne. Il ne va pas me mettre en rogne. J'ai rencontré des milliers de connards pires que lui, qui se croient tout permis.

Et j'en croiserai des tas d'autres ce soir.

C'est ce qui arrive quand on travaille dans un lieu un peu huppé.

Je le remercie d'un hochement de tête et je sors lentement du restaurant.

J'avance d'un pas souple et naturel. Enfin, autant que j'en suis capable avec ces putains de talons.

Dehors, l'air est glacial, même pour New York au mois de mars. Le ciel blanc est alourdi par des nuages gris gorgés de pluie.

Généralement, j'aime la bruine. J'aime que le temps soit changeant : les hivers enneigés, les printemps pluvieux, les étés humides, les automnes frisquets.

Mais aujourd'hui, pas vraiment.

Je fourre la main dans mon sac pour récupérer mon téléphone. Lizzy va me remonter le moral. Comme toujours.

Un pas de plus et j'emboutis quelque chose de solide.

Non, c'est quelqu'un. Des vêtements en laine délicate sur un corps ferme.

Ma jambe s'accroche à la sienne. Je crois que c'est un homme.

Ma cheville se tord.

Merde !

Je tends les bras devant mon visage pour amortir ma chute.

Aïe. Le béton me fait mal. Et il est glacé !

— Ça va ? demande une voix profonde.

Effectivement, c'est bien un homme. Particulièrement viril. Sa voix est masculine. Il y a quelque chose derrière son timbre posé. Quelque chose qui me fait oublier que je suis étalée à terre, le béton humide mouillant ma jupe.

— Ça va.

Il porte des chaussures de grand luxe. En cuir. De

marque. Chères. Son pantalon est taillé à la perfection. Il est gris, en laine. Et il dissimule de longues jambes.

Son manteau de laine noire tombe jusqu'à mi-cuisses. Entièrement boutonné, il dissimule son torse et encadre des épaules larges.

Il baisse vers moi des yeux bleus qui semblent exprimer… quelque chose. Je ne sais pas vraiment quoi. J'ai du mal à me retenir de le regarder dans les yeux.

Ils sont magnifiques, ses yeux.

Et il a une belle mâchoire carrée. Le genre de mâchoire qui irait bien sur une sculpture.

Ou chez un prince de Disney.

C'est le mec le plus beau que j'ai vu depuis des mois.

Et je suis étalée par terre à le regarder comme une idiote.

Super !

— Je… euh… Vous devriez regarder où vous allez.

Je ramasse mon sac et le glisse sur mon épaule.

Il se penche et me tend la main.

Bon.

Apparemment, c'est un gentleman.

C'est bizarre, mais ça lui va bien, avec l'image de prince charmant qu'il renvoie.

Je lui prends la main. Ça me fait quelque chose. L'air devient plus vif, plus électrique. Une vague de chaleur part de ma paume, descend le long de mon bras, traverse mon buste.

C'est une main forte, mais sans callosités.

Et ce costume…

Ce regard qui exprime *j'obtiens toujours ce que je veux*.

Je connais ce type. Enfin, je connais son genre.

Il est super riche.

C'est le genre d'homme surpuissant qui contrôle tout.

— Vraiment, ça va.

Je me remets debout. Ou peut-être est-ce lui qui me redresse. Peu importe. Je fais un pas vers l'angle de la rue – la station de métro n'est qu'à quelques pâtés de maisons –, mais ma cheville proteste. Merde ! C'est douloureux.

Il me presse la main plus fort.

— Asseyez-vous, dit-il en désignant du menton le banc qui se trouve derrière nous. Si vous êtes en mesure de marcher.

— Je n'ai pas besoin de votre aide.

— Oh, vraiment ?

Il hausse un sourcil et désigne du menton ma chaussure, comme pour dire *remettez-la, alors*.

Oh.

J'ai perdu une chaussure.

Mais inexplicablement, mon pied n'a pas froid.

Aucune partie de mon corps n'a froid.

Il est tellement… désagréable, à me donner des ordres de la sorte.

Et incroyablement, douloureusement attirant.

Je déplace mon poids sur mon autre cheville, mais je parviens à peine à garder l'équilibre.

— Il faut que j'aille au travail.

— Vous irez au travail, faites-moi confiance.

Il glisse un bras sous le mien comme une béquille humaine, puis me fait asseoir sur le banc.

Son contact me réconforte.

Ça devrait plutôt m'effrayer. Ce mec est un parfait inconnu. Je ne sais même pas comment il s'appelle.

Mais en fait, pas du tout.

C'est apaisant.

Tendre.

Bien sûr, ça ne signifie rien.

C'est simplement que ça fait tellement longtemps que personne ne m'a touchée avec prévenance ou attention.

J'inspire profondément. Ça n'aide pas à ralentir les battements de mon cœur.

— Comment vous appelez-vous ?

— Blake. Et vous ?

— Kat.

Ses yeux perçants trouvent les miens. Il plaque ses doigts contre ma cheville.

— Elle est foulée.

— J'ai connu pire.

Son regard est pénétrant, exigeant une explication.

Mais pourquoi ?

Il ne me connaît pas.

Il n'est absolument pas obligé de m'aider.

Il est quelqu'un et je ne suis personne.

Demain, il ne se souviendra même plus de moi.

Cela étant, j'ai envie d'effacer l'inquiétude dans son regard.

— Je faisais du cross-country au lycée.

Il hoche la tête, compréhensif.

— Je ne peux pas travailler avec une cheville foulée.

— Que faites-vous dans la vie ?

— Je suis serveuse.

Et je ne peux pas me permettre de ne pas travailler.

Je renvoie son regard au Mec Blindé. Blake. Son visage exprime toujours une note d'inquiétude. Il ne me laissera pas tranquille avant d'être certain que j'aille bien.

Et ce n'est pas comme si je pouvais m'éclipser en coup de vent. Pas avec ma cheville bousillée.

— Je mettrai de la glace quand je serai rentrée. Je le promets.

Il faudra que l'ibuprofène m'aide à survivre à mon service de ce soir. J'ai déjà survécu à la douleur, à l'époque où je courais tous les jours et pas seulement de temps en temps.

— Je me sentirais mieux si vous alliez aux urgences.

Je pince les lèvres et lui adresse le sourire que je réserve aux clients.

— Pas question.

— Où travaillez-vous ?

— Ce n'est pas loin. Je peux marcher.

— Je vous accompagne.

Il fait glisser ma chaussure sur mon pied.

Ses doigts me frôlent la cheville.

Son contact est doux. Tendre. Prévenant. Comme si nous étions des amants de longue date et non des inconnus.

Ça éveille tout en moi.

Je veux ces mains sur ma peau.

Sous ma jupe.

Qui m'arrachent mon chemisier.

Qui font glisser ma culotte jusqu'à mes genoux.

Je déglutis péniblement.

Je ne pense pas au sexe, en général. Et certainement pas avec de riches inconnus qui insistent pour m'accompagner au travail.

Blake.

Le Mec Blindé.

C'est pile-poil l'archétype du type grand et beau.

Si les choses étaient différentes, si Lizzy n'était pas à la maison, si je n'avais pas à aller au travail, je m'autoriserais peut-être à sortir avec lui.

On pourrait aller dîner. Prendre un verre. Passer la nuit à l'hôtel. Le genre d'hôtel qui a du personnel pour monter la garde. Pour plus de sûreté.

Je pourrais enfin perdre ma virginité.

Mais les choses sont différentes.

Je ne peux pas perdre de temps avec des inconnus.

Même s'ils sont riches.

Je me redresse.

— Je peux marcher toute seule.

Je fais un pas pour le prouver. Le premier se passe bien, mais je grimace au second. Je ne parviendrai peut-être pas à travailler avec cette cheville. Merde.

Il glisse ses bras sous les miens, se proposant à nouveau comme béquille.

Cette fois, j'accepte son aide sans protester.

— Vous ne devriez vraiment pas travailler avec une entorse.

Sa voix est posée. Impossible à déchiffrer.

— Cela ne vous regarde absolument pas.

Il hoche la tête et s'approche de moi.

— Je suis responsable. Je ne faisais pas attention.

— Vous l'admettez ?

— Je ne devrais pas ?

— Si.

Je fais quelques pas de plus. Ce n'est pas si grave. J'ai un jour de congé demain. Avec du repos, de la glace et à bloc d'antidouleurs, ça va aller.

— C'est simplement que… je sers pas mal de types comme vous.

— Beaux ?

Il… il plaisante. Je crois.

J'essaye de déchiffrer son expression, mais je me perds dans ses yeux magnifiques.

— Des hommes d'affaires, dis-je. Des types qui ont l'habitude d'obtenir ce qu'ils veulent.

— Et ils vous veulent pour dessert ?

— Parfois.

On me donne beaucoup de numéros de téléphone. Mais c'est normal. C'est pareil pour toutes les filles du restaurant.

— Ils n'acceptent pas qu'on leur dise non, généralement.

— Et moi ?

— Je dirais que vous êtes pareil.

Je parviens à poser tout mon poids sur mon pied. Ça fait mal, mais c'est tolérable. On tourne à l'angle de la rue. Ce n'est plus très loin.

— Ces types… ils n'aiment pas admettre qu'ils puissent avoir le moindre tort. Même s'ils commandent la mauvaise entrée. Ou oublient de me dire de ne pas mettre d'oignons.

— Je connais ce genre de personnes.

Il hausse un sourcil.

On traverse la rue. Je marche plus rapidement maintenant, au rythme de New York. Je tends le menton en direction du restaurant, à deux rues de là.

— Je suis arrivée. Je peux me débrouiller.

Je m'écarte de lui.

Ses bras retombent le long de son corps.

— Je ne suis guère différent.

Il tire quelque chose de sa poche arrière et me le tend.

C'est une carte de visite.

Blake Sterling. PDG de Sterling Tech. Une importante société. Lizzy est obsédée par eux. Elle utilise exclusivement leurs services web.

Blake est le PDG d'une des plus grosses boîtes d'informatique de New York.

Et il veut savoir comment je vais.

Chapitre Deux

M on service dure une éternité. Le temps que je m'écroule dans le métro, ma cheville palpite.

Deux personnes se pressent sur la banquette près de la mienne, deux trentenaires, un homme et une femme.

Il lui enroule les bras autour de la taille.

Elle lui grimpe sur les genoux.

Ils s'embrassent goulûment, comme s'ils participaient à une compétition pour se bouffer le visage.

Je me décale jusqu'au bout de la banquette, mais je ne peux pas échapper à leurs grognements.

C'est presque mignon comme ils se désirent. Ça doit être bien de désirer quelqu'un au point de vouloir faire frotti-frotta dans la rame L.

Est-ce que ce genre de choses plaît à Blake ?

Non. Il est bien trop poli pour baiser en public.

Cela dit, ce sont toujours les gens les plus discrets…

Je laisse ma tête se remplir d'idées au sujet du PDG stoïque. Des images se forment dans mon esprit. Une petite bande dessinée.

Une image de lui en costume. Blake qui monte dans le métro, ses yeux pétillants d'assurance. Blake ordonnant à une femme ravissante de retirer son manteau et de s'installer sur le banc.

Cela fait une éternité qu'une bande dessinée ne m'est pas venue à l'esprit, ne serait-ce qu'une image.

Autrefois, je passais mon temps libre à dessiner. Je voulais être dessinatrice.

Mais c'était avant l'accident.

C'était quand j'avais le temps et l'espace de penser à des choses comme les loisirs, les mecs et le sexe.

Je suis tellement perdue dans mes pensées que je manque rater mon arrêt.

Le couple excité ne s'arrête pas.

Je lutte contre la jalousie qui me remonte dans la gorge. J'aimerais me perdre comme ça.

Je descends sur le quai d'un pas aussi léger que possible. Mes chaussures de travail – des baskets épaisses, noires et anti-dérapantes – amortissent le choc. Mais pas suffisamment pour apaiser la douleur.

Généralement, j'adore rentrer chez moi à pied. Les immeubles de Manhattan se détachent sur le ciel sombre. Du métal argenté et des ampoules jaunes fluorescentes contre un bleu électrique. C'est une couleur qui n'appartient qu'à New York.

Je passe devant des rangées entières de bâtiments en grès. Quelques restaurants branchés. Des gens qui fument sur leurs perrons. Des voitures qui font le tour du pâté de maisons afin de trouver une place où se garer.

C'est tranquille près de notre appartement. Je gravis les marches du porche et vérifie le courrier. Des lettres rouges agressives forment le mot *impayé*. C'est la facture pour le crédit immobilier.

C'est une affaire en comparaison avec les loyers dans

les environs. Nos parents ont acheté cet endroit avant que Brooklyn ne devienne *le* lieu à la mode, mais c'est quand même une belle somme. Je pourrais me le permettre si j'avais un boulot comme celui que je n'ai pas obtenu aujourd'hui. Je pourrais même aider Lizzy à financer ses études.

Mais pour le moment…

Ma cheville passe en premier. Puis mon avenir.

Il y a beaucoup d'autres courriers publicitaires. Une facture d'électricité. *Une lettre de l'Université de New York.*

La lettre de Lizzy.

C'est épais. Comme un dossier.

Elle est acceptée.

Ça doit signifier qu'elle est acceptée.

Je me précipite à l'intérieur malgré mon boitement.

— Lizzy !

La lumière de sa chambre s'allume. Elle ouvre la porte et frotte ses yeux ensommeillés.

— Ce n'est pas toi qui me dis toujours qu'il faut que je dorme parce que j'ai cours demain ?

Je brandis la lettre.

— Quoi ? Attends.

Elle retourne dans sa chambre et revient équipée de ses lunettes noires à la mode. Elle écarquille les yeux.

— Je ne peux pas l'ouvrir.

— Il faut que tu le fasses.

C'est la meilleure nouvelle depuis très longtemps. Lizzy est acceptée. Ça veut dire qu'elle peut rester ici. Avec moi. Ma meilleure amie, la seule personne en qui j'ai confiance, peut rester.

— Non.

Elle lit l'expéditeur et pince les lèvres.

— Ouvre-la. Je t'en prie, Kat.

Elle plaque ses paumes l'une contre l'autre.

— Je ne peux pas. Je n'arrive même pas à penser correctement.

— Tu en es certaine ?

— T'ai-je déjà demandé ton aide quand je n'étais pas sûre de quelque chose ?

— M'as-tu déjà demandé mon aide ?

Elle éclate de rire.

— Je n'en ai jamais eu besoin.

C'est vrai. Je suis un peu… dominatrice. Je le sais. Mais je ne peux pas m'en empêcher. Lizzy a failli mourir ce jour-là, il y a trois ans.

C'est bête, je sais, mais j'ai l'impression d'avoir de la chance qu'elle soit vivante.

Vivante et prête à connaître un futur génial.

Elle le mérite.

Je déchire le rabat de l'enveloppe et déplie la lettre. *Chère Mademoiselle Wilder, nous sommes heureux de vous offrir une place…*

Mon cœur déborde de joie. Une chaleur se répand à travers mon corps.

Elle est acceptée.

Tout va bien se passer.

On y arrivera. On trouvera bien.

— Tu ne dis rien.

Ses doigts s'enroulent autour de mon poignet.

— C'est négatif ? Dis-moi si c'est négatif.

Je secoue la tête.

— C'est super. C'est vraiment positif.

Elle parcourt attentivement la lettre.

— Oh, mon Dieu !

Un sourire lui monte au visage.

— Kat ! Je… je n'arrive pas à le croire !

— Moi, si.

Je prends ma petite sœur dans mes bras. Elle travaille si dur. Elle le mérite.

— Mais on ne peut pas se le permettre. Pas à moins qu'ils m'offrent une bourse pour l'intégralité des frais. Et l'Université de New York ne le fait pas. Ce n'est pas comme si j'avais été acceptée à Columbia.

— On trouvera le moyen de se le permettre.

— Vraiment ?

Elle me regarde fixement, étudiant mon expression. Ce doit être évident que je n'ai rien à proposer, parce qu'elle soupire et froisse la lettre.

— Il me reste toujours Stanford et l'Université de Californie. Et il y a plein d'universités publiques.

Et d'autres établissements très éloignés.

— On trouvera le moyen de couvrir tes frais de scolarité.

— Ce n'est pas la fin du monde. L'école d'Albany est super et elle n'est qu'à quelques heures de train.

Elle se dirige vers la chambre.

— C'est bon, Kat.

Mon cœur se serre. Ce n'est pas bon. Pas du tout.

L'une de nous a tout l'avenir devant elle.

L'une de nous est destinée à de grandes choses.

Lizzy rejoindra la meilleure école qui voudra bien l'accepter. Point barre.

— Il existe un moyen. On ne l'a pas encore découvert, c'est tout.

Je ferai ce qu'il en coûtera.

———

Blake est assis dans ma section.

Il porte un autre costume de marque.

Ses yeux bleus sont toujours glacés. Impénétrables.

Il donne toujours l'impression d'être un homme qui n'a qu'à claquer des doigts pour obtenir ce qu'il veut.

Il est ici. Ça fait de lui un autre client riche. Je peux gérer.

Je me dirige vers sa table. Je suis un peu plus lente que d'ordinaire. Ma cheville me fait toujours mal.

Il lève les yeux vers moi.

— Avez-vous mis de la glace sur votre cheville ?

Sa voix est froide, mais elle trahit quelque chose. De la compassion.

— Oui, et j'ai pris un jour de repos hier.

Cela dit, ce ne sont toujours pas ses affaires.

— Puis-je vous apporter quelque chose ?

— Un whiskey. Avec de la glace.

— On vous le servira plus vite au bar.

— Je préfère ici.

— D'accord. Je vous l'apporte tout de suite.

Je m'éloigne avec mon meilleur sourire-clientèle.

Les coins de sa bouche se plissent vers le bas.

Il porte les yeux à sa montre, puis à son téléphone portable.

D'accord…

J'en déduis qu'il n'aime pas les sourires. Très bien. Je n'aime pas non plus passer ma journée à sourire à des connards.

J'enregistre sa commande dans le système informatique et commence à réarranger les salières et les poivrières. L'endroit est désert à cette heure de la journée. Il n'y a qu'une poignée de clients.

Et Blake me regarde.

Il y a quelque chose dans ses yeux. Comme s'il attendait quelque chose de moi. Comme s'il était certain de pouvoir l'obtenir.

Je me dirige vers le bar, prends son verre et le lui apporte.

— Voilà.

— Attendez.

Sa voix est autoritaire, pleine d'assurance.

— J'ai…

— Je suis le seul client.

Il tire la chaise à côté de lui.

— Asseyez-vous.

— Ce n'est pas un bar à hôtesses. Les serveuses ne s'assoient pas avec les clients.

— Est-ce qu'il faut que je parle avec votre manager ?

— Pour dire quoi ?

— Que vous avez la gentillesse de vous asseoir pour aider un pauvre client perdu à comprendre la carte.

— Ah oui ? Vous ne connaissez pas la différence entre un filet mignon et un faux filet ?

— On va dire que non.

— Très bien.

Je déglutis. Cette chaise me tend les bras. Ma cheville me fait un mal de chien. Et le regard de cet homme est enivrant.

— Je n'ai que quelques minutes.

Il hoche la tête.

Je m'assieds. Je croise les jambes et lisse mon jean noir.

— Comment va votre cheville ?

— Bien.

Elle guérira. Tôt ou tard.

— J'apprécie votre sollicitude, mais je n'ai pas besoin de votre aide.

Ses yeux perçants trouvent les miens.

— Je ne sais pas comment je pourrais vous aider.

Sa voix est basse et profonde, impossible à déchiffrer.

Je lui demanderais volontiers pour qui il se prend, mais

c'est un magnat de l'informatique. Il sait exactement qui il est.

Sa main frôle la mienne.

— J'ai une proposition à vous faire.

— Quel genre de proposition ?

Ses doigts s'enroulent autour de mon poignet.

C'est tellement bon.

Je veux cette main partout.

Je veux son contact partout.

J'inspire profondément et expire lentement.

Ce mec possède un pouvoir sur moi que je ne comprends pas. Mais je ne vais pas y céder.

Pas pour le moment.

Il passe son autre bras sur le côté de sa chaise.

— Vous passiez un entretien d'embauche pour un travail, l'autre jour.

Je m'éclaircis la gorge.

— Gardez ça pour vous.

— Est-ce une profession que vous aimez, serveuse ?

— On ne peut pas tous être des PDG en informatique.

— Certes.

Il se penche encore davantage. Ses yeux perçants trouvent les miens.

— Vous êtes une fille ravissante.

J'ai des palpitations dans l'estomac. Puis quelque chose, en dessous.

— Je vous remercie.

— Et polie.

— Euh… Merci ?

Où veut-il en venir ?

— Je cherche quelqu'un comme vous.

Quoi ?

— Pour…

— C'est pour un travail. Peu orthodoxe…

— Je ne suis pas une prostituée.

— Et je ne suis pas un client. Je ne paye pas pour du sexe.

— Quoi ? Vous payeriez pour mon temps et on coucherait ensemble naturellement ? Je ne suis pas née de la dernière pluie. Je sais comment ça se passe.

Sa prise se resserre sur mon poignet.

— Non.

Le mot m'arrête net. Il est puissant. Confiant. Assuré. Je le ressens jusqu'aux os.

Non. Il ne veut pas me payer pour coucher avec lui.

Je ne devrais pas le croire, pourtant c'est le cas.

Il me regarde à nouveau dans les yeux.

— J'ai envie de coucher avec toi, Kat. Mais je ne vais pas te payer pour ça. Ce sera parce que tu as envie de moi.

Le rouge me monte aux joues.

— Je…

— Ce n'était pas une question.

Sa voix n'est plus qu'un murmure.

— Cet autre restaurant est meilleur. Tu gagnerais plus.

Je hoche la tête.

— Tu as besoin d'argent ?

— On peut dire ça.

— J'ai de l'argent.

Il hausse à nouveau la voix et reprend ce ton confiant et inébranlable.

— Et je te désire, ajoute-t-il. Pour six mois. Un an peut-être.

— Que voulez-vous que je fasse ?

— Je veux que tu m'épouses.

Chapitre Trois

J*e veux que tu m'épouses.*

Quoi ?

Qu'est-ce qu'il me raconte ?

Je regarde Blake dans les yeux.

Ils sont toujours magnifiques, bleus et parfaitement sérieux.

Je croise les bras.

— Vous ne me connaissez même pas.

— J'ai besoin d'une femme. Et j'ai envie que ça soit toi.

— Mais…

— On commencera à sortir ensemble, on se fiancera, on se mariera. Au bout de quelques mois, on divorcera et on se séparera.

— Pourquoi ?

Il baisse les yeux.

— Je ne peux pas expliquer.

— Alors, je ne peux pas accepter.

— Dis-moi ton prix et j'accepterai. Quoi que cela puisse être. Penses-y. Tu pourrais faire une université sans avoir de dettes. Tu pourrais acheter un appartement dans le Village. Tu pourrais passer les dix prochaines années à Paris.

Il se redresse.

— Tout ce que tu désires, je peux m'arranger pour te le procurer.

— Je… je n'ai jamais eu de petit ami.

Je pince les lèvres.

— Je ne sais pas comment être une petite amie, alors encore moins une fausse épouse.

— C'est comme ton travail. Tu souris et tu persuades les gens que tu les apprécies.

Alors, il sait quelque chose sur l'industrie du service…

Blake se redresse.

— Réfléchis-y. Appelle-moi ou envoie un texto quand tu veux. J'ai besoin de quelqu'un très vite et je veux que ça soit toi.

Il tire un billet de cent dollars de son portefeuille, le place sur la table et s'en va.

―――――

À LA MAISON, JE DÉVERSE MES PENSÉES DANS MON CARNET de croquis. C'est une vieille habitude que j'ai ignorée pendant très, très longtemps.

C'est bon de faire courir le stylo sur la page. Même si mes dessins sont moyens.

J'ai besoin d'entraînement. Et aussi de prendre des cours. Mais une école d'art, ce n'est pas donné.

Et si j'avais un chèque en blanc ?

Ça pourrait être la fin de notre prêt hypothécaire.

Ça payerait les frais de scolarité de Lizzy.

Tout ça serait derrière nous.

Bon sang, à l'idée de régler nos dettes, d'être libre de cette obligation mensuelle…

Blake est peut-être un tueur, un connard ou un vrai taré.

Mais il ne ment pas en disant qu'il est milliardaire, un magnat de l'informatique.

Il y a des photos de lui dans des dizaines d'articles. Il a défrayé la chronique en fondant Sterling Tech alors qu'il n'était qu'un adolescent. À l'époque, il avait refusé quelques millions de dollars pour le rachat de sa boîte.

Maintenant, il vaut des milliers de fois plus.

Et il possède énormément d'argent. Je ne sais pas combien, mais suffisamment pour rembourser le prêt et financer les études de Lizzy.

Mais l'épouser ?

C'est ridicule.

Je cache sa carte dans le tiroir de mon bureau.

———

Pendant une semaine, j'ignore la carte de Blake. Je vais au travail. Je me bouge le cul. Je souris à des connards qui me reluquent la poitrine et me font savoir qu'ils n'habitent pas loin.

Dimanche, je rentre tard à la maison. Et sans pourboire.

Ma douche ne fait pas disparaître la tension de la journée. Généralement, je suis douée pour sourire et supporter la situation. Mais à présent que j'envisage la possibilité de ne plus être serveuse…

D'être capable de respirer…

Je repêche la carte de Blake.

S'il souhaite réellement faire disparaître tous mes problèmes…

Ça vaudra bien six mois de ma vie.

Il faut que je lui pose la question.

Kat : C'est Kat. Je réfléchis à votre proposition, mais ce n'est pas négociable.

Blake : Je suis à mon bureau.

Kat : Je prends le métro.

Blake : Je t'envoie une voiture.

Kat : Je préfère faire à ma façon.

Blake : Comme tu veux.

Il m'envoie son adresse.

L'IMMEUBLE DE BLAKE EST D'ACIER ET DE VERRE. J'aperçois de petits carrés de lumière jaune encadrés par du métal argenté.

C'est le plus grand gratte-ciel du quartier.

Et il est magnifique. Le centre-ville est toujours tranquille en pleine nuit. Toujours imperturbable. La seule animation, c'est le vent.

J'entre dans le hall cossu. Mes talons crissent sur le sol de marbre. Mon reflet me regarde depuis les miroirs sur les murs. J'ai l'air fatiguée, lasse.

Au moins, ma poitrine n'est pas mal. C'est la robe la plus flatteuse que je possède. Je tire mon rouge à lèvres de mon sac et en applique une autre couche. Ça donne une touche de couleur à mon visage, mais ne dissimule absolument pas l'épuisement dans mes yeux.

L'agent de sécurité à la réception me fait entrer. Je pénètre dans l'immense ascenseur et appuie sur le bouton PH. *Penthouse.* Le bureau de Blake est situé au niveau du penthouse. Il fait tout l'étage.

Je n'ai jamais visité ce genre de toit-terrasse. Est-ce que ça existe vraiment ?

Je n'en suis pas convaincue.

Les portes étincelantes se referment. Mon reflet me

rend mon regard. Je parais encore plus incertaine que je l'étais voilà une minute.

Ça ne va pas. Je suis ici pour négocier.

J'ai les cartes en main. Je ne sais pas vraiment ce que Blake voit en moi. Il peut avoir toutes les femmes qu'il veut, mais peu m'importe. Il me veut pour ce *travail*. Il faut que je m'en serve à mon avantage.

Ding.

Les portes de l'ascenseur s'ouvrent.

Je suis accueillie par un sigle lumineux. *Sterling Tech* en lumière blanche. C'est la seule lumière dans le vestibule.

Mes talons grincent sur le parquet. Cet endroit est magnifique. D'un côté, l'acier et le verre de la ville. De l'autre, le bleu profond de la rivière.

Le même bleu royal – un mélange d'indigo et d'ampoules fluorescentes – emplit le ciel nuageux. Il ne fait jamais noir ici. Pas vraiment. Certainement pas assez pour voir les étoiles briller.

De la lumière jaune filtre sous la porte d'un bureau. Celui du coin.

Quand je m'approche, je vois la plaque de chrome. *Blake Sterling.*

Je m'en approche et toque doucement.

— C'est ouvert.

La voix de Blake se fait entendre de l'autre côté.

J'inspire profondément et tourne la poignée. Elle est froide. Métallique. Comme lui. Enfin, ce que je sais de lui.

Il se tient derrière son bureau. C'est l'un de ces bureaux modulables à la mode. Son ordinateur est comme celui de Lizzy. Deux écrans. Un clavier sophistiqué. Une souris verticale. Un fauteuil ergonomique en résille, dans le coin.

Il sort de derrière le bureau.

Ses yeux rencontrent les miens.

— Assieds-toi.

Il désigne le canapé à ma droite, puis se dirige vers le bar d'angle.

— Qu'est-ce que tu bois ?

Merde. Il a du haut de gamme.

— Qu'est-ce que vous avez ?

— Tout ce que tu veux.

— Vraiment ? Et si je veux du thé rooibos glacé avec un zeste de citron et une larme de vodka au citron vert ?

— Alors, j'en ferai venir.

Il me rend mon regard.

— C'est ce que tu veux ?

Non. Je veux de l'argent. Et de la compréhension. Et ses mains sur mon corps.

Il ne me touche même pas, mais sa proximité m'enflamme. Ses yeux bleus sont si intenses et sa voix tellement puissante.

Il exsude le pouvoir.

Est-ce qu'il est comme ça quand il baise ?

J'ai envie de le savoir.

C'est ridicule. Je ne pense jamais au sexe. Et certainement pas au sexe un peu coquin. Mais ma tête se remplit de toutes sortes d'images concernant Blake.

Il braque sur moi son regard autoritaire, m'ordonnant de retirer mon manteau. De m'asseoir. D'obéir à tous ses ordres.

Dans mes fantasmes, il me plaque les poignets au lit.

Il me pousse contre le mur et m'arrache ma culotte.

— Kat ? demande-t-il d'une voix douce. Qu'est-ce que tu bois ?

— Un gin-tonic.

Il hoche la tête et commence à préparer les cocktails.

Je m'assieds sur le canapé en cuir moelleux, déplie les jambes et lisse ma robe.

Blake traverse la pièce pour venir s'asseoir à côté de moi. Ses doigts frôlent les miens alors qu'il me tend mon cocktail.

Ce contact délicat fait courir le désir à travers mon corps. Je désire ces mains sur moi. Ça fait très, très longtemps que je n'ai rien désiré d'aussi fort.

Je ne comprends pas.

Mais plus il s'approche, moins je m'en préoccupe.

Je n'ai embrassé personne depuis le lycée. Je n'ai même pas songé à fréquenter quelqu'un depuis l'accident. Et maintenant, me voilà à côté d'un homme grand et beau. Un homme qui me regarde et me dit qu'il veut me prendre. Qui l'affirme avec assurance. Comme si c'était normal d'admettre ses désirs en public dans un restaurant.

J'avale une longue gorgée. La boisson est veloutée, savoureuse. Rien à voir avec le gin que j'ai à la maison.

Mais ça ne me revigore pas.

Pas du tout.

J'essaye de soutenir le regard de Blake.

— Vous avez un bureau agréable.

— Merci, dit-il avant d'avaler une bonne goulée de whisky. Tu veux visiter ?

— Bien sûr.

Après une autre gorgée, Blake pose son verre sur la table basse. Il se redresse et me tend la main.

Une fois encore, mon corps vibre quand nos peaux entrent en contact.

Je déglutis. Je prends une vive inspiration à travers mes dents. Il a envie de coucher avec moi. Je veux coucher avec lui. On pourra le faire. Après avoir négocié.

Je le suis jusque dans la pièce principale. C'est encore un vaste espace, à aire ouverte. La vue est toujours splendide. Mais ça ne retient pas mon attention. Pas alors qu'il se tient aussi près.

Il tend la main vers un interrupteur.

— Non, dis-je. J'aime l'obscurité.

Il hausse un sourcil. *Vraiment ?*

— La vue est infinie, n'est-ce pas ?

Je me dirige vers l'une des hautes fenêtres et regarde en direction de l'Hudson. L'eau d'un bleu profond s'écoule, s'éloignant de la ville.

On voit Midtown, avec ses grands immeubles d'argent iconiques. L'Empire State Building affiche sa teinte blanche habituelle. Il se détache sur le ciel sombre, promettant tous les secrets de la ville.

J'ai habité à Brooklyn toute ma vie. J'ai toujours observé Manhattan de loin. Je considérais ce quartier comme un endroit où travailler ou bien à visiter. Un endroit que je ne pourrais jamais me permettre.

Mais d'ici, la vue… Mon Dieu, elle fait tourner la tête. J'ai envie d'emménager dans ce bureau et de dessiner la ville vingt-quatre heures sur vingt-quatre.

— Tu aimes New York.

Il parle d'un ton égal, comme si c'était une observation anodine.

— Bien entendu. Je suis née et j'ai été élevée ici. Pas vous ?

— J'ai vécu ailleurs dans l'État jusqu'à l'université.

— Vous préférez les banlieues tranquilles et les arbres ?

— La ville est plus facile.

— C'est tout ? C'est plus facile ?

Il hoche la tête.

— Mes réunions se déroulent ici. Mon bureau…

— Vous passez la majeure partie de votre temps dans votre bureau, alors qu'est-ce que ça fait ?

— Non.

— Non ?

Il affiche un demi-sourire.

— J'ai aussi un bureau dans mon appartement.

J'éclate de rire.

— Avec des fenêtres ?

— Elles donnent sur le parc.

— Et vous êtes trop occupé à regarder votre écran d'ordinateur ?

— Pire.

— Qu'est-ce qui peut être pire ?

— J'ai des rideaux occultants.

C'est pire. Je ne sais pas si j'ai envie de rire ou de secouer la tête, horrifiée. Des rideaux opaques qui bloquent la vue sur le parc.

— Ça craint.

Il hoche la tête. Je vois qu'il a l'air content… pour ainsi dire. Il me taquine. Peut-être. Je crois.

— Je pense que vous êtes habitué à la beauté de la ville. Mais moi, je ne m'en lasse jamais.

L'Empire State Building est mon préféré. Certes, c'est cliché, mais il mérite sa célébrité. Je n'arrive pas à en détacher les yeux.

Bon, ce n'est pas vrai. Je le regarde pour m'empêcher de dévisager Blake. Son intensité me fait quelque chose.

Ou plus encore… elle conquiert quelque chose en moi, cette partie de moi qui insiste pour garder mes vêtements.

Hum.

— Aimerais-tu travailler ici ? demande-t-il.

— À faire quoi ?

— Je peux te trouver un poste junior. Dans n'importe quel département.

— Vous préférez que la fille avec qui vous sortez travaille dans un bureau plutôt que dans un restaurant ?

— Tu veux continuer à être serveuse ?

— Je n'y avais pas réfléchi.

Mon travail ne me dérange pas, mais il n'est pas de

tout repos. Il ne m'apporte aucune joie et ne me comble absolument pas.

— Les apparences sont importantes.

Je le regarde, essayant de comprendre d'où il tient son jugement. Est-ce que cela vient de lui ou bien de quelqu'un dans son entourage ? Ça doit être quelqu'un d'autre. Blake fait ça pour quelqu'un. Pas pour lui.

Mais il ne me donne pas l'impression d'être un homme qui se préoccupe de ce que les autres peuvent penser.

J'avale une autre longue gorgée. C'est toujours savoureux et désaltérant. Mais cela ne me rafraîchit pas.

Hum. J'ai besoin que cette conversation… eh bien, reste une conversation.

— Les gens me traitent différemment quand je porte mon uniforme de serveuse.

— Pire ?

— Parfois. D'autres fois, il y a une solidarité entre salaires minimum, si je suis dans un grand magasin. Les gens ont tendance à se plaindre de leurs longues journées ou bien de leur patron s'ils voient que je rentre du boulot.

Blake me dévisage, comme s'il était un scientifique et que j'étais un animal dans un zoo. Ses yeux passent lentement sur moi.

— Tu es une fille intelligente.

— Qu'est-ce qui vous a convaincu ? Mon décolleté ?

Il ne dit rien.

Je parviens à peine à me retenir de lever les yeux au ciel.

— Dans une seconde, vous pourriez me retirer mes vêtements et me dire que j'ai l'air vraiment intelligente en sous-vêtements.

— Je ne perdrais pas de temps si tu étais en sous-vêtements.

Je déglutis avec peine.

— Bien sûr. Je veux dire… commencé-je avant de me racler la gorge. Vous ne me connaissez pas. Vous ne savez pas que je suis intelligente.

— Tu avais posté sur Facebook que tu étais acceptée à l'université.

— C'était il y a longtemps, dis-je.

— Mais c'est toujours là. Même si tu n'as pas mis ta page à jour depuis deux ans.

Il me regarde dans les yeux.

— Tu as été acceptée dans deux universités réputées, trois publiques plus celle de New York.

— Et ?

— Tu aurais pu faire n'importe quoi de ta vie, mais tu es restée ici.

— Vous êtes aussi au courant pour mes parents ?

— Oui.

— Alors, vous savez pourquoi je suis ici.

Mais comment sait-il tout ça ? Je crois que c'est relativement facile à découvrir par une simple recherche sur Google. Cela dit… ça ne me plaît pas. Même si moi aussi, j'ai fait ma propre enquête.

— La famille est importante pour toi.

— Oui.

— Tu es intelligente.

J'ouvre la bouche pour protester. Blake ne sait rien sur mon intellect, mais il a déjà embrayé.

— Tu es belle.

Je rougis.

— Merci.

— Tu as des conditions.

Je hoche la tête.

— Lesquelles ? Qu'est-ce que tu veux exactement ?

Chapitre Quatre

*T**u as des conditions. Lesquelles ? Qu'est-ce que tu veux exactement ?*

C'est une question compliquée.

Ça fait trois ans que je survis. Je ne me suis pas autorisée à désirer plus qu'un toit sur la tête et trois repas chauds par jour.

Ça me dépasse de devoir m'ouvrir à de nouvelles possibilités.

Je plaque ma paume contre la vitre. Elle est froide, lisse, inflexible.

— Qu'est-ce qu'on va faire exactement ?

Il me frôle les épaules de la main. Puis ma joue. Il me soulève le menton pour qu'on se regarde dans les yeux.

— Je te présenterai à tout le monde comme ma copine. On se fiancera. Puis on se mariera rapidement. Tu seras à mon bras pour les dîners, les week-ends en déplacement et quelques réunions de famille.

— Comment suis-je censée convaincre les gens que je suis amoureuse de vous ? Je ne sais même pas à quoi ça ressemble, l'amour.

— Regarde-moi dans les yeux.

Je lui obéis.

— Comme si tu m'aimais.

D'accord… J'essaye d'imaginer l'homme que j'aimerai un jour. Un vrai mari. Il accrocherait mes dessins au mur, à mon grand embarras. Il m'emmènerait au sommet de l'Empire State Building pour mon anniversaire. Il m'embrasserait sous les cerisiers en fleurs.

— C'est parfait, commente-t-il.

Vraiment ? J'étais simplement en train de réfléchir… mais je ne vais pas le dire et risquer de passer à côté d'un changement de vie. Cela étant…

— Je ne veux mentir à personne… et encore moins à tout le monde.

Ses yeux s'embrasent.

— Mes intentions sont honorables.

— Mais bien sûr.

— Tu as de l'intégrité.

— Est-ce un compliment ou une insulte ?

— Qu'est-ce que tu crois ?

Je ne sais pas. Il est intense. Difficile à interpréter. Attirant.

Je termine ma dernière goutte de gin-tonic puis déboutonne mon manteau. Blake le fait glisser sur mes épaules et le garde sur son bras.

Il me ramène à son bureau et le suspend derrière sa porte.

L'espace paraît s'être rétréci.

Il est trop près.

Cela dit, j'ai envie qu'il se rapproche.

Je veux qu'il presse son corps contre le mien.

— Pourquoi avez-vous besoin de moi ?

Je risque de le faire changer d'avis, mais j'ai besoin de savoir.

— Pourquoi ne pas trouver une fille qui voudrait sortir avec vous ?

— Ça ne serait pas juste.

— Parce que ?

— Elle aurait des attentes.

Il quitte à son tour sa veste de costume.

— Je ne tombe pas amoureux. Cela ne m'est jamais arrivé et ne m'arrivera jamais.

— Quel âge avez-vous ?

— Vingt-six ans.

— Et vous êtes déjà certain que vous ne tomberez jamais amoureux ?

— Oui.

D'accord… je vois que je ne vais pas pouvoir le faire fléchir. Il sait ce qu'il veut. Je sais ce que je veux. Et cela n'inclut pas de tomber amoureuse d'un mec riche qui n'est pas disponible émotionnellement.

Il prend mon verre et nous sert une autre tournée.

Je m'assieds sur le canapé moelleux et le regarde retrousser ses manches jusqu'aux coudes. Ses avant-bras sont particulièrement sexy. Comment des avant-bras peuvent-il me faire un tel effet ?

J'inspire profondément.

Blake retourne au canapé. Il me tend le verre et s'assied à côté de moi.

— Quelles sont tes conditions ?

Bon Dieu, j'ai tellement chaud à côté de lui. Mon corps vibre. Il m'implore de retirer cette robe et de me glisser sur ses genoux.

Mais ce n'est que du désir.

Je peux survivre à six mois de désir.

En fait, j'ai vraiment, vraiment envie de six mois de désir.

— Le crédit immobilier de mon appartement.

J'inspire profondément, essayant de prendre une voix qui annonce *je suis aussi forte et confiante que n'importe quel magnat de l'informatique.*

— Je veux qu'il soit remboursé entièrement.

— C'est fait, dit-il comme s'il acceptait d'aller prendre un café.

— Vous ne savez même pas ce qu'il nous reste à payer. Et si c'était trois cent mille dollars ? Et si c'était un demi-million ?

— Fais-moi parvenir tes coordonnées bancaires, et ça sera fait.

— Comme ça ?

Il hoche la tête.

— Quoi d'autre ?

Je peine à formuler une pensée cohérente. L'hypothèque est remboursée, comme si c'était un détail.

Ce n'est pas possible. Ce remboursement est une épine dans mon pied depuis trois ans et il n'existera plus. Disparu.

— Ma sœur est acceptée à l'Université de New York. Elle a travaillé dur pour conserver de bonnes notes. Elle mérite de faire les études de son choix sans avoir une centaine de milliers de dollars en prêt étudiant.

— Elizabeth ?

— Lizzy. Vous…

— Vous êtes amies sur Facebook. Je n'ai pas fait de recherches sur toi, Kat. À part une recherche de base.

Je ne suis pas sûre qu'on partage la même notion de ce que constitue une recherche de base. Mais ce n'est pas comme si j'étais en droit de me plaindre.

— Sterling Tech sélectionne des étudiants pour des bourses tous les ans. Elle a reçu un prix lors d'une compétition de mathématiques l'an dernier. Est-ce qu'elle étudie les sciences ?

— Vous ne le savez pas ?

— Pas encore.

Je hoche la tête.

— L'informatique ou la programmation. J'ai oublié la différence. Elle veut étudier l'intelligence artificielle.

— C'est fait.

— Quoi ?

— On va offrir une bourse à ta sœur. Cent pour cent de ses frais de scolarité dans l'université de son choix.

Quoi ? Je… j'entends des voix.

— Vous…

— Je peux officialiser ça tout de suite.

— Non, c'est bon…

Cent pour cent de ses frais de scolarité. Payés.

— Et si je dis non ?

— Ça n'arrivera pas.

Sa main frôle la mienne. Ça me provoque une vague de chaleur à travers le corps.

— Autre chose ?

Non. C'est tout ce que je veux. Tout ce que j'ai toujours voulu : qu'on s'occupe de Lizzy.

Mais je ne peux pas l'admettre. Pas alors que je peux en obtenir davantage.

— Je… moi aussi, je veux aller à l'université.

Blake hoche la tête.

— Tu signeras un contrat prénuptial. Quand on divorcera, tu recevras un million de dollars, moins la somme qui aura couvert ton hypothèque.

— Un million de dollars ? Je… euh…

— Kat, ça va ?

Non. C'est… c'est absurde. Je renvoie son regard à Blake.

— Un million de dollars ?

Il hoche la tête.

— Mais… pourquoi ?

— Je te l'ai dit. J'ai besoin de quelqu'un et c'est toi que je veux.

Mais… euh…

J'inspire profondément et expire lentement.

Blake a énormément d'argent. Un million de dollars, ce n'est rien pour lui. Surtout comparé à la facture d'un divorce normal.

Il trouve ça sensé.

C'est logique.

C'est raisonnable, en fait.

Ses doigts me frôlent le poignet.

— Tu peux rester chez toi pour le moment, mais j'ai besoin que tu emménages rapidement.

— Non, je reste avec ma sœur.

— Très bien. Tu resteras avec elle jusqu'à notre mariage.

Je hoche la tête. Je préférerais rester avec Lizzy pour toujours, mais ça paraîtrait bizarre.

— Je vais couvrir tes frais. À partir de ce soir.

— Ce n'est pas nécessaire.

— Kat, tu es ma petite amie, maintenant. On est fous amoureux. Tu penses vraiment que je forcerais ma copine à se débrouiller toute seule ?

— Oui. Ça s'appelle l'indépendance. Vous avez entendu parler du féminisme ?

Ça le fait ricaner.

— Tu as entendu parler de la charité ?

— Non. Et c'est vraiment une remarque déplacée.

— Je possède un organisme de charité pour les victimes de violence conjugale.

— Oh. C'est… moins déplacé.

Ainsi qu'inattendu.

— C'est bon. J'ai conscience de l'image que je renvoie.

— Ça ne vous dérange pas ?

— Je me contrefiche de l'opinion de la plupart des gens.

— Alors, pourquoi souhaitez-vous…

— Mais pas de tout le monde, dit-il en me regardant à nouveau dans les yeux. Je t'enverrai une carte de crédit demain. Fais-toi plaisir. Achète-toi tout ce dont tu as besoin pour te sentir à l'aise.

— Je suis à l'aise.

Je ne dors pas dans du coton égyptien et je ne mange pas de steak pour le dîner, mais je suis relativement à l'aise.

— Tu es une fille ravissante, Kat. J'ai envie de t'arracher cette robe. Mais il y a des personnes dans ma vie qui ne sont pas aussi…

— Ce sont des connards qui aiment juger les autres ?

Il affiche un demi-sourire.

— Exactement.

— Alors pourquoi les gardez-vous dans votre vie ?

— Parce qu'ils possèdent d'autres qualités que j'estime. Tu as parfaitement le droit de venir à un événement en jean et en t-shirt. Elle…

Il secoue la tête.

— Mais on te regardera bizarrement. Si tu ne veux pas ce genre d'attention…

— Je comprends.

Tous ses amis riches ne respectent pas les pauvres gens qui s'habillent chez H&M. Je crois que je suis capable de faire une petite virée shopping, histoire de sauver les apparences. J'aurais vraiment besoin de nouveaux vêtements. Je n'ai quasiment rien acheté depuis l'accident.

Ses doigts effleurent l'ourlet de ma robe.

— Je ne vais jamais t'aimer, Kat. Mais pendant qu'on sera ensemble, je veux m'assurer que tu ne manqueras de rien.

— Et si… ce n'est pas comme si je pouvais avoir un petit ami secret sous le coude, dis-je.

— Tu as envie de baiser avec moi.

— Oui, dis-je en rougissant. Pas nécessairement aujourd'hui, mais un jour ou l'autre.

— Cette partie-là est réelle.

Il se penche un peu plus près de moi. Ses mains glissent des deux côtés de ma poitrine. Jusqu'à mes épaules.

— Mais j'ai besoin que tu comprennes quelque chose, Kat.

— Quoi ?

Ses yeux se braquent sur les miens.

— Je fais les choses d'une certaine façon.

Je ravale ma salive.

— Je garde toujours le contrôle.

— Vous voulez dire… à propos de… euh…

— Quand on sera ensemble, tu vas obéir à tous mes ordres.

— Oh. Je… euh… je n'ai jamais…

— Tu es vierge ?

— Oui.

Je rougis et déglutis à nouveau.

— C'est bien. Je veux être ton premier.

Le rouge se propage sur mon décolleté.

— Mais je dois te prévenir…

— Oui ?

— Tu n'apprécieras plus jamais un autre homme.

J'ouvre la bouche pour parler, mais les mots refusent de sortir. Il est tellement… je… oh !

— Je pourrais te le répéter mille fois : je n'achète pas du sexe. Je vais coucher avec toi parce que tu as envie de moi. Sans quoi, si tu changes d'avis…

— Si. Je… je veux essayer de le faire comme ça.

— C'est bien. J'ai envie de t'attacher à mon lit.

Il écarte lentement la bretelle de ma robe.

— Je veux que tu sois à ma merci.

J'ai envie d'être à sa merci. C'est terrifiant comme j'ai envie d'être à sa merci.

Je le connais à peine.

Mais je veux qu'il contrôle mon corps.

Et cette envie me terrifie.

Je me penche vers lui.

Ses lèvres me frôlent le cou.

C'est doux. Tendre. Terriblement sensuel.

Mes paupières se referment dans un papillonnement. Je m'abandonne aux sensations qui montent dans mon corps.

Blake fait glisser la robe de mes épaules. Il me prend le sein par-dessus mon soutien-gorge, puis il dépose une série de baisers de mes lèvres jusqu'à ma clavicule.

Des objections se forment et se dissolvent sur ma langue. Je me force à me raccrocher à l'une d'entre elles.

— Nous n'avons encore rien formalisé.

— Souhaites-tu autre chose ?

— Combien de temps est-ce que ça va durer ? C'est déjà décidé ?

— Six mois. Un an maximum.

Sa voix perd toute sa force. C'est douloureux. Quelque chose dans cette situation lui fait mal.

— Y a-t-il une échappatoire ?

— Je n'accepterai qu'un engagement total.

Une année avec un homme que je ne connais presque pas.

C'est un pari immense. Mais ça en vaut la peine pour mettre un terme à cet horrible prêt immobilier. Pour les études de Lizzy. Et pour moi.

Un million de dollars.

C'est assez pour faire le tour du monde. Pour obtenir

un diplôme en arts appliqués. Pour monter mon propre studio de bandes dessinées.

Ça représente… tout.

— Très bien.

Je lui tends la main.

Il me la serre.

— Je vais demander à mon avocat de rédiger un contrat. On signera demain.

— D'accord.

Il me regarde au fond des yeux.

— Ça va aller vite. Il faudra que tu sois prête dès la semaine prochaine.

—Je peux le faire.

— Il y aura des caméras quand on annoncera nos fiançailles. Tu peux porter ce que tu veux, mais si tu as besoin d'aide pour trouver quelque chose, mon assistante…

— D'accord.

Je hoche la tête. Même si l'idée d'être une poupée ne m'enchante pas, je ne sais rien des réceptions sophistiquées. Je n'ai pas envie de paraître déplacée. Ce sera déjà assez difficile de convaincre le monde que je suis la copine de Blake Sterling même si je suis bien habillée.

—Je viendrai te chercher samedi matin à neuf heures.

Bon sang, ça fait tôt pour quelqu'un qui travaille en soirée.

— Tant que vous apportez du café.

Il écarte mes cheveux de mon épaule.

— Tant que tu seras avec moi, je m'occuperai de tout.

— Du café ?

Il hoche la tête.

— À manger ?

Il opine à nouveau.

— Quoi d'autre ? ajouté-je.

Il fait courir ses mains sur mon soutien-gorge.

— Des vêtements, dit-il.

— Oh, parce que ça compte comme un vêtement, ça ?

Il acquiesce.

Ses lèvres se posent sur les miennes. C'est magique, comme l'une de ces scènes dans les films, où les feux d'artifice explosent au-dessus d'un joli château rose.

Ses lèvres sont souples. Douces. Autoritaires.

Je fais courir mes mains à travers ses cheveux. Ils sont courts, épais, bien coupés.

Sa main se glisse dans mon soutien-gorge.

Ses doigts frôlent mon mamelon.

Putain, c'est bon !

Je tremble. Cela fait très, très longtemps que personne ne m'a touchée comme ça.

Non. Personne ne m'a *jamais* touchée comme ça, comme si j'étais un cadeau que l'on souhaite déballer.

Je grogne contre ses lèvres. Je me glisse sur ses genoux. Les détails s'estompent dans les recoins de mon esprit. Ils sont bien moins importants que mon corps contre le sien.

J'enfonce mes mains dans le tissu délicat de sa chemise jusqu'à sentir les contours fermes de ses muscles.

Le désir me submerge.

Je n'ai jamais désiré personne de la sorte. Je ne savais même pas que l'on pouvait désirer autant.

Il tire sur ma robe, mais il la remet aussitôt en place sur mes épaules.

La tête me tourne. Il ne… non… il ne peut pas s'arrêter maintenant !

Je suis à fond.

Je vais exploser.

— Il est tard, déclare-t-il.

Je cligne des paupières plusieurs fois, mais il me regarde toujours avec le même air impénétrable.

— Quoi d'autre ? je demande. À part la nourriture, le café et les vêtements ?

— Tu jouiras quand tu seras avec moi, Kat. Je m'en assurerai.

— Mais pas ce soir ?

— Pas encore.

À présent, il quitte le canapé.

— Je vais te raccompagner à la sortie.

— Je peux marcher toute seule.

Je tends la main vers mon manteau, mais Blake s'en est déjà emparé.

La chaleur envahit mon corps. Elle est partout. Je parviens à peine à rester debout.

Mais on ne va pas coucher ensemble ce soir.

Je… je ne comprends pas.

Mes mains se referment sur mon sac. C'est un choix judicieux. Je ne le connais que depuis une semaine.

Blake m'accompagne jusqu'à l'ascenseur. Il passe sa clé magnétique devant la porte.

— Je t'en ferai donner une.

— D'accord.

— Mon chauffeur va te raccompagner. Si tu as besoin de quoi que ce soit, appelle-moi.

— Ça va aller.

Son regard est intense.

— Quoi que ce soit, précise-t-il.

Mon estomac palpite. Il ne veut certainement pas parler de sexe. Il vient de me chasser de son bureau avec les bretelles qui tombent de mes épaules.

Je m'éclaircis la voix et j'entre dans l'ascenseur.

— Bonne nuit.

Il hoche la tête.

Les portes coulissent et je peux enfin souffler. Je serai bientôt rentrée. Le trajet jusqu'au rez-de-chaussée est rapide. Comme promis, une limousine très classe m'attend devant la porte.

L'homme qui se tient juste devant me salue.

— Vous devez être Mademoiselle Wilder.

J'acquiesce.

— Jordan.

Il me tend la main.

Je la serre.

— Ravi de vous rencontrer.

Il ouvre la portière arrière et me fait un signe pour me dire *après vous*.

Je me glisse à l'intérieur.

Ce n'est pas comme la limousine que j'ai prise pour le bal de première année, au lycée. Elle est luxueuse. Sombre. Tout en cuir noir et daim velouté.

Le minibar est rempli de petites bouteilles d'alcool de qualité – des marques dont je n'ai jamais entendu parler. J'ouvre un flacon de gin et en avale une longue gorgée. Ça fait du bien.

Mais ça n'aide pas à apaiser ma frustration.

Ça ne fait qu'exacerber la tension qui m'habite.

Abattre tous les murs qui me protègent de ma libido.

La portière se referme. Jordan parle dans son oreillette.

— C'est compris, Monsieur.

La vitre de séparation remonte dans un léger vrombissement.

Je me retrouve seule.

Mon téléphone sonne dans mon sac. C'est Blake. Quoi ?

Je réponds.

— Allô.

— J'ai dit *quoi que ce soit*, Kat.

— Je sais.

— Si tu veux quelque chose.

Mon cœur s'emballe. Bien sûr, je veux quelque chose. Il n'est pas idiot.

— Oui.

— Alors, demande-moi.

Le désir me parcourt et se concentre entre mes jambes.

— Je…

— Enlève ta culotte. Je veux t'entendre jouir.

Chapitre Cinq

Mes joues s'empourprent, mais ce n'est pas à cause de l'alcool.

J'ai chaud de partout.

Enlève ta culotte. Je veux t'entendre jouir.

Je… euh…

Je ne peux pas me déshabiller à l'arrière d'une limousine.

Même si je suis plus ou moins seule.

— Kat ?

Sa voix est un ordre. *Maintenant.*

Je pousse un profond soupir.

— Je ne peux pas.

— Tu as envie de jouir ?

— Oui.

— Branche le téléphone sur haut-parleur.

Je lui obéis et le pose à côté de moi sur la banquette. La limousine est déjà en mouvement. On n'est pas loin de chez moi. Juste à côté du pont de Brooklyn.

Dix minutes seront-elles suffisantes ?

Ce n'est pas comme si je prenais mon temps quand je me masturbe.

Mais là, c'est différent.

C'est pour lui.

— Kat.

Sa voix descend d'une octave.

— Je suis sur haut-parleur.

Je serre les genoux. Cela n'aide absolument pas à tempérer la chaleur qui me parcourt. C'est presque douloureux.

Je n'arrive pas à le croire, mais j'ai envie de me déshabiller ici.

Je veux me toucher pour qu'il ait le plaisir de m'entendre.

Sa voix sort du haut-parleur.

— Ne me force plus jamais à me répéter.

Mes doigts s'enroulent sur l'élastique de ma culotte. Je soulève les hanches et la fais glisser jusqu'à mes chevilles.

— C'est fait, dis-je dans un souffle.

— C'est bien.

Cela aurait dû me contrarier, mais non. Ça m'excite, au contraire. J'ai encore plus éperdument envie de jouir.

— Écarte les jambes.

J'ouvre les genoux. Mes hanches se décollent du siège et un air frais effleure ma chair sensible, réveillant mes nerfs, m'excitant encore plus.

— Retire ton soutien-gorge, ordonne-t-il.

Je descends ma robe jusqu'à ma poitrine, dégrafe mon soutien-gorge et le fais glisser le long de mes épaules. Mes mamelons se durcissent.

Je me déshabille pour une voix au téléphone. Non, pour Blake. Pour un homme qui a tout l'argent et tout le pouvoir du monde.

J'aime savoir qu'il a le pouvoir de me détruire juste en claquant des doigts.

J'aime cette folie en moi.

Je veux oublier le reste du monde. Je veux tout oublier sauf ses ordres.

— C'est bien, dit-il d'une voix chargée de tension. Joue avec tes mamelons.

Je ferme fort les paupières et j'imagine qu'il est là, qu'il me touche comme il l'a fait dans le bureau.

Lentement, ses pouces frôlent mes tétons. Je décris des cercles. Doucement. Puis plus fort.

Un gémissement franchit mes lèvres. Puis un autre. C'est presque comme s'il me touchait. J'aimerais vraiment que ce soit lui.

Il respire plus fort.

Avec plus de désir.

C'est lui qui est aux commandes, mais je lui fais de l'effet. Je le rends fou, lui aussi.

— Pose une main sur ta cuisse, dit-il. Mais ne touche pas ton sexe. Pas encore.

Je caresse l'intérieur de ma cuisse. Je m'en approche de plus en plus. Mais je n'y suis pas encore.

Ma respiration s'accélère. Le désir me traverse. J'ai besoin de jouir. J'en ai terriblement envie.

— Kat.

— Oui.

— J'ai dit : pas encore.

Je replace ma main sur mon genou, y traçant des cercles. Je ne peux plus attendre. J'ai besoin de jouir. Je n'en ai jamais eu autant envie.

— Reviens à tes cuisses, dit-il.

Non. Maintenant. J'ai besoin de jouir tout de suite.

C'est une torture de reposer ma main sur ma jambe. Je caresse ma peau aussi doucement que je peux le supporter.

Mais c'est une torture agréable.

— Maintenant, dit Blake. Lentement.

Mes doigts frôlent mon clitoris.

C'est intense. Je suis excitée. Sensible.

J'appuie un peu plus fort.

Un peu plus longtemps.

Putain.

C'est tellement bon.

Un grognement sort de ma bouche.

Je m'adosse à la banquette.

Et je me touche avec la même vitesse. La même pression.

Puis plus vite.

Plus fort.

Ohhhhh.

J'ai besoin de jouir. J'ai besoin de gémir à son oreille. J'ai besoin de tout.

Sa voix se fait brutale :

— Lentement.

Non. Plus vite. Plus fort. Tout de suite.

Je me force à ralentir. Je force mon contact à se faire plus léger. Mes doigts dansent avec légèreté sur mon clitoris. C'est une torture. Une torture délicieuse et agréable.

Le plaisir monte en moi. Mon sexe se resserre. J'y suis presque, tellement proche.

Je continue de tracer des cercles langoureux. Je fais monter mon excitation. Plus haut, encore et encore.

Sa respiration se fait plus épaisse, plus implorante dans le téléphone.

Il est assis dans son bureau et m'écoute en train de me masturber.

Et moi, je…

Ça me plaît vraiment.

Ça renforce le besoin que je ressens.

Ma main prend le contrôle. Je bouge plus vite. Plus fort.

Le plaisir converge vers mon intimité.

Je ne peux plus supporter la tension. J'y suis presque, vraiment.

— Jouis pour moi, Kat.

Oui !

Ma caresse suivante est plus rapide et plus vigoureuse. Encore quelques pressions du doigt et j'y suis. La torture se transforme en extase. Une extase pure, profonde et aveuglante.

La tension en moi se dissout alors que je jouis violemment. Mes gémissements résonnent dans la limousine. Le plaisir se communique jusque dans mes doigts et mes orteils. Je me sens tellement bien.

Je m'effondre sur la banquette. Épuisée. Comblée.

— C'est beau, putain, gronde-t-il.

J'essaye de trouver les mots, mais ils refusent de sortir de ma gorge.

— Je te laisse partir, annonce-t-il d'une voix qui déborde de satisfaction. Fais de beaux rêves.

— Toi aussi.

Il raccroche.

Je reprends ma respiration, puis je me redresse. Je remets ma robe et fourre mon téléphone dans mon sac.

Ce n'est pas moi qui contrôle la situation.

Absolument pas.

C'est terrifiant.

Mais c'est excitant aussi.

À dix heures, le lendemain matin, on frappe fort à la porte. Je manque faire tomber la BD que je tiens dans les mains. La couverture plastique – comme pour les autres livres que j'ai toujours empruntés à la bibliothèque – est glissante.

Lizzy est en cours.

Personne ne se présente aussi tôt.

Ce doit être l'assistant de Blake. Avec nos papiers.

Je me redresse et me dirige vers la porte.

— Bonjour.

— Bonjour, Mademoiselle Wilder. J'ai quelque chose pour vous.

J'ouvre.

Un homme sympathique en costume me sourit. Il me tend une élégante mallette noire. Ainsi qu'un gobelet de café.

— Monsieur Sterling a dit que vous apprécieriez.

Blake m'envoie du café.

Par son assistant, mais quand même.

J'en avale une longue gorgée. C'est un peu trop amer pour moi, mais c'est quand même bon. Riche. Fort. Puissant. Comme lui.

— Merci.

Je le salue du menton et retourne à l'intérieur.

Je verse un nuage de lait dans mon café et je le goûte. Voilà. C'est parfait.

Effectivement, Blake avait dit qu'il prendrait soin de moi.

C'est une pensée étrange. Au cours des trois dernières années, je n'ai laissé personne m'aider. Je me suis occupée de moi toute seule. Et de Lizzy.

Une partie de mon être souhaite abandonner ce contrôle.

L'autre partie veut s'y accrocher aussi fort que possible.

J'avale une autre gorgée. Je laisse le café me réchauffer de l'intérieur. Je le laisse chasser ces pensées.

C'est du café.

Rien de plus.

Mais ce qu'il y a dans cette mallette…

Les papiers qui officialiseront tout.

Une clause de confidentialité m'interdit de faire part à quiconque des détails de notre accord.

Il y a une carte de crédit à mon nom. La facture sera envoyée directement à Blake.

Le contrat stipule nos conditions.

À partir d'aujourd'hui, je suis la petite amie dévouée de Blake. Je me libérerai de toutes mes contraintes chaque fois qu'il aura besoin de moi. Il approuvera toutes mes apparitions en public ou sur les réseaux sociaux.

Dans trois mois, nous nous marierons. Nous signerons un contrat prénuptial. Il décidera de la date du divorce, mais ce sera avant la fin de l'année prochaine. Je serai rémunérée un million de dollars.

Le remboursement intégral du prêt immobilier sera déduit de cette somme.

Mes dépenses courantes passeront sur la carte de crédit. Elles devront rester « raisonnables ».

Mais je suis certaine que l'idée que se fait Blake d'une allocation raisonnable se chiffre à plusieurs zéros.

Fini le café premier prix merdique.

Finis les livres de bibliothèque.

Finies les chaussures de sport pourries.

Fini de faire le service pour des connards friqués.

Je leur sourirai toujours, mais cette fois, ce seront eux qui me feront de la lèche.

Je prends mon stylo-bille et je signe sur les pointillés.

J'abandonne ma liberté.

Mais j'aurai tellement de choses en retour.

JE DONNE MON PRÉAVIS DE DEUX SEMAINES, AU BOULOT.

Je raconte à Lizzy que je vois un nouveau mec. Un mec riche.

Elle me harcèle pour avoir des détails, mais je garde le silence. Je ne sais pas quoi lui dire. Je ne veux pas mentir à ma sœur. Mais il faut bien que je lui dise quelque chose. Elle a besoin de savoir que je démissionne de mon emploi parce qu'on n'a plus besoin d'argent.

J'y réfléchis pendant toute la semaine.

Je ne trouve pas d'excuses valables.

Samedi matin, la limousine de Blake se présente à l'heure pile.

Heureusement, Lizzy dort toujours. Je lui laisse un mot sur la table de la cuisine et sors de l'appartement.

C'est une belle journée. Le soleil est radieux. Le ciel bleu clair. L'air est frais et limpide. L'horizon est magnifique. En éveil. Vivant. Attirant.

Jordan se tient sur le perron. Il me salue du menton.

— Ravi de vous voir, Mademoiselle Wilder.

Il ouvre la portière et me fait signe de monter.

Je me glisse à l'intérieur.

Blake est assis sur la banquette opposée. Il porte un pantalon et une chemise bleue. Ses manches sont retroussées jusqu'aux coudes.

Il semble presque décontracté. Mais d'une manière inaccessible qui ne ressemble qu'à lui.

— Bonjour, dit-il en hochant la tête.

— Bonjour.

J'essaye de détacher mes yeux de ses avant-bras, sans succès. Bon Dieu, il a vraiment des avant-bras séduisants. Et je ne parviens pas à le regarder dans les yeux. Pas après ce que nous avons fait… ce que *j*'ai fait la dernière fois que j'étais dans cette voiture.

Il me tend une tasse de café.

— Tu le prépares comment ? demande-t-il.

— Avec du lait et du sucre.

Il brandit un sac en papier.

— J'ai différentes options.

Je m'en empare. C'est chaud. Et ça sent…

Je l'ouvre brusquement.

Des bagels.

Nature. Aux sésames. Aux oignons. Aux raisins et à la cannelle.

C'est ce dernier que je prends, et je le coupe en deux.

— Mon préféré.

Je prends le lait et le sucre. Mais le véhicule est en mouvement, difficile de ne pas en mettre partout.

— Donne.

Blake me tend la main.

Je hoche la tête.

Il reprend mon café et mes paquets, puis il pose la tasse sur la banquette et retire le couvercle en plastique. Il y parvient sans en renverser une seule goutte.

Ses doigts frôlent les miens quand il me rend mon gobelet.

Comme la dernière fois, mon corps est électrisé. J'ai envie de ses mains.

Cela dit…

Peut-être aujourd'hui.

Je les connaîtrai peut-être aujourd'hui.

— Merci.

J'avale une longue gorgée de café. C'est parfait. Le petit-déjeuner idéal.

Il prend le bagel nature et le déchire en deux.

La journée va être longue.

Je hoche la tête et mords dans le mien. Hum. C'est une perfection moelleuse, sucrée et épicée.

— Dis-moi si c'est trop.

— Quoi ?

Il me dévisage lentement des pieds à la tête avant de répondre :

— Tout.

———

L'assistante de Blake, Ashleigh, une jolie black dans un ensemble de marque, nous guide à travers un magasin exclusif. Elle choisit plusieurs vêtements luxueux et m'emmène vers une cabine d'essayage.

Ça commence par les sous-vêtements. Elle mesure ma taille de soutien-gorge et m'en apporte une douzaine à ma taille. Certains sont sexy et en dentelle. D'autres sont confortables, pratiques.

Puis viennent des robes de cocktail. La première est noire, dos nu. Elle est fluide. Élégante. Chère, aussi.

Ashleigh m'observe longuement. Elle incline la tête sur le côté, me jaugeant du regard.

C'est bizarre. J'ai l'impression d'être une poupée.

Mais j'ai également l'impression de participer à *America's Next Top Model*, attendant que les juges me relookent.

Vous seriez super avec un balayage. Il faut faire ressortir vos yeux. Parfois, ils ont l'air verts, et parfois ils semblent bleus. Mais ils sont magnifiques. Je veux absolument les mettre en valeur.

— Qu'en pensez-vous ? demande-t-elle.

J'admire mon reflet. La robe est belle. Elle épouse mon corps mince, créant l'illusion de courbes délicates.

En temps normal, je me trouve trop maigre. Entre le jogging et le stress qui me coupe l'appétit, je reste plutôt svelte.

C'est un look populaire à Manhattan, mais j'aurais aimé avoir des courbes dignes de ce nom.

— Ça me plaît, dis-je.

Elle rayonne.

— C'est parfait. Prenons ça pour la fête. Le noir est toujours classe. Blake m'a fourni des instructions spécifiques. Il veut s'assurer que vous soyez à l'aise dans votre garde-robe. J'ai une autre dizaine de robes pour vous. Et encore plus de vêtements du quotidien. Ou bien, vous pouvez commencer à chercher vous-même.

Je n'y connais rien en fringues. Je devrais accepter son aide. Je devrais apprendre à accepter de l'aide, de manière générale.

— Faites-moi voir.

Elle sourit.

— Parfait.

Elle hausse la voix vers la pièce principale où Blake est en train de patienter.

— Monsieur Sterling, ça va prendre un moment. Vous voulez peut-être aller boire un café.

— Je peux attendre, répond-il.

Elle secoue la tête et baisse la voix.

— Il n'en fait qu'à sa tête, souffle-t-elle avant de reculer. Déshabillez-vous en attendant, ma chère, je reviens tout de suite.

Je hoche la tête. C'est étrange de se déshabiller devant une inconnue, mais je commence à m'y habituer.

Je m'exécute et suspends la robe.

Un moment plus tard, Ashleigh revient. Elle m'aide à enfiler une autre robe. Celle-ci est longue et violette avec un décolleté en V.

Elle est audacieuse. Sexy. Osée.

C'est le genre de personne que j'ai envie d'être.

— J'aime bien.

Elle sourit.

— C'est parfait. Mais on a besoin d'autres vêtements plus… euh… classiques. La sœur de Monsieur Sterling est très…

— Critique ?

Elle acquiesce.

— Gardez ça pour vous. Même s'il le sait mieux que quiconque.

Elle m'aide à enfiler la robe suivante, en mousseline couleur rose poudré, longue jusqu'aux genoux, à col rond. Elle me désigne une paire de sandales argentées à brides.

Je les enfile et observe mon reflet.

Waouh, j'ai l'impression d'être dans un rêve. Comme si j'étais Cendrillon qui se prépare pour le bal.

Ashleigh incline la tête et m'observe à nouveau, puis elle pointe mes cheveux.

— Et pour ça ?

— Que voulez-vous dire ?

Je n'ai jamais rien fait avec mes cheveux. Ils sont là, c'est tout. Mous, plats, refusant de se laisser boucler. Leur teinte brune ordinaire n'est pas particulièrement jolie, mais elle n'est pas mal non plus. Elle me va bien au teint.

— On peut faire toutes sortes de coiffures attrayantes. Les queues de cheval sont toujours chics. Ou bien un chignon. On pourrait aussi essayer quelque chose de plus affirmé. Ces robes ont de la personnalité. Il faut que vos cheveux et votre maquillage en aient aussi. Vous savez vous maquiller ?

Euh…

— Un peu.

— Je vous prendrai rendez-vous. Pour des leçons.

— Non, je m'en occuperai.

Ça promet d'être amusant. Je pourrais emmener Lizzy. Elle aime plus que moi les sorties entre filles.

— Parfait.

Ashleigh désigne ma robe.

— Déshabillez-vous encore une fois, ma belle. J'ai autre chose pour vous.

Je m'exécute.

Elle part et revient avec de nouveaux vêtements. Normaux. Enfin, normaux pour les riches. Un jean de marque. Un pull en cachemire. Une tunique qui doit coûter plus cher que toutes mes chaussures combinées.

Je les essaye. Puis une autre tenue similaire. Et encore une autre.

Ça continue indéfiniment. Au moins une heure. Peut-être deux.

Le temps que l'on termine, je suis fatiguée et j'ai faim. Mes rêves de voir les juges me féliciter pour mes yeux rieurs à la Tyra Banks se sont envolés. Je ne suis qu'une poupée. J'existe pour le plaisir de quelqu'un d'autre.

Elle serre ma robe un peu trop fort.

— Je m'en charge, dis-je sèchement.

Elle se mord la lèvre et se force à sourire. *Une cliente difficile.*

— Vous aimeriez peut-être parler à Monsieur Sterling.

— D'accord.

Je lui demanderais bien pourquoi j'ai besoin d'une nouvelle garde-robe, mais je connais la réponse.

Elle part et revient avec lui.

L'espace est trop exigu pour nous trois.

Cela dit, j'ai envie qu'il se rapproche.

Je veux que chaque parcelle de son corps se plaque contre le mien.

Blake croise mon regard.

— Prenez une demi-heure de pause, Ashleigh.

— Monsieur Sterling, votre rendez-vous pour le déjeuner…

— J'ai le temps.

Elle s'éclaircit la gorge.

— Vous avez trente minutes. Pas une de plus.

— Allez-y.

Il lui décoche un regard autoritaire.

Elle s'exécute.

J'en déduis que je ne suis pas la seule femme dans sa vie qui suit ses ordres à la lettre.

Elle referme le rideau derrière elle.

La cabine d'essayage tout entière est réservée pour nous.

Il n'y a plus que Blake et moi.

Malgré tout, je me sens à découvert.

Blake m'effleure les hanches du bout des doigts.

Il me fait tourner sur moi-même afin que je me retrouve face au miroir de la cabine.

Je regarde notre reflet alors qu'il descend la fermeture de ma robe. Elle glisse sur mes épaules et tombe au sol.

Me voilà presque nue, alors que lui est entièrement habillé.

C'est lui qui a le pouvoir.

Ça ne me dérange pas.

Mon sexe se contracte.

— Qu'est-ce qu'on…

Je soupire lorsque ses doigts me frôlent le bas du dos.

— Que fais-tu ?

— On a trente minutes.

— Pour…

— Tu n'es pas naïve, Kat. Tu sais très bien ce que je fais.

— Oh.

— Je ne vais pas coucher avec toi.

Je me mords la lèvre. Je n'arrive pas à croire que j'aie

envie qu'il me fasse l'amour dans cette petite cabine d'essayage. Ça me rend folle.

— Mais je vais te faire jouir, ajoute-t-il.

Il dégrafe mon soutien-gorge et le fait glisser sur mes épaules.

— Maintenant, colle tes mains au miroir et fais exactement ce que je te dis.

Chapitre Six

Mon cœur martèle ma poitrine.

Je me force à me tourner vers le miroir, les paumes contre la surface lisse.

— Regarde.

Il me caresse la joue du revers de la main.

Je fixe son reflet. Je le regarde faire courir le bout de ses doigts le long de mon cou, en travers de ma poitrine et sur mes côtes.

Il se rapproche.

Ses lèvres me frôlent le cou.

Un petit baiser.

Puis il me suce la peau.

Ses mains parcourent mon ventre, ma poitrine, mes cuisses.

Lentement, elles s'immobilisent sur mes seins.

Ses pouces jouent avec mes mamelons.

Il dépose une enfilade de baisers dans mon cou, puis sur mes épaules.

Enfin, il plaque son entrejambe contre mes fesses.

Il bande.

Je le sens à travers son pantalon. À travers ma culotte. Et j'en ai envie. Je n'ai jamais touché d'homme auparavant. Pas en dessous de la ceinture, du moins.

Pourtant, je veux poser mes mains autour de lui.

Je veux le prendre dans ma bouche.

L'avoir en moi.

Je veux le posséder comme je l'ai seulement lu dans les livres.

Putain, comme j'aime sentir ses doigts sur ma peau !

Je m'abandonne à ses caresses.

Je m'approprie chaque mouvement de ses pouces. Chaque cercle doucement tracé. Toute la chaleur de sa bouche.

Le plaisir se concentre dans mon corps. Son contact est douloureux. Je décale mes hanches, frottant mes fesses contre sa verge jusqu'à ce qu'il pousse un grognement.

Ses mains se dirigent immédiatement vers mes hanches.

— Ne bouge pas.

À cet ordre, mon sexe se contracte.

J'acquiesce. Je veux rester immobile pour lui. Je veux obéir à ses moindres désirs.

Il passe la main sur l'élastique de ma culotte. Puis redescend. Encore et encore.

Il me caresse, pressant le tissu soyeux contre mon clitoris. C'est doux. Lisse.

Trop doux.

Trop lisse.

J'en veux plus. Plus fort. Je veux tout.

Mais il est patient.

Je me cambre légèrement et ce geste presse sa main contre moi. Mais ce n'est pas suffisant.

Il ne cède pas.

Ses caresses restent délicates. Lentes.

Il me fait trembler.

Haleter.

Enfin, il fait glisser ma culotte jusqu'à mes genoux.

Je l'envoie valser d'un coup de pied.

Je suis nue.

Il est habillé.

Et voir notre reflet me fait mouiller davantage, m'excite.

Il accroche mon regard dans le miroir.

— Tu es nerveuse.

— Un peu.

— Tu te souviens de ce que je t'ai dit la dernière fois ?

— Tu m'as dit beaucoup de choses.

— Ce n'est pas vrai.

Il sourit. À peine.

— Plusieurs choses.

J'inspire profondément et j'étudie son expression. Elle ne m'offre aucun éclair de compréhension.

— À propos des conditions ? Du fait que si je veux quelque chose, tu me l'offriras ? Pourtant, la dernière fois, tu m'as renvoyée chez moi. Je sais que je n'ai rien demandé, mais visiblement, tu avais compris.

— Kat.

Je le regarde à nouveau dans les yeux.

— Oui ?

— Qu'est-ce que tu veux ?

Un frisson me parcourt.

— Toi.

Il place sa paume au creux de mon dos.

— Comment ?

— Tu as dit qu'on ne coucherait pas ensemble.

— J'ai dit que je ne te baiserais pas tout de suite.

Je pince les lèvres. Je déteste sa résolution. Elle m'effraie.

— Mais je vais le faire. Ce soir, précise-t-il.

— Alors…

— Comment veux-tu jouir, Kat ? Sur mes lèvres ? Sur ma main ? Sur la tienne ?

— Euh…

J'essaye de trouver les mots pour répondre, mais je ne peux pas. Je suis trop chamboulée par ses propos coquins. Comment fait-il ?

— Comment ? insiste-t-il.

— Je ne sais pas.

— Tu veux que je décide ?

Oui. Je hoche la tête.

— C'est bien. C'est moi qui contrôle. Ton corps. Ton orgasme.

Je retiens ma respiration. Je devrais détester ça, mais ce n'est pas le cas. J'en ai envie.

Mon corps passe à la vitesse supérieure. Il l'implore, le supplie d'être soulagé, de tout lui donner.

— J'en ai envie, dis-je.

— C'est bien.

Il passe mon bras autour de ma taille et plaque mon corps contre le sien.

Le tissu de son costume me râpe la peau. Mais c'est bon. Exactement comme la friction dont j'ai besoin.

Sa main survole l'intérieur de mes cuisses. Son expression reste patiente. Comme s'il pouvait attendre un million d'années que je fasse ce qu'il me demande.

Un soupir s'échappe de mes lèvres. À demi irrité, à demi désespéré. Mon corps bourdonne et je tremble. Il faut qu'il me touche. Tout de suite.

— Je t'en prie, dis-je.

Rien.

Je plaque mes paumes contre le miroir, redressant le dos.

Le bout de ses doigts effleure l'intérieur de mes cuisses. À peine. Mais c'est assez pour envoyer une vague de plaisir directement entre mes jambes.

Il me caresse les cuisses juste un peu plus fort. Un peu plus haut.

Je ferme les paupières, savourant toutes les caresses, tous les soupirs.

Ses doigts touchent mon clitoris.

Putain.

C'est si bon.

Le désir court dans mes veines. Oui. Là.

Il porte une main à ma poitrine et joue avec mes mamelons. Je cambre le dos, pressant mon entrejambe contre sa main.

Un soupir de plaisir sort de mes lèvres.

Mon corps n'est plus qu'attente impatiente.

Mon univers tout entier n'est plus qu'attente impatiente.

Blake trace des cercles autour de mes mamelons du bout des doigts.

Son autre main me caresse. Elle est tellement douce que je la sens à peine. Mais cela ne fait que m'exciter.

Un gémissement m'échappe.

Il me caresse. Plus fort. Plus vite. C'est parfait. Oui.

Je pousse un cri étouffé. Trop fort. Mais peu m'importe.

Je ne pense qu'à ses mains sur ma peau.

Je laisse mes paupières se refermer.

Mes dents s'enfoncent dans ma lèvre.

Il me caresse de plus en plus vigoureusement. L'orgasme s'élève en moi.

Presque.

Là.

Encore un mouvement de ses doigts et je bascule.

La pression à l'intérieur de moi se propage.

Elle se répand jusque dans mes doigts et mes orteils.

Mon monde devient blanc. Rien d'autre qu'une extase pure et profonde.

J'ouvre les yeux. Je le regarde pendant qu'il m'observe.

Il est intense. Aux commandes. Autoritaire.

Et satisfait.

Je sens sa verge contre mes fesses.

Il bande.

Mais il semble comblé, lui aussi.

Je… je ne comprends pas vraiment.

Enfin, je ne me plains pas.

———

JE PASSE L'APRÈS-MIDI À LA SECTION MAQUILLAGE, essayant de comprendre les tutoriels Youtube sur mon téléphone. Une vendeuse prend pitié de moi et m'apprend à me maquiller de A à Z.

J'arrive même à recréer le look toute seule.

Enfin, presque.

Malgré tout, je prends rendez-vous pour une vraie leçon un de ces jours. Avec Lizzy. C'est un après-midi où je sais qu'elle est libre.

Je retrouve Blake pour le dîner à *La Fleur de Lotus*, le restaurant qui avait si cruellement rejeté ma candidature.

Il prend bien soin de me faire parader devant ce connard de manager qui m'avait snobée la dernière fois.

L'endroit est bondé, mais on obtient immédiatement une table. Juste à côté de la fenêtre. Avec une vue magnifique sur la Cinquième Avenue.

La ville est toujours aussi belle. Le bleu se mêle au jaune et au blanc cassé.

Blake glisse son bras autour de ma taille. Un geste

protecteur. C'est même mignon. Mais est-ce simplement une façade ou bien a-t-il réellement envie de me protéger ?

Je n'en suis pas certaine.

Il tire ma chaise.

— Après toi.

Je m'assieds, replie les jambes, pressant les paumes contre ma robe de mousseline. La jolie robe rose. Elle me donne l'impression d'être une princesse de conte de fées.

Blake s'assied, ouvre son menu et y jette un coup d'œil rapide.

Je fourre le nez dans le mien. Toute excuse est bonne pour éviter la conversation. Je ne sais absolument pas ce que j'ai envie de lui dire. Nous n'avons rien en commun. Mais il va devenir mon époux.

C'est étrange.

Un serveur nous apporte de l'eau.

Je lis le menu trois fois, abandonne l'idée de m'en servir comme distraction et choisis de boire mon verre cul sec.

Les yeux de Blake trouvent les miens.

Je lui rends son regard. J'essaye de me forcer à sourire. Je veux me perdre dans ses yeux. Je veux rentrer chez lui et lui faire l'amour jusqu'à ce qu'il perde la raison.

— Kat.

— Oui ?

— Ça ne marche que si on est honnête l'un avec l'autre.

— Je suis honnête.

— Tu es contrariée.

— Je suis fatiguée. J'ai faim. J'attends…

Je m'éclaircis la gorge.

— Ma sœur n'a pas répondu à un seul de mes textos. Je ne sais pas où elle est. Ton assistante pense que mes cheveux ne sont pas assez bien, apparemment, et je suis tellement maquillée que j'ai le visage poisseux.

Il hoche la tête comme si mes plaintes étaient raisonnables.

Et elles le sont peut-être. J'ai de la chance, mais je suis fatiguée aussi.

C'est surréaliste.

Mes nouveaux habits sont magnifiques. Je suis à présent l'heureuse propriétaire d'une palette de maquillage haut de gamme. Et je dîne avec l'homme le plus sexy du restaurant.

Je joins les mains sur mes genoux.

— Tu m'apprécies quand je me fais belle ?

— Oui, mais je t'appréciais déjà avant.

Il tend le bras en travers de la table, m'offrant sa main.

— Regarde-moi, Kat.

— C'est ce que je fais.

— Comme si tu m'aimais.

Je trace un cercle sur ses paumes du bout des doigts. J'écarquille autant les yeux que possible. J'entrouvre les lèvres, comme si j'avais terriblement envie de l'embrasser.

— Comme ça ?

— C'est bien. Mais j'en veux plus.

Je me colle au dossier de ma chaise, replaçant mes bras devant mon buste. Les couples fous d'amour ne peuvent pas *toujours* être fous d'amour. Surtout lorsqu'ils meurent de faim et attendent de passer commande.

Les gens se disputent en permanence. La passion n'est-elle pas tout ce qui compte dans l'amour fou ? La passion ne consiste pas seulement en de longs baisers éperdus et des corps qui s'unissent, contorsionnés par l'extase. C'est aussi des cris, des disputes et des gifles.

— Kat.

— Oui ?

— As-tu déjà aimé quelqu'un ?

— Non. Je te l'ai déjà dit.

Et il m'a dit que mon look était parfait. Qu'est-ce qui a changé depuis la semaine précédente ? J'enfonce mes ongles dans mes cuisses.

— Tu devrais peut-être me montrer ce que tu veux.

Il quitte son siège et met un genou à terre devant moi.

Les têtes se tournent.

Il est dans la position parfaite pour faire sa demande. Il se redresse, à quelques centimètres de moi. Ses yeux s'écarquillent, s'adoucissent. Ses lèvres forment un petit sourire.

Une douce chaleur se répand dans mon cœur. Ce n'est pas comme avant. Ce n'est pas une chaleur désespérée. C'est dans ma poitrine, cette fois, pas entre mes jambes.

Blake me prend la main et frotte son pouce contre la bande de peau entre mon pouce et mon index.

Je détourne les yeux – c'est trop intime –, mais il tend la main vers mon visage.

Le bout de ses doigts effleure ma peau. Sa caresse est légère comme une plume.

Elle fait monter la chaleur en moi.

Ça me donne le vertige.

C'est lumineux ici. Il y a du bruit, pourtant je n'entends rien et je ne vois que lui. Je ne peux pas m'empêcher de le regarder dans les yeux. C'est un regard d'affection pure. C'est de l'amour. Je l'accepte presque. Non, pas presque.

Je le *crois*. La chaleur se répand à mon ventre et mes joues. Il m'aime.

Non, ce n'est pas vrai.

Ce n'est que du cinéma.

Il se penche plus près. Encore plus près.

Ses lèvres ne sont qu'à un centimètre des miennes. Ce n'est pas comme avant. Ce n'est pas charnel, cette fois.

C'est doux.

Ses mains se glissent dans mes cheveux. Mes paupières

se ferment. J'oublie tout à part la sensation des lèvres de Blake.

Elles sont pulpeuses. Douces. Avec un léger goût de citron.

Enfin, il recule et porte la bouche à mon oreille.

— C'est du cinéma, Kat. C'est complètement faux.

Je hoche la tête comme si je le croyais.

— Je sais.

— Tu t'en sens capable ?

Je ne sais pas. Mais j'ai déjà accepté de le faire. Je hoche la tête.

Il reprend place sur sa chaise, ses yeux braqués sur les miens.

— C'est bien.

— Quoi ?

— La façon dont tu me regardes. Je te crois.

— Ah oui, bien sûr.

Je plaque mes paumes contre la mousseline, mais le tissu n'absorbe pas la sueur. On a presque couché ensemble dans une cabine d'essayage. Je ne devrais pas être nerveuse à cause d'un baiser et de quelques regards sensuels.

Je le regarde comme si je l'aimais.

Et je vais continuer à le faire sans tomber amoureuse de lui.

Du moins, je l'espère.

Chapitre Sept

Le retour en limousine chez Blake est lent et pas du tout amusant.

Il me fait réviser les détails biographiques de sa vie. Ce n'est pas personnel. Juste des faits, tout simplement.

Son père est mort quand Blake n'avait que quatorze ans, il est entré à Columbia à l'âge de seize ans avec une bourse dont il n'avait pas besoin et il a obtenu son diplôme à dix-neuf ans. Le temps qu'il ait l'âge de consommer de l'alcool en toute légalité dans l'État de New York, son business était opérationnel.

C'est comme lire un article sur Wikipédia. Même lorsqu'il me parle de ses loisirs, il les énumère sans emphase et sans joie.

Blake joue aux échecs et regarde des films de science-fiction, mais ça ne semble pas le rendre heureux. Blake est-il heureux, de temps en temps ? Je n'en sais rien.

Il dit qu'il apprécie ses séances de sport quotidiennes.

Que son travail lui procure toute la satisfaction dont il a besoin.

Qu'il prend un grand plaisir à préparer des dîners élaborés pendant son temps libre.

Mais je ne suis pas certaine de le croire.

Blake n'a jamais l'air heureux. Pas avec moi.

Le temps qu'on arrive chez lui, je déplore l'absence de joie dans sa vie.

Les dernières années ont été difficiles pour moi. Mais je trouve des moments de joie. Déjeuner avec Lizzy. Lire une BD géniale. Courir dans la rue. Attraper des flocons de neige avec ma langue. Flâner sous les cerisiers. Dessiner.

Il me guide dans le hall d'entrée luxueux de son immeuble. Directement vers l'ascenseur rutilant et argenté, au bout du couloir.

Il appuie sur le bouton du penthouse.

Les portes se referment.

La cabine monte lentement. Il n'y a pas assez d'espace à l'intérieur pour contenir le désir qu'il suscite en moi. Il aspire la moindre bouffée de mon oxygène.

Enfin, les portes s'ouvrent.

Nous traversons le couloir. Il tire une clé, déverrouille la porte de son appartement et me la tend.

— Merci, dis-je en entrant.

C'est immense.

Quatre fois la taille de notre appartement. Et ça sent vraiment l'argent.

Du plancher en bois. Un canapé en cuir noir, des appareils en inox, une épaisse table en chêne, des baies vitrées.

Il y a un balcon. Un balcon énorme qui surplombe le parc. Je m'y dirige machinalement.

— Fais attention, dit-il. Il fait froid dehors.

Mais Blake parvient à la porte coulissante avant moi. Il l'ouvre. L'air froid s'engouffre à l'intérieur.

Ma robe se gonfle dans le vent. Je serais magnifique sur

une planche de BD. Une fille seule sur le balcon. Ou une fille avec un homme magnifique, sa robe volant au vent, la main de l'homme sous son menton, ses yeux sur elle.

Comme s'il l'aimait.

Comme si elle l'aimait.

Mais cette partie-là est fausse.

Blake tend le bras pour allumer la lampe chauffante. Elle émet une vive lumière orange.

Je me dirige vers le bord du balcon. La rambarde est froide sous mes mains. Contre ma taille.

Je regarde par-dessus.

C'est très haut.

Mes genoux tremblent. Ses mains vont vers mes côtes.

Il m'attire en arrière.

— Fais attention.

— Une fille qui dégringole. Ça ferait monter ton assurance. Et cette mort pourrait être un accident, un suicide ou bien un homicide.

Son appartement huppé serait parfait dans un épisode de *New York : Unité Spéciale*. La configuration est classique. L'homme riche qui obtient toujours ce qu'il veut. La jolie jeune femme retrouvée morte dans une robe de cocktail et des chaussures à talons. Un cliché sur la conclusion malheureuse d'un mystérieux dîner. L'histoire s'écrit toute seule.

Ses mains se referment sur mes côtes.

— Je n'aimerais pas te perdre.

— Parce que je te suis utile ?

Il redescend vers mes hanches, jusqu'à l'ourlet de ma robe.

— Parce que je détesterais te perdre.

Ses doigts effleurent le côté de ma cuisse.

— Tu as le droit d'admettre que tu es nerveuse.

— Je plaisantais.

Il fait remonter ses doigts le long de ma cuisse jusqu'à atteindre ma culotte.

— Tu as peur.

Je ferme les paupières.

Une bourrasque souffle, ébouriffant mes cheveux aux quatre vents.

Oui, j'ai peur.

Mais ce n'est pas le sexe qui me fait peur.

C'est tout le reste.

La possibilité de tomber amoureuse de lui. De perdre le fil de ce qui est faux et de ce qui est vrai.

Du fait qu'il puisse me briser le cœur.

— Kat ?

— Un peu.

Il fait courir ses lèvres sur mon cou, sa main sous ma robe. Ses doigts passent sous les lanières de mon string.

— Tu as déjà entendu parler d'un mot de sécurité ?

— Oui. On en a réellement besoin ?

Ça va être intense à ce point ? Je ne suis pas certaine de pouvoir tolérer quoi que ce soit d'aussi fort pour avoir besoin d'un mot de sécurité.

— Ça ne fera jamais mal.

Son souffle réchauffe le lobe de mon oreille.

— Je vais te faire ressentir tant de choses que tu voudras me crier d'arrêter parce que tu ne pourras pas en tolérer davantage.

— Comment le sais-tu ?

— Je l'ai déjà fait avant.

Je n'ai rien à répondre. Ça ne peut pas faire de mal d'être prudente.

— Très bien.

— Pourquoi pas *échecs* ?

Je ne peux pas m'empêcher de rire.

— Échecs ?

— Oui.

— Parce que c'est la seule chose que tu fais en dehors du travail ?

— Parce qu'on s'en souvient facilement et que c'est difficile de le confondre avec un autre mot.

Ses doigts effleurent mon cou.

— Tu en avais un autre à l'esprit ?

— Non, je crois qu'*échecs* me convient.

— Très bien, alors.

Il porte une main à ma hanche. L'autre rejoint le creux de mon dos.

Ses doigts se referment autour de ma fermeture éclair.

Lentement, il défait ma robe et la baisse sur mes épaules.

L'air froid touche ma peau, mais ça ne contribue absolument pas à tempérer la chaleur qui brûle en moi. Je suis exposée, visible des balcons voisins ou depuis le parc.

Devant lui.

Cette pensée me communique encore un surcroît de chaleur.

Être ainsi regardée, ça confère un certain pouvoir. Je ne l'avais jamais remarqué auparavant. Mais je peux sentir le regard de Blake sur ma peau. Alors même qu'il se tient derrière moi.

Il dégrafe mon soutien-gorge et le jette de côté.

Puis il glisse sa main sur ma poitrine, prend mon sein en coupe et frotte son pouce contre mon mamelon.

Hum. Il est bien trop doué.

J'humecte mes lèvres et incline la tête, offrant mon cou à sa bouche.

Ses dents me pincent la peau. C'est doux. Ça me provoque une petite explosion de douleur qui ne fait qu'éveiller mes nerfs. Tout devient plus net.

Blake pousse un petit grognement alors que ses mains trouvent l'élastique de ma culotte. Il se penche pour la faire glisser jusqu'à mes chevilles.

Je m'écarte pour m'en débarrasser, parvenant à rester debout. Ces talons sont robustes. Confortables, même.

— C'est moi qui suis aux commandes, maintenant, Kat. Tout ce que tu dois faire, c'est ressentir.

Mon sexe se contracte. Mon corps devient léger.

La pensée de céder le contrôle me terrifie.

Et ça me donne des frissons.

Je… je ne sais pas si je suis capable de le faire.

Mais j'en ai tellement envie.

C'est sur ma langue. *Échecs*.

Une pensée étrange. Ainsi qu'un monde étrange. Mais je ne peux pas abandonner tout de suite. Il faut que je le fasse. J'en ai envie.

— Je… Et si je ne peux pas le supporter ? je lui demande.

— Tu peux.

Sans savoir pourquoi, je le crois.

— Tu veux que je te baise ?

— Oui.

— Tu m'offres ton corps ?

Je ne sais pas.

— Je crois.

— Alors, écoute-moi. Et respire. D'accord ?

Je hoche la tête. Je peux le faire. Sans doute.

Ses mains viennent entourer ma taille.

— Rentre avec moi.

Je le suis à l'intérieur.

Il referme la porte derrière nous et s'arrête. Il me regarde comme si j'étais un tableau accroché dans un musée.

Il étudie chaque centimètre de mon corps avec une appréciation émerveillée.

Je ne m'étais jamais sentie particulièrement belle ni désirable.

Mais à présent, c'est le cas.

À présent, j'ai l'impression d'être la plus belle femme de l'univers.

Son regard croise le mien.

— Tu prends une contraception ?

— Non, dis-je. Je ne vois personne.

— Je te prendrai rendez-vous.

— Je peux m'en occuper.

— Je suis en bonne santé. Je t'enverrai les résultats du dépistage, si tu veux.

— D'accord.

Il me mène dans une chambre à coucher.

Ça ne peut pas être la sienne. Tout est trop propre, trop accueillant, trop féminin. Le lit a des draps en coton blanc. Un rideau de mousseline protège la fenêtre, de la même couleur bleu ciel que ma robe.

Blake ouvre le tiroir et en sort un préservatif.

— Assieds-toi sur le lit.

Ma tête se remplit de toutes sortes d'objections, mais mon corps les repousse aussitôt.

Sa voix se fait basse. Sèche.

— Tout de suite.

Je pose les fesses sur le lit. Il est ferme. Un matelas en mousse sans doute hors de prix.

Les paumes à plat derrière moi, je me penche en arrière.

Blake hausse les sourcils. Son regard parcourt lentement mon corps.

— Tu es superbe.

Il passe la main dans la commode et en retire un objet noir.

— Tu as conquis mes pensées, Kat.

— Vraiment ?

Il hoche la tête.

— Je n'arrête pas de me déconcentrer pendant les réunions. Je pense à te fendre en deux alors que je devrais penser aux chiffres. C'est une maladie, mais je ne veux pas en guérir.

Il referme le tiroir de la commode.

— Allonge-toi, les bras au-dessus de la tête.

L'expression dans ses yeux m'y contraint.

Je lui obéis aveuglément.

Je m'étends sur le dos et lève les bras.

Il s'installe sur le lit. Ses genoux se positionnent de part et d'autre de mes cuisses. Son entrejambe est plaqué contre le mien.

Ça ne suffit pas.

J'ai besoin d'en avoir plus.

Blake me prend les mains et les attache avec une cordelette noire. Puis il la fixe à la barre en fer de la tête de lit.

Il teste la résistance du nœud.

— C'est bon ?

Je hoche la tête.

— Quel est le mot de sécurité ?

— Échecs.

— C'est bien.

Il retire sa veste. Puis sa cravate.

Je me décale un peu, explorant ma mobilité. Mes jambes sont libres. Je peux en faire ce que je veux.

Mais mes bras sont maintenus.

Je suis à sa merci.

C'est tout à la fois terrifiant et enivrant.

Je ne peux pas le voir, de là où je suis, mais je peux le sentir.

La chaleur de son corps. Son poids qui s'enfonce sur le matelas. Le bruit de son souffle.

Des boutons se défont. Puis une fermeture éclair. Un pantalon tombe par terre.

Enfin, il apparaît. Une main se pose à côté de mon épaule. L'autre vient écarter mes cheveux, derrière mon oreille.

Il me regarde dans les yeux.

C'est tendre.

Prévenant.

Puis il ferme les paupières et plaque ses lèvres sur les miennes.

Il a si bon goût.

Le désir se manifeste entre mes jambes. Il m'a allumée toute la journée, m'offrant un avant-goût depuis ce matin.

J'ai besoin qu'il remplisse ses promesses.

J'ai besoin de lui, voilà tout.

Ses mains glissent sur ma poitrine. Ses pouces effleurent mes mamelons avant de s'aventurer plus bas.

En dessous de mon nombril.

Ses lèvres suivent le même chemin que sa main.

Il m'embrasse le cou. La poitrine. Le ventre.

Plus bas.

Toujours plus bas.

Presque.

Ma respiration se bloque dans ma gorge. Personne n'a jamais été aussi près de moi. Je ne sais pas ce que je suis censée ressentir. Ni même si je fais tout correctement.

Ses doigts s'enroulent autour de mes cuisses.

Il plaque mes jambes au lit.

— Tu sens tellement bon.

Sa voix n'est plus qu'un grondement sourd. Elle est sauvage. Animale.

Diamétralement opposée au Blake que je connais, le type en costume guindé. Ce mec-là est complètement libéré.

Mon corps se détend alors qu'il lâche un grognement contre ma cuisse. Il en a envie, lui aussi. C'est forcé. Il m'a attachée. Il me tient sous son contrôle.

Je me tortille alors que ses lèvres remontent le long de ma cuisse. Mes jambes luttent contre ses mains.

Il me plaque plus fort, enfonçant ses ongles dans ma chair. C'est douloureux, mais d'un certain côté, c'est bon aussi.

Il se rapproche.

Plus près.

Là.

Sa langue caresse ma vulve. Sa bouche se referme sur le côté gauche et il suce plus fort.

Le plaisir me submerge. C'est intense, ça ne ressemble à rien de ce que j'ai pu connaître jusque-là.

Il est chaud. Humide. Doux. Mais dur aussi.

Je…

Euh…

Merde.

Mes jambes se ramollissent.

J'essaye de me rattraper à quelque chose, mais j'ai les mains liées. Impossible de contenir cette sensation. Je ne peux que le ressentir.

Il trace des formes avec sa langue. Un cercle, un triangle, une étoile, un cœur. Romantique ! Cette pensée se dissout dans les airs.

Tout le reste disparaît.

Tout se dissout dans le plaisir.

Je suis à sa merci.

Et il m'emmène tellement haut.

Il passe sa langue contre moi. Doucement. Puis fort. Vite. Lentement.

Des décharges de plaisir me parcourent. C'est intense. Presque trop.

Il me lèche encore. Et encore.

Mes jambes luttent contre sa main, mais il me maintient en place. Ses ongles se pressent dans ma peau. Plus fort. Ce soupçon de peur me pousse vers les sommets, intensifie les sensations.

L'orgasme monte.

Encore une caresse de sa langue et je vais jouir.

Je tremble. Je frissonne. Je gémis.

Il se retire un instant, puis sa bouche revient sur moi, me léchant avec des mouvements longs et rapides.

C'est beaucoup.

C'est douloureux.

Mais délicieux à la fois.

— Blake.

Je murmure son nom, encore et encore. C'est le seul mot de mon univers. C'est la seule chose dans mon univers. Ses lèvres. Ses grognements. Ses mains puissantes.

Il m'excite encore. Il me pousse jusqu'au bord du précipice. Je suis tellement près que je vais me briser. C'est trop. C'est au-delà du supportable.

Enfin, j'y suis. La pression à l'intérieur de moi se dénoue. Le plaisir se répand dans tout mon corps, s'abat sur moi comme une vague.

Mes muscles se détendent.

Je m'enfonce dans le lit, et au bout d'un moment, je redescends tout en tremblant.

Blake se redresse sur les genoux. Il baisse les yeux vers moi comme un lion qui regarde sa proie.

Comme s'il allait me dévorer.

Putain, il est vraiment magnifique. Il est grand et large, avec des muscles ciselés. Et son… il est…

J'ai vu plein de mecs nus durant les cours de dessin d'anatomie. Mais jamais durs.

Il ouvre le préservatif et le déroule sur sa verge. Je force mes yeux à rencontrer les siens. Mais c'est trop intense. C'est trop intime.

Non. C'est *juste assez* intime.

Je comprends ce Blake-là.

Je comprends exactement ce qu'il veut de moi.

Et je sais qu'il me donnera tout ce dont j'ai besoin.

Il aplatit à nouveau mes jambes sur le lit, puis il abaisse le poids de son corps contre le mien.

J'absorbe la sensation, me laissant aller sur le matelas en mousse.

Il écarte mes jambes encore plus. Son gland presse contre moi. Le préservatif tiraille un peu, puis tout s'évapore et je ne sens plus que sa chaleur.

Il me pénètre.

Merde.

C'est intense.

Pas douloureux, pas vraiment. Simplement intense. Comme si j'étais tellement comblée que je frôlais l'explosion.

Mais c'est agréable, d'une certaine façon.

Blake plaque les mains de chaque côté de mes épaules. Il s'enfonce, encore plus loin.

L'inconfort s'estompe.

Je suis remplie.

Tout entière.

L'instinct prend le dessus.

Je cambre les hanches pour qu'il s'insère plus profondément.

Je veux passer mes bras autour de lui, mais mes

poignets sont arrêtés par les liens. Ce n'est pas moi qui ai le contrôle. C'est Blake.

À cette idée, mon sexe se contracte, lui soutirant un grognement.

Ses lèvres se pressent dans mon cou. Puis ses dents. Il me mord doucement, et plus fort.

C'est douloureux, mais agréable. Comme s'il posait sa marque sur moi, comme si j'étais à lui.

Ses hanches se décalent.

Il bouge plus vite. Plus fort. Ça fait mal pendant une minute, puis tout n'est que délice.

Je cambre le dos, rencontrant ses mouvements, l'accueillant plus profondément.

C'est tellement bon.

Tellement juste.

C'est pour ça que les gens écrivent des chansons. Pour ça qu'ils font la guerre. Pour ça que des gens cèdent leur corps à de quasi-inconnus.

Voilà.

Ses ongles raclent contre mes cuisses.

Ça me fait mal, mais ce n'est pas ce qui retient mon attention. Non, c'est cette version animale de Blake.

Je laisse mes paupières se refermer.

Je m'abandonne aux sensations.

Tout se mélange. La douleur, la pression, le plaisir, le besoin.

Sa respiration s'accélère. Ses cuisses tremblent.

Ses lèvres s'ouvrent avec un soupir.

Il y est presque. Je ne sais pas comment je le sais, mais c'est une certitude.

Il s'apprête à jouir et c'est la vision la plus magnifique que j'aie jamais vue.

Elle m'éperonne.

La tension dans mon sexe se fait plus pressante.

Il va et vient, toujours plus fort.

Plus vite.

Là !

La pression en moi se désagrège au moment de l'orgasme. Elle se répand dans mon bassin, mes cuisses, mon ventre. Je la sens partout.

Puis il redouble d'ardeur, bougeant de plus en plus vite, grognant contre mon cou.

C'est mon prénom qu'il grogne ainsi.

Ses poings se crispent dans les draps lorsqu'il jouit. Sa verge palpite à l'intérieur de moi. Ses muscles se raidissent, puis se détendent.

Il est à moi, ne serait-ce qu'un bref instant, mais je le sens aussi clairement que tout ce que j'ai pu ressentir jusqu'alors.

Quand il a fini, il s'écroule à côté de moi. Son expression est calme. Détendue. Épuisée. Je ne l'ai jamais vu comme ça. Ça me plaît beaucoup.

Il se glisse hors du lit, se débarrasse du préservatif et revient.

Son regard affûté m'observe longuement.

— Ça va ?

Je hoche la tête.

Il me détache avec précaution, prenant soin de jeter un œil à mes poignets, de les étirer, d'y presser ses lèvres.

Puis il me prend dans ses bras et dépose un baiser sur ma bouche.

Il est doux. Affectueux, même.

Enfin, il s'écarte et descend du lit.

— Tu peux rester aussi longtemps que tu veux.

— Merci.

Il fait un pas vers la porte.

— Mets-toi à l'aise. Jordan te ramènera dès que tu seras prête. S'il y a une urgence, je serai dans mon bureau.

Je hoche la tête comme si c'était normal qu'il prenne la fuite.

— D'accord.

— Bonne nuit.

Il sort dans le couloir et referme la porte.

Bon…

Je n'avais encore jamais couché avec quelqu'un, mais je suis quasiment certaine que ce comportement n'est pas normal.

Ses conditions sont claires. L'affection est fausse. Le désir charnel est réel. Je n'aurai jamais de doux baisers et de tendres murmures quand nous serons seuls. Et je n'en souhaite pas.

Il vaut mieux maintenir une limite.

Je descends du lit et examine la pièce. Il n'y a pas grand-chose à part le lit. La bibliothèque dans le coin est remplie de classiques qui n'ont jamais été ouverts. Ils sont là pour la déco.

La salle de bains attenante est magnifique, tout en acier inoxydable et en marbre italien, avec une énorme baignoire à jets et du bain moussant d'importation.

Je fais couler de l'eau jusqu'à ce qu'elle soit à la température idéale, puis je grimpe à l'intérieur. C'est pratiquement une piscine, la baignoire de mes rêves. Mais je ne parviens pas à me détendre.

Quelque chose ne sonne pas juste.

Une fois que je suis lavée, j'en ressors, je m'enveloppe dans une serviette et je retourne dans la pièce principale.

Mes vêtements sont pliés sur le canapé. Pas la robe en mousseline rose, mais le jean et le t-shirt que je portais ce matin.

L'appartement est silencieux. Le clair de lune entre par les immenses fenêtres. Un rai de lumière jaune filtre sous la porte, dans le coin. Le bureau de Blake.

Je crois que je l'inspire. Ça doit être ça.

Je m'installe sur le canapé et j'essaye de me mettre à l'aise. C'est un joli appartement, mais je n'arrive pas à le contempler.

Je n'arrive pas à voir autre chose que cette porte close.

Elle est fermée et je n'y suis pas la bienvenue.

Je ne suis la bienvenue nulle part sauf dans son lit.

Chapitre Huit

L izzy regarde dans le petit miroir en approchant le crayon de la ligne de ses cils. Elle trace un trait brun parfait.

— Tu vois ? C'est facile.

Euh…

La maquilleuse qui nous donne un cours me regarde.

— Qu'en pensez-vous, Kat ? Voulez-vous réessayer ?

Est-ce si difficile de dessiner sur son visage ? Je ne suis pas exactement Picasso, mais je suis largement au-dessus de la norme quand on me donne un feutre et une feuille de papier.

Lizzy me tend le crayon.

Je croise et décroise les jambes. Je regarde mon reflet dans le miroir alors que j'approche le crayon de mon œil.

Je trace le trait le long de mes cils. En haut. Puis en bas. Ce n'est pas si mauvais. Un peu brouillon, mais on y est presque.

— Il faut simplement qu'on nettoie un peu.

La maquilleuse prend un pinceau avec une pointe angulaire.

— Fermez les yeux.

Je m'exécute.

Elle passe son pinceau le long de la ligne que j'ai tracée.

— Super. Ouvrez-les.

Je regarde mon reflet. C'est mieux. Beaucoup mieux. Estompé et sexy, et non barbouillé et amateur.

— Je peux essayer ?

— Bien sûr.

Elle sourit.

Je trace les contours de mon autre œil, puis reprends le pinceau et le passe sur mon travail. Mon estompage n'est pas aussi expert que le sien, mais c'est un bon début.

— Ça me plaît, dit Lizzy. C'est sexy.

— Ah oui ? je lui demande.

— C'est comme si tu rentrais après un coup d'un soir.

Lizzy prend un tube de rouge à lèvres.

— Essaye avec ça. C'est du sex-appeal en boîte.

— C'est trop rouge.

— Les mecs aiment le rouge. Non ? dit Lizzy en regardant la maquilleuse.

— Oui, mais pour être honnête, les hommes ne connaissent rien au maquillage. Mon copain me répète tout le temps que je suis super jolie sans maquillage, quand j'ai un look naturel. J'ai beau lui répéter que je porte trois couches de fond de teint, il insiste quand même.

Elle parcourt du regard les nombreuses rangées de rouges. Elle en prend un, couleur cerise foncée.

— On va essayer. C'est un peu plus froid. Pas aussi lumineux. Je pense qu'il vous ira bien.

Je prends le rouge à lèvres, fais la bouche en cul de poule et en applique deux couches. Il est sombre et intense, comme un verre de vin rouge. Ou une framboise. Entre le rouge à lèvres et mes paupières sulfureuses, je ressemble à une adulte. À une bombe, en fait. Comme si j'allais parvenir à rendre Blake complètement fou.

— Oh. Je vais m'en prendre un, dit Lizzy en souriant à la maquilleuse. Vous avez des palettes en violet ? Brillant ou mat.

— Laissez-moi vérifier.

Elle se dirige vers un autre rayon.

Au même moment, Lizzy se tourne vers moi.

— Tu vas cracher le morceau ?

— À propos de quoi ?

Je fais l'idiote. Le rouge à lèvres cerise me va vraiment bien. Je me l'imagine, étalé sur les lèvres de Blake. Ou bien dans son cou. Ou sur le col de sa chemise. Ou encore sous son nombril.

— Depuis quand tu t'intéresses au maquillage ?

— C'est sympa, non ? La leçon.

— Oui.

Lizzy regarde son reflet, vérifiant son fard à paupières violet.

— C'est génial. Pour moi. Mais pour toi... Ne te vexe pas, Kat, mais tu as l'air un peu perdue et frustrée.

— Ce n'est pas mon fort.

— Tu ne travailles pas le mardi soir ?

— J'ai démissionné.

— Quoi ?

Elle me dévisage.

— Est-ce qu'on peut...

— Oui. Je me suis débrouillée. Je ne peux pas t'expliquer. Mais fais-moi confiance, c'est bon.

— Et ça a quelque chose à voir avec ton intérêt soudain pour le maquillage ? Et la limousine qui t'attendait l'autre jour ? Pourquoi est-ce qu'il y avait une limousine ?

— Je fréquente quelqu'un qui a de l'argent.

— Oh.

— Qu'est-ce que tu veux dire par « oh » ?

Ma sœur me regarde d'un air entendu.

— Tu as un *sugar daddy*. C'est super. Il était temps, Kat. Tu as besoin de faire une pause.

— Non. Ce n'est pas ça.

Bon, c'est un peu ça.

— C'est sérieux.

Puisqu'on va bientôt se marier. Pas dans le sens d'être amoureux, mais tout de même.

— Je vois. C'est pour ça que tu n'es pas rentrée l'autre soir. Et c'est pour ça que tu avais cette tête satisfaite de la fille qui vient de s'envoyer en l'air quand je suis rentrée de l'école le lendemain.

— Je ne vais pas entrer dans les détails.

— Et qui est ce mec blindé ?

— Un gars que j'ai rencontré au travail.

— Oh, mon Dieu. C'est du genre *Pretty Woman*.

— C'est une prostituée !

— Pas grave. C'est romantique quand même. Tu as une photo ?

Non. On devrait avoir des photos. Tout le monde prend des selfies, de nos jours. Ou au moins des photos de vacances.

— Tu sais à quoi il ressemble.

— Il est célèbre.

— Pour ainsi dire. C'est…

Je croise les bras avant de demander :

— Tu me promets de ne pas péter un câble ?

— Je ne pète jamais de câble.

C'est vrai. Mais quand même… c'est une révélation bizarre. Ridicule, même. J'inspire profondément.

— C'est Blake Sterling.

Lizzy ouvre de grands yeux.

— Blake Sterling de Sterling Tech ?

— Oui.

— Oh, mon Dieu ! C'est une légende. Il est génial. Tu as vu ses programmes ? Tu as été dans son bureau ? Dis-moi que tu m'emmèneras dans le bureau !!!

— Je peux sans doute arranger ça, oui.

Lizzy m'attrape les poignets. Elle pousse un petit cri.

— Tu es géniale. Oh, mon Dieu !

Elle regarde mon cou.

— Ce suçon, c'est de Blake Sterling.

— C'est… dis-je en ajustant mes cheveux pour recouvrir le fameux suçon. Ce n'est rien.

Lizzy éclate de rire.

— Je suis contente que tu voies enfin quelqu'un. Tu as été différente cette semaine. Plus heureuse.

— Oui ?

— Satisfaite, dit-elle en riant. Il t'a acheté toutes ces nouvelles robes pour une raison particulière ?

— On peut dire ça.

— Tu sais que j'aurais pu t'aider à choisir.

— On y est allés pendant la journée. Tu étais au lycée.

— J'ai une vie aussi. Et je suis en dernière année. Ce semestre ne compte même pas.

— Peu importe. Il faut quand même que tu apprennes.

— J'apprends tout le temps.

— Il faut que je te le dise. Je suis ta tutrice légale.

Elle hoche la tête pour dire *très bien*.

— Tu peux m'aider aujourd'hui.

— Ah oui ?

Son regard s'illumine.

— J'ai rendez-vous à un salon. Pour mes cheveux. Mais je ne sais pas vraiment ce que je veux.

— Qu'est-ce que tu essayes de faire ?

— Avoir l'air d'être au même niveau que Blake Sterling, je suppose.

— Comme une pute de luxe ?

— Pas exactement.

— Plus classe ? dit-elle en riant.

Son rire est comme une douce chaleur. Lizzy est toujours rayonnante. C'est mon soleil. Elle en a tellement traversé, mais elle garde toujours l'espoir.

Ne vous méprenez pas, ma petite sœur est aussi la pire des cyniques. Elle peut se montrer bougonne, irritée ou carrément antisociale. Mais elle me fait toujours rire. Elle est tout simplement… marrante.

Et elle se débrouille bien. Avec cette bourse, elle sera capable d'entrer dans n'importe quelle université de son choix. Elle aura l'avenir prometteur qu'elle mérite.

— J'ai une idée, dit Lizzy. Ça fait très riche, classe, artistique. Parfait pour toi.

— Je te fais confiance.

———

Deux heures plus tard, je regarde mon nouveau moi. Ce n'est pas un changement radical. Des mèches plus sombres. Un dégradé avec une légère ondulation.

Coiffée et parfaitement maquillée, je peux tout à fait passer pour la copine d'un homme riche.

Lizzy couine en regardant ma nouvelle coiffure.

— C'est parfait ! Et c'est tellement toi. Classe et ravissant.

— J'ai l'air radieuse ?

— Oh, oui. Tu es vraiment rayonnante. C'est presque compulsif.

Peut-être. Je suis contente de parvenir à l'en convaincre.

— Tu ne trouves pas ça trop sombre ?

— Non. C'est bien.

La vibration dans mon sac à main me fait sursauter.

— Oh. C'est ton tombeur ?

Probablement. Je n'envoie de textos à personne à part Lizzy et Blake. J'avais autrefois quelques amis, mais je n'ai eu ni le temps ni l'énergie de garder le contact. Au cours des trois dernières années, j'ai passé tout mon temps avec Lizzy. Rien que Lizzy.

Je tire mon téléphone de mon sac.

Effectivement, c'est un texto de Blake.

Blake : J'ai besoin de te parler. Passe à mon bureau ce soir. J'y serai jusqu'à minuit.

— Un plan cul ? fait Lizzy en haussant les sourcils.

Je lui donne une petite tape.

— Non. Juste un message normal.

— Laisse-moi voir alors.

Je le lui montre.

Elle me sourit en lisant le texto.

— C'est absolument un plan cul.

Je ne pense pas. Et même si ça l'était…

— Et alors ?

— Alors, rien. Je suis contente que tu le fasses enfin.

— Et où as-tu appris ce genre de vocabulaire ?

— Dans les livres.

— Ne te vexe pas, mais tu ne lis jamais.

Elle rit.

— Très bien. C'est à la télé. Tu as besoin d'y aller tout de suite ? dit-elle en faisant un pas en arrière.

— Non, après dîner. Je t'invite. C'est toi qui choisis.

— Des nouilles bien grasses.

— D'accord.

— Mais pas ici. Il faut qu'on aille à Chinatown, il n'y a que là que c'est bon.

Je hoche la tête.

— Où tu voudras.

———

Après un long dîner bien gras et bien salé, Lizzy et moi nous séparons. Je prends le métro jusqu'au centre-ville.

Il est désert. Encore une fois. Je me dis qu'il est toujours vide à cette heure-ci de la soirée.

Je prends une minute pour admirer la beauté de la ville, puis je me dirige directement vers le bureau de Blake.

Encore une fois, il est seul. Je vais directement à sa porte ouverte et je frappe.

— Kat. Entre.

— Comment tu as su que c'était moi ?

— Qui ça aurait pu être d'autre ?

— Le concierge.

— Ses chaussures ne grincent pas.

Le rouge me monte aux joues.

— Je crois que je devrais en acheter d'autres. De meilleures.

— Si tu veux.

Il contourne son bureau et me regarde des pieds à la tête. Il commence par mes cheveux, s'attarde sur ma poitrine, s'arrête sur mes bottes bon marché.

— Elles te ressemblent.

— Parce qu'elles ne sont pas chères et pas aussi étanches qu'elles sont censées l'être ?

— C'est artistique.

— Comment sais-tu que je suis une artiste ?

— Tu t'arrêtes très souvent pour regarder de jolies choses.

— Oh.

J'admets que c'est vrai.

— Je peux te payer des cours, si tu veux.

Ce serait génial, mais…

— Je peux me débrouiller.

Il désigne le canapé de la main.

— Tu veux boire quelque chose ?

— Oui.

Je laisse tomber mes sacs dans le coin – mon sac à main et l'autre, qui comporte pour quatre cents dollars de maquillage – et je m'assieds sur le canapé. C'est étrange, la façon dont Blake se propose de s'occuper de tout. Je suis tentée d'accepter toutes ses propositions.

Mais alors, où vais-je me retrouver quand ce sera terminé ?

Est-ce que j'existerai vraiment, ou bien ne serai-je que l'amalgame des désirs de Blake ?

Il prépare nos boissons et les apporte vers le canapé.

Le frôlement de ses mains réveille mon corps. C'est drôle. Quelques nuits auparavant, le sexe était fou, brut et animal, mais j'ai toujours l'impression que nous sommes deux inconnus.

Il me traite toujours comme une collègue.

— Merci.

J'avale une longue gorgée de gin-tonic. Il est aussi sec et pur que la dernière fois.

— Tout va bien ?

— Pas exactement, répond-il.

Il avale une grande goulée de whiskey. Son regard va vers la fenêtre qui donne sur la ville. La lune argentée émerge derrière un gratte-ciel.

— Il y a une fête vendredi.

— On devra y assister ensemble ?

— Oui. C'est un événement d'entreprise. Mais ma famille sera là aussi.

— Tu as une famille ?

Il me regarde comme s'il se demandait si je plaisante.

— Bien sûr.

— Non, je veux seulement dire… que tu n'en as pas vraiment parlé.

Sa main caresse le côté de ma cuisse.

— J'aimerais annoncer notre relation pendant la fête.

— Oh. D'accord.

— Et te demander de m'épouser.

— Déjà ?

Ça ne fait qu'une semaine. Même pas.

Il hoche la tête.

— Tout se passe plus vite que je l'avais espéré.

— Quoi donc ?

Il regarde à nouveau la fenêtre.

— On a besoin d'accélérer les choses. De se marier le mois prochain.

— Le mois prochain ? En avril ?

Il acquiesce.

— En effet, c'est le mois qui suit mars.

Je crois qu'il me taquine. Peut-être.

— Est-ce vraiment crédible ?

— Si on raconte à tout le monde qu'on se voyait en secret.

Il me regarde dans les yeux. Il y a quelque chose dans son expression. Une tristesse.

— Je déteste devoir précipiter les choses, mais c'est la seule façon.

— Qu'est-ce que tu attends de moi ?

— J'ai fait un document. La plupart de mon histoire. Une fausse histoire pour nous. J'ai besoin que tu en fasses une pour toi. Pour demain. Envoie-la-moi par e-mail. Je l'apprendrai par cœur.

— On pourrait juste passer du temps ensemble. Apprendre à se connaître. Ce genre de choses.

Son sourire est triste.

— On n'a pas le temps.

Il se penche pour presser ses lèvres contre les miennes.

— C'est plus rapide comme ça. Plus facile.

Il termine sa dernière gorgée de whisky, se redresse et ramène le verre au bar.

— Je vais être occupé jusqu'à la fin de la semaine. Je t'enverrai une voiture vendredi.

— D'accord.

Il me tourne le dos.

— Tu peux rester un peu dans le bureau, mais il faut que je retourne travailler.

— Oh. Très bien.

Il me met aussi à la porte. Et cette fois, il n'a obtenu de moi qu'un baiser.

— Je t'enverrai le document par mail.

Je hoche la tête.

— D'accord. On se voit vendredi.

— Bonne nuit, Kat.

— Bonne nuit.

Je tourne les talons, repars et passe le trajet en métro à m'interroger sur cette tristesse dans son regard.

Quelque chose ne va pas.

Mais quoi ?

Chapitre Neuf

L es doigts de Blake m'effleurent le dos, plaquant la soie de ma robe contre ma peau.

Il pose la main sur la cambrure de ma taille.

C'est un geste possessif. Doux. Aimant.

Bien entendu, tout ça n'est qu'un mensonge.

Non, la possessivité est réelle. Je crois. Mais le reste…

J'esquisse un sourire forcé.

Je m'abandonne à son contact.

Il se tourne vers moi avec de grands yeux pétillants. Il me regarde comme s'il était fou amoureux. Comme si j'étais ce qu'il aime le plus au monde.

Je déglutis.

C'est un mensonge.

Il ne m'aime pas. Je ne l'aime pas. Certes, j'ai mémorisé tous les éléments de son document personnel et il connaît tous les miens, mais c'est superficiel. Nous ne nous comprenons pas mutuellement. Pas quand nous sommes habillés, du moins.

J'enfonce mon ongle manucuré dans la chair de mon pouce. Je pense à m'asseoir à côté de Lizzy, à commérer sur tous les clients désagréables de Pixie Dust, la boutique où elle travaille. Je pense au café où on a mangé ce soir, ce petit endroit charmant à l'angle de la rue, où le serveur nous offre des crêpes en rab.

Quand je me retourne vers Blake, j'oublie tout.

Je pense à son sourire, ses yeux et ses épaules.

Je pense à son corps sur le mien.

Je pense à la tristesse qui émane de son expression.

Et à quel point j'ai envie de l'effacer.

Il se penche pour murmurer à mon oreille.

— Tu es parfaite.

J'en ai le souffle coupé. Je suis parfaite… pour faire semblant. Mais en réalité, je ne le suis pas. Pas vraiment.

Il recule et se tourne vers un homme en costume bleu foncé.

Blake lui tend la main et la lui serre.

Puis l'homme se tourne vers moi.

— Vous devez être Kat.

J'acquiesce.

— Effectivement.

— J'ai tellement entendu parler de vous.

Il me tend la main.

Je la serre, rendant ma poignée de main aussi forte que possible.

— Kat Wilder. Ravie de vous rencontrer.

Je lui adresse mon sourire le plus coquet. Blake a-t-il vraiment parlé de moi ? On ne fait semblant de se voir que depuis une semaine.

— Declan Jones, me dit-il ensuite. Blake a minimisé votre beauté.

Je pince les lèvres en un sourire.

— Merci. Moi aussi, j'ai entendu parler de vous.

Bon, j'ai vu son nom dans le petit document qui expliquait la vie de Blake tout entière. Declan est un technicien informatique de San Francisco.

— Et personne ne t'accompagne ? demande Blake.

— Je suis là pour le travail, mon vieux. Pas de compagne. Mais je suis content que tu te sois porté volontaire pour me distraire, sourit Declan. Les choses ne se sont pas bien passées avec Grace. Des styles de vie trop différents.

— Traduction : elle n'acceptait pas qu'il voie d'autres femmes à côté, me dit Blake en arquant un sourcil comme pour défier son ami.

Declan hausse les épaules d'un air de fausse modestie. Alors, ce mec est volage. Ce n'est pas surprenant. Ce qui compte, c'est qu'il gobe notre ruse.

Je dois admettre que c'est convaincant. Blake est le petit ami réservé et protecteur, et moi, la jolie et jeune créature dont il a besoin à son bras.

Blake dit au revoir à son ami et se tourne vers un autre homme. Celui-ci est grand, avec la mâchoire affirmée et des yeux intenses et profonds.

— Est-ce que je suis censée le connaître ? je murmure.

Blake secoue la tête.

— Non. Ce n'est pas un ami.

— Alors, pourquoi est-il là ?

— Tu connais la rengaine. Il faut savoir bien s'entourer, amis ou ennemis.

Cette fois, son sourire est sincère.

— Tu as des ennemis ?

— Disons plutôt des compétiteurs. Voici Phoenix Marlowe. C'est le propriétaire d'Odyssey.

— Je m'y connais à peine en ordinateurs.

— C'est un nouveau programme d'intelligence artificielle. À la pointe de la technologie. Ça pourrait chambouler l'industrie tout entière.

Il secoue la tête.

— Je me rends compte que je baragouine. Pardonne-moi.

— Ce n'est rien.

La sincérité dans sa voix me désarme.

— Je devrais le présenter à ta sœur, mais…

— Mais ?

— Il a une réputation.

— Tu te montres protecteur envers Lizzy, maintenant ?

Il hoche la tête.

— Elle fait partie de la famille.

Je le regarde. Il le pense vraiment. Voilà au moins une chose de vraie dans ce mariage qui approche. Il pense vraiment que nous serons une famille. Du moins pour un moment.

— Il est beau.

C'est vrai.

— Pas autant que toi, mais…

— Je ne suis pas jaloux.

— Non ? Et si je répète que j'ai envie de lui arracher son costume ?

Blake me dévisage avec une lueur narquoise dans les yeux.

— Que j'ai envie qu'il m'attache au lit ? continué-je.

— Ça te plairait.

— Peut-être.

Non.

Blake plisse les yeux. Il est jaloux. Il secoue la tête, refusant de l'admettre.

— Alors, il faudra que je trouve un endroit discret tout de suite. Pour te rappeler à quel point tu as besoin de moi.

Oui. Son plan me plaît. Je hoche la tête.

— Tu devrais.

Mais nous sommes interrompus par un autre ami.

Je souris pendant les présentations. Puis il y en a un autre. Et un autre encore.

Ça devient une habitude. Blake me présente. Le gars dit en substance que je suis trop belle pour lui. Je ris. Je me raccroche au bras de Blake. J'affirme qu'il est le seul homme pour moi.

Il me serre plus fort.

Sa voix devient plus rauque.

Comme s'il était réellement jaloux.

Comme s'il ne pouvait pas supporter que les autres hommes me regardent.

Une femme d'environ vingt-cinq ans nous interrompt.

— Blake.

Il reste de marbre.

— Voici ma sœur, Fiona.

Elle me salue du menton et replace ses cheveux foncés derrière ses oreilles.

— C'est Kat, n'est-ce pas ?

J'acquiesce

— Ravie de vous rencontrer.

Elle hoche la tête en me serrant la main.

— Oui… c'est… intéressant.

Sa voix s'éteint. Elle ne croit pas à notre histoire, mais elle ne s'y attarde pas. Elle se tourne vers son frère.

— Maman veut rencontrer ta petite amie. Elle espère que tu penses enfin à autre chose qu'au sexe.

Sa mère a dit ça ?

C'est étrange…

Ou bien c'est la façon de parler de Fiona. Il y a quelque chose dans sa posture. Elle est tendue. Jalouse ? Ou bien défiante ? Difficile à dire.

Quoi qu'il en soit, il faut que je lui fasse gober cette relation.

Je serre Blake plus fort.

— C'est drôle. Notre relation était purement sexuelle au début. C'était… génial. Je vous épargne les détails. Mais Blake est tellement adorable.

Je me tourne vers lui et le regarde dans les yeux. Je cultive toute l'affection du monde.

— Je n'ai pas pu m'en empêcher. Ça a été le coup de foudre.

Il fait courir ses doigts sur mon menton.

— Kat.

Sa voix est douce, tendre, pleine d'affection.

Pleine d'amour.

Il se penche plus près.

Encore plus près.

Ses lèvres frôlent les miennes.

Il m'embrasse comme s'il était fou amoureux de moi.

J'ai des papillons dans le ventre. Mes genoux s'entrechoquent. Mon corps tout entier est léger. Je le crois. J'y crois absolument.

Je me hisse sur la pointe des pieds et glisse mon bras autour de son cou.

Les paumes au creux de mon dos, il m'attire à lui.

Je lui rends son baiser plus énergiquement. Mensonge ou pas, ses lèvres sont parfaites contre les miennes.

— Trouvez-vous une chambre, nous reproche Fiona.

Blake recule et jette à sa sœur un regard méprisant.

— Où est Trey ?

Elle joue avec son alliance.

— À une conférence.

Une certaine mélancolie transparaît sur son visage.

Son mari est ailleurs et Blake lui balade notre relation sous le nez. Ça doit faire mal.

Même si elle est plutôt… désagréable.

— Il n'a pas pris la peine de venir ?

La voix de Blake est celle d'un grand frère protecteur.

Elle me rend toute chose. D'abord, il veille sur Lizzy, puis sur sa sœur qui n'est pas particulièrement sympathique. C'est charmant.

— Maman est fatiguée aujourd'hui. Assure-toi de lui parler avant ton discours, d'accord ? demande-t-elle.

— J'ai tout prévu.

— Non, tout de suite. Je ne suis pas sûre qu'elle arrive à assister à tout ton discours.

Elle me dévisage des pieds à la tête, cherchant la petite bête.

— Comment vous êtes-vous rencontrés exactement avec Blake ?

Je tente de lui décocher un regard qui signifie *je suis terriblement amoureuse de votre frère*.

— Je lui suis rentrée dedans alors que je sortais d'un entretien d'embauche.

— Oh ? Vous travaillez. Ça doit être un changement agréable, Blake, dit Fiona.

Une pointe d'irritation se devine dans son expression. Ou plutôt, il y a une légère lueur dans ses yeux. Mais ça en dit long.

— Que faites-vous ? demande Fiona.

— Je suis serveuse, dis-je.

Fiona réprime quelque chose. Le jugement. Ou peut-être de la solidarité. Je n'en suis pas certaine.

Elle regarde son téléphone, puis fronce les sourcils.

— J'ai été ravie de vous rencontrer, mais il faut que je passe un coup de fil.

Une communication silencieuse s'opère entre Blake et elle. C'est de la pure magie entre frère et sœur. Je fais la même chose avec Lizzy.

Enfin, elle se tourne pour partir. Son pas est lourd, frustré.

Et mon cœur s'emballe.

Je flotte toujours sur un nuage après ce baiser.

Ce n'était que de la comédie.

Mais rien de tout cela n'a l'air d'être de la comédie.

Plus maintenant.

Je prends une flûte de champagne à un serveur qui passe.

C'est délicieux. Sucré. Pétillant. Fruité.

Je veux boire d'un trait, mais Blake me retient le poignet.

Il se penche pour me murmurer de ralentir.

C'est une bonne idée. J'ai besoin de garder les idées claires. J'ai besoin de conserver toutes mes inhibitions.

Je hoche la tête.

— Bien sûr, mon chéri.

Sa paume dans mon dos, il me guide à travers la foule. Tout le monde le salue de la main ou du menton.

La plupart me regardent comme l'a fait Fiona, comme s'ils me jugeaient, comme s'ils essayaient de savoir si je suis l'amour de sa vie ou bien une potiche remplaçable.

Je m'intéresse aux décorations. Des œuvres d'art sophistiquées et abstraites, en or et en argent. Totalement incompréhensibles, tout comme Blake.

Nous nous dirigeons vers une rangée de sièges au coin de la pièce. Une femme est assise, un verre de champagne à la main.

Elle a la quarantaine. Ou peut-être la cinquantaine. Je n'ai jamais vraiment su deviner les âges. Elle est mince. Non, elle est très fine. Comme si elle allait disparaître dans le vent.

Elle est ravissante, bien habillée, avec une coiffure et un maquillage impeccables, mais elle dégage quelque chose d'étrange. Elle est pâle. Plus qu'il n'est normal de l'être en hiver à New York. Plutôt comme si elle était malade.

Ses joues se ravivent quand elle aperçoit Blake et ses yeux s'illuminent. Elle sourit.

Puis elle me dévisage. Pas comme tous les autres, elle semble même contente de me voir. Comme si elle espérait que je sois assez bien pour Blake. Que je devienne tout pour lui.

Elle se redresse lentement.

Blake se précipite pour l'aider, mais il est trop lent.

Elle secoue la tête.

— Mon fils a toujours été très protecteur.

Elle se tourne vers moi.

— Vous devez être Kat.

— Oui.

J'ai du mal à soutenir son regard. Elle a la même intensité que Blake, comme si elle pouvait lire dans mon esprit.

— J'ai tellement entendu parler de vous, dis-je.

— Oh, vous êtes gentille de mentir. Si je connais bien Blake, je doute que vous ayez beaucoup entendu parler de moi.

Je souris. Un vrai sourire, cette fois.

— Appelez-moi Meryl. Et je vous en prie, pas de « Madame Sterling ». Si vous insistez, alors c'est Mademoiselle. Je ne veux pas que des célibataires de choix s'imaginent que je suis prise.

Je veux lui serrer la main, mais elle me prend dans ses bras.

Sa tête est pressée contre ma poitrine. Meryl est plutôt petite et je porte des talons vertigineux sous ma robe.

Elle rit.

— Ah ! Je vois pourquoi mon fils vous apprécie.

— Maman.

Blake s'éclaircit la voix. Pendant une seconde, on dirait un adolescent qui se plaint que ses parents lui fassent honte.

C'est incroyablement charmant.

Elle éclate de rire.

— Mon fils… Ce n'est pas sa faute, mais il me croit trop vieille pour remarquer ces choses-là.

Elle se tourne vers Blake.

— Un jour, tu friseras la cinquantaine, toi aussi. Et tu remarqueras encore les belles poitrines.

Les joues de Blake deviennent écarlates. Bon Dieu ! Sa mère est bel et bien en train de lui faire honte. C'est tellement normal.

Meryl secoue la tête.

— Ma chère, avez-vous besoin de vous asseoir ? Ces talons ont l'air terriblement douloureux.

— Ça va aller. Je passe mes journées debout.

— Vraiment ? Qu'est-ce que vous faites ?

— Je suis serveuse.

Je me prépare à un commentaire acerbe. Meryl semble gentille, mais avec les gens qui ont de l'argent, on ne sait jamais s'ils ne méprisent pas les personnes ordinaires.

— Est-ce qu'on ne dit pas *personnel de service*, de nos jours ? demande-t-elle.

— C'est un peu la même chose.

Même si ce n'est plus mon emploi.

— La merde ne sent toujours pas la rose, même si on insiste, rit-elle. J'étais serveuse dans le plus bel établissement de la ville. C'est là où j'ai rencontré feu Monsieur Sterling.

— Vraiment ?

Elle hoche la tête.

— Vous auriez dû le voir. Il s'habillait encore mieux que Blake. Il était tellement tape-à-l'œil avec sa montre en platine. Quand Orson…

— Orson, vraiment ?

— Oui, je le crains.

Son sourire illumine son visage tout entier.

— Quand il est entré dans le restaurant, il a fait un effet monstre. Toutes les filles voulaient cette table. Épouser un client riche était un véritable rêve. La meilleure façon d'avoir une vie meilleure. Mais moi, je détestais ce saligaud.

— Pourquoi l'avez-vous épousé, alors ?

— J'ai déjà suffisamment gêné Blake.

Blake est toujours cramoisi. C'est fascinant. J'ai du mal à croire qu'il puisse ressentir la moindre timidité.

Je me penche vers elle et lui murmure :

— Je ne le répéterai pas.

— Au début, c'était purement sexuel. C'était à peu près la seule chose qu'on avait en commun. On s'est laissé rattraper par la passion. Puis je… bon, Blake connaît l'histoire. Je suis tombée enceinte. C'était une surprise, mais c'était désiré. J'avais toujours rêvé de devenir mère. Nous nous sommes mariés immédiatement. Les choses étaient différentes, à l'époque. On n'avait pas d'enfants hors mariage.

Elle termine sa dernière goutte de champagne et se dirige vers le serveur le plus proche.

Blake s'empresse immédiatement auprès de Meryl. Il lui prend son verre et lui décoche un regard inquiet.

Elle secoue la tête.

— Je ferais mieux de vous laisser partir, ma chère. Je suis certaine que Blake veut vous exhiber devant tout le monde.

— C'est probable.

Elle étudie mon expression.

— Je ne vous en voudrais pas si vous l'aimiez pour son argent ou son apparence.

— Je… euh… Ça a commencé pareil. Je veux dire sur le plan physique. Mais Blake…

Je le regarde dans l'espoir qu'il me sauve de cette conversation, mais il est parti chercher un autre verre de vin.

— Il est fantastique.

— Vraiment ? Il a toujours semblé… inflexible.

— Parfois. Mais je… je sais qu'il prendra soin de moi.

Au moins, ce n'est pas un mensonge. Pas techniquement. Je sais qu'il me fait du bien, et c'est une façon de prendre soin de moi. Dans un sens.

— Soyez patiente avec lui. Son père n'était pas un homme bon. Ce n'est pas une excuse, mais…

Elle secoue la tête et se replonge dans ses réflexions.

Blake arrive avec deux nouveaux verres. Il en tend un à sa mère et m'en donne un autre.

— Laisse-nous une minute.

J'acquiesce.

— Bien entendu. J'ai été ravie de vous rencontrer.

Meryl hoche la tête. Ils ne disent rien jusqu'à ce que je me retourne, et même alors, ils parlent trop bas pour que je les entende.

Malgré tout, je sais qu'ils sont en train de parler de moi.

Je vois qu'ils partagent un secret.

Chapitre Dix

Les toilettes sont aussi belles que la salle de bal de l'hôtel. Le sol est en marbre. Les miroirs sont finement ouvragés. De l'art moderne est affiché aux murs.

J'ouvre le robinet d'eau froide et m'asperge le cou.

Ça me fait du bien.

Une porte s'ouvre derrière moi. Des pas approchent.

Je me concentre pour m'appliquer une autre couche de rouge à lèvres. Couleur cerise, qui me donne l'impression d'être une déesse du sexe.

Fiona s'approche du miroir. Elle regarde le lavabo tout en se lavant les mains. Ses yeux sont rouges et gonflés.

Elle a pleuré.

Elle me regarde tout en prenant une serviette en papier.

— Je suis surprise que Blake vous ait lâché du lest.

Je me force à sourire. C'est peut-être une menace, ou bien de la curiosité sincère. Quoi qu'il en soit, je dois faire semblant d'être folle amoureuse.

— Il ne peut pas vraiment m'accompagner jusqu'ici.

— Hum.

— Il est très protecteur.

— Essayez donc de l'avoir pour grand frère.

— J'imagine.

— Tous les garçons de notre école avaient peur de sortir avec moi. Ils croyaient que Blake allait leur botter le cul.

— Et il l'aurait fait ?

— D'après vous ?

— Pardon ?

— C'est votre petit ami. Vous ne savez pas comment il réagit quand il est jaloux ?

— C'était il y a longtemps.

— Hum, dit-elle en replaçant ses cheveux foncés derrière son oreille. Non, Blake n'est pas violent. Enfin… généralement pas.

Je ravale la question qui me monte dans la gorge. Il y a quelque chose qu'elle ne me dit pas. Quelque chose que je ne suis pas censée savoir.

Elle m'observe une fois de plus.

— Je dois dire que je ne m'attendais pas à ce qu'il soit avec quelqu'un comme vous.

— C'est-à-dire ?

Elle sort son rouge à lèvres de sa pochette.

— Blake est marié à son travail. Il est pire que mon mari. J'ai toujours pensé qu'il finirait avec quelqu'un comme lui.

— J'aime mon travail aussi.

— Serveuse ?

— Je suis dessinatrice. J'ai encore beaucoup à apprendre. Ça m'occupe.

Elle hoche la tête, acceptant mon histoire. Ou peut-être que cela signifie *très bien, vous y croyez peut-être, mais pas moi.* Je n'en suis pas certaine.

— Blake prend du temps pour moi.

C'est vrai. Enfin, ce n'est pas faux.

— Il veut changer les choses. Il sait que je ne serai pas heureuse s'il ne le fait pas.

— J'espère que vous avez raison. Mais vous savez ce qu'on raconte sur les hommes et le changement ?

— Non, je ne sais pas.

— Exactement. Ils ne changent pas.

Elle inspire profondément. Il s'agit d'un test, et je dois le réussir.

— Je crois que le temps nous le dira.

Fiona se mord la lèvre.

— Ou bien, ça vous est égal ?

— Pardonnez-moi ?

— Vous êtes serveuse. Il est plein aux as. Il ne faut pas être un génie pour comprendre qu'il a l'étiquette *pigeon* collée sur le front.

— Ce n'est pas ça. J'aime Blake.

Seigneur, c'est un aveu de passion terrible. Je me force à sourire. Je pense à toutes les choses qui me font battre le cœur. L'accident. L'horizon au soleil couchant. Les premières fleurs de printemps.

— Il… Je n'ai jamais rencontré quelqu'un comme lui. Avec lui, je me sens en sécurité. Il me désarme. Il…

Elle referme sa pochette.

— J'espère que vous dites la vérité. Pour votre bien. Car sinon… vous allez regretter de l'avoir utilisé. Je m'en assurerai.

— J'apprécie que vous vouliez le protéger.

Vraiment, c'est gentil, même si j'en fais les frais.

— J'espère que vous passerez une bonne soirée.

Je laisse tomber mon rouge à lèvres dans mon sac et je sors de la salle de bains d'un pas énergique.

Les conversations vont bon train autour de moi. Elles sont sonores.

Tout le monde me dévisage comme l'a fait Fiona.

Qu'est-ce qu'il fait avec elle ?

Et qu'est-ce qu'elle fait avec lui ?

Quelqu'un d'aussi jeune. Elle cherche un pigeon ? Il suffit de regarder sa robe.

Vous pensez que c'est une prostituée ?

Bon, je m'imagine des choses. Je crois.

C'est drôle. Je n'ai jamais pensé que des gens puissent me regarder comme si j'étais trop jolie pour être avec quelqu'un.

C'est presque agréable.

Mais ce n'est pas ma beauté que Blake recherche.

C'est ma…

Non, il ne recherche rien.

C'est n'importe quoi.

Je trouve un serveur et prends une autre flûte de champagne. Les bulles pétillent sur ma langue. Elles rendent la pièce effervescente.

Mais où est mon petit ami qui m'adore ?

Il n'est plus dans le coin où il se trouvait tout à l'heure. Meryl non plus.

Je traverse la salle au hasard, à sa recherche. Mais je ne le vois nulle part.

Oh. J'avise un balcon tranquille devant moi. C'est parfait.

Quelqu'un me coupe la route. Declan, le vieil ami de Blake.

— Hé, Kat ! Blake va bientôt faire son discours.

— Je vais juste prendre un peu l'air.

Il me tapote l'épaule.

— C'est ça.

Puis il se penche plus près et murmure :

— Je tiens de source sûre qu'il va parler de vous.

Oh.

On accélère nos plans.

Ça doit signifier que…

Je déglutis.

— Bien sûr.

Je le suis dans la pièce principale et prends un autre verre de champagne, que je vide rapidement.

Ça va trop vite.

Je ne suis pas prête à devenir fiancée.

Declan me tape dans le dos. Il désigne une petite estrade. Blake est là, son verre de champagne levé comme s'il s'apprêtait à porter un toast.

Il balaye la foule du regard. Ses yeux viennent se poser sur les miens, remplis d'amour.

Comme si c'était réel.

Son sourire s'étend jusqu'à ses joues.

C'est à ça que je sais que c'est faux.

Blake ne sourit jamais.

J'enfonce mon ongle dans ma paume

Il ne t'aime pas.

Ce n'est qu'une mascarade.

— Je sais que vous avez tous hâte d'entendre parler de notre nouvelle fonction Photos. J'aimerais féliciter l'équipe de développeurs – vous êtes tous fantastiques ! Mais aujourd'hui, nous faisons la fête.

Il lève sa flûte à champagne.

— Passons à quelque chose d'intéressant.

Les invités rient et lèvent leurs verres.

Blake termine le sien en une seule gorgée. Ça ne lui ressemble pas. Ce n'est pas le Blake que je connais.

Il essuie la sueur de son front.

Ça non plus, ça ne lui ressemble pas.

Blake n'est jamais nerveux.

Son regard croise le mien. Il exprime quelque chose, quelque chose de réel.

Je commence à avoir des papillons dans le ventre.

Mes doigts et mes orteils deviennent légers.

J'oublie tout le reste, concentrée sur ses yeux bleus.

— Aujourd'hui, mes priorités sont différentes.

Il descend de l'estrade.

— Il y a quelque chose, non, quelqu'un, que j'aime plus que Sterling Tech.

La foule se sépare jusqu'à ce qu'il reste un espace vide entre Blake et moi. C'est une bonne chose que son micro soit sans fil, parce que je suis figée sur place.

Il se rapproche lentement et me tend son verre de champagne.

Ses yeux irradient d'amour.

Je le crois.

Je crois en tout cela.

Il prend ma main et me caresse les doigts.

— Kat, je n'ai jamais aimé personne autant que toi.

J'en ai des palpitations.

C'est juste du cinéma.

Mais mon corps ne le comprend pas.

Mon corps est en feu. Il a envie de lui. Pas simplement la chaleur de son toucher, mais la douceur de son étreinte.

— Tu fais de moi l'homme le plus heureux du monde.

Il met un genou à terre.

Je force mes lèvres à sourire.

Blake tire un écrin de sa poche.

— Veux-tu m'épouser ?

C'est un solitaire avec un anneau en platine. Quatre carats, cinq, peut-être. Sophistiqué, comme tout ce qu'il possède.

La pièce devient silencieuse. L'attention générale est braquée sur nous. Je vois que sa mère nous regarde. Elle reste bouche bée, mais la joie sur son visage est immanquable.

Je choisis d'afficher un large sourire. Je porte mes mains à ma bouche, comme si je ne parvenais pas à croire en ma chance.

— Bien sûr.

Ses yeux restent rivés sur les miens. Il fait glisser l'anneau de fiançailles à mon doigt et se redresse.

Blake se penche pour m'embrasser. Nos lèvres se rencontrent et des feux d'artifice explosent à l'intérieur de moi. C'est du cinéma. Tout est faux, à part la bague.

Je suis fiancée à Blake Sterling.

C'est la meilleure décision que j'aie jamais prise, ou alors la pire erreur de ma vie.

Chapitre Onze

D es flashes crépitent. Des appareils photo de téléphone cliquettent. Un véritable obturateur se referme et s'ouvre.

Nous nous donnons en spectacle.

Mais c'est une évidence. Une demande en mariage publique est toujours un événement.

Blake est déjà à mes côtés, le bras autour de ma taille, l'air froid et détaché. Si je le connaissais moins bien, je dirais que c'est un robot programmé avec une seule expression faciale.

Mais il n'en est pas un. Il a d'autres côtés, d'autres teintes. Je les ai seulement entraperçues, mais j'en suis absolument certaine.

Blake salue la foule de la main.

— Si vous voulez bien nous excuser, ma fiancée et moi aimerions rester seuls. Pour célébrer l'événement.

Quelques personnes rient. D'autres applaudissent. Tout le monde sait que *célébrer l'événement* signifie *baiser comme des sauvages parce qu'on vient de se fiancer.*

C'est romantique. Nous nous engageons pour toujours.

Nous promettons de proclamer notre amour devant tout le monde. C'est beau.

Mais c'est du cinéma.

Je me force à sourire. Je me force à admirer la bague. Elle reflète toutes les lumières de la salle. Elle nargue ma décision de choisir l'argent au lieu de l'intégrité. Au lieu de l'honnêteté, l'amour et l'affection.

Je ne crois pas au karma, en temps normal, mais je n'arrive pas à combattre l'impression que je suis en train de sceller mon destin.

Je tourne l'amour en dérision, mais aussi le mariage. L'engagement pour toute une vie.

Mes parents s'aimaient. Même après vingt ans de mariage, ils étaient fous amoureux. Ils souriaient toujours et pouffaient comme des adolescents.

Ils sont même morts ensemble.

C'est mieux ainsi. Pour eux. Ils auraient été perdus l'un sans l'autre.

Quant à moi…

Trois ans se sont écoulés depuis l'accident qui a tué mes parents et laissé Lizzy dans un état critique pendant des semaines. Je me débrouille depuis trois ans, mais je n'ai jamais vraiment trouvé mes marques. Tout est trop cher. Et il n'y a jamais le temps de rien.

J'ai besoin de l'argent de Blake. Je le sais.

Mais cette bague magnifique, coûteuse et clinquante me donne envie de vomir.

C'est la chose la plus belle et horrible que j'aie jamais vue.

La prise de Blake autour de ma taille se resserre. C'est un peu possessif, bien sûr, mais je sais que c'est pour donner le change.

Enfin, je crois.

La foule s'écarte pour nous laisser passer. Non, elle

s'écarte pour Blake. Il a cet effet-là sur les gens. Ils se plient à sa volonté.

Un air froid me saisit au visage quand il pousse les portes.

Je me retiens à sa main.

Je m'imprègne de toute sa chaleur.

Et je déteste ça aussi.

Mon geste est un mensonge.

Je me force à détacher le regard de la bague. Nous sommes dans un hôtel huppé du centre-ville. Les rues sont tranquilles. La limousine est garée au bord du trottoir. Là, juste devant, il y a des arbres aux branches nues. Pourtant, l'arbre au bout de la rue présente de petits bourgeons blancs.

C'est un cerisier. C'est bientôt la saison.

Blake ouvre la portière et m'aide à grimper à l'intérieur. Puis il monte sur la banquette opposée. Il referme derrière lui. On n'entend plus les bruits de la fête.

Des lumières blanches tamisées scintillent. C'est vraiment une belle limousine. Sophistiquée. Comme toutes ses possessions.

Comme la bague.

Comme moi. Je suis quasiment quelque chose qu'il possède. Une femme sous contrat. Je n'ai pas l'impression qu'il soit du genre à considérer sa femme comme un bien lui appartenant, mais on ne sait jamais. Les riches croient avoir tous les droits. Particulièrement les hommes.

Je m'enfonce sur la banquette. Le cuir est glacé contre ma peau nue. J'ai l'impression que le monde entier est gelé, comme s'il ne restait plus un seul soupçon d'amour ou de chaleur.

— Kat.

Il est tout aussi froid que le cuir. Comme l'atmosphère.

— Qu'est-ce qui ne va pas ?

— Rien.

Je lisse ma robe. Je croise les jambes. J'essaye de regarder tout sauf la bague.

— Si.

Sa voix est sincère.

Est-ce que ça dérange vraiment Blake que je sois irritée ? Il a obtenu ce qu'il voulait. Il n'en désirait pas davantage.

Il s'assied à côté de moi, plaquant sa cuisse contre la mienne, puis il se penche pour me murmurer :

— Dis-moi.

Son souffle est chaud sur ma peau. C'est la seule source de chaleur dans cet univers. Je peux me concentrer sur le désir que je ressens pour lui, sur l'insistance avec laquelle mon corps réclame le sien.

C'est bien réel.

Et pour l'instant, j'ai besoin de quelque chose de concret.

Ses lèvres m'effleurent le cou. Mon corps réagit instantanément.

Mon dos se cambre de sa propre initiative.

Mes jambes s'écartent.

Je m'humecte les lèvres du bout de la langue.

— C'est trop pour toi.

Il a murmuré à mon oreille comme si c'était une promesse coquine.

—Je sais ce que je ressens. Je n'ai pas besoin que tu me l'expliques.

Mon corps conteste mes protestations. Il ne veut pas parler. Il ne veut pas de sentiments. Il veut ses mains, sa bouche et son sexe.

Blake écarte mes cheveux par une douce caresse. Puis il porte ses lèvres dans mon cou. Il m'embrasse. Doucement. Puis plus fort.

— Dis-moi que j'ai tort.

Ses doigts effleurent la peau nue de mon dos avant de se poser sur ma fermeture éclair.

— Est-ce que tu t'en préoccupes vraiment ?

Il baisse les yeux. Il a l'air vexé. Enfin, je crois. Ses expressions sont tellement similaires les unes aux autres.

— Je veux rendre cette histoire aussi facile que possible pour toi.

— Tu ne veux pas d'une épouse difficile ?

— Non, dit-il en ouvrant ma fermeture éclair. Je t'apprécie, Kat. Je veux que tu sois heureuse.

— Vraiment ?

— Je ne mens pas quand nous sommes seuls.

Heureuse, ce sera un peu difficile, compte tenu des circonstances.

— Je n'y arriverai pas. Pas avec tous ces mensonges.

Il hoche le menton dans un geste compréhensif.

— N'y pense pas.

C'est plus une affirmation qu'une question. J'acquiesce quand même, puis je me plonge dans ses yeux bleus. Ils sont toujours beaux, profonds et impénétrables.

— Distrais-moi.

Il affiche un demi-sourire puis hoche la tête.

— Ferme les yeux.

Je m'exécute.

Il me fait tourner, me plaçant dos à lui.

Puis il fait glisser ma robe sur mes épaules.

Elle tombe autour de ma taille.

J'ai la poitrine nue. C'est l'une de ces robes avec lesquelles on ne peut pas porter de soutien-gorge.

Je suis à nu. Exposée.

Je sens mon sexe se contracter.

Ça me plaît quand même. J'aime me sentir un peu

cochonne. Blake semble toujours connaître mes désirs mieux que moi.

Ses mains caressent mon dos, mes côtes, mon torse. Il trace des cercles autour de mes mamelons.

Mes pensées s'éparpillent. Elles sont parties dans un coin de mon cerveau. Mon désir surpasse tout le reste.

J'ai besoin de lui.

Tout de suite.

Et même plus vite.

Je me cambre, offrant mes seins à ses mains. Il me mordille l'oreille. Et ses mains, oh, ses mains.

— Tu prends une contraception ? demande-t-il.

Je hoche la tête.

— L'injection.

Comme promis, il m'a envoyé ses résultats d'analyse après notre dernière conversation.

Il baisse ma robe, décollant mes fesses pour pouvoir la faire glisser jusqu'à mes pieds.

— Tu te souviens du mot de sécurité ?

— Oui.

Il tire d'un coup sec sur ma culotte. Elle reste coincée sur mes hanches jusqu'à ce que le tissu en dentelle cède.

Les lèvres de Blake trouvent les miennes. Son baiser est autoritaire. Possessif.

Il éveille toutes mes terminaisons nerveuses. Toutes les parties de mon corps qui souhaitent désespérément en posséder davantage.

Je pivote les hanches, puis tire sur le tissu de sa veste de costume. Je lui rends son baiser aussi passionnément que possible.

Il m'attire sur ses genoux. Je peux sentir son érection à travers son pantalon. Waouh, c'est tellement bon de savoir qu'il est dur à cause de moi. Il y a là quelque chose d'instinctif et de viscéral.

Je veux le prendre entre mes mains.

Je veux le faire jouir par mes caresses.

Ou ma bouche.

Je ne sais pas comment toucher un homme au-delà de ce que nous racontions entre copines au lycée. Mais peu m'importe de ne pas avoir d'expérience. Ou de risquer de passer pour une idiote.

Je le désire trop pour m'en préoccuper.

Ses lèvres glissent le long de mon cou, sur ma clavicule et ma poitrine. Sa bouche se referme autour de mon mamelon. Il le suce fort, puis doucement. Enfin, il le taquine rapidement de la langue. Lentement, aussi.

Je m'abandonne aux sensations qui se forment dans mon corps.

Sa bouche douce et humide.

Ses mains puissantes.

Le cuir froid contre mes cuisses.

La tension quand il écarte mes jambes.

Son pouce contre mon clitoris.

Le plaisir monte en moi alors qu'il me caresse. Ma dernière inquiétude tenace, celle qui me rappelle le bijou à mon annulaire gauche, s'en trouve balayée.

Puis il me taquine avec un doigt. J'ondule des hanches afin de lui donner un meilleur accès, mais il ne cesse de m'attiser.

Enfin, il glisse son doigt en moi.

C'est tellement bon.

Ce n'est pas aussi intense que la dernière fois, quand c'était sa verge, mais ça reste délicieux.

Il me frotte, suçotant mes mamelons tout en me baisant avec ses doigts.

C'est trop de sensations. Je peux à peine le tolérer. Mais cette fois, mes mains sont sur sa peau. Cette fois, je peux le toucher.

Je tire sur sa cravate et la jette de côté, puis je défais les deux boutons du haut de sa chemise. Mes doigts frôlent sa poitrine. Il est ferme, solide contre ma paume. Chaud, aussi.

Le monde entier est chaud.

J'enfonce mes ongles dans sa peau. En même temps, il suce plus fort. Il caresse plus fort. Il s'enfonce plus profond.

La pression augmente en moi. Je lui tire les cheveux. Je décolle les hanches, poussant un long gémissement.

Tout explose au moment de l'orgasme.

— Blake.

Je l'attire plus près de moi, gémissant son nom.

L'extase me submerge. Mon corps tout entier ressent du plaisir. Je me sens bien. En sécurité. Comblée.

Blake me prend dans ses bras.

J'ouvre les paupières et plonge dans son regard bleu.

C'est le Blake que je comprends. Celui qui ne veut que mon corps. Celui qui ne fait que me donner du plaisir.

Si seulement nous nous comprenions comme ça tout le temps…

Il fait courir ses doigts dans mes cheveux et se penche pour plaquer ses lèvres contre les miennes.

Je l'embrasse plus fort encore. J'ai besoin de tout chez lui. Pas simplement son corps, mais aussi le reste de sa personne. Il va devenir mon époux. Que le sexe soit super, ça ne suffit pas. J'ai besoin de me raccrocher à autre chose.

Il porte ses lèvres à mon oreille.

— Retourne-toi.

Sa voix est impérieuse.

— Les mains contre le dossier de la chaise.

Je m'écarte pour me mettre à genoux sur la banquette, les paumes contre le cuir luxueux.

Il se positionne derrière moi et ouvre sa fermeture éclair. Je me passe machinalement la langue sur les lèvres.

J'ai tellement envie de le toucher, de le goûter. Quelque chose. N'importe quoi.

Mais je reste à sa merci.

Non, *j'aime* être à sa merci.

J'en ai envie.

Et j'en veux davantage.

Je veux tout.

Pour la première fois de ma vie, je suis avide.

Ses doigts s'enfoncent dans mes hanches. Il me tient en place alors qu'il me pénètre d'un coup de reins puissant. Je ressens toute sa force.

Juste lui. Pas de préservatifs. Rien entre nous. Entre nos corps, du moins.

Je ferme vivement les paupières.

C'est tellement bon de le sentir. Chaud, dur, et tout à moi. Comme si son corps était fait pour moi. Comme si nous étions exactement là où nous devons être.

— Jouis sur ma queue.

Sa voix est chargée. Presque désespérée.

Je hoche la tête. J'ai besoin de jouir sur sa verge. Je n'ai jamais éprouvé un tel besoin.

Il me maintient en place tout en me pilonnant.

Il me pénètre fort. Profondément. C'est douloureux, mais agréable. Très agréable.

Le plaisir monte en moi. Je me raccroche au siège, contracte les orteils et gémis contre le cuir.

Ça l'encourage et il redouble de vigueur, lâchant un grognement grave.

Il glisse sa main entre mes jambes pour frotter mon clitoris.

Putain !

C'est ce qui me fait basculer. Presque…

J'arque le dos, décalant mes hanches pour mieux répondre à ses coups de reins.

Il enfonce ses ongles dans ma chair, me rappelant que c'est lui qui commande. Je gémis, comme pour marquer mon assentiment. C'est lui qui a le contrôle. J'aime quand c'est lui qui est aux commandes.

Deux ou trois va-et-vient supplémentaires et j'y suis. Toute cette pression redescend. Mon sexe palpite et je jouis avec force, proférant son nom. J'ondule du bassin. J'essaye de contenir l'intensité du plaisir, mais ça me dévaste quand même.

Mes genoux tremblent.

Mes mains dérapent.

Blake m'aide à me redresser. Il me serre plus fort. Sauf que ce n'est plus Blake. C'est sa version animale.

Ses grondements sont rauques.

Ses mouvements brutaux. Puissants.

Il bouge plus vite. Plus profondément.

Ça fait mal, mais c'est bon.

Sa respiration se fait saccadée. Ses grognements plus aigus. Ses ongles entament ma chair.

Enfin, il atteint son paroxysme. Je peux sentir son orgasme à la façon dont sa verge palpite, dont ses grognements se rapprochent, dont ses ongles raclent ma peau.

Quand il a fini, il se retire et referme son pantalon.

Je m'écroule sur la banquette. Je suis nue. Il est habillé.

Je me raccroche à ma satisfaction aussi longtemps que je le peux. Il ne m'aimera peut-être jamais, mais il va me baiser jusqu'à en perdre la raison. Certaines personnes n'ont même pas cette chance.

Ce n'est pas suffisant, mais c'est déjà quelque chose.

Chapitre Douze

Sans trop savoir comment, je remets ma robe le temps de faire le trajet du garage à l'ascenseur qui mène à l'appartement de Blake. Il ne dit rien jusqu'à ce que nous soyons parvenus dans la salle de bains, et alors c'est seulement pour me demander si j'aimerais quelque chose à manger ou à boire.

Il me fait couler un bain. D'un côté, j'ai envie de crier *je peux le faire toute seule*. Mais d'un autre, j'ai envie de tomber dans ses bras et de le laisser prendre soin de moi pour toujours.

Il y a quelque chose de réconfortant dans cet abandon. Dans le fait de laisser filer toutes les pensées qui me tourbillonnent dans la tête. J'aimerais mieux y parvenir.

Je veux être capable de lâcher du lest, de laisser quelqu'un d'autre s'occuper de moi. Quelqu'un en qui j'ai confiance.

Je ne suis pas certaine qu'il s'agisse de Blake.

Je lui accorde une concession. Il me laisse pour aller me chercher un en-cas et j'attends en silence que la baignoire se remplisse, puis je me glisse dans l'eau savonneuse.

C'est parfait. Chaud, mais pas trop. De grosses bulles qui sentent la lavande et la menthe.

Un par un, mes muscles se détendent. La journée disparaît. La douleur de faire semblant disparaît. Tout est parfait, chaud et doux.

Blake revient avec un plateau de petites choses à grignoter. Des raisins, des fruits rouges, des biscuits apéritifs, du fromage et du chocolat noir.

Il porte un jean et un t-shirt. C'est étrange. Mais sexy aussi. Le coton lui va bien.

Je m'approche du bord de la baignoire.

— Tu as l'air normal.

— Et d'habitude ?

— Tu portes un costume. Tu portais un costume quand on est allés faire du shopping.

— Je portais un pantalon et une chemise.

— Bon d'accord, c'était une tenue d'affaires décontractée. La plupart des gens portent des vêtements comme ça.

Je remue l'index en direction de ses vêtements.

— Ce n'est pas comme ça que les programmeurs s'habillent, généralement ?

— Je ne programme plus beaucoup ces derniers temps.

Je fourre une framboise dans ma bouche. Je n'achète jamais de fruits rouges, trop cher. C'est meilleur que dans mes souvenirs. Acidulé, sucré, parfait.

— Ça te manque ?

— Parfois.

— Tu aimais programmer ?

— J'aimais bien certaines choses.

— Quoi, par exemple ?

— Cette sensation de réussite quand un de nos programmes fonctionne. Une vraie satisfaction. Rien n'est comparable.

— Tu aimes être aux commandes de l'ordinateur ?

— Ça en fait partie. C'est plutôt la sensation de réussite.

— Qu'est-ce que tu fais maintenant ? À part la programmation ?

— Beaucoup de réunions. Des décisions de cadre. C'est important, mais ce n'est pas aussi satisfaisant.

— Tu pourrais laisser quelqu'un d'autre gérer ta boîte.

Il me regarde d'un air horrifié. Enfin, c'est ce que j'interprète.

— Qu'est-ce que tu aimes dans l'art ?

Il prend une fraise et en suce le jus.

— On n'en a jamais parlé, poursuit-il.

— On ne parle pas beaucoup.

— C'est vrai.

Son ton est décontracté. Enfin, autant que ce soit possible avec Blake.

— Tout me plaît. Mais j'aime les romans graphiques par-dessus tout.

— Les bandes dessinées ?

Je hoche la tête.

Il affiche un demi-sourire.

— Tu réalises que j'ai lancé ma boîte quand j'avais seize ans.

— Et tu t'inspirais de Batman ou quelque chose comme ça ?

— Non. Il est trop violent.

— Iron Man ?

— Tu me trouves sarcastique ?

Je ris. Je suis quasiment certaine que c'est une blague.

Oui, c'est ça ! Seigneur, il a un beau sourire. Tout mon corps s'embrase.

— Je ne lis pas vraiment de comics, dis-je. Je n'aime pas trop les histoires de super-héros. J'aime les romans graphiques sur les gens et leurs relations. Ma sœur dit toujours que ce sont des trucs de filles ennuyeux.

— Tu l'aimes beaucoup ?

— Bien sûr. Tu n'aimes pas ta sœur ?

Il hoche la tête.

— Elle est difficile, je sais. Si elle a été…

— C'est bon. Je comprends. C'est quoi le truc avec son mari ?

— Trey ? Ce n'est pas un chic type.

J'arque un sourcil.

— Ce n'est pas idéal comme explication.

— Ce n'est pas à moi de partager ce secret.

Très bien. Je mords dans le chocolat. Il est parfait. Savoureux. Sucré. Décadent.

— Qu'est-ce que tu fais pour le plaisir ?

— Je joue aux échecs.

— *Échecs* ?

— Ça aussi.

Il désigne l'assiette du regard.

— Tu veux quelque chose d'un peu plus copieux ?

— Pas dans le bain.

Je m'adosse contre la paroi. Cette baignoire est vraiment immense.

— Je… je veux savoir pourquoi on fait ça.

Il hoche la tête. Puis, plus rien.

— Tu m'expliqueras quand tu veux, dis-je.

Il désigne le verre d'eau. Je lève les yeux au ciel, mais je vide le verre entier.

— Ne fais pas ça, dit-il.

— Suivre tes instructions ?

— Lever les yeux au ciel.

— Sinon quoi ? Tu vas me punir pour m'être mal comportée ?

— Je vais faire de mon mieux pour te respecter, Kat. J'attends la même chose de ta part.

Son regard est intense.

— C'est compris.

— Si tu veux le respect, alors respecte-moi. Je t'ai demandé quelque chose. Tu n'as pas répondu.

Il me renvoie mon regard.

Je ne peux pas le supporter. Je baisse les yeux vers sa bague. Elle reflète toujours la lumière.

— Elle te plaît ?

Sa voix est douce. Comme s'il se préoccupait vraiment de ma réaction.

— C'est important ?

Elle me plaît, mais elle me plairait davantage si elle provenait de quelqu'un qui tient à moi. Si elle symbolisait l'amour et non des mensonges.

— Oui.

Il s'agenouille près de la baignoire pour que nous soyons à la même hauteur.

— Elle te ressemble.

— Je suis hors de prix et clinquante ?

— Tu es belle et discrète.

Il m'offre sa main.

— Je veux que tout ça soit facile pour toi.

— Ce serait plus facile si tu arrêtais de le dire. Et si tu m'expliquais.

Je plonge ma tête dans l'eau. Je me sens instantané-ment plus propre. Comme si le bain effaçait la laque pour cheveux et le maquillage. Tout ce qui fait de moi la jolie fausse fiancée de Blake et non Kat.

Il me dévisage d'un regard scrutateur.

J'essuie le maquillage de mes yeux.

— Pourquoi m'as-tu demandé de t'épouser ?

— Pour la même raison que je t'ai demandé de faire semblant d'être ma petite amie.

— Ça m'aide.

— Je voulais rendre quelqu'un heureux.

— Qui ?

Je presse du shampooing dans ma main et le fais mousser.

Blake me fait signe de m'approcher, puis il passe le shampooing à travers mes cheveux.

— Je peux le faire, dis-je.

— Laisse quelqu'un d'autre t'aider, pour une fois.

— Je n'ai pas besoin d'aide.

— Accepte-la quand même.

Il fait courir ses doigts entre mes mèches. C'est doux, tendre, attentionné.

— Tu te souviens de ma mère ?

— Meryl ? Bien sûr. Elle était gentille.

— Et faible. Elle tenait à peine debout.

Sa voix est émue. Meurtrie.

— Elle n'est pas censée boire avec ses médicaments, mais à ce stade, je ne crois pas que ça change grand-chose.

J'ai un mauvais pressentiment.

— Pourquoi ?

— Elle a une maladie du foie.

Il secoue la tête.

— J'aurais dû la convaincre d'arrêter de boire. Ça ne serait pas arrivé.

— Tu es son enfant. Tu ne peux pas la convaincre de quoi que ce soit.

Ses yeux s'assombrissent.

— J'aurais pu. Elle le savait. On le savait tous.

— Elle pourrait… il existe peut-être des traitements.

Oh ! Je comprends d'un coup. Il n'y a pas de traitements. Toute cette mascarade est juste pour sa mère. Ce doit être vrai, parce que…

— Elle va mourir, Kat.

Il plaque sa paume contre la porcelaine.

— On a cru qu'il lui restait un an, mais les choses ont empiré. Au mieux, il lui reste trois mois.

Mon estomac se contracte. Meryl est une femme gentille. Aimante. Ce n'est pas juste.

Mais ça fait longtemps que j'ai arrêté de penser que la vie était juste.

J'offre ma main à Blake.

— Je suis désolée.

— Merci, dit-il en l'acceptant. Elle s'est toujours inquiétée pour moi. Après mon père, je comprends, mais je ne veux pas qu'elle meure en se faisant du souci.

— Qu'est-il arrivé à ton père ?

Il ignore ma question.

— On a besoin qu'elle y croie. Il faut la convaincre que nous sommes fous amoureux.

— Pourquoi ne pas lui dire la vérité ?

Il me regarde droit dans les yeux.

— Elle pense que son mariage nous a maudits. Elle se sent toujours coupable d'être restée avec lui.

— Mais pourquoi ?

Il ignore cette question aussi.

Je le regarde pendant quelques instants de plus, mais son expression demeure impénétrable. Il ne va rien m'expliquer.

J'immerge mes cheveux dans l'eau, rinçant le shampooing et la majeure partie des bulles. Quand je refais surface, Blake attend avec une bouteille d'après-shampooing.

Il m'en enduit les cheveux.

— Si tu as la moindre objection, j'aimerais qu'on l'évacue tout de suite.

— Tu es à moi, dis-je. Je veux dire que tu m'as déjà fait ta demande. Tu ne pourras plus te trouver une nouvelle fausse copine, maintenant.

Il m'effleure le front du bout des doigts.

— Je te veux, toi et personne d'autre.

— Tu es coincé avec moi.

— Non, je te *veux*.

Je me recule et plonge la tête sous l'eau pour rincer l'après-shampooing. Des pensées tourbillonnent dans ma tête. Des objections. Des encouragements. Une voix qui crie : *tu as toujours besoin de son argent.*

Je connais à peine Meryl, mais c'est suffisant pour vouloir son bonheur.

Même si c'est un mensonge. Un mensonge qui rend heureux est forcément mieux qu'une vérité qui blesse.

La tension monte entre mes épaules. Ce n'est pas bien. J'ai l'impression que ce sont des mensonges supplémentaires.

— Alors, nous… quoi, on va se marier très vite ? Pour qu'elle soit présente ?

Il hoche la tête.

— Comment vas-tu organiser un mariage aussi rapidement ?

— Je pourrais planifier un mariage pour demain si je voulais.

Sa voix baisse d'un ton.

— L'argent peut acheter à peu près tout ce que tu veux.

— Ça ne peut pas m'acheter, moi.

Pas mon âme. Pas mon amour. Pas ma volonté. Si je fais ça, c'est parce que je trouve que c'est le mieux à faire.

Quelque chose change en lui et il hoche la tête. Il est froid et déterminé.

— Tu as déjà signé un contrat.

— Et tu as déjà dit que tu me voulais. Rien que moi.

Il acquiesce.

— Tu es une bonne négociatrice.

— Peut-être. Je veux simplement survivre à tout ça.

Je me mords la lèvre.

— Ma sœur va me détester de lui avoir menti.

— Ta sœur comprendra.

Il me regarde avec de grands yeux sincères.

— C'est pour son avenir aussi, n'est-ce pas ?

C'est la première fois que je le vois aussi franc.

— Ta mère signifie donc autant pour toi ? je lui demande.

— Elle est tout pour moi.

Mais lui mentir…

Blake a raison.

J'ai déjà accepté de le faire.

Mais s'il a vraiment besoin de moi, c'est moi qui ai les cartes en main.

Je ne connais pas Meryl, je ne sais pas si elle préférerait un mensonge réconfortant à une douloureuse vérité. Je suis forcée d'accepter ce qu'en pense Blake. Qu'il fasse le bon choix.

Je connais ma sœur.

Elle ne tolérera pas les mensonges.

— Il faut que j'en parle à Lizzy. Je lui dis tout, ou bien je m'en vais.

Il me renvoie mon regard.

— C'est une gamine. Elle va en parler.

— Elle ne le fera pas. De toute façon, ce n'est pas négociable.

Blake me regarde attentivement dans les yeux.

— Je veux qu'elle te rencontre. Je veux que vous fassiez ami-ami.

— Je trouverai un moment dans mon emploi du temps, accepte-t-il.

— Très bien.

Je lui tends ma main.

Il la serre.

À présent, mes conditions aussi sont respectées.

———

J'ARRIVE À LA MAISON À TROIS HEURES DU MATIN.

Lizzy est assise sur le canapé, l'air inquiet.

— Qu'est-ce qui se passe ?

Elle tire son téléphone de sa poche et ouvre le navigateur, sur un site de potins de stars.

— *Le magnat de l'informatique Blake Sterling est fiancé à une fille ordinaire.*

Elle me regarde.

— C'est un putain de compliment, lâche-t-elle.

— Tu as école demain.

— Je ne vais pas au lycée demain. On va m'embêter avec ça.

Elle me regarde comme si elle cherchait une faille, quelque chose dont elle pourrait se servir pour me faire avouer.

Je me suis rhabillée avec un jean et un pull. La plupart de mes vêtements chics sont à l'appartement de Blake. Il voudra probablement que j'aille l'y rejoindre bientôt. Jusqu'à ce que sa mère… Je ne veux même pas y penser.

— On ne se ment pas. C'est notre accord, tu te rappelles ? dit-elle. Nous deux contre la terre entière, parce que le monde est manifestement contre nous.

— Bien sûr.

C'est ce que je lui avais dit après l'accident, quand je m'étais rendu compte qu'on était vraiment dans la merde.

— C'est toujours nous contre la terre entière. Je te le promets.

— Tu vas me raconter ce qu'il se passe ? demande-t-elle.

— Demain matin. Je suis trop fatiguée pour avoir les idées claires.

— Kat, tout de suite. Je ne vais pas être capable de dormir. Tout ça ne fait aucun sens.

— Demain matin. On achètera des pancakes et on fera un tour dans le parc.

— J'ai reçu ça aujourd'hui.

Elle se dirige vers la table de la cuisine et s'empare d'une enveloppe.

— Une bourse de la boîte de ton copain. Pardon, de la boîte de ton fiancé.

— C'est super.

— Kat, tu sais que je serai contente pour toi. Je te soutiendrai, peu importe ce dont il s'agit, mais seulement si tu me dis la vérité.

Ma poitrine se contracte. C'est ce que je veux. Seulement, je veux également son respect. Et je ne suis pas certaine de le mériter.

— D'accord, je promets.

— Comment m'as-tu obtenu cette bourse ?

— Tu l'as méritée.

— N'importe quoi.

Elle abat le papier sur la table, qui tressaute. Ses lunettes glissent sur son nez. La dureté de son expression s'estompe un peu.

— Bon, je ne suis pas très convaincante, n'est-ce pas ?

— Tu ferais un super méchant flic.

Je m'assieds à la table de la cuisine.

— C'est lui qui l'a suggéré. Il a dit que tu serais parfaite de toute façon, puisque tu es une femme qui étudie les sciences.

Elle essuie ses lunettes sur son t-shirt.

— Sans vouloir te vexer, tu étais à genoux quand il l'a suggéré ?

— Vraiment ?

— Vraiment ? Ce n'est pas moi qui me retrouve soudain fiancée à un putain de milliardaire.

Ma sœur pense que je suis une prostituée. Ou peut-être le suis-je vraiment. Je couche avec Blake parce que j'ai envie de lui. Mais le reste ? Il m'achète. Il achète quelque chose qui ne devrait pas être à vendre.

— Nous avons un accord. Ça n'a rien à voir avec toi.

— Alors, il n'a pas toujours été ton petit ami secret ?

— Non.

— Tu n'es pas amoureuse ?

— Non.

— Mais vous couchez ensemble ? Je le vois bien. Tu reviens toujours avec un air satisfait sur le visage.

— Oui. Mais ce n'est pas pour ça qu'il paye. Je sais l'impression que ça donne…

— Tu n'as pas à te justifier.

Elle replie la lettre.

— Tu as besoin de souffler, Kat. Et il est canon. Pourquoi il paye, ça m'est égal. Tant que tu es heureuse. Tant que c'est pour toi.

— C'est pour nous.

Elle arbore un air sérieux.

— Ne fais pas ça pour moi.

— Tu as déjà la bourse d'études. C'est fait.

— Kat ! Tu vas m'écouter une minute ?

— C'est ce que je fais.

— Non, tu ne le fais pas. Je sais que résoudre tous nos

problèmes t'obsède, et je le comprends. Sincèrement. Mais je suis adulte. Je peux me débrouiller, moi aussi. Je peux trouver une bourse. Ou bien obtenir un prêt. Tu as déjà sacrifié tant de choses pour moi. Je ne peux pas supporter que tu sacrifies autre chose.

Mais… c'est pour nous. Il faut que ce soit pour nous, sinon quel sens cela aurait-il ?

— Kat ?

— Accepte la bourse.

Elle croise les bras.

— C'est déjà décidé, insisté-je. Et c'est aussi pour moi. J'ai démissionné. Maintenant, j'aurai le temps de dessiner, d'aller courir et de vivre ma vie. Et je pourrai enfin aller à la fac. Tu as raison. J'ai envie de souffler.

Le plus important, c'est que Lizzy aille bien, mais moi aussi, j'en ai envie.

— Et Blake me plaît. Je veux apprendre à le connaître. Et continuer à coucher avec lui.

Ça la fait sourire.

— C'est si bon que ça ?

— Oui, mais on ne va pas en discuter…

— Oh, que si ! fait-elle avec un grand sourire. Montre-moi la bague.

Elle me prend la main et admire l'énorme joyau.

— Tu sais, sa boîte vaut dix ou vingt milliards de dollars.

— Je sais.

— Ils ont ce projet parallèle. Un chat-bot qu'ils testent sur leur messagerie instantanée, pour voir si ça peut berner les utilisateurs. C'est vraiment cool.

Elle me lâche la main.

J'en déduis que ma petite sœur est plus intéressée par les chat-bots que par mon faux mariage. Même si, en fin de compte, tous les deux imitent la connexion humaine.

— Il a envie de te rencontrer. Tu pourrais lui montrer ton programme d'échecs, dis-je. Il adore les échecs.

Elle s'empourpre.

— Je ne pourrais pas. Ce serait un peu comme si tu montrais ton carnet de dessin à Van Gogh.

— Il faut vraiment que tu ailles dormir. Tu as école demain.

— Et je n'irai pas. C'est une école publique. Je pourrais appeler moi-même pour dire que je suis malade. Et je n'arriverai pas à dormir avant d'avoir obtenu tous les détails. À propos de cet accord. Et de ce que ça fait de coucher avec un milliardaire sexy.

Elle se lève et va enclencher la bouilloire.

— Tu veux du thé noir ou vert ?

— Tu ne pourras en parler à personne, tu sais.

— Je n'en parlerai pas. Promis.

Chapitre Treize

I l y a très longtemps, avant l'accident, je passais mes week-ends à explorer la ville avec mes amies. Rien que sortir de Brooklyn, c'était excitant.

J'avais l'impression qu'une aventure m'attendait à chaque coin de rue.

Au cours des trois dernières années, l'aventure m'a sincèrement manqué. Je travaille, je lis, je joue à des jeux vidéo avec Lizzy.

Qu'est-il arrivé à tous mes projets ? Quand j'avais dix-sept ans, ma vie ne présentait que des opportunités. Une école d'art pour faire de mon goût pour le griffonnage une véritable carrière. Une université publique pour étudier quelque chose d'utile. L'anglais ou le commerce, peut-être. Ma meilleure amie, Belle, m'avait proposé de prendre une année sabbatique pour faire le tour de l'Europe avec elle.

C'était enthousiasmant. On aurait pu aller partout en Europe, voir les monuments et flirter avec des mecs différents dans chaque pays. Après l'accident, tout est passé à la trappe. Tout ce que je voulais et dont j'avais besoin est passé à la trappe. M'occuper de Lizzy et nous permettre de survivre, voilà ce qui est passé en premier.

Et maintenant…

Je ne sais absolument pas comment passer mon après-midi de libre. Lizzy et moi avons eu une longue discussion pendant le brunch, mais elle est partie au travail (elle a refusé de démissionner) et je fais le tour du parc toute seule.

Je devrais être ravie de ne plus avoir ce poids sur les épaules. Plus de tables à servir. Plus de crédit immobilier qui me pèse. Plus aucun problème à régler les factures.

Je suis soulagée.

Mais je n'arrive pas à me poser.

Comme si je n'avais plus aucun but dans l'existence.

Que suis-je censée faire de mon temps ?

Je resserre mon manteau en me penchant pour admirer un rosier. Pour l'instant, il ne présente que des feuilles et des épines. Rien qu'une protection, mais pas de beauté. Pas de vie.

C'est la même chose pour moi. J'ai ignoré mes loisirs, mes amis, mes rêves. Pendant trois ans, j'ai été une machine. Je travaille. Je dors. Je m'occupe de Lizzy.

Et s'il n'y a rien d'autre pour moi ?

Et si, lorsque j'aurai cessé d'être cette fille qui tente désespérément de s'en sortir, il ne reste plus rien de Kat ?

Je ferme les yeux et m'efforce de me remémorer une journée typique avant l'accident. L'école. Les devoirs. Le jogging. J'aimais me perdre dans une longue course alors que la ville défilait autour de moi.

Au lycée, j'ai choisi toutes les options artistiques disponibles. Je n'ai rien laissé de côté. Mes parents m'ont découragée de faire une école d'art. Ça n'allait pas payer les factures. Mais les factures n'auront plus besoin d'être payées. Je peux faire des études, obtenir un Master, choisir un travail que j'aime, même s'il est payé au lance-pierre. Je peux demander à Belle de me donner une autre chance et nous offrir une année en Europe.

Cet argent signifie des choix.

Cet argent signifie la liberté.

Cet argent signifie la sécurité.

Je passe le reste de l'après-midi à m'acheter des tonnes de livres et de fournitures d'art. L'odeur des crayons taillés me rappelle tant de nuits passées à dessiner. J'achète un exemplaire de tout dans chaque couleur. Des feutres, des stylos à plume, des pastels, des aquarelles, des crayons de graphite, de l'acrylique, de la peinture à huile, des toiles. Ce magasin me fait tourner la tête. Ça me semble tellement beau, tellement bon.

Un appel de Blake interrompt ma béatitude. Quand je réponds, il n'y va pas par quatre chemins.

— On rencontre ma famille demain. J'enverrai une voiture à ton appartement à quatre heures et demie, annonce-t-il.

Une vague de colère me traverse. Il aurait pu demander. Il aurait pu faire semblant qu'il se préoccupait que j'aie mes propres priorités.

— Tu es censé rencontrer ma sœur, dis-je.

— Fais-moi confiance. Tu ne voudrais pas l'emmener au dîner. Pas avec l'humeur de Fiona.

J'inspire profondément. Je dois insister pour obtenir ce que je veux de Blake.

— Alors, rencontre-la aujourd'hui. Viens dîner avec nous.

— Je reçois un ami.

Depuis quand Blake a-t-il des amis ? Je me mords la lèvre. Je ne vais pas céder maintenant.

— Invite-le.

— Je réserve pour quatre personnes. Vingt heures. J'enverrai une voiture vous chercher à dix-neuf heures trente.

— Très bien.

Je ne sais pas lequel de nous deux a remporté la victoire, ni même si c'était une bataille.

— On se voit tout à l'heure.

— D'accord.

Il raccroche.

J'ai obtenu ce que je veux, mais dans un sens, je n'ai pas l'impression d'avoir gagné.

———

Lizzy n'est pas impressionnée par la voiture. Elle est assise les bras croisés, les yeux braqués sur la vitre.

— C'est vraiment nécessaire ?

— C'est plus rapide que le métro.

— Le métro, c'est mieux.

Elle regarde à travers la vitre teintée, les lèvres boudeuses. Elle est contrariée, certes, mais je ne pense pas que ce soit à propos de Blake.

C'est autre chose.

— Ça va ? je lui demande.

— Tu sais que je n'aime pas être en voiture.

— On peut toujours prendre le métro.

— Non. Ça va aller.

Elle serre son sac à main si vigoureusement que ses jointures blanchissent.

Lizzy est forte, mais elle me ressemble dans son incapacité à admettre qu'elle a besoin d'aide. Autrefois, elle aimait prendre la voiture. C'était un plaisir qui n'arrivait pas souvent. Mais depuis l'accident, elle est silencieuse et nerveuse chaque fois.

Je ne peux pas le lui reprocher, elle a failli mourir sur la banquette arrière d'une voiture.

Cela dit, je ne sais pas s'il s'agit d'une légère contrariété ou bien d'une peur paralysante.

Elle reste muette durant le reste du trajet. Dès qu'elle met le pied sur le trottoir, ses épaules se détendent. Elle pousse un soupir de soulagement.

— Ça a l'air sympa, dit-elle en désignant le restaurant. Tu crois que la cuisine est bonne ?

— Probablement.

— Tu penses qu'ils vont vérifier l'âge des invitées de Monsieur Blake Sterling ?

Oh, non ! Je lui décoche un regard noir.

— Ce n'est pas drôle.

Elle éclate de rire.

— Si, c'est drôle. Tu ressembles à un perso de dessin animé. Comme si ta tête était un ballon qui allait exploser.

Je suis trop protectrice. Je le sais. Mais ma sœur, c'est tout ce que j'ai.

— Ne parle pas d'alcool au dîner, d'accord ?

— Pourquoi ?

— C'est un sujet délicat. Fais-moi confiance.

— Très bien.

Je la suis à l'intérieur. La lumière est tamisée, dans le genre romantique.

Je salue la serveuse d'un hochement de tête.

— Kat Wilder. Je dois retrouver…

— Bien sûr, Mademoiselle Wilder. Vous avez une réservation dans une pièce privée.

Elle prend deux menus et nous conduit à l'étage.

La pièce est impressionnante : une table assez grande pour huit personnes et de hautes fenêtres qui donnent sur un mélange enivrant de ciel et d'acier.

Blake est assis en face de Declan, le mec que j'ai

rencontré durant l'événement d'entreprise. Ce doit être lui, le fameux ami. Il ne doit pas habiter à New York.

Blake se redresse.

— C'est bon. Merci.

Il prend les menus des mains de l'hôtesse, qui hoche la tête et disparaît au bas des escaliers.

Blake offre sa main à Lizzy.

— Blake Sterling. Tu dois être Lizzy.

— Oui.

Elle lui serre la main.

— Ravie de te rencontrer. Il était temps, vraiment, maintenant que tu es fiancé à ma sœur.

— Tu ne peux pas me reprocher de vouloir me l'accaparer, dit Blake.

Elle me décoche un regard qui veut dire *beau parleur*.

— Et toi, tu ne peux pas me reprocher de contester.

— Non. N'importe qui aurait envie de passer du temps auprès de Kat.

Blake désigne son ami de la main.

— Declan Jones. Il est trop bête pour se présenter lui-même, apparemment.

Declan se dirige vers Lizzy et ils se serrent la main.

— Ravi de vous rencontrer, dit-il avant de se tourner vers moi. C'est un plaisir de vous revoir, Kat. J'ai cru que Blake me faisait une blague quand il a suggéré qu'on invite deux personnes de plus à dîner.

Lizzy éclate de rire.

— Kat non plus ne sort jamais avec moi.

Ils échangent un regard complice à nos dépens.

Blake tire ma chaise. Le bout de ses doigts frôle mon cou quand je m'assieds. Cela me rend immédiatement chaude comme de la braise. Son contact est doux et possessif. Affectueux et sensuel. Mais qu'est-ce qui est réel et qu'est-ce qui est faux ?

Je me tourne vers Declan.

— Avez-vous déjà rencontré une des copines de Blake ?

— Une copine ? Blake ? Non. Il n'en a jamais eu.

Declan décoche un clin d'œil à son ami.

— Peut-être même pas d'amie fille. Vous auriez dû le voir à l'université. Les filles étaient folles de lui. C'était une légende : le gars qui a sa propre société et qui ignore les attentions féminines. Il y avait un pari dans notre classe. Chez les filles, c'était à qui séduirait Blake la première. Elles étaient allées le trouver avec de grands yeux amoureux et lui avaient proposé de lui tailler une pipe dans la salle informatique.

Les joues de Blake s'empourprent.

— Ce n'était pas aussi explicite.

— C'était pire. C'est devenu toute une histoire : qui serait assez excitante pour le détourner de son travail ? Mais personne n'a jamais réussi, dit Declan.

Je rêve ou Blake est vraiment en train de rougir ? C'est trop drôle. Je veux immortaliser son expression, la dessiner dans des millions de cases, en un milliard de portraits.

— Je n'étais pas un moine non plus, dit Blake.

Declan rit.

— Il ne veut pas que vous pensiez qu'il ne couchait pas.

Blake me désigne de la main et s'éclaircit la gorge.

— J'essaye de la convaincre que je suis un gentleman.

Lizzy éclate de rire.

— Kat est pareil avec les hommes. Elle pense toujours qu'ils essayent de faire ami-ami. Il y a ce serveur qui flirte tout le temps avec elle, mais elle soutient que c'est simplement de la courtoisie professionnelle.

— C'est vrai ?

Blake me décoche un regard.

— Il essaye simplement d'être gentil, dis-je.

— Il t'invite tout le temps à le retrouver après son travail. Et il t'offre des boissons gratuites, dit Lizzy. Et il est mignon. Tu aurais dû accepter quand tu en avais l'occasion.

Elle sourit à Blake.

— Enfin, ajoute-t-elle, il n'est peut-être pas aussi mignon que ton fiancé.

Declan et elle échangent un autre regard lourd de sous-entendus.

Ça, c'est du flirt.

Je déglutis.

Il n'est pas question que ma sœur passe du temps avec un séducteur qui se croit tout permis.

On frappe à la porte. Un serveur s'avance et nous demande ce que nous souhaitons boire. Lizzy choisit son Coca Light habituel.

Je me détends sur ma chaise.

J'ai presque l'impression que c'est un dîner normal.

Blake braque à nouveau son attention sur Lizzy.

— Kat me dit que tu es programmeuse.

— Pas à ton niveau, mais oui, dit-elle.

— Quels langages ? demande Blake.

— Tu parles boulot au dîner ? demande Declan. Tu es mieux éduqué que ça, Sterling.

— C'est bon.

C'est bien une occasion pour laquelle je suis contente de m'ennuyer. Je veux que Lizzy et Blake communiquent. Je veux qu'elle accepte notre plan au lieu de simplement le tolérer.

— Surtout Java et Python, dit Lizzy. Mais j'apprends C++.

Blake se penche, ouvre un sac, en tire un ordinateur portable et le pose sur la table.

— Tu veux voir des codes de Sterling Tech ?

Elle écarquille les yeux.

— Euh, oui. Si tu es sûr que ça ne pose pas de problème.

— On dira que c'est un secret de famille.

Elle manque bondir de sa chaise et s'agenouille près de l'ordinateur.

— Le chat-bot a toujours été mon truc préféré.

— Kat m'a dit que tu t'intéressais à l'intelligence artificielle.

— Autant dire qu'un poisson aime nager.

Blake sourit.

Je fonds.

———

LEUR DISCUSSION SUR LA PROGRAMMATION COMMENCE À s'étioler. Blake offre à Lizzy un stage pour l'été prochain. Declan lui fait la même proposition. Je déploie tous les efforts du monde pour ne pas jeter mon verre par terre en criant : *pas question que ma sœur travaille pour un séducteur !* Mais je parviens à garder la bouche fermée. Il est poli. Flirter n'est pas un crime.

Le dîner est agréable, d'ailleurs. Blake et Lizzy semblent devenir amis. Et la façon dont il m'embrasse ce soir… je ressens son affection. Une partie est bien réelle. Il m'apprécie.

Lizzy attend que nous soyons assises dans le métro pour prendre la parole. Elle s'agite sur son siège, toujours excitée par la caféine.

— Je comprends pourquoi il te plaît, déclare-t-elle en prenant une inspiration lente. Mais il faut que tu fasses attention. Il va te briser le cœur comme si de rien n'était.

Chapitre Quatorze

Après une longue journée que je peine à remplir, je prends le métro vers l'immeuble de Blake. Le portier me remet une clé. Apparemment, mon fiancé est toujours au travail.

Je m'installe dans la grande pièce vide.

Le soleil descend dans le ciel, baignant les lieux d'une douce lumière orangée. Ça ne convient pas avec l'ambiance. La lumière est chaude, attrayante, vivante. L'appartement est stérile. Sans vie. Morne.

C'est une belle pièce, mais elle ressemble plus à un appartement-témoin qu'à un véritable foyer. Il n'y a pas une miette qui traîne. Le carrelage brille, la cuisine est rutilante, le sol immaculé.

Je m'assieds sur le canapé en cuir moelleux et pêche mon nouveau carnet dans mon sac. Il est au format poche… ou plutôt, au format sac à main. C'est parfait pour capturer les idées qui me viennent. Je ne sais plus quoi faire de ma vie à présent que je ne lutte plus vingt-quatre heures sur vingt-quatre. Ça va m'aider à découvrir ce que j'ai dans la tête. Ce que je veux.

Le parc est vraiment magnifique au soleil couchant. Je dessine la vue. Les bâtiments de l'autre côté du parc commencent par des rectangles. J'ajoute des détails — les ombres, les fenêtres, les paraboles sur les toits — jusqu'à ce qu'ils prennent vie.

Côté technique, ce n'est pas un dessin génial, mais c'est un bon début.

La porte s'ouvre et Blake entre. Mon attention se reporte directement sur lui.

Vêtu de son costume, il est grand, stoïque et beau.

Devant ses yeux bleus, mon cœur s'emballe.

— Tu es en avance, dit-il.

Je hoche la tête.

— J'avais envie de venir.

Blake s'approche un peu plus. Il s'assied près de moi, examinant mon dessin par-dessus son épaule.

Ce n'est pas du bon travail. Ça ne vaut pas la même de le montrer.

Je referme brusquement mon carnet et le glisse dans mon sac.

— Tu peux dessiner. Ça ne me fait rien.

Il replace une mèche de cheveux égarée derrière mon oreille.

— On ne part pas tout de suite.

— D'accord.

— Tu as regardé ta chambre ?

— Ma chambre ?

Il désigne la chambre de nos ébats.

— C'est la mienne ?

— On est fiancés.

— Les couples fiancés ne partagent pas leur lit ?

— Considère que c'est ton bureau, alors. Tu auras besoin d'un espace pour tes œuvres d'art, pour tes études. Pour tout ce que tu souhaites faire.

— Et si j'ai envie de faire du shopping et de me faire les ongles ?

— Ce n'est pas vrai.

— Si c'est ce que je veux ?

Il me dévisage pour voir si je suis sérieuse.

— Dans ce cas, tu auras besoin d'espace pour ta garde-robe.

— Tu me taquines ?

Il hausse les épaules comme pour dire *peut-être*.

Oui, il me taquine. Et ça me rend toute chaude. Aussitôt, je le désire davantage. J'en veux plus. Son affection est réelle. Au fond, il tient à moi. Et c'est troublant.

Nous divorcerons dans six mois.

Je ne peux pas tomber amoureuse de Blake.

Je ne peux pas être troublée.

— Es-tu en train de me dire que je devrais me changer ? je lui demande.

— Tu avais l'intention de porter ça ?

Je porte un jean et un pull. Ce n'est pas vraiment une tenue raffinée, mais le genre de choses que les gens portent pour dîner à la maison d'un parent.

— Pourquoi ? Ta mère a un problème avec les gens qui s'habillent chez H&M ?

— Non, mais Fiona trouvera à redire.

— Je mettrai une de mes robes.

— C'est toi qui décides.

— Vraiment ? Tu sembles insistant.

— Non, dit-il alors que ses doigts m'effleurent la jambe. Je veux te protéger de ma sœur, mais je ne suis pas certain que ce soit possible.

— Elle me déteste déjà ?

— Elle ne croit pas que tu aies de bonnes intentions.

— Elle a raison.

— Non. Tu as de bonnes intentions. Simplement, ce n'est pas de l'amour.

C'est vrai.

— Eh bien… je ne connais pas grand-chose sur toi. Pas vraiment.

Je quitte le canapé. Il n'y a pas beaucoup d'endroits où se poser dans cet appartement immense, du moins en matière d'ameublement. Je m'assieds sur un tabouret dans la cuisine.

— Ça marcherait mieux si on s'appréciait vraiment. En tant qu'amis.

Pour le reste, c'est hors de question. Cette seule éventualité est troublante.

— Qu'est-ce que tu veux savoir ?

— Des choses importantes. Quelque chose que ta fiancée devrait savoir.

— Tu sais tout ce qui est important. Les documents que je t'ai fait parvenir par Jordan…

— Ce sont des choses que tout le monde peut trouver en ligne, ce n'est pas le Blake qui se cache sous le costume et son extérieur glacial.

Sa froideur s'atténue. Il retire sa veste de costume, défait les deux boutons du haut de sa chemise et l'ouvre. Là, il désigne une fine cicatrice qui lui barre la poitrine. Elle est discrète et presque invisible.

— Tu vois ça ?

J'acquiesce.

— Je raconte aux gens que je suis tombé d'un arbre. Tu verras chez ma mère. Aucun des arbres n'est assez solide pour être escaladé.

— Que s'est-il passé ? je demande.

— Mes parents se disputaient. Je suis intervenu. Mon père m'a frappé au lieu d'elle.

Mon estomac fait un bond. C'est quelque chose dont

peu de gens seraient au courant.

C'est terrible, mais l'expression de Blake demeure impassible.

Il est indifférent.

Comment peut-il rester aussi calme alors qu'il se remémore la violence de son père ?

Je me force à soutenir son regard.

— Quel âge avais-tu ?

— Douze ans.

J'en ai le souffle coupé. Douze ans ? Ce n'est rien. Un enfant.

Il se dirige vers moi.

— C'était il y a longtemps. Ça ne me fait plus mal.

— Ouais, bien sûr, dis-je en me forçant à sourire. Merci de me l'avoir dit. J'espère que tu n'es pas… Enfin, si tu veux parler, c'est possible.

J'essaye de déchiffrer son expression, en vain.

— Je sais que la discussion n'est pas vraiment notre truc. Ou *ton* truc. Tu es vraiment réservé. Mais, oui, euh… je peux t'écouter si tu as besoin de parler.

Je rougis.

— Si tu veux, dis-je en guise de conclusion.

— Je te remercie.

— Merci de me l'avoir raconté. Vraiment. Tu peux me dire des choses comme ça, mais en fait, je parlais plutôt de… tes loisirs ou ton livre préféré. Quelque chose de ce genre.

— *1984*.

— Vraiment ?

Il acquiesce.

— C'est drôle, je sais. Ma boîte est quasiment Big Brother.

— Tu n'as pas accès à des informations personnelles, n'est-ce pas ? demandé-je.

Mes joues s'empourprent à cette question.

— Tu ne regarderais pas mes historiques personnels ou bien mes e-mails, j'espère ? Tu en es capable, c'est ça ?

Il hoche la tête.

— Je ne l'ai pas fait. Je ne le ferai pas. Si je veux savoir quelque chose, je te poserai la question.

J'étudie son expression. Insondable, comme d'habitude. Il dit probablement la vérité. Je ne crois pas qu'il soit en train de me mentir.

— Et toi ? demande-t-il.

— Quoi, moi ?

— Quel est ton livre préféré ?

Je rougis.

— Tu vas rire.

— Est-ce que tu m'as déjà vu rire ?

C'est à mon tour de m'esclaffer.

— En y songeant bien, non. Pas un vrai rire sincère. Je vais être obligée de faire des blagues stupides. N'importe quoi pour essayer de te dérider.

Il ne sourcille pas, comme d'habitude. Cette fois, je suis quasiment certaine qu'il essaye de me dérouter.

— C'est du Botox, c'est ça ? je demande. Le secret de ta jeunesse et de ton masque inexpressif. Je parie que c'est du Botox.

Ça lui arrache un sourire. Il a vraiment un sourire magnifique qui illumine la pièce.

— C'est un roman graphique, dis-je. *Ghost World*. Ça parle de deux adolescentes qui vivent dans une petite ville. Ce sont des petites vignettes de leurs vies alors qu'elles commencent à grandir et réalisent que les idées qu'elles se faisaient sur le monde étaient fausses.

Je décèle un sourire. Un véritable sourire qui s'étend jusqu'à ses joues.

— Ça te correspond parfaitement, il me semble.

— C'est vrai. Et toi ? Tu aimes les romans graphiques ? Ou bien les comics ? Je sais que tu es développeur, mais tu ne parles jamais de trucs de geeks. Même pas quelque chose de super connu comme les *Avengers*, *Star Wars*, rien.

Il me renvoie mon regard, impassible.

— Tu ne… enfin, à part pour *1984*, je ne sais même pas ce que tu aimes faire. Le travail. Et les échecs. Voilà, tu travailles, tu joues aux échecs et tu lis *1984*.

Une version comics de Blake filtre dans mon cerveau. Il est aussi musclé que n'importe quel superhéros, mais son superpouvoir est le travail. À chaque page, il est assis à un ordinateur, présent à une réunion d'affaires ou bien jouant aux échecs dans un nouveau décor fantastique.

— Kat.

Je reprends mes esprits.

— Oui ?

— Quel est ton livre préféré en dehors des BD ?

— Tu veux dire un livre où toutes les pages contiennent des mots ?

Il hoche la tête.

— *Le Meilleur des mondes*, dis-je avec un clin d'œil.

Il soutient mon regard.

— Vous vous fichez de moi, Mademoiselle Wilder ?

— Absolument. Je veux dire… dans le domaine de la dystopie, je choisirais forcément *Hunger Games*.

Je me creuse les méninges afin de trouver un livre que j'aime vraiment et qui me permette d'avoir l'air vaguement sophistiquée. Mais rien ne vient.

— *Ghost World*, c'est ma réponse définitive.

Il ouvre le réfrigérateur, en sort une salade de fruits et deux cuillères, puis il m'adresse un geste qui ne peut que signifier : *mange*.

— Tu campes sur tes positions. C'est admirable.

— Merci.

Je prends une fourchette et la plante dans un fruit rouge. Il n'y a pas d'autres fruits dans la salade. Blake a prêté attention à mes goûts.

— J'écrivais un roman graphique au lycée. J'aurai peut-être enfin le temps de travailler dessus maintenant.

Il s'approche de moi. Il n'est qu'à quelques centimètres. Il glisse une main autour de ma taille, remontant la laine de mon pull. L'autre effleure mes lèvres. Il porte ses doigts à sa bouche et les lèche, avant de se pencher plus près. Encore plus près. Je ferme les paupières.

Enfin, ses lèvres rencontrent les miennes. Cela ne ressemble à aucun autre de ses baisers. Ce n'est pas un spectacle. Ce n'est pas un baiser destiné à me faire mouiller. C'est tendre. Presque attentionné.

C'est un mensonge.

Mais je commence à y croire.

———

Au bout d'une heure de conversation, nous nous habillons chacun dans notre chambre et descendons au garage en ascenseur.

Une Kat ravissante et maquillée me regarde depuis les miroirs latéraux. Je ne suis toujours pas experte dans l'art du maquillage, mais je suis plutôt jolie. Et ma robe est belle. Élégante. Bien trop pour un dîner de famille, pour être honnête.

Je me dirige vers la limousine d'un pas prudent. Blake me suit.

La portière se referme derrière nous, nous enfermant dans notre petit monde.

Il désigne du menton la bouteille de champagne qui se trouve dans le seau à glace.

— Le même que tu as aimé à la fête.

— La fête où on a joyeusement annoncé nos fiançailles ?

— Ne dis pas ce genre de choses.

— Pourquoi ? On est tout seuls. C'est la partie qui est réelle. C'est ce que tu m'as dit.

Il me dévisage.

— Très bien. Vas-y, lâche-toi une bonne fois pour toutes.

Si je le connaissais moins bien, je croirais que je l'ai vexé.

— Ce n'est pas grave.

La voiture démarre et sort du garage. Une fois dans la rue, ses mouvements se fondent en un flou agréable. Ce n'est pas étonnant que les gens riches se déplacent toujours dans ce genre de véhicules. On oublie vraiment qu'on est en mouvement.

Il change de position. Nous sommes assis sur des banquettes différentes. Elles sont perpendiculaires. Je dois me tourner si je veux vraiment le regarder en face.

Son visage est tellement marquant avec sa mâchoire forte, la ligne bien dessinée de son nez, ses magnifiques yeux bleus.

Le proverbe sur les yeux qui sont le miroir de l'âme est complètement stupide. Ce ne sont pas les miroirs de l'âme, en tout cas pas chez Blake. Je me plonge dans ces yeux-là et en ressors bredouille. Je ne sais absolument pas ce qu'il pense ni ce qu'il ressent.

Si seulement je pouvais lui ouvrir le crâne pour regarder dans son cerveau. Cela ne devrait pas m'intéresser autant. C'est plus un employeur qu'un petit ami.

—J'aimerais lire dans tes pensées.

Je me mords la lèvre. C'est une expression terrible. Et elle est terriblement niaise en plus.

Son expression reste neutre.

— Il faut qu'on annonce la date de notre mariage ce soir.

— Déjà ?

Mes paumes deviennent moites. Toute cette histoire de mariage m'étouffe toujours. Je peux le faire. Je le ferai. Mais ça me rend malade.

— Le dernier vendredi du mois d'avril. J'ai réservé une salle de bal au Plaza. Très exclusive.

— Je ne vais pas me marier dans la salle de bal d'un hôtel.

La surprise transparaît dans ses yeux bleus.

— Pourquoi pas ?

— C'est horrible, guindé et pas du tout à mon goût.

— Quelle est la différence ?

— Tu veux que les gens y croient ou pas ? dis-je en lissant ma robe. Je veux me marier dans un parc.

— Il va faire froid fin avril.

— J'achèterai une robe avec des manches longues.

— Il risque de pleuvoir.

— Alors, il pleuvra. Et puisque c'est la saison, j'aimerais un parc avec des cerisiers en fleurs.

Il sourit.

— Ça te plaît ?

— Non, je veux me marier là parce que j'ai horreur de ça.

Cette phrase me laisse à bout de souffle. C'est impossible de lui parler. Le sarcasme n'arrange pas les choses. Ce n'est pas son point fort.

— Bien sûr que ça me plaît. Je trouve ça magnifique.

Ce n'est pas comme notre dernier trajet dans cette limousine. Je sais qu'il comprendra.

— Avant l'accident, on allait passer un week-end à Washington chaque année en avril, juste pour regarder les arbres. Mes parents étaient du genre romantique. Je trouvais ça repoussant à l'époque qu'ils s'embrassent sous les fleurs. Et je ne comprenais pas non plus le discours de ma mère. Chaque fois, elle me disait la même chose. « La vie est courte. Tu dois prendre le temps d'en profiter. »

Je m'adosse contre la banquette et baisse les yeux.

— J'étais une adolescente stupide. La vie semblait longue. J'avais hâte de pouvoir enfin avoir mon bac, puis aller à la fac. J'avais hâte d'être indépendante. C'est drôle, la rapidité à laquelle je suis devenue indépendante.

Je sens monter les larmes et je ferme les paupières pour les retenir. Mon maquillage est waterproof, mais je refuse de pleurer devant Blake. Cet homme est entièrement fait de murs et de défenses. Je ne peux pas baisser ma garde.

— Ça doit être difficile d'être la femme de la maison.

Sa voix est ferme, mais elle trahit une douceur appuyée. Presque de l'affection.

— Tout ce qui vaut la peine est difficile.

Je croise son regard et je souris.

— Je me marierai sous des cerisiers en fleurs. Tu ne m'en empêcheras pas.

— Tu es certaine que tu ne préférerais pas réserver ça pour ton véritable mariage ?

— Certaine.

La tension augmente entre mes omoplates.

— Nous serons mariés aux yeux de la loi. Nos familles seront présentes. Je suis certaine que je porterai une robe hors de prix. C'est vraiment réel.

— Je demanderai à Ashleigh de te trouver une robe. Explique-lui ce que tu aimes et elle t'en dénichera une.

Il regarde quelque chose sur son téléphone.

— Elle t'enverra un texto pour prendre rendez-vous.

—Je veux que Lizzy m'accompagne.

Il hoche la tête.

— C'est mieux.

— Bon.

Qu'il suggère que ma sœur me soutienne, j'ai l'impression que c'est une victoire.

— Ce sera ta demoiselle d'honneur ?

— Bien sûr. Et ton témoin ?

— Je n'en veux pas.

— Ah non ?

Il secoue la tête.

— Il n'y a personne en qui j'ai suffisamment confiance.

— C'est bizarre.

— Je ne suis pas bizarre.

— Tu es maniaque.

— C'est vrai.

— Je, euh… avec le mariage, il faut trouver un moyen de s'accorder sur certains points. Les compromis sont la clé de n'importe quelle relation saine. Même si ce n'est que du cinéma.

Ses lèvres ébauchent un véritable sourire. Puis, je n'arrive pas à le croire, il éclate de rire. Son visage tout entier s'illumine. Ses yeux pétillent. Il a toujours été hyper attirant, mais ce rire, ces yeux lumineux…

Quelque part, il est encore plus magnifique quand il sourit.

— C'est noté, dit-il.

— Qui invitons-nous ?

— Ma famille. Notre famille.

— C'est tout ?

Son expression s'adoucit. Il se rapproche de moi.

— Tu as une objection ?

— Non. C'est parfait. Je m'attendais à un grand spectacle de ta part, après la dernière fois.

— C'est pour Meryl et personne d'autre.

C'est vraiment gentil. Un beau gros mensonge pour sa mère mourante.

Chapitre Quinze

La maison est plus modeste que je me l'étais imaginé. Un étage. Quatre chambres. Une allée bordée de buissons de rosiers.

Je presse la main de Blake alors que nous nous dirigeons vers la porte.

Mon cœur s'emballe. Mon estomac fait des bonds. Je ne suis pas certaine d'avoir déjà été aussi nerveuse. Faire semblant le temps d'une réception, c'est une chose. Mais dîner en compagnie de sa mère et lui mentir en face ?

Je ne suis toujours pas certaine d'en être capable.

Blake me serre la main. C'est trop gentil, trop réconfortant. J'ai besoin de bannir toutes les idées qui me flottent dans la tête, celles qui me disent que tout ceci est bien réel.

La porte est ouverte. Il tourne la poignée et me fait signe de passer en premier.

Je m'avance à l'intérieur. Il fait chaud. C'est magnifique. Des tableaux sont alignés le long de l'escalier, des coussins décorent le canapé, des livres débordent d'une bibliothèque contre le mur.

Nous nous dirigeons vers la cuisine. Meryl tient un verre de vin. Fiona est assise avec un homme en costume. Il a la trentaine et il n'est pas vraiment présent, toute son attention sur son iPhone rutilant.

C'est le portrait typique du mec de Wall Street. Ils sont tous habillés pareil, mais il est tellement différent de Blake.

C'est difficile à expliquer. Ce mec irradie d'une certaine suffisance. Blake est arrogant, certes, mais ses yeux trahissent de la bonté.

Il prend mon manteau et l'accroche, avec le sien, à un portant. Il salue sa famille d'un mouvement du menton.

— Kat, voici Trey, le mari de Fiona.

Oh. Bien sûr. Ça explique beaucoup de choses. Je douterais de la possibilité d'un mariage d'amour si j'étais mariée à ce type.

Trey lève les yeux de son téléphone pendant une fraction de seconde. Il hoche la tête.

— Ravi de vous rencontrer.

Meryl attire alors notre attention. Elle secoue la tête en désignant Trey.

— Qu'est-ce que vous buvez, tous les deux ? Et ne me dites pas que vous conduisez. J'ai vu la limousine repartir. Qu'est-ce que ce pauvre chauffeur fait pendant que vous êtes là ?

— Il gagne son salaire, dit Blake en me déposant un léger baiser sur la joue. Je vais chercher à boire.

Meryl agite son verre quasiment vide.

— Le vin est sur le plan de travail.

Blake fronce les sourcils, mais il récupère le verre de sa mère. Il ne prend plus la peine de la sermonner sur les dangers de l'alcool. Pas alors qu'elle est mourante.

J'ai une boule au ventre. Je me force à sourire. La moitié de mes pensées se concentre sur la chaleur de ma joue. J'y sens toujours ses lèvres. L'autre moitié court dans l'autre direction, celle qui m'implore : *cesse de te laisser prendre à ton propre mensonge*.

— Asseyez-vous, ma chère, dit Meryl. Je me rappelle lorsque je travaillais dans un restaurant. J'avais toujours hâte de m'asseoir.

Je m'exécute.

— En fait, je n'y travaille plus.

Fiona sourit.

— Ah non ?

— J'ai démissionné. Pour me concentrer sur mes dessins.

On peut dire ça.

La sœur de Blake hoche la tête comme si elle comprenait.

— C'est pareil pour moi, quand j'ai lancé ma ligne de vêtements. J'ai dû quitter mon poste dans les acquisitions chez Saks.

Meryl sourit à sa fille.

— Je suis certaine que tu pourrais aider Kat. Lui apprendre à gérer sa propre entreprise.

— Je ne connais rien à l'art, répond-elle avec un sourire contrit.

Je n'arrive pas à déchiffrer son attitude. A-t-elle réellement envie de m'aider ? Ou bien se plaît-elle à jouer les dissimulatrices ?

Le visage de Fiona se décompose quand le téléphone de Trey se met à sonner.

Il le désigne en s'excusant.

Elle réprime un froncement de sourcils, sans vraiment y parvenir, regardant son mari quitter la pièce comme s'il emportait son cœur avec lui.

J'ai l'impression que ce n'est pas la première fois qu'il

abandonne une conversation pour prendre un appel. Même pas la première fois de la soirée.

— Mon fils est vraiment difficile. J'espère qu'il se rattrape, dit Meryl.

Pile au bon moment, Blake revient avec les boissons. Du vin pour Meryl. Un whisky pour lui. Un gin-tonic pour moi.

Ses doigts effleurent les miens alors qu'il me tend le verre.

Encore une fois, mon corps palpite de désir. J'ai déjà hâte d'être seule avec lui.

J'avale une longue gorgée de gin-tonic. C'est délicieux, mais ça ne fait rien pour apaiser la chaleur qui m'habite.

Blake décoche un regard à sa mère. *Vraiment ?* semble-t-il dire.

— Ce n'est pas une discussion appropriée pour le dîner.

— Je t'en prie. Tu sais que ça ne me ferait rien, sourit Meryl en me regardant. Le dîner devrait être bientôt prêt. Mais si vous avez faim, il y a des amuse-bouche dans le réfrigérateur.

— Ça va, merci.

J'avale la moitié de mon verre. L'alcool me réchauffe la gorge et repousse la voix dans ma tête qui me dit : *tu ne devrais pas faire ça.*

Fiona contemple son verre de vin à moitié vide.

— Je suis surprise que Blake n'ait pas proposé de t'aider.

Elle se tourne vers le siège vide de Trey.

— Moi, c'est mon mari qui m'a offert le capital de départ pour ma collection de vêtements. Il m'a beaucoup soutenue.

Son expression est mâtinée de regret. Le mec qui téléphone à l'extérieur ne la soutient clairement pas. C'est un de ces types pleins aux as qui signent des chèques au lieu de s'occuper des besoins émotionnels de leurs femmes.

Je ne connais pas ce connard, mais je le déteste déjà.

Mon regard va vers Blake. Bon sang. Il est doué. Son visage ne présente aucune réaction visible. Il est l'image même du détachement.

Cela dit, c'est constamment le cas.

— Je ferais n'importe quoi pour Kat. N'importe quoi.

Il fait courir ses doigts sur ma joue et me regarde comme si nous étions amoureux.

— Mais son indépendance est très importante pour elle, ajoute-t-il. Elle veut se débrouiller toute seule.

— C'est admirable, mais ma chère, dit Meryl en avalant une grande gorgée de vin, prenez l'argent de ce garnement s'il vous l'offre.

— Ce sera bientôt *notre* argent, fait Blake en souriant. On a convenu d'une date. Le dernier vendredi du mois d'avril.

— Tu ne fais pas signer de contrat prénuptial ? s'exclame Fiona en essayant de masquer sa stupeur, sans y parvenir.

Blake arque un sourcil. Ils échangent un regard de compréhension. C'est de la pure télépathie entre frère et sœur.

— Je ne veux plus jamais entendre ces mots-là, dit Meryl. Et je ne veux pas entendre un seul chiffre.

Fiona fronce les sourcils.

— Mais Blake pourrait perdre son entreprise s'ils divorcent.

— Qu'est-ce que je viens de dire ?

Meryl serre son verre de vin. Fiona rougit, balbutie.

— Je veux simplement l'aider à se protéger.

— Et ton contrat prénuptial t'a-t-il servi à quelque chose ? lance leur mère.

— Ce n'est pas pareil. Il avait plus d'argent que moi.

— Je vais signer un contrat, dis-je en essayant d'adopter ma voix la plus assurée. C'était mon idée. Je ne veux pas que Blake pense que je fais ça pour son argent. Je suis peut-être jeune, mais je ne suis pas naïve. Je sais que les mariages ne fonctionnent pas toujours. Je préfère tirer ces détails au clair le plus tôt possible.

Meryl me regarde comme le fait Blake. Elle essaye de me percer à jour, pesant le poids de chaque parole.

— Vous êtes une bécasse, ma chère, mais c'est admirable.

Je lisse les plis de ma robe.

— Je vous remercie… enfin, je crois.

— C'est un compliment, reprend-elle en riant avant de regarder Blake et Fiona. Mes enfants ne comprennent pas. Ils pensent que le mariage est fait pour protéger ses biens. Mais ce n'est pas le cas. C'est fait pour trouver un partenaire qui vous soutiendra quand vous en aurez besoin. C'est fait pour trouver un compagnon de vie. Quelqu'un qui vous épaule.

Je déglutis. C'est ce que devrait être le mariage. Toutes ces choses-là.

Comme par magie, Trey entre dans la pièce.

— Fifi, ma chérie. Il faut que je parte.

Meryl décoche un regard entendu à sa fille, qui fronce les sourcils.

— Tu ne peux pas rester pour le dîner ?

Il se penche pour lui déposer un baiser sur la joue.

— J'aimerais bien, mais c'est une urgence, dit-il en se tournant vers Meryl. Madame…

— Ce n'est pas grave, dit-elle en secouant la tête. C'est l'exemple que je vous ai donné. Au moins, vous, vous partez.

Manifestement, cela ne semble pas blesser Trey.

Il se tourne vers Fiona et lui murmure quelque chose à l'oreille. Ses paupières s'étrécissent et elle plisse le front.

Trey se redresse et fait un pas vers la porte.

— Je suis désolé, Meryl. Je vous verrai la semaine prochaine.

Elle s'éclaircit la gorge.

— Faites attention sur la route.

Trey donne un dernier baiser à Fiona et quitte la pièce. Personne ne dit rien jusqu'à ce que la porte se referme et que le moteur d'une voiture démarre.

Puis, Fiona s'adresse à Meryl.

— Il essaye de me soutenir.

— C'est un connard.

— Papa aussi.

Meryl pousse un profond soupir. Elle regarde son verre de vin comme s'il contenait tous les secrets de l'univers.

— Si tu fais ça à Kat, je jure devant Dieu… dit-elle en me regardant. Quelle famille vous allez intégrer !

J'avale péniblement ma salive.

— Blake est gentil.

Meryl le dévisage, à présent, mais c'est à moi qu'elle parle.

— C'est ce que l'argent engendre… l'envie d'en avoir toujours plus.

— Je ne suis pas comme Trey. Et Kat n'est pas comme Fiona, dit Blake.

— Va chier, réplique sa sœur en croisant les bras.

— Ne prends pas tout pour une insulte.

Ils s'échangent des regards hostiles, qui laissent deviner qu'ils savent à quoi ils font référence. Comme s'ils n'avaient aucune intention de laisser quelqu'un partager ça avec eux.

Ils semblent se détester et s'aimer à la fois.

La voix de Meryl s'adoucit. Elle offre sa main à Fiona.

— Tu ne savais pas, ma chérie. Tu n'étais qu'une enfant.

Fiona replie sa main sur son giron.

— J'avais dix-neuf ans.

— Exactement. Tu es mieux sans lui, dit Meryl.

— Avec rien du tout, dit Fiona.

Meryl se tourne vers elle. Vers Blake. Aucun de ses enfants n'a envie de la défier. Quelque chose dans son expression les fait battre en retraite.

Elle secoue la tête.

— Qu'est-ce qui vous arrive à tous les deux ? Pourquoi tout tourne toujours autour de l'argent ? Il n'y a pas que ça dans la vie.

Sous la table, Blake me presse la main. Il me regarde comme pour me demander si ça va.

Je hoche la tête. Ça va…

La pièce se fait silencieuse, l'atmosphère alourdie. Je crois que Blake et Fiona sont d'accord, tout tourne autour de l'argent.

Je n'ai jamais eu pitié des gens riches auparavant. Pas même pendant une seconde. Être pauvre, ça craint.

Mais ça me fait apprécier ce que j'ai.

J'ai une meilleure amie. Quelqu'un que j'aime sans conditions, qui sera toujours à mes côtés.

Je n'échangerais pas ma relation avec Lizzy pour tout l'argent de Blake et de Fiona.

Cette dernière joue avec sa nourriture. Elle se tourne vers son frère et prend sa voix la plus amicale.

— Trois semaines et demie ? C'est vraiment rapide.

Le courant passe entre Meryl et Blake. Merde. La famille tout entière a des superpouvoirs télépathiques !

— Nous ne voulons pas attendre, répond Blake.

Meryl me regarde comme pour avoir confirmation.

— C'est vrai ?

— C'était mon idée, dis-je. J'insiste pour me marier sous les cerisiers et je n'ai pas envie d'attendre une année de plus.

Son expression se radoucit.

— Je vois.

— J'ai un lien sentimental avec ces arbres. Ça a toujours été une tradition de famille. Mais je ne veux pas vous ennuyer.

— Et votre famille approuve ? demande-t-elle.

— Il n'y a que moi et ma sœur. Mes parents ont eu un accident il y a quelques années. Ils sont morts.

Je pince les lèvres. Je n'aime pas y penser. Trop de sensations tourbillonnent dans ma poitrine et je n'ai pas le temps de faire une pause pour les ressentir.

Ou plutôt, je n'*avais* pas le temps.

Jusqu'à présent.

— Oh, je suis désolée, ma chère, dit Meryl.

— Merci.

— Vous aurez besoin d'aide pour la cérémonie, poursuit-elle d'une voix pleine de compréhension. Et si je m'occupais de la réception ? Choisissez une couleur.

C'est gentil de sa part.

— Le rose.

Meryl sourit.

— Une couleur qui me tient à cœur.

La minuterie de la cuisine retentit. Meryl plaque les mains contre la table, mais elle a du mal à se redresser.

Blake se précipite pour l'aider. Elle secoue la tête, comme si elle ne pouvait pas supporter ses chichis.

— Je m'en occupe, dit Blake.

Il adresse un geste à Fiona, un autre secret entre frère et sœur. Quoi qu'il en soit, ça marche. Fiona s'excuse et ils vont préparer le dîner dans la cuisine.

— Laissez-les s'occuper, dit Meryl. Dites-moi, qu'aimez-vous faire pour vous divertir ?

— Des choses classiques. Regarder des films ou la télé, passer du temps avec ma sœur.

— Et pour les choses qui ne sont pas classiques ?

Je joue avec l'ourlet de ma robe.

— Je faisais de la course à pied, au lycée, mais je n'ai pas fait l'effort de continuer.

Elle regarde son verre avec mélancolie.

— Je n'ai jamais beaucoup aimé courir.

Je hoche la tête.

— Ça va ? demandé-je.

— Oui. Et quand vous voulez vous détendre ? Après avoir couru ? Vous ne me semblez pas être le genre de fille uniquement intéressée par les sorties et le shopping. Même si j'aimais bien faire les deux dans ma jeunesse.

— Je dessine.

Je m'efforce de prendre une voix assurée. Je m'apprête à épouser le fils de cette femme, après tout. Il faut que je donne l'impression d'être une femme forte et indépendante. Quelqu'un digne de lui.

— Je songe à faire une école d'art.

— Excellent ! Une école d'art. Oui, ça vous irait. Vous devrez vivre en résidence universitaire et rendre Blake complètement fou en le forçant à venir vous rendre visite.

— Ça le ferait sortir de son bureau.

Elle sourit, mais ce n'est pas pareil qu'avant. Elle n'en a plus vraiment la force.

Blake et Fiona finissent de mettre la table. Ils apportent le dîner sur d'épaisses assiettes de céramique. C'est un bœuf braisé maison accompagné de salade à la vinaigrette.

— Merci, dis-je à la cantonade.

Je me calque sur Blake quand tout le monde commence à manger.

Meryl joue avec sa salade. Fiona regarde sa nourriture comme si elle l'ennuyait. Je n'imagine pas qu'elle ait très faim après le désintérêt remarquable dont a fait preuve son époux.

Elle se tourne vers moi.

— Je peux voir la bague ?

— Oh, bien sûr, dis-je en plaçant la main sur la table comme si j'étais un mannequin pour ce joyau énorme. Elle est belle.

— Tiffany ? demande Fiona.

Blake lui décoche un regard pour la faire taire.

— Elle a coûté cher, manifestement.

Elle jette un œil à sa propre alliance plus petite, mais tout de même impressionnante.

— Ne sois pas de mauvais goût, dit Meryl.

— J'admire les bijoux de ma future belle-sœur, souffle Fiona en joignant les mains comme si elle s'efforçait de rester calme. Je n'ai pas le droit de m'intéresser aux bijoux ?

— Qu'ai-je fait pour élever deux enfants qui se préoccupent autant du statut social ? se lamente Meryl en secouant la tête. Qu'allez-vous faire quand je ne serai plus là ? Vous vous noierez dans votre maudit fric !

— Maman, ce n'est pas vrai, dit Fiona.

Meryl repousse son assiette.

— Excusez-moi. J'ai besoin de prendre l'air.

Blake veut la suivre.

— Rassieds-toi. Ça va. Mon seul problème, c'est vous deux. Finissez de dîner et faites la vaisselle. Je sais que vous avez tous les deux du personnel qui s'en charge pour vous à la maison.

Elle baisse les yeux. Toute énergie disparaît de son expression.

— Prenez le café et le dessert sans moi.

— Maman, il fait froid dehors, dit Fiona d'une voix qui se change en lamentation.

— J'ai grandi ici. Ce n'est rien. Je vous en prie, laissez à votre pauvre mère l'occasion d'être seule.

Elle prend son manteau sur le crochet et gravit l'escalier.

Pour une fois, j'arrive parfaitement à déchiffrer l'expression sur le visage de Blake. Il est terrifié.

Chapitre Seize

Fiona s'excuse à la seconde où elle a fini de manger. Elle rejoint le balcon en boudant, parlant dans son téléphone portable à mi-voix.

C'est presque romantique de terminer de dîner avec Blake. Il me ressert dès que j'ai fini de boire. Il m'offre une deuxième part de tout. Il anticipe mes besoins avant même que je ne les ressente.

Quand nous avons terminé, il débarrasse la table et revient avec d'autres verres.

C'est vraiment un parfait gentleman.

Un fils aimant.

Tout le reste est peut-être une façade, mais je suis certaine que Blake adore sa mère.

Il glisse le bras autour de ma taille et me serre fort contre lui.

Ses lèvres se collent à mon oreille.

— Tu es tendue.

Ça va.

— Est-ce que tu vas apprendre à admettre quand tu n'es pas bien ?

— Est-ce que tu vas apprendre à me demander comment je me sens au lieu de me le dire ?

Sa voix se radoucit.

— Tu te sens bien, Kat ?

— Non, je suis un peu tendue. Tu l'as peut-être remarqué.

Il émet un petit rire.

— Tu penses que je suis un connard.

— À en juger par les commentaires…

— Je ferais l'effort de demander.

— Je le croirai quand ça arrivera.

— Très bien.

Il pose ses lèvres dans mon cou.

— Je peux te faire tout oublier.

— Je ne sais pas à quoi vous faites référence, Monsieur Sterling.

Sa voix prend ce fameux ton autoritaire.

— Tu vois parfaitement.

— Pas dans la maison de ta mère.

Il recule et avale une grande gorgée de whisky.

Ses yeux m'enveloppent, m'étudiant lentement à la recherche du moindre signe de faiblesse.

Ou peut-être essaye-t-il de comprendre ce dont j'ai besoin.

Peut-être son regard est-il un soutien plutôt qu'une attaque.

Je l'interprète mal, probablement.

Blake m'offre sa main.

— Viens ici.

Je presse ses doigts. Ils sont chauds. Réconfortants. Je me dis que ce n'est pas grave, que je peux bien trouver son contact apaisant, mais je ne suis pas certaine d'y croire.

Il m'emmène au salon. C'est une pièce confortable avec une télévision, un canapé et une petite table.

Il me fait signe de m'asseoir, puis farfouille les étagères pour en tirer une boîte. Un échiquier.

— Je n'ai plus joué depuis l'école primaire, dis-je.

— Les règles sont simples.

Il s'assied et organise les pions sur les cases noires et blanches.

Je m'installe en face de lui.

— Je n'ai pas la moindre chance contre toi.

— Je me donnerai un handicap.

— Tu es sérieux ?

— Le plus simple et le plus sévère est de retirer la reine.

Il enlève la reine noire et la pose sur la table.

— Pourquoi est-ce le plus sévère ?

— La reine est la meilleure pièce du jeu. Elle peut se déplacer dans n'importe quelle direction, sur autant de carreaux qu'on veut.

— Et pour gagner, je dois tuer ton roi, n'est-ce pas ?

Il rit. Un vrai rire. C'est la meilleure chose que j'aie jamais vue. Ça illumine ses yeux bleus.

Seigneur, ces yeux sont magnifiques.

Je m'éclaircis la gorge. Je ne dois pas y penser.

— Qu'y a-t-il de si drôle ? je lui demande.

— On appelle ça échec et mat.

— C'est un régicide, purement et simplement. N'essaye pas de minimiser la chose.

Blake sourit.

Mes jambes flageolent. Son sourire me fait des choses. Il me désarme.

Il m'explique toutes les règles pour les déplacements, mais je ne prête pas vraiment attention. Je suis trop subjuguée par ce sourire.

Il me faut une éternité pour comprendre les règles. Les fous vont en diagonale, les pions avancent d'une case, mais attaquent en diagonale. Les cavaliers font un mouvement bizarre en L et ils peuvent sauter par-dessus les autres. Les tours se déplacent horizontalement et verticalement. La reine peut se déplacer dans n'importe quelle direction sur n'importe quelle distance. Et le roi, complètement inutile, ne peut bouger que d'une case.

— C'est nul, dis-je.

Un autre rire. Mon cœur s'emballe. J'ai des papillons dans le ventre. Le monde entier est chaud, réconfortant.

Il se moque de moi. Il me taquine. Je suis redevenue une enfant en école primaire, souhaitant désespérément que le garçon qui me plaît me tire les cheveux.

Eh bien…

J'en ai envie. Mais pas ici.

— Pourquoi donc ?

Son ton est léger, détendu.

— La reine possède tout le pouvoir. Elle détruit tout. Pourquoi ce jeu stupide est-il basé sur la protection d'un roi qui se cache derrière tous ses sujets ?

— Considère-le comme un homme de paille. Et c'est la reine qui tire les ficelles dans les coulisses.

— Oui, j'y penserai.

Je regarde l'échiquier. J'ai les blancs, alors je commence en premier. C'est un avantage notoire, mais apparemment, ce n'est rien comparé au fait de perdre une reine.

— Est-ce ton attitude envers les femmes puissantes ? Tu les jettes ?

Il me dévisage. Sa voix devient sérieuse. Enfin, plus sérieuse.

— Je ne vais pas te jeter.

— Je ne suis pas puissante.

— Oh, si.

— Tu as raison. J'ai le grand pouvoir de duper les gens. Mais toi aussi, tu l'as.

Il se glisse hors de son siège et s'agenouille devant moi,

m'effleurant la cuisse du bout des doigts, juste sous ma robe.

— Tu es capable de tellement de choses.

Mon cœur fait un bond.

— Comme quoi ?

— Tu es captivante.

Il fait glisser sa main jusqu'en haut de ma cuisse. Mes yeux se referment instinctivement. Le désir palpite dans mon corps. Je tire sur ma robe. Mes jambes s'écartent. *Captivante*. Ça me plaît.

Blake se penche davantage. Ses lèvres rejoignent les miennes.

Sa langue s'empare de ma bouche tandis que sa main glisse sur ma culotte. Bon sang. Je suis déjà moite.

J'ai besoin qu'il me touche. Même si c'est l'endroit le moins opportun.

Il m'embrasse plus fort, sa paume à plat contre moi. Il est tellement, tellement près de me toucher carrément.

— Oh, mon Dieu ! s'écrie Fiona.

Blake se rassied.

Sa sœur secoue la tête. Elle essuie les larmes de ses yeux gonflés alors qu'elle se précipite dans la cuisine. Elle revient avec une bouteille de vin rouge.

— Vous avez une limousine vide pour ça.

Blake se penche pour me murmurer :

— Ça va si je te laisse seule un moment ?

— Bien sûr.

C'est mignon qu'il veuille aider sa sœur, même si je ne comprends pas vraiment leur relation.

Il lui jette un œil.

— Prends un autre verre.

Fiona lui décoche un regard qui signifie : *vraiment, devant ta conquête ?*

Je me redresse.

— Est-ce que Meryl verrait un inconvénient à ce que je la rejoigne sur le balcon ?

C'est l'excuse parfaite pour vérifier qu'elle va bien, apaiser légèrement la tension dans ma poitrine.

— Non. Elle t'apprécie, dit Blake en me serrant la main. Mais frappe d'abord.

Fiona pose le verre de vin sur la table. Elle donne l'impression d'être au bord de la crise de nerfs. Je connais cette sensation. J'étais comme ça la première année après l'accident. J'ai mis longtemps à me sentir un minimum bien.

Je me dirige vers les marches. Elles grincent à chaque pas. Le couloir aussi.

Je frappe à la porte du coin.

— Meryl. C'est Kat. J'aimerais prendre l'air et Blake est occupé en bas.

J'entends des pas, puis la porte s'ouvre. Meryl sourit. Son visage ne présente aucune tension. Aucun signe de son emportement.

Elle me fait signe d'entrer. Je m'exécute. Sa chambre à coucher est propre, mais pas stérile. Pas comme l'appartement de Blake.

Je la suis sur le balcon.

Il est confortable. On a une vue sur le jardin. Il y a quelques arbres décharnés ainsi que des fleurs qui commencent à bourgeonner.

Elle s'accoude contre la rambarde de bois et lève la tête vers les étoiles.

— Je ne veux pas vous donner des ordres, ma chère, mais admirez. On ne les voit jamais en ville.

Elle a raison. Le ciel noir en est parsemé. Je n'ai pas vu autant d'étoiles depuis mon enfance.

— C'est beau.

— Oui. Elles donnent à réfléchir. Elles sont comme les roses. Ce sont de trop belles métaphores.

— C'est vrai.

— Puis-je vous demander votre âge ?

— Vingt et un ans.

— Un bébé. Vous avez toute la vie devant vous, dit-elle avec un soupir mélancolique. Si vous épousez Blake… Vous ne pouvez pas abandonner vos rêves. Je sais que c'est tentant de se prélasser dans le luxe, de passer tout son temps à se faire bronzer à Cabo San Lucas, mais ce n'est pas une vie épanouissante.

Ma poitrine se réchauffe. C'est le genre de discussion que les mères ont avec leurs filles. Sauf que je n'en ai jamais eu l'occasion.

— Je ne le ferai pas.

— Je suis désolée pour tout à l'heure. Mes enfants ne sont pas méchants, mais franchement, ce sont des idiots.

J'éclate de rire.

— Vraiment. Fiona et cet horrible courtier. Il est tellement mesquin. Tout comme leur père. Enfin, pas entièrement. Dieu merci.

Il y a quelque chose dans sa voix.

Blake semblait indifférent au fait que son père l'avait frappé. Parce que ça n'était arrivé qu'une seule fois ? Ou bien parce que ça arrivait tout le temps ?

Je renvoie son regard à Meryl, mais il ne m'apprend rien. Je ne sais pas à quoi ressemble une femme battue. Et même si je le savais, le père de Blake n'est plus là. Il est mort alors que Blake était ado. C'était dans le dossier qui le concernait.

— Ma chère, vous allez bien ? demande-t-elle.

— Oui, je réfléchissais simplement.

Elle sourit.

— Je me rappelle avoir été jeune et amoureuse. C'est difficile de se concentrer.

— Oui.

C'est vrai, mais ce n'est pas à cause de l'amour, plutôt du désir.

— Cette école d'art, c'est vraiment ce que vous voulez ? demande-t-elle.

— Je ne sais pas. Ces dernières années, la seule chose que j'ai voulue, c'était que ma sœur aille bien. Je n'ai pas eu l'énergie de songer au futur.

— Elle est malade ?

— Non. Elle a une blessure au dos, mais ce n'est plus inquiétant.

Je fais courir mes doigts sur la rambarde.

— Mes parents sont morts dans un accident de voiture voilà trois ans. Elle était à l'arrière. Elle est restée en réa pendant quelques semaines, mais elle s'en est tirée. Avec des séances de kiné, elle s'en est sortie. Elle a retrouvé presque toute sa mobilité.

— Elle fait des études ?

— Elle ira à l'Université de New York l'année prochaine.

Je rayonne. Lizzy va bien s'en tirer. Je suis terriblement fière d'elle.

Meryl regarde son verre de vin.

— Vous avez dû grandir tellement vite…

— J'ai fait ce que j'avais à faire pour ma famille.

Elle porte son attention sur moi, m'étudiant comme le fait Blake.

— Vous songez à une école d'art en particulier ?

— Pas encore.

— Promettez-moi quelque chose, ma chère.

Je peine à conserver mon sourire. Les promesses ne sont pas mon fort.

— D'accord.

Son expression s'endurcit.

— Quoi qu'il arrive entre vous et Blake, promettez-moi de faire des études.

Au-dessus de nous, les étoiles brillent. Elles offrent toutes les possibilités du monde.

C'est ce que j'ai à présent. Enfin, dès que j'obtiendrai le reste de l'argent de Blake.

Mais je ne peux pas mentir à Meryl. Pas plus que je l'ai déjà fait.

J'ai besoin que mes propos envers elle soient sincères.

Est-ce que j'irai en fac ? C'est une idée nouvelle, mais elle me plaît. Quatre années pour me concentrer sur ce que je veux, pour trouver mon style, pour me découvrir.

C'est parfait.

— Je promets.

Elle sourit, se radoucit.

— Vous n'avez pas besoin de vous marier pour moi.

— Ce n'est pas ça.

— Il vous a parlé. Je le vois bien. Après que je me mette en colère ou bien avant ?

Je me mords la lèvre, réalisant soudain que je ne porte pas de veste.

— Avant.

— Ne vous précipitez pas juste pour moi.

— Ce n'est pas ça. C'est simplement que… j'aimerais le faire avant que ma sœur parte à l'université.

— Avant qu'elle soit à une station de métro de distance ?

Je ris.

— Elle sera occupée. Et je veux le faire tout de suite.

Une romance passionnée et enflammée. Voilà l'histoire. J'imagine une image qui me ferait battre le cœur, mais la seule chose qui me vient à l'esprit est Blake. Bon sang.

— Je l'aime. Je ne veux pas attendre.

Elle me dévisage.

— Je suis certaine que vous êtes bien intentionnée, ma chère, mais ce genre de feu dans vos reins… j'ai bien vu qu'il vous déshabille du regard. Ça ne dure jamais.

— C'est votre fils.

— Les hommes… tous les mêmes. Ils pensent toujours avec ce qu'ils ont entre les jambes.

Elle termine son verre et le pose sur la rambarde. Puis elle braque à nouveau toute son attention sur moi.

— Il est beau. Riche. S'il est bon au lit…

Je rougis.

— Ne me dites pas que vous voulez en discuter.

— Non. Je ne suis pas assez… évoluée. Mais je sais ce que c'est que d'être jeune et de se désirer. Ça embrouille les choses. Ça vous fait croire que vous êtes amoureux. Mais ma chère, ajoute-t-elle en se penchant vers moi, tout l'argent du monde ne vaut pas un mariage sans amour. Faites-moi confiance. Le véritable amour n'a pas de prix.

Mon cœur bat dans ma poitrine.

On dirait qu'elle sait que je mens.

Comme si elle voyait tous les mensonges que j'ai racontés.

Je fais un pas vers la porte. Je ne peux plus le tolérer.

— Excusez-moi, dis-je. Je suis tentée par un dessert. Vous voulez m'accompagner ?

— Non, merci. Mais servez-vous. Il y a du café et du thé dans le cellier. Et aussi ce lait d'amande que tout le monde boit en ce moment.

— Je crois qu'on est passé au lait de coco.

Elle sourit.

— C'est bon à savoir. J'en achèterai la prochaine fois.

— Merci. Pour tout.

— Bonne chance.

Je hausse un sourcil.

— Pour votre école. C'est une grosse décision à prendre.

— Oh. Bien sûr.

Elle regarde à nouveau le ciel. Elle est déjà perdue dans son propre monde.

Je me force à partir sans ajouter d'au revoir.

En bas, Blake joue aux échecs contre lui-même.

C'est tranquille. Il est seul.

Il me jette un regard, restant presque entièrement concentré sur la partie.

— J'ai renvoyé Fiona chez elle avec la limousine. Je nous appellerai une voiture quand tu auras envie de partir.

— Elle va bien ?

— Ça va aller, dit-il en tapotant le siège à côté de lui. Tu veux du café ?

— Je veux cette distraction que tu m'as promise.

— Comme tu veux, répond-il en souriant.

Chapitre Dix-Sept

J e commence à maîtriser les échecs à la fin de notre deuxième partie. Même sans sa reine, Blake m'écrabouille. L'échiquier n'a plus de pièces blanches à part le roi effrayé qui se cache dans un coin.

Le poids dans ma poitrine s'alourdit. Ça va trop vite. J'ai rencontré Blake voilà deux semaines et nous préparons déjà notre mariage.

Meryl ne veut pas qu'on se précipite.

Souhaite-t-elle réellement un mensonge ?

Le téléphone de Blake sonne. Il s'en empare.

— La voiture est là.

Mais cela ne paraît pas le réjouir.

Je ne pose pas de question, me contentant de rassembler mes affaires pour le suivre à l'extérieur.

Une voiture noire nous attend dans la rue. Elle est normale, comparée à la limousine. Mais elle n'offre aucune intimité.

Je veux être seule avec lui.

Je veux m'abandonner à lui. Me perdre dans les sensations qu'il crée dans mon corps.

Je grimpe dans la voiture, laisse tomber mon sac à terre, les mains sur mes genoux.

Blake donne des instructions au chauffeur. Il n'y a plus de circulation à présent. On devrait être à son appartement dans quarante-cinq minutes. C'est trop long.

Ça me rend impatiente.

Je ressens une envie. J'ai désespérément envie d'y répondre.

Blake est à l'autre bout de la banquette, séparé de moi par la place du milieu. Ce ne sont que quelques dizaines de centimètres, mais j'ai l'impression que ce sont des millions de kilomètres.

Je n'ai ni ses pensées ni son cœur.

J'ai besoin de son corps.

Je veux qu'il soit pressé contre moi.

J'ai besoin d'effacer chaque centimètre de l'espace qui nous sépare.

La voiture s'engage sur la route principale.

Les yeux de Blake passent sur moi.

Ils s'illuminent d'un mélange de désir et de curiosité. Suis-je un mystère pour lui aussi ? C'est difficile à imaginer. J'ai l'impression d'être transparente. Pourtant, il me regarde comme s'il ne pouvait pas me comprendre.

Il se penche plus près et sa bouche s'arrête juste au-dessus de mon oreille.

La chaleur de son souffle me donne des frissons dans le dos. Mes nerfs s'éveillent. Ils exigent son attention.

Ses lèvres m'effleurent le cou. C'est léger comme une plume, mais je le ressens partout. Mon sexe se contracte. Mes mamelons pointent. Mes genoux s'entrechoquent.

Il m'embrasse plus fort.

Ses lèvres descendent de mon oreille à ma clavicule.

Ses doigts courent sur l'encolure de ma robe.

— Défais ça.

— Mais...

Je désigne le chauffeur du regard. Honnêtement, ça ne me dérange pas. Non. Même plus. J'aime l'idée que le chauffeur soit au courant. Que quelqu'un regarde. C'est cochon. Coquin, mais dans le bon sens.

— Tout de suite.

Il retrousse ma jupe sur mes cuisses.

— Ne me force pas à te le redemander.

Sa voix est autoritaire. Ses yeux aussi.

Rien en moi ne souhaite désobéir.

Je veux oublier mes pensées. Oublier tout, hormis ses mots et ses caresses.

Je passe un bras derrière moi et descends la fermeture jusqu'à mes fesses.

— Retire-la.

Le chauffeur me regarde dans le rétroviseur.

Mes joues s'empourprent.

Mon sexe se contracte.

Il va nous regarder.

Et je veux qu'il nous regarde.

Je ne veux pas avoir d'accident, c'est tout.

Je regarde Blake et fais glisser les bretelles sur mes épaules, l'une après l'autre. Ma robe tombe autour de ma taille.

— Ça suffit ?

— Enlève ton soutien-gorge.

Il se passe la langue sur les lèvres en me dévisageant longuement des pieds à la tête.

Je lui obéis.

Je dégrafe mon soutien-gorge et le laisse tomber par terre.

Ça commence à devenir une habitude : je suis à moitié

nue, et lui, il est habillé.

Exposée à lui et aux témoins éventuels.

Les yeux de Blake me fixent.

— Tu es tellement belle ! Tu le sais ?

Je rougis.

— Merci.

Blake défait sa ceinture. Il s'installe sur le siège du milieu et plaque ses lèvres contre les miennes. Puis, ses paumes contre mes seins, il frotte mes tétons avec ses pouces. Ils durcissent immédiatement. Sa caresse m'enflamme.

J'ai besoin de Blake. Tout de suite.

C'est la seule chose que sait mon corps. La seule chose qu'il a jamais sue.

Il prend ma main et la positionne sur sa cuisse.

Aussitôt, ça fait monter ma chaleur et mon désir. Je désire chaque centimètre carré de sa peau. Je le veux de toutes les façons dont je suis en mesure de le posséder.

C'est tellement bon de le toucher. Même si son pantalon est en travers de mon chemin. Ses jambes sont musclées. Puissantes.

Il me prend la main et la place sur son érection.

Oui !

Tout de suite.

Pitié.

Il porte les lèvres à mon oreille et suce mon lobe, propageant une vague de plaisir directement vers mon sexe. Je perds le fil de ce que je désire le plus : sa bouche sur moi ou mes mains sur lui.

C'est tout à la fois.

Tout.

— Baisse ma fermeture éclair, dit-il.

Oui.

Mille fois oui.

J'ai besoin de le toucher.

Je retiens mon souffle. Mon cœur bat dans ma poitrine. Mes mains se font maladroites.

J'ai du mal à déboucler sa ceinture. Enfin, j'y parviens. Je défais son bouton et descends sa fermeture.

Je le caresse par-dessus son boxer.

Le tissu est très fin entre ma main et sa verge.

Le désir me parcourt. J'ai besoin de le sentir correctement. J'entreprends d'enrouler ma main autour de lui, mais il me saisit le poignet.

— Pas avant que je ne te le dise, gronde-t-il.

Il est redevenu Blake l'animal.

Celui que je comprends. Qui me comprend. Qui sait ce que je veux mieux que moi-même.

Je hoche la tête. Pas avant qu'il ne me le dise.

Ses dents raclent mon cou. Juste assez fort pour me faire mal.

— Garde tes mains.

C'est une torture de garder mes mains. Elles veulent sa peau. J'ai besoin de le toucher. C'est un besoin profond.

Il me mordille le cou. Une petite morsure. Puis plus forte, un pincement de douleur qui réveille tous les nerfs de mon corps.

Oui, j'en ai besoin. Il mordille la peau de ma poitrine. Presque.

Ses lèvres frôlent mon mamelon. Légèrement. Puis plus fort.

Il le suçote. Aucune douleur, cependant, c'est tellement fort que ça fait mal. Le plaisir et la douleur tourbillonnent à l'intérieur de moi.

C'est beaucoup.

Mais j'en veux quand même davantage.

Il joue avec moi, me suçote, me lèche, me mord doucement. Et plus fort, encore une fois.

Mes instincts m'implorent de le toucher, mais je garde sagement mes mains. Je tire sur ma robe, serre les cuisses. Je fais de mon mieux pour me contenir.

Il passe à mon autre mamelon et le taquine sans merci. C'est un mélange excitant de plaisir et de douleur. Ou de besoin et de satisfaction. J'ai mal. Je suis vide. J'ai désespérément envie d'être comblée.

Quand il me libère, j'ai le souffle court.

Il me regarde dans les yeux, me prend le poignet et guide ma main en haut de sa cuisse, sous son boxer et autour de son sexe.

Je le prends dans ma main. C'est Blake, dans ma main.

Je frotte mon pouce sur son gland et il pousse un grognement.

Il m'agrippe par les cheveux, la paume à plat à l'arrière de ma tête. Il veut ma bouche autour de lui.

Et j'en ai envie aussi.

Je ne sais absolument pas ce que je fais, mais j'en ai tellement envie.

Je me passe instinctivement la langue sur les lèvres. Je l'implore du regard.

Il hoche la tête, m'accordant la permission.

Je m'appuie d'une main sur sa cuisse. Il me met en position.

Mon cœur bat la chamade.

Mon sexe se contracte.

Je m'apprête à faire une fellation à Blake à l'arrière d'une voiture et je n'y vois pas la moindre objection.

Quelque chose ne va pas chez moi.

Mais peu importe.

Je passe la main autour de sa queue, essuyant une goutte de liquide sur son gland.

Je l'effleure des lèvres. La peau est douce, mais il est tellement dur.

Je réessaye. Encore. Jusqu'à trouver l'endroit qui le fait gémir.

Puis je le prends dans ma bouche.

Il a bon goût. Du sel, et ce petit quelque chose qui n'appartient qu'à Blake.

Enfouissant les mains dans mes cheveux, il en passe une derrière mon crâne afin de me maintenir en place. Ça m'excite davantage. Toute cette situation.

Je glisse ma langue autour de lui. C'est tellement bon de le sentir dans ma bouche alors qu'il me tient en place, contrôlant le plaisir que je lui donne.

Sa main à l'arrière de ma tête, il me dirige sur sa verge.

Il commence doucement, puis gagne en intensité. En profondeur.

Jusqu'à ce qu'il se retrouve assez profond pour m'étouffer.

Mais c'est bon aussi.

Le grognement de Blake monte dans la voiture. Je suis certaine que le conducteur nous observe, mais peu m'importe. Ce son est une douce musique. Ce son est de la poésie.

Ses mains se contractent dans mes cheveux. Il me prend plus profond, plus fort. Je me cale sur son rythme. Il incline les hanches, donnant un coup de reins dans ma bouche, me tirant les cheveux jusqu'à ce que ma langue touche l'endroit parfait.

Putain, j'adore la façon dont il me tire les cheveux.

J'adore tout dans cette situation.

C'est tellement bon de l'avoir dans ma bouche.

Je fais courir ma langue le long de chaque centimètre de sa verge, testant ses réactions. Il frissonne alors que je taquine son gland de la langue.

Parfait.

Je recommence. Encore et encore. Il me tire les cheveux un peu plus fort. Ça m'encourage.

Je fais glisser ma bouche sur lui et le prends aussi profondément que possible.

Il se penche en arrière, me maintenant en place alors qu'il va et vient dans ma bouche.

— Putain, Kat…

Il ondule plus fort. Et plus fort. Je ne peux plus bouger. À sa merci. Forcée de l'accueillir aussi profond qu'il veut que je le fasse.

Mais ça me plaît.

Sa main se resserre dans mes cheveux lorsqu'il tressaute. Avec un dernier coup de reins, il jouit.

C'est chaud, salé, un peu sucré.

Je l'accueille jusqu'à la dernière goutte, déglutissant une fois qu'il a terminé.

— Merde, grogne-t-il.

Quelque chose chez Blake se détend alors que je regagne ma place.

La voiture ralentit pour emprunter une bretelle d'autoroute. Nous sommes presque arrivés chez lui.

Je suis presque dans son lit, une fois de plus.

Je veux récupérer mon soutien-gorge, mais Blake me saisit le poignet.

— Retire le reste de ta robe.

Le désir me traverse. Je hausse les hanches pour faire glisser ma robe jusqu'à mes pieds.

Il tire sur la lanière de mon string.

— Ça aussi.

Je fais glisser le sous-vêtement jusqu'à mes pieds. Elle tombe sur ma robe.

Blake prend mon manteau et le glisse sur mes épaules.

Je le passe entièrement et referme les boutons.

Dessous, je suis entièrement nue.

Chapitre Dix-Huit

L'ascenseur est d'une lenteur impitoyable.

Je croise les bras, m'assurant que mon manteau soit fermé. Blake glisse sa main dessous et, du pouce, me caresse l'extérieur de la cuisse.

Je suis nue en bas, et il me touche. Il y a une gentille vieille dame qui prend l'ascenseur avec nous. Elle est bien comme il faut. Exactement comme on s'y attend dans un immeuble comme celui-ci.

Enfin, l'ascenseur s'arrête.

Les portes coulissent.

Elle nous décoche un regard curieux en sortant dans le couloir, comme si elle savait que j'étais nue là-dessous. Peut-être le sait-elle. Peut-être est-ce marqué sur mon visage.

Les portes se referment.

Nous sommes seuls. Il y a une caméra au plafond, mais nous sommes seuls.

Blake se positionne devant moi. Bloquant la caméra de sécurité.

Il défait les boutons de mon manteau et l'ouvre.

Je suis nue dans l'ascenseur.

Exposée devant lui.

Ça me rend très excitée.

C'est enivrant.

Il fait courir ses doigts le long de mon corps. De mes lèvres. De mon cou. De ma poitrine. De mon ventre. Ils s'arrêtent juste en dessous de mon nombril.

Puis ils descendent.

Nous y sommes presque.

Il déplace sa main d'un millimètre plus bas.

Son expression reste intense. Pleinement contrôlée.

Ding. Le penthouse. Chez Blake. Son appartement occupe tout l'étage supérieur.

Nous sortons dans le couloir. Il me retire mon manteau et le replie sur son bras.

Je suis nue dans le couloir.

Personne ne peut nous voir — il faut une carte magnétique pour accéder à l'étage —, mais quand même…

Je suis nue dans le couloir.

Il ouvre la porte et me fait signe d'entrer. C'est absurde qu'il tienne poliment ma veste et m'ouvre la porte après m'avoir ordonné de me déshabiller et de lui tailler une pipe à l'arrière d'une voiture. Alors qu'un chauffeur nous observait.

C'est un vrai gentleman dans la vie et une bête entre les draps.

L'appartement est sombre. Les lumières de la ville filtrent à travers la fenêtre.

Je croise machinalement les bras.

La main de Blake glisse sur mon épaule. Il referme la porte et tourne le verrou.

— Écarte les bras. Je veux te regarder.

Ça me coupe la respiration.

Il me scrute, les prunelles agrandies par le désir. Il aime

ce qu'il voit. Il aime me regarder.

Et j'aime qu'il me regarde.

C'est un arrangement parfait, vraiment.

— Tourne-toi, m'ordonne-t-il.

Je pivote.

C'est une sensation étrange. Je suis exposée. Vulnérable. Mais j'aime ça. J'aime qu'il me regarde, pense à moi, me désire.

Il s'approche, son corps derrière le mien. Ses lèvres dans mon cou. Ses mains sur mes fesses.

Ses doigts effleurent mon sexe, versant de l'huile sur le feu qui gronde en moi.

— Tourne-toi, répète-t-il.

Je m'exécute. Je passe les bras autour de son cou, mes lèvres contre les siennes.

Il me rend mon baiser. C'est violent. Affamé. Comme s'il en avait besoin autant que moi.

Comme s'il avait autant besoin de moi que j'ai besoin de lui.

Blake glisse ses mains sous mes fesses. Il me soulève et maintient mon corps contre le sien. J'enroule mes jambes autour de sa taille et le presse entre mes cuisses.

Il me porte comme si j'étais aussi légère qu'une plume.

Nous nous dirigeons vers la chambre.

Là, il me jette sur le lit. J'atterris dans un bruit sourd. Le matelas en mousse absorbe l'impact.

Il n'y va pas par quatre chemins.

Il me grimpe dessus et me plaque contre le lit.

Le poids de son corps presse le mien. Il est lourd et chaud. Sa verge est tendue contre son pantalon, appuyant sur mon sexe.

Seul le tissu nous sépare.

Encore une fois.

J'ai vraiment horreur des fringues.

Il tend la main pour attraper quelque chose : une longue corde, avec une menotte au bout. Elle fait partie d'un système de menottage qui passe sous le lit.

Il m'attache une main et serre fort la corde. Puis il fait la même chose avec mon autre main.

La partie supérieure de mon corps est immobilisée.

Je suis à sa merci.

Cela dit, je l'étais déjà.

Blake fait courir ses lèvres sur mon corps tout entier. Ma bouche. Mon cou. Ma poitrine. Mon ventre. Juste en dessous de mon nombril.

Son souffle est chaud contre moi. Sa bouche n'est qu'à quelques centimètres de mon sexe. Tellement proche.

Il me mordille l'intérieur de la cuisse. Je décolle les hanches, essayant désespérément d'entrer en contact avec lui. Il ignore ma supplication et ses lèvres progressent jusqu'à ma cheville. Détachant la boucle de ma chaussure, il la fait glisser de mon pied. Puis je sens autre chose autour de ma cheville.

Une corde. Une autre menotte.

Il me retire tendrement mon autre chaussure.

J'ai le souffle court. Mon cœur s'emballe. Une boule me remonte dans le ventre alors qu'il attache mon autre pied. Je lui fais confiance. Mais ce n'est pas rien.

Je suis immobilisée.

Je bouge, mettant les liens à l'épreuve. Ils sont serrés, ne m'offrant au mieux que quelques centimètres de jeu.

Il descend du lit. Un tiroir s'ouvre. Puis il revient, son entrejambe plaqué contre le mien.

C'est tellement bon de l'avoir contre moi. Ça dissout toute ma nervosité. Je ne pense qu'à en ressentir davantage.

— Attention.

Il soulève ma tête et passe quelque chose dessus. Un

bandeau pour les yeux.

— Ça va ?

Soudain, tout n'est qu'obscurité. Les sensations s'en retrouvent accrues. Chaque centimètre carré de mon corps palpite.

J'ai besoin qu'il me touche, qu'il m'embrasse.

Qu'il me baise.

J'ai besoin de tout.

— Oui, dis-je.

— C'est bien.

Il descend à nouveau du lit.

J'entends des bruits. Des pas. Il s'en va. Que se passe-t-il ?

Je tire sur mes menottes, mais elles ne cèdent pas. Je n'ai pas d'autre option que de l'attendre.

Une attente impatiente me remplit lentement.

Mes membres, ma poitrine, mon ventre, tout devient léger. La moindre parcelle de mon corps est désespérée. Un bourdonnement se répand à travers mon torse, descend le long de mes jambes, remonte sur mes bras jusqu'à mes doigts et mes orteils.

Ses pas se rapprochent. Il revient. Il va me toucher. J'ai besoin qu'il me touche.

J'entends que Blake se déshabille. Un bouton se défait, une fermeture s'ouvre. Un pantalon tombe à terre.

La tension remonte en moi, comme si je montais dans des montagnes russes, attendant la descente avec fébrilité.

Il grimpe sur le lit. Des parties de son corps sont pressées contre le mien. Un bras, une main, son torse. Sa peau nue fait courir un frisson le long de mon dos. Nous sommes si proches.

Un bouchon s'ouvre et je sens instantanément l'odeur du chocolat. Mes cuisses tremblent. Ça doit être…

Il presse la bouteille, puis ses doigts glissent sur mes

lèvres. Du nappage au chocolat. Noir, sucré et juste un peu collant.

Je me lèche les lèvres, savourant cette sensation sur ma langue. Il presse à nouveau la bouteille puis glisse ses doigts dans ma bouche. Je suce plus fort, avalant chaque goutte.

Blake trace une ligne le long de ma clavicule, sur mes seins, mon ventre. Je cambre le dos, arque les hanches. C'est le seul mouvement que je puisse faire.

À présent, il monte sur moi à califourchon. Le tissu presse contre mon sexe. Merde. Son boxer fait barrière.

Je me déhanche à nouveau pour tenter de presser ma vulve contre sa verge. C'est tellement bon, tellement proche, même avec ce vêtement qui nous sépare.

Mais il plaque mes hanches sur le matelas.

— Pas encore.

Je retiens ma respiration.

Ses ordres attisent le feu en moi, mais j'ai besoin qu'il me touche.

L'attente est une torture.

Sa respiration se fait plus forte.

Plus chargée.

Comme si ça le tuait autant que ça me tue.

Il fait remonter les mains sur mes côtes et au-dessus de mes épaules.

Ses lèvres effleurent ma peau.

Il lèche le chocolat dans mon cou. Avec des coups de langue lents et sensuels. Puis plus énergiques.

Il descend le long de mon corps, aspirant chaque goutte du nappage.

Il s'arrête à mes mamelons et entreprend de les sucer. La pression est tellement intense que c'est douloureux, mais la douleur est agréable, fantastique.

Mon dos se détend. Je m'enfonce sous son poids dans le lit, m'imprégnant de la sensation de sa langue.

Il revient vers mon cou comme s'il s'assurait d'effacer la moindre goutte.

Il m'embrasse, me conquiert. Sa langue a le goût du chocolat, du sucre et de la sueur. C'est enivrant.

Je ravale un soupir quand Blake interrompt notre baiser.

Je cambre le dos, comme pour le prier de me faire basculer.

Il ne le fait pas. Il reste tout aussi lent, impitoyable.

Il me lèche jusqu'au ventre, lapant la moindre goutte de chocolat. Mon sexe se contracte.

Bientôt, il est près de mon nombril. Puis dessous.

Tellement près du but.

Suçotant la peau de ma cuisse, il descend jusqu'à mon genou. Puis l'autre, avant de remonter.

Ses dents m'effleurent.

Presque.

Presque… là…

Je remue le bassin, le suppliant de me soulager.

Il mordille l'intérieur de ma cuisse.

Plus bas.

Plus haut.

L'autre jambe.

Plus haut.

Presque.

Là.

Sa langue glisse enfin le long de ma vulve.

Mon corps crie de soulagement. La sensation de sa bouche est tellement agréable contre moi.

Je me détends sous ses caresses. J'abandonne l'idée de contrôler la moindre minute de ce processus.

Il suçote mes lèvres, puis il les attise avec sa langue. Pas assez pour que ce soit douloureux, mais suffisamment pour que ce soit merveilleux.

Il se déplace de l'autre côté et reprend ses attentions.

Il me torture avec sa bouche, m'excitant, m'emmenant plus loin, me léchant de haut en bas.

Je ressens une vague de plaisir alors qu'il me taquine ainsi. Impossible de bouger. Je ne peux rien faire pour contenir la sensation.

Je gémis son nom. Mais ce n'est pas suffisant. L'intensité est écrasante.

Il me lèche à un rythme soutenu. C'est exactement ce dont j'ai besoin.

La tension grandit en moi. Plus vite, plus fort et plus intensément. Presque.

Il se retire.

— S'il te plaît, m'écrié-je.

Ses dents raclent l'intérieur de ma cuisse.

— Blake…

— Plus fort.

— Blake. Je t'en prie, Blake. J'ai besoin de jouir. Je t'en prie.

Sa langue me rend folle.

— Blake. S'il te plaît…

Il plaque mon bassin sur le lit, me maintenant en place tandis qu'il me soulève.

Le plaisir grandit en moi, de plus en plus puissant.

Enfin, tout se libère.

Mon orgasme me fait chuter.

Mon sexe se contracte. Le plaisir irradie à travers mon ventre et mes cuisses.

— Blake, dis-je dans un souffle.

Je redescends, haletant et tentant désespérément de reprendre ma respiration.

Il se décale. Le tissu se déplace. Il doit être en train de retirer son boxer.

Nous y sommes presque…

Il maintient fermement mes épaules sur le lit.

Ses genoux écartent mes cuisses.

Je peux sentir sa chaleur contre mon sexe.

Je cambre le dos, essayant de le rencontrer, mais je ne suis pas assez près.

Il se cale contre ma peau, son poids sur mes hanches.

Presque.

Son gland glisse sur mon clitoris. Sur mon sexe.

Il me taquine.

Encore.

Et encore.

— Blake.

J'arque les hanches, l'enfonçant un peu en moi.

— Je t'en prie.

Mais il continue de me titiller.

Encore.

— S'il te plaît.

C'est ma seule pensée cohérente. Je l'implore. Je lui demande tout.

Mais il m'allume, encore et encore.

Sans interruption.

Je manque crier lorsqu'il s'insère enfin en moi.

C'est rapide. Une pénétration brutale. Ça fait mal, mais c'est tellement bon. Je me sens comblée.

Le plaisir électrise mes membres. Je remonte en flèche, prête à gravir jusqu'au sommet. Il m'y emmène. Tout droit vers une autre chute libre.

Il ondule contre moi, rapide et vigoureux. Il retient sa respiration.

Il grogne tout en me labourant.

Mes mamelons frottent son torse. Il mordille mon cou, gémit à mon oreille.

Je ne peux pas bouger. Je ne peux que m'imprégner de la sensation de nos corps qui se connectent.

Et c'est tellement bon.

Sa peau tout entière est contre moi.

Il pousse.

Encore quelques va-et-vient et je me retrouve au bord du précipice. Enfin j'y suis, et mon sexe palpite avec l'orgasme.

Je prononce son nom dans un gémissement, une fois, puis deux.

Je tremble. Je frémis. J'oscille des hanches contre lui.

Mais ce n'est pas suffisant. Je n'ai pas le temps de redescendre. Il pousse toujours en moi.

Ça fait mal, mais agréablement.

Blake me baise.

Il n'y a pas d'autre mot.

Un râle monte de sa poitrine.

Il redouble d'ardeur.

Plus fort.

Ses ongles s'enfoncent dans ma peau.

Son corps tremble.

— Kat, grogne-t-il.

Encore un coup de reins et il s'abandonne au plaisir. Il jouit en moi. Il ondule en se déversant jusqu'à la dernière goutte.

Quand il a fini, il s'écroule à côté de moi et m'embrasse dans le cou.

Je le sens déplacer son poids sur le lit et il me retire les menottes. D'abord les chevilles, puis les poignets. Je blottis mon corps autour du sien.

Blake me retire mon bandeau. J'ouvre les paupières et le regarde dans les yeux.

— Ça va ? demande-t-il.

Je hoche la tête en m'abandonnant à son contact.

En cet instant, je me sens parfaitement bien.

Je suis exactement là où j'ai besoin d'être.

Chapitre Dix-Neuf

Nous prenons une longue douche ensemble. Blake frotte du savon sur chaque centimètre de ma peau et le rince soigneusement. Je fais la même chose pour lui.

C'est la première fois que j'ai vraiment l'occasion de le toucher. Son corps n'est que muscles robustes et lignes parfaites. Il est vraiment magnifique.

Après quoi, il m'aide à enfiler un peignoir en éponge. C'est aussi raffiné et luxueux que le reste de l'appartement.

Nous nous dirigeons vers la cuisine.

Blake nous verse deux verres d'eau et me fait signe de boire.

Je ne sais toujours pas comment gérer ses ordres. D'un côté, je veux qu'il s'occupe de moi. D'un autre, j'aimerais lui crier que je ne suis pas une enfant.

Son regard accroche le mien. Il devine mon agacement.

Je me tourne et serre le peignoir plus fort. Je ne suis pas certaine d'être prête à avoir cette conversation. Pas encore.

Ses yeux restent collés aux miens. Son regard est pénétrant. Je n'ai pas besoin de le regarder pour savoir. Je peux le sentir.

Je rougis.

— Quoi ?

— Quelque chose ne va pas ? demande-t-il d'une voix égale.

— Tu me poses la question ?

— J'essaye.

Une douce chaleur m'envahit.

— J'apprécie tes attentions, mais je n'ai pas besoin qu'on me dise quand boire, manger, dormir ou prendre une douche. Ce n'est pas mon truc.

— C'est noté.

Mes épaules se détendent. Est-ce vraiment aussi facile que ça ? Notre mariage ne sera peut-être pas si terrible. Nous apprendrons à faire des compromis.

— Tu as faim ?

— Je meurs de faim.

Je termine mon eau et me verse un autre verre.

Blake me prépare une assiette de fruits, de fromage et de chocolat. J'ai le souffle coupé quand il glisse un carré entre mes lèvres.

Il vient juste de me prendre.

Comment puis-je le désirer davantage ?

Je prends un morceau de fromage et le croque. C'est bon. Savoureux. Crémeux.

Mon regard se dirige vers les fenêtres. Le clair de lune baigne le parc. Meryl avait raison. On n'a pas d'étoiles par ici. Pour la première fois depuis une éternité, leur éclat me manque.

C'est triste. Cet appartement est superbe, mais Blake ne l'apprécie pas. Je ne l'apprécie pas. Cet endroit est une malédiction. Ça lui fournit une opportunité supplémentaire de fermer une porte entre nous.

— Tu es là souvent ? demandé-je.

— Non.

— Tu restes au travail ?

— La plupart du temps.

— Combien d'heures travailles-tu par semaine ?

— Beaucoup.

Sa voix prend une tournure contemplative.

— Ça veut dire quoi ?

— Quatre-vingts. Peut-être cent.

Bon sang. Ça semble impossible. J'ai travaillé dur au cours des dernières semaines, mais rien qui ne s'apparente à cent heures. Ça ne me laisserait plus de temps à passer avec ma sœur.

— Pourquoi gagner tout cet argent si tu n'as pas le temps d'en profiter ?

— J'aime travailler, dit-il.

— Tu en es certain ? Peut-être crains-tu d'être ailleurs qu'au travail.

Je me tourne vers Blake et le fixe droit dans les yeux. Son regard est intense, mais je parviens à le soutenir.

— Tu as toujours le contrôle sur tout.

— Et ça t'excite.

— Oui, dis-je en déglutissant. Mais ça doit être épuisant.

Je me dirige vers lui et prends une framboise sur son assiette.

— Tu ne veux pas lâcher du lest parfois ?

Il secoue la tête.

— Tu en as besoin, n'est-ce pas ?

— Épargne-moi la psychologie à deux balles.

— C'est pour ça que tu fais tout ça pour ta mère ? Tu ne peux pas contrôler le fait qu'elle va mourir, mais au moins, tu peux contrôler ce qu'elle pense de toi ?

Son expression s'endurcit.

— Tu ne sais pas de quoi tu parles.

Pourtant, c'est dans ses yeux. C'est exactement ce qu'il est en train de faire.

— Je ne veux pas dire que tu ne t'en préoccupes pas. Je sais combien c'est difficile de perdre quelqu'un qu'on aime.

— C'est ce que je veux faire. C'est ce que tu as besoin de savoir. Tu ne devrais pas perdre ton temps à te soucier de mes motivations.

— Et si ça m'intéresse ?

— Ça t'intéresse ?

— Oui, dis-je en m'approchant. Tu m'intéresses.

— Tu m'inquiètes, Kat. Tu as des doutes. Je comprends tes doutes, mais je ne peux pas tolérer que tu refuses d'accepter notre accord.

— Qu'est-ce que tu feras, si c'est le cas ?

— Je ne sais pas. Pas encore.

Ses paupières se plissent. *Mais c'est quelque chose de mal. Quelque chose de terrible.*

— Et si ta mère préférait connaître la vérité ?

— Ce n'est pas le cas.

— Comment le sais-tu ?

— Tu ne l'as rencontrée que pendant quelques heures, dit-il en haussant le ton. Je l'ai connue toute ma vie.

— Je ne suis pas une enfant. Ne me gronde pas.

Il fronce les sourcils et referme ses doigts sur le marbre.

— D'accord. Tu es une adulte. Tu as accepté tout ça. On n'en parle plus.

— Blake… Je…

Merde. Ça a déraillé. Je n'essaye pas de le pousser à se remettre en question. Pas exactement.

— Je veux te parler. Ou du moins… tu peux me parler. Ta mère est en train de mourir et ça doit être difficile. Je suis certaine que tu as beaucoup de choses à exprimer. Enfin, beaucoup pour toi.

— Non.

Il se tourne et croise les bras, refusant de communiquer avec moi.

Il y a de la douleur dans ses yeux.

Sa mère est mourante. La vie de sa sœur est un échec. Son père était horrible.

Et il supporte ça tout seul.

J'ai envie de l'aider.

Je veux soulager un peu son fardeau.

J'ai une boule au ventre. Blake est un patron difficile. Voilà tout. Je ne peux pas commencer à vouloir m'immiscer dans sa tête et dans son cœur.

Mais il est trop tard.

Parce que j'en ai envie.

Je veux le serrer contre moi toute la nuit.

Je veux murmurer des paroles de réconfort à son oreille.

Je veux tout avec lui.

Pas seulement du sexe. Pas seulement des faux-semblants.

Tout.

J'ai besoin de m'éloigner. De protéger mon cœur. De mettre une barrière.

Mais je ne le fais pas.

Je m'approche.

— Ton père. Tu as dit qu'il t'avait frappé.

Sa voix se fait plus rude.

— Je ne veux pas en parler.

— Très bien.

— Il y a beaucoup de choses à faire pour le mariage. Je m'en occuperai. Toi, tu n'auras qu'à te présenter.

Je fais quelques pas vers lui.

— C'est mon mariage aussi. Je veux avoir mon mot à dire.

Je place ma main dans son dos.

Il frissonne. Ses épaules se détendent.

Mais il maintient son corps loin du mien.

Sa voix se raffermit.

— Quoi, par exemple ?

— Je veux le faire aux jardins botaniques de Brooklyn.

— Je m'en assurerai.

— Et si c'est réservé ?

Il hausse les épaules et me repousse.

— Je ferai jouer mes contacts.

Il se tourne et ses yeux trouvent les miens.

— Autre chose ?

— Je vais y réfléchir.

Il désigne l'assiette du regard.

— Mange quelque chose.

— Plus tard.

Blake fait un pas de côté.

— Il est tard.

— Je veux rester dormir.

Je me mords la langue. Ce n'est pas le repousser. C'est l'inviter. En demander davantage.

J'ai besoin de faire un choix.

J'ai besoin de m'autoriser à tomber amoureuse de lui.

Ou bien le repousser.

Cette position intermédiaire va me tuer.

Blake me tourne toujours le dos, mais sa voix se radoucit.

— Tes vêtements sont dans ta chambre.

Il désigne la pièce où nous venons de coucher ensemble.

— La chambre consacrée au sexe ?

— Oui. Je dois retourner au travail.

— Il est tard.

— Peu importe.

Il se dirige vers le fond de l'appartement. Sa chambre.

— Tu es libre de te servir.

Il ouvre la porte de son bureau.

— Blake ?

Il se retourne vers moi. Ses yeux rencontrent les miens. Pendant un bref instant, je peux tout ressentir dans ses yeux bleus.

La douleur de son passé.

La peur de perdre sa mère.

Et autre chose. Quelque chose que je ne peux pas expliquer.

Quelque chose que j'ai désespérément besoin de comprendre.

— On partira en voyage de noces après le mariage ?

— Bien sûr.

— Où ?

— Aucune importance. On passera notre temps à l'hôtel.

Il ouvre la porte de son bureau.

— Mais tu es libre de choisir, ajoute-t-il.

— Oh.

— Tu ne veux pas passer une semaine à jouir ?

— Non, c'est simplement que… Oublie. Je suis fatiguée.

Je resserre le peignoir autour de moi.

— Bonne nuit.

Il entre dans son bureau. La serrure cliquette derrière lui.

Je pars explorer le réfrigérateur. Cette assiette à grignoter ne me tente pas. L'odeur du chocolat me trouble.

Il ne se préoccupe même pas de notre lune de miel.

Il ne m'aimera jamais.

Il faut que je prenne mes distances.

Mais je ne sais pas si j'en suis capable.

Je ne sais pas si je peux faire quoi que ce soit pour m'empêcher de tomber amoureuse de lui.

———

Le bureau reste silencieux.

Je demeure agitée.

Je zappe d'une chaîne à l'autre, incapable de me concentrer sur les rediffusions.

Je regarde mon carnet à dessin, mais je n'y trace pas une seule ligne.

C'est le moment parfait pour dessiner, pourtant. Mon prof de dessin, en première année de lycée, nous disait tout le temps de déverser nos émotions sur le papier, mais je ne sais pas par où commencer.

Blake est enivrant. Il est fascinant. Il est détaché, distant et lunatique.

Il ne croit pas en l'amour.

Une rediffusion cède la place à une pub. Je consulte le guide des programmes.

Il est minuit passé. Je ferais mieux d'appeler Lizzy pour lui dire que je passe la nuit ici.

Mon sac est posé sur la table de la cuisine. J'y repêche mon téléphone. J'ai reçu un nouveau texto.

C'est de Fiona. Son numéro est programmé directement dans mon téléphone. Quoi ?

Fiona : Je n'avais pas l'intention de m'immiscer, mais c'est le seul moyen. J'ai besoin de vous parler de votre relation à Blake. Immédiatement.

Elle l'a envoyé il y a plusieurs heures. Je réponds.

Kat : Ce n'est pas la peine de discuter.

Fiona : Si. Êtes-vous chez lui ?

Kat : Oui.

Fiona : Il y a un café à trois pâtés de maisons au nord. On peut s'y retrouver demain matin à neuf heures. Et ne vous inquiétez pas de trouver quoi dire à Blake. Il sera au travail à huit heures.

Kat : C'est dimanche, demain.

Fiona : Exactement. Il travaille toujours le dimanche. Vous devriez le savoir. Si ça fait réellement plusieurs mois que vous sortez ensemble.

Kat : Je suis occupée.

Fiona : Ça ne prendra que quelques minutes. Je vous le promets.

Je laisse tomber le téléphone. C'est étrange. Il est impossible que Fiona soit au courant pour notre arrangement.

Blake est discret.

Et de son côté, elle patauge dans ses problèmes personnels.

Mais je ne suis peut-être pas si forte que ça pour faire semblant.

À moins qu'elle soit douée pour espionner.

J'ai besoin d'entendre ce qu'elle a à dire.

Soudain, je n'ai plus ni faim ni sommeil.

Je suis bien réveillée.

Je suis fébrile.

Je griffonne dans mon carnet. Des traits rageurs, colériques, terrifiés. La télévision murmure en bruit de fond. Elle projette une lumière douce sur mon papier.

Les sons et les lumières se mélangent.

Un peu après deux heures du matin, je me décide à dormir. Mais pas dans cette chambre d'amis. Pas dans la chambre réservée au sexe. Même si ce sera la mienne.

Je vais dans la chambre de Blake. Je l'ai entendu quitter son bureau pour aller dans sa chambre. Je n'ai pas regardé, mais j'ai entendu les portes s'ouvrir.

Je frappe doucement. Pas de bruit. J'ouvre et m'avance à l'intérieur. C'est une pièce ordinaire. Un lit, une commode, un ordinateur en charge par terre. Il travaille ici aussi. C'est une addiction.

Blake dort au milieu du lit, étiré de tout son long. Il occupe la majeure partie de l'espace. Je grimpe à côté de lui et passe son bras autour de ma taille.

Il se réveille.

— Kat. Tu ne devrais pas être là.

— Je m'en fiche, dis-je en me blottissant contre lui. Je veux être là.

Il murmure quelque chose que je ne comprends pas en m'attirant à lui. Sa respiration ralentit alors qu'il se rendort.

C'est rapide.

À mon tour, je m'endors dans ses bras.

Chapitre Vingt

H uit heures arrivent trop tôt. Le lit est froid.
Fiona avait raison. Blake est parti depuis un moment.

Je me lève, me brosse les dents, me coiffe et me maquille. Il y a du café dans la machine.

Je bois quelques gorgées, puis le jette. Je ne peux rien avaler aujourd'hui. Je suis bien trop nerveuse.

Mes pensées s'entrechoquent. Je parviens quand même à attendre jusqu'à huit heures quarante-cinq.

Je me précipite quasiment hors de l'appartement.

Je prends l'ascenseur jusqu'au vestibule et parcours à pied les trois pâtés de maisons pour me rendre au café.

Fiona est assise à une petite table. Elle est parfaite dans sa robe droite ajustée. Elle affiche l'expression impassible caractéristique des Sterling. Qu'est-il arrivé à cette famille pour qu'ils soient tous aussi doués pour dissimuler leurs émotions ?

Ses narines frémissent quand elle m'aperçoit.

Elle ne m'aime pas. J'en suis certaine.

Mais j'ai besoin de savoir pourquoi.

— Achetez-vous à boire si vous voulez, mais je préférerais qu'on finisse rapidement.

Fiona avale une grande gorgée de café.

— Non, c'est bon.

Je m'assieds. Je ne suis pas d'humeur pour une tasse de
café. Je suis déjà bien réveillée.

— Je ne veux pas que vous pensiez que c'est une accusation, dit-elle en pinçant les lèvres. Je suis certaine que
vous avez une bonne raison de faire ce que vous faites.
Vous ne vous en rendez peut-être même pas compte.

Son expression est assurée, mais ses mains tremblent.

Elle les écarte pour les placer sur ses genoux.

Je resserre mon manteau. Il fait froid ici.

— J'étais comme vous quand j'ai rencontré Trey.
J'avais hâte de quitter la vie que je menais, de n'importe
quelle manière. Il était beau et riche. Il avait un bel appartement. Je me sentais en sécurité, mais au fond, je savais
qu'il ne m'aimerait jamais.

Elle déglutit.

— Je me suis autorisée à croire que j'étais amoureuse,
mais je ne l'étais pas. J'étais amoureuse de l'idée de
m'échapper. J'étais amoureuse de l'idée que quelqu'un
prenne soin de moi.

J'inspire profondément. J'ai besoin qu'elle me croie.

— Ce n'est pas pareil. J'aime Blake.

— Peut-être. Ou bien, vous le croyez. Peu importe. Ça
ne durera pas. Les Sterling sont maudits. On ne peut aimer
personne.

— Non.

C'est impossible.

— J'ai fait la même chose que vous. J'ai ignoré les
signes. Mais Trey n'allait jamais m'aimer. Il n'allait jamais
faire de la place pour moi dans sa vie.

Son regard devient sérieux.

— Je n'avais aucune alternative, sans quoi j'aurais peut-être agi autrement.

Je presse mes paumes contre mes cuisses. Son visage est déterminé. Plein d'assurance. Elle pèse parfaitement ses paroles.

Elle me dit la même chose que Blake.

Il ne m'aimera jamais.

Il ne voudra jamais rien de plus que le sexe.

Il ne me fera jamais de la place dans sa vie.

Fiona s'éclaircit la gorge.

— J'ai fait faire une enquête sur vous. Je suis certaine que c'était difficile, entre l'accident de vos parents et la responsabilité de votre sœur. Je comprends pourquoi vous vous accrochez à Blake.

Je prends une inspiration. Je veux me forcer à lui dire *je l'aime*, mais je ne parviens pas à faire sortir les mots.

Ils ne me paraissent plus aussi faux.

Fiona ouvre son sac.

— J'aurais fait la même chose. *J'ai* fait la même chose et j'avais une vie bien plus aisée.

— Je devrais m'en aller.

— Je ne pose aucune question.

Elle tire quelque chose de son sac. Un chèque. Elle le déplie et le pose sur la table.

— Si vous avez besoin d'argent, en voici. C'est largement suffisant pour vous lancer.

Elle pousse le chèque vers moi.

Le montant est de cent mille dollars.

Putain !

— Prenez cet argent. Ou pas. C'est à vous de choisir, dit-elle en me regardant dans les yeux. Je sais ce que vous devez penser de moi. Que je suis une garce. Ça ne me dérange pas. Mais Blake a passé sa vie tout entière à me protéger. Cette fois, c'est moi qui le protège.

Je repousse son chèque.

— Je ne veux pas de votre argent.

— Alors, déchirez-le immédiatement.

Je ne peux pas. Mes doigts refusent de bouger.

Elle a raison.

J'ai besoin d'avoir le choix.

Ceci représente un choix.

Un choix qui pourrait m'épargner bien des tristesses.

Je suis déjà en train de tomber amoureuse de Blake.

Puis-je vraiment survivre au fait de vivre avec lui ?

De l'épouser ?

De dire au monde entier qu'il sera à moi pour toujours ?

— Vous l'aimez peut-être sincèrement, Kat, mais lui ne vous aimera jamais. Il est marié à son travail. Ça ne changera pas.

Elle se redresse. Son regard est désolé.

— Si vous l'aimez vraiment, si vous pouvez tolérer de passer en second dans sa vie, déchirez ce chèque. Épousez-le. Devenez riche et ennuyez-vous à l'attendre près de la porte tous les soirs.

Je déglutis péniblement.

Elle dit la vérité. Du moins sa vérité.

Je suis convaincue qu'elle fait ça pour Blake.

Bon sang, je crois même qu'elle le fait pour moi.

Je glisse le chèque dans ma poche.

Blake ne m'aimera jamais.

Mais je peux encore partir avant d'être trop impliquée.

Je serai peut-être capable d'effacer tous ces mensonges.

Je serai peut-être capable d'y survivre.

J'ai pris bien trop de décisions toute seule. J'en ai trop fait sous la pression.

Pour une fois, je demande de l'aide.

Pour une fois, je songe à mes options.

Chapitre Vingt-Et-Un

La cuisine sent le café. Chaud, goûteux, savoureux. L'appartement est chaud, aussi. Confortable. Familial.

Je ne l'échangerais pas pour une douzaine de penthouses.

Je n'en changerais pour rien au monde.

— Allô Kat, ici la Terre ! fait Lizzy en riant. Tu as la tête dans la lune, ces derniers temps.

— Désolée.

J'ai passé les journées qui viennent de s'écouler perdue dans mes pensées. À dessiner. À regarder le chèque. À me demander si je peux supporter de prendre l'argent de Fiona. Si je peux survivre au fait de ne pas le prendre.

J'ai cru que ce serait difficile d'éviter Blake, mais ça a été facile. Il travaille. Il ne m'a envoyé des textos que pour me souhaiter bonne nuit. C'est plutôt gentil de vouloir être la dernière chose à laquelle je pense.

Mais ça m'embrouille.

Ça éparpille mes pensées dans toutes les directions.

Courir, dessiner, regarder le plafond, me balader en ville. Rien ne me permet d'y voir clair.

Je crois qu'il est temps d'admettre que j'ai besoin d'aide.

— Ce n'est pas grave, dit-elle en versant le sucre dans son café et en testant le goût. Tu étais tout le temps comme ça. Avant l'accident.

— C'était il y a tellement longtemps.

— Oui, j'ai l'impression que c'était dans une autre vie, dit-elle en avalant une longue gorgée avant de soupirer de plaisir. Tout va bien ?

— Oui.

Plus ou moins.

— Tu as école, lui dis-je.

— C'est encore tôt, réplique-t-elle en désignant la pendule. Et tu as plus besoin de moi que j'ai besoin des cours.

— Vraiment ?

Elle hoche la tête.

— Il se passe quelque chose. Tu n'arrêtes pas de faire des promenades au bord de l'eau. Tu ne fais ça que lorsque tu es inquiète.

— Vraiment ?

— Oui. Tu fais ça tous les mois avant qu'on reçoive l'hypothèque.

Elle pince les lèvres, puis ajoute :

— On n'a pas reçu de facture.

— Blake…

— Oh.

Elle me regarde dans les yeux. Elle pense quelque chose, mais je ne sais pas ce que c'est.

— Je sais que tu ne l'aimes pas.

— Je n'aime pas qu'il t'affecte comme ça, dit-elle en

passant le doigt sur le rebord de sa tasse. Tu as le cafard depuis que tu es revenue de chez lui.

C'est vrai.

— Je réfléchis.

— À quoi ?

— Tu devrais aller au lycée. On pourra discuter ce soir.

— On peut discuter tout de suite.

Mon instinct m'ordonne de lui mentir. De lui dire que tout va bien. C'est juste une crise de famille. C'est simplement que je stresse à propos du mariage. Mais je n'y parviens pas. J'ai besoin de l'inclure dans cette décision.

— Très bien.

Elle sourit.

— Cool. Alors, sortons. Allons déjeuner. Je t'invite.

— Tu refuses que j'utilise la carte de crédit de Blake ?

— Je ne peux pas t'offrir quelque chose sans avoir une idée derrière la tête ?

— Je ne sais pas. Tu en es capable ?

Je la dévisage. Elle semble normale. Préoccupée.

— Alors, puisque c'est moi qui invite, c'est moi qui choisis. On peut aller dans ce restau, à l'angle de la rue. Celui qui ne vérifie pas l'âge.

— Hors de question.

Elle éclate de rire.

— Est-ce que j'ai déjà commandé à boire avec une fausse carte d'identité ?

— Devant moi ? Certainement pas. Mais je parie que tu l'as déjà fait.

— D'accord. Très bien. Mais tu sais que je te chambre, n'est-ce pas ?

Je le sais. Mais…

— Je suis ta sœur aînée. C'est mon devoir de t'empêcher de prendre du bon temps.

— Mais non, c'est avec toi que je passe du bon temps, Kat. Même quand tu déprimes.

— Je ne déprime pas.

— Hum.

— Je réfléchis.

— Dans la maison, en pyjama, toute la journée ?

— J'ai besoin de vêtements confortables pour pouvoir réfléchir correctement.

Elle éclate de rire.

— Si tu le dis.

Elle avale une autre gorgée de café, puis se redresse.

— Mais enfile des vêtements un peu mieux… qui ne soient pas en flanelle.

— Tu sais, j'ai entendu dire que les gens à Portland portent de la flanelle tout l'hiver.

— Est-ce qu'on est à Portland ?

— Parce que Brooklyn est vraiment différent, tu crois ? Elle pouffe.

— Tu as déjà vu des gens porter de la flanelle ?

— Parfois.

— Quand ?

— Je parie qu'on va croiser quelqu'un.

— Je parie que ce sera moins d'une personne sur dix, dit-elle en se dirigeant vers sa chambre. Tu te sentiras mieux si tu t'habilles. Crois-moi.

───────

Après le déjeuner, nous nous rendons aux jardins botaniques de Brooklyn. Le lieu de notre futur faux mariage, mais Lizzy ne le sait pas encore.

Les cerisiers sont couverts de petits bourgeons blancs. Dans quelques semaines, ils fleuriront et prendront une délicate teinte rose.

Puis les pétales s'envoleront dans la brise.

Lizzy s'assied en tailleur sur un banc de pierre. Elle regarde le lac artificiel.

— Tu veux bien me raconter ce qui te tracasse vraiment ?

Oui. Et je vais le faire. Mais… J'ai besoin d'y aller progressivement. Demander de l'aide, ce n'est pas mon fort.

Elle se tourne vers moi.

— Quel est notre accord ?

— Toi et moi contre le monde entier.

— Oui, et pas : Kat affronte le monde toute seule, dit-elle en ajustant ses lunettes. Nous sommes partenaires. Je veux t'aider. Je veux être là quand tu as besoin de moi.

— Je sais. C'est simplement que…

— Je t'aime, Kat. Qu'importe de quoi il s'agit, je ferai ce que je peux.

Le vent emporte quelques feuilles. L'herbe frémit. La surface du lac se trouble.

— Je ne sais pas par où commencer.

— Où tu veux.

Elle tapote le siège à côté d'elle.

Je m'assieds. Elle en sait suffisamment sur l'accord que j'ai passé avec Blake pour que je saute directement à la proposition de Fiona. Non. Il faut que je commence avant.

— Blake fait ça pour sa mère.

Elle hausse un sourcil.

— Elle est mourante. Et, euh, il ne veut pas qu'elle meure en pensant qu'elle a détruit sa capacité à trouver l'amour.

— Pourquoi penserait-elle une chose pareille ?

— Le père de Blake…

Je pince vivement les lèvres. Ce n'est pas à moi de dévoiler son secret.

— C'était un mec horrible. Elle se sent coupable d'être restée avec lui. Du moins, c'est l'impression que j'en ai.

— C'est gentil. Enfin… Je veux dire que c'est aussi bizarre et un peu dominateur. Mais c'est gentil.

— Il a de bonnes intentions.

— Mais tu… eh bien… dit-elle en riant. Chaque fois que tu passes du temps avec lui, tu reviens à la maison complètement épanouie sexuellement, ou alors très contrariée.

Je ris aussi.

— Tu as sans doute raison.

— Il a déjà payé le crédit immobilier, n'est-ce pas ?

— Oui.

— On peut se débrouiller toutes seules pour le reste. J'ai été admise à Stanford. Tous frais payés.

— Tu ne m'en avais pas parlé.

— J'attendais… je ne sais pas. Que ce soit le bon moment. Et ce moment semble arrivé.

Je prends ma sœur dans mes bras. Ce sont de bonnes nouvelles. Même si ça signifie qu'elle risque de se retrouver à près de quatre mille kilomètres d'ici.

— Tu ne préférerais pas rester en ville ? Aller à l'Université de New York ?

— Oui. Et non. Il existe de bien meilleurs cursus en informatique. Et puis… je n'irai peut-être pas à l'université.

— Quoi ?

Hors de question.

— Je pourrais faire un stage. Commencer à travailler tout de suite.

— Lizzy…

— Je sais que tu veux m'aider, mais c'est mon choix. Je choisirai probablement de faire des études.

Je me mords la lèvre. C'est une adulte. Elle devrait être

capable de gérer sa propre vie. Mais j'ai fait tout ça pour nous. À quoi sert cette souffrance si Lizzy n'accepte pas la bourse de Blake ?

Et si elle déménage ?

— La sœur de Blake pense que je suis une fille intéressée.

— Elle pense que tu es assez jolie pour être une fille intéressée. C'est pratiquement un compliment, me taquine-t-elle.

— Peut-être. Elle veut que je le quitte.

Je tire le chèque de ma poche et le tends à Lizzy.

Elle écarquille les yeux en le dépliant.

— Merde. Elle a vraiment envie que tu partes.

— On est censés se marier ici dans trois semaines et demie.

— C'est classe. C'est parfait pour toi.

Elle replie le chèque et le place dans ma paume.

— Elle doit avoir de gros problèmes de jalousie.

Je secoue la tête. Ce n'est pas ça.

— Elle croit que je mens à Blake ou que je me raconte des mensonges. C'est peut-être vrai.

Je fourre le chèque dans une poche de mon sac.

— Elle… elle le fait peut-être même pour moi. Parce qu'elle se sent mal.

— Hum.

— Je suis sincère. Son mari était présent à table. C'est l'un de ces connards riches qui travaille tout le temps. Elle pense que Blake est pareil. Que je finirai dans un mariage sans amour… ou bien que je divorcerai vite.

— Tu es trop gentille. J'ai plutôt l'impression qu'elle agit comme une garce autoritaire.

— Et toi, tu es trop cynique.

— Admettons que ce soit vrai. Y a-t-il un compromis ?

— Je n'en suis pas certaine. Je crois que ce n'est pas

grave. Elle m'offre de l'argent pour partir. Je peux le prendre. Ou pas.

— Tu en auras davantage si tu l'épouses.

— Oui.

Mais je n'ai pas besoin de plus. Je veux simplement que Lizzy aille bien. Et c'est le cas. Elle ne souhaite même pas cet argent.

— Tu veux épouser Blake ?

Je me représente immédiatement nous deux, juste ici. Moi dans une belle robe de dentelle. Lui en costume. Des pétales roses volettent autour de nous. C'est beau. Romantique. Sirupeux.

Mais ce n'est pas un mensonge. Pas dans ma tête.

Dans ma tête, c'est réel. Il m'aime vraiment et je l'aime vraiment.

C'est ce que je désire. Pas tout de suite. Mais un jour. Je veux vraiment être à lui et qu'il soit à moi.

Malheureusement, ce n'est pas une option.

Je joue avec les boutons de mon manteau.

— Je ne sais pas.

— Ne le fais pas pour moi. Ça va aller.

— En Californie !

— On ne pourra pas rester ensemble pour toujours, dit-elle en me pressant la main. Tu le sais.

Je le sais, mais je ne déteste pas moins la perspective d'être à quatre mille kilomètres de la seule personne qui compte à mes yeux.

— Je n'arrive pas à y croire. Tout ça parce qu'un mec a failli te casser la cheville, fait-elle en riant. Je ne sais pas si tu as de la chance ou de la malchance.

— C'est la meilleure et la pire chose qui me soit jamais arrivée.

— Oublie les sentiments. Oublie tout ce qui n'est pas le pognon.

Lizzy m'entraîne loin du banc, vers un arbre couvert de petites fleurs blanches.

— Il t'offre la différence sur un million de dollars. Si tu te maries, c'est bon pour toi. Tu pourras faire tout ce que tu veux. Ce sera entièrement ton argent. À toi, Kat.

— C'est à nous.

— Non, dit-elle. C'est à toi. Je ne dis pas que tu ne pourras pas me payer un restau de temps en temps. Ou m'inviter en voyage si tu as l'occasion de partir aux Caraïbes, mais c'est à toi.

— Lizzy…

— Je ne prendrai pas son argent. C'est pour toi, Kat. Si tu ne peux pas supporter un faux mariage, alors va-t'en. Prends l'argent de sa sœur. Ou bien dis-leur d'aller se faire foutre tous les deux. Tu te débrouilleras sans leur fric. On se débrouillera ensemble.

Peut-être. J'avais certes du mal à joindre les deux bouts avant de rencontrer Blake, mais maintenant que l'hypothèque est remboursée, un salaire de serveuse me suffira amplement.

Ou bien, je peux accepter l'argent de Fiona et m'en servir pour payer l'université. Pour me donner un coup de pouce vers une vie meilleure.

Plusieurs choix s'offrent à moi.

J'essaye de m'imaginer en train de laisser tomber Blake, de le convaincre que je ne peux pas y arriver.

Un poids me pèse sur la poitrine. C'est une pensée atroce.

Ça signifie beaucoup pour lui. Certes, c'est du cinéma et il ment à tous ceux qu'il aime, mais il le fait parce qu'il croit que c'est le seul moyen.

Il ne m'aime pas, mais il me fait confiance.

Tout annuler reviendrait à briser cette confiance.

Je… je ne sais pas si je suis capable de lui faire ça.

Ou même si j'en ai envie.

Mais je sais quelque chose.

J'ai besoin de lui parler. J'ai besoin de le regarder dans les yeux, de voir si je peux survivre six mois de plus en criant haut et fort mon amour pour lui.

Lizzy lit un texto sur son téléphone.

— Tu peux manger toute seule ce soir ? je lui demande.

— Va t'envoyer en l'air, rétorque-t-elle. Je ne te juge pas.

— J'espère que ce n'est pas un mec.

— Sinon quoi ?

— Il devra me rencontrer avant de pouvoir sortir avec toi.

Je sors mon téléphone et envoie un texto à Blake.

Blake : Je suis au bureau. Il n'y aura plus personne à partir de sept heures. Viens à ce moment-là.

C'est l'endroit idéal pour une négociation.

Chapitre Vingt-Deux

L e centre-ville est silencieux. Tranquille. C'est bizarre de voir à quelle vitesse les rues perdent leur animation et se vident.

Les lumières jaunes fluorescentes se découpent sur le ciel obscur. La ville est belle. Je ne m'en lasse jamais.

Je ne me lasse pas de basculer la tête en arrière, à contempler les gratte-ciel comme une touriste.

Ils sont grands. Puissants. Impassibles.

Merde. Voilà que je compare des immeubles à mon faux fiancé.

C'est fou comme il accapare mes pensées. Pas simplement celles qui tournent autour du sexe. Mais aussi celles qui concernent les longues promenades, les desserts partagés et… l'éternité.

Je cale mon sac sur mon épaule en entrant dans l'immeuble.

L'agent de sécurité me salue familièrement du menton. Je ne sais pas vraiment comment il m'a reconnue, puisque je ne suis venue ici que quelques fois.

Je lui rends son salut. J'ai besoin de tous ces petits gestes agréables.

Je ne sais pas ce que je vais dire à Blake.

Je sais ce que je veux, mais ce n'est pas au programme.

Est-ce vraiment possible de trouver un compromis à quelque chose d'aussi tranché ?

Je n'en sais rien.

Mais je n'abandonnerai pas cet espoir.

Je grimpe dans l'ascenseur en métal rutilant et appuie sur le bouton du penthouse.

Une lumière rouge clignote. Bon sang, la clé magnétique ! Je la repêche dans mon porte-monnaie, la passe dans la fente et appuie à nouveau sur le bouton. Il devient vert.

Son bureau a besoin d'une clé d'accès.

Typique de Blake.

Le reflet me renvoie mon regard. C'est comme la dernière fois. J'ai l'air fatiguée. Apeurée. Dépassée.

Mais la dernière fois, ça a bien fonctionné. J'ai obtenu tout ce que je voulais.

Je parviendrai peut-être à faire la même chose aujourd'hui.

Ding. Les portes s'ouvrent. Je m'avance dans le vestibule.

Une fois encore, l'étage est vide. Plongé dans l'obscurité. Silencieux. Les lumières de la ville filtrent à travers les fenêtres. Les gros nuages gris semblent proches. Comme si je pouvais les toucher en ouvrant la fenêtre.

Je me dirige tout droit vers le bureau de Blake. J'attrape la poignée. J'essaye de la tourner.

C'est fermé.

Il est là, seul, et la porte est fermée.

Une case se forme dans mon esprit. Une version dessinée de Blake qui écarte les pans de sa poitrine pour me montrer les murs qui entourent son cœur. Il y a une douzaine de serrures différentes. Chacune avec une clé spécifique.

Ça pourrait être une histoire intéressante. Une fille en quête d'aventures, qui essaie de comprendre comment abattre chacun de ces murs.

Je me prépare mentalement en frappant à la porte. Je ne sais pas comment ça va se dérouler. Seulement que ça va être difficile.

Blake m'ouvre. Ses yeux bleus rencontrent les miens. Ils se remplissent d'un mélange d'inquiétude et d'appréciation. Il est content que je sois là. Et inquiet que cela puisse signifier quelque chose.

Il ne porte pas de costume, mais un jean et un t-shirt à manches longues serré au niveau de ses épaules carrées et de sa poitrine. Ça lui va comme un gant. Quant au jean…

Une chaleur liquide se rassemble entre mes jambes. Je suis ici pour parler. Pas pour le supplier de me plaquer contre le canapé et de me baiser sauvagement.

Il me dévisage longuement des pieds à la tête.

— Un gin-tonic ?

— Tu ne portes pas de costume ?

Il rit tout bas.

— Je me suis changé après ton texto.

— Oh, pour moi ?

— Oui.

Mon cœur s'emballe. Blake s'est changé pour moi. Ce n'est pas une métaphore. C'est probablement pour être plus à l'aise, mais j'ai l'impression que ça signifie quelque chose.

— Tu veux boire ?

— Oui.

Il se dirige vers le bar et prépare soigneusement nos verres.

Je m'assieds sur le canapé, les jambes croisées. Je lisse mon jean, fais claquer mes talons l'un contre l'autre. Ce sont de jolies chaussures. Du cuir de qualité, très étanche. Mes pieds sont secs. Au chaud.

C'est le paradis, quand on pense que j'aurais pu traverser la ville avec des chaussettes trempées.

C'est le genre de choses qui aurait été impossible le mois dernier.

Mais le confort matériel ne suffit plus.

J'ai besoin d'autre chose.

Il vient vers le canapé et me tend mon cocktail. Ses yeux se braquent sur les miens alors qu'il avale une longue gorgée de whisky.

— C'est tôt pour toi.

Je laisse l'alcool réchauffer mon visage et mes joues.

— Pour t'arrêter de travailler et prendre un verre, je veux dire.

— J'ai pensé que c'était important.

— Oh ?

— Tu n'as rien dit d'autre que *bonne nuit* ces derniers soirs.

— Je ne pensais pas que tu allais le remarquer.

Il me renvoie mon regard.

— Bien sûr que si.

Bien sûr ? Qu'est-ce qu'il veut dire ? Je bois encore, mais ça ne m'offre aucune clarté. Ni assurance.

— J'ai réfléchi.

— À quel propos ?

Je veux que tu m'aimes. Que ce soit vrai. Je ne peux pas séparer les faits de la fiction.

— À propos de tout.

Il glisse le bout de ses doigts sur mon cou.

— Tu veux dire une chose en particulier ?

J'avale une gorgée avide, mais cela ne m'aide absolument pas. Mes yeux se posent sur le plancher brillant. Il est parfait, immaculé, impeccable comme tout dans le bureau de Blake. Comme tout dans sa vie.

— Tu me fais confiance ? je lui demande.

— Oui, répond-il du tac au tac.

Sa voix est pleine de certitude. Assurée.

Je me force à le regarder à nouveau dans les yeux. Ils sont sincères. Même inquiets.

Je compte pour lui.

Seulement, j'ignore à quel point.

Je sors le chèque de mon sac.

— Ta sœur pense… eh bien, je ne sais pas vraiment ce qu'elle pense. Mais elle veut que je parte.

Je déplie le chèque.

Il y jette un œil.

— Tu en veux davantage ?

— Non, je…

— On a passé un accord, Kat. Si cela ne te suffit plus…

— L'argent n'a rien à voir, dis-je en pinçant le chèque entre mon pouce et mon index. Je peux le déchirer en deux tout de suite sans problème.

Il fait grise mine quand il répond :

— Tu me brandis sous le nez un chèque de cent mille dollars. De quoi d'autre pourrait-il s'agir ?

D'amour.

— Ça ne te fait rien que ta sœur souhaite que je disparaisse ?

— Elle essaye de me protéger. À sa façon.

Il tourne les yeux vers la fenêtre.

— Elle ne prend pas très bien le divorce. Tu n'as pas besoin de l'apprécier, mais ne le prends pas personnellement.

— Ne pas prendre personnellement une somme d'argent pour me faire partir ?

— C'est plus qu'elle ne peut se le permettre. Elle doit penser que tu es précieuse pour moi.

— Tout n'est qu'une affaire de chiffre à tes yeux ?

Il arque un sourcil.

— Je serais moins précieuse si elle m'avait proposé cinquante mille ?

— Ce n'est pas ce que j'ai voulu dire.

— Ah non ? On aurait dit.

— Si tu souhaites plus d'argent…

— Non.

— Alors, pourquoi m'en parler ?

— Je te fais confiance, dis-je en tapant du pied. Tu as été honnête avec moi. Mais…

— Mais ?

— Arrête de m'offrir de l'argent. Je n'ai pas besoin de plus de ta part.

— Très bien.

Son ton est sec, frustré.

— Je veux qu'on en parle. Comme des adultes.

J'aimerais déchiqueter le chèque, mais mes doigts refusent de coopérer.

— Tu ne peux pas m'acheter. Ta sœur ne peut pas m'acheter. Je ne suis pas à vendre.

Je réessaye.

Cette fois, je parviens à le déchirer légèrement.

Je ne veux pas de l'argent de Fiona.

Je ne veux pas que quiconque achète mon allégeance.

J'inspire profondément et déchire le chèque en deux.

Les bouts de papier volettent à terre.

Merde. Je n'ai plus d'alternative.

— Il n'y a aucune honte à avoir besoin d'argent.

Blake termine son whisky et pose son verre sur une grande table.

— Tu as le droit de l'admettre.

Je campe mes talons sur le plancher.

— Très bien, j'ai besoin de cet argent. Je ne suis pas milliardaire. Je n'ai pas de boîte d'informatique. En fait, je ne possède même pas un centime. Ma sœur et moi sommes seules. Personne d'autre ne viendra nous aider. C'est ce que tu veux entendre ?

— Si c'est la vérité.

— J'ai besoin de ton putain d'argent. Je déteste en avoir besoin, mais c'est vrai.

Son regard me transperce.

Je me détourne. J'en ai marre. Blake ne peut pas m'intimider.

Je m'appuie sur mes mains pour me redresser, mais il m'attrape le poignet.

— Non, dit-il.

— Pourquoi ? C'est une entente cordiale. Nos conditions sont les mêmes. On n'a rien à se dire.

Impossible d'obtenir ce que je veux. Pas comme ça.

Sa prise se resserre autour de mon poignet.

— Nous ne sommes pas amis, déclaré-je.

— Ah non ? fait-il en me serrant contre lui. Tu comptes pour moi.

— Tu te fiches de ce que je ressens.

— Non.

Son souffle me réchauffe l'oreille.

— Je sais que c'est difficile pour toi. Et je déteste ça. Mais il n'y a pas d'autre moyen.

— Mais tu…

Je ne sais pas quoi dire d'autre. Sa voix est sincère. Je suis importante à ses yeux.

— Comment ?

— Quoi, comment ?

— Je compte pour toi, mais comment ? Comme une collègue ? Une amie ? Une amante ?

— Je ne vais pas tomber amoureux de toi.

Ces mots lui viennent facilement. Comme s'il parlait de la pluie et du beau temps.

Une boule m'oppresse le ventre.

— Moi, je ne sais pas si je peux faire ça sans tomber amoureuse.

— Kat…

— Je sais. Tu ne m'aimeras jamais. Je comprends.

Un peu. Il pense qu'il ne m'aimera jamais. Mais j'ai de la valeur à ses yeux. Et ça commence comme ça.

Blake me dévisage. Son regard est plus doux. Il est affectueux.

Il ramasse par terre les pièces du jeu d'échecs et les pose sur la console.

— Tu peux toujours prendre l'argent de Fiona.

— Je n'en veux pas.

— Bien. Fais semblant que ça n'est jamais arrivé.

— Elle ne croit pas qu'on soit amoureux.

— Si. C'est pour ça qu'elle t'a offert autant d'argent. C'est un test.

— C'est malsain.

— C'est la famille Sterling.

Il glisse une paume derrière mon cou, me regarde dans les yeux.

— Je pensais ce que j'ai dit. Il n'y a aucune honte à avoir besoin d'argent. La plupart des gens ne se seraient pas débrouillés aussi bien que toi.

— Peut-être.

Blake fait courir ses doigts sur ma joue.

— Ça a dû être difficile de joindre les deux bouts après la mort de tes parents.

Je hoche la tête. C'est toujours difficile. Je le refoule constamment.

Il y a de l'affection dans ses yeux.

Nous sommes peut-être amis, tout compte fait.

C'est peut-être suffisant. Je n'ai pas besoin qu'il soit amoureux de moi s'il m'apprécie sincèrement.

— Comment ça s'est passé ? demande-t-il.

— Ils ont eu un accident de voiture.

— C'est tout ?

— Oui, dis-je en fermant les paupières. J'étais à une compétition d'athlétisme quand j'ai appris la nouvelle. Je pensais au mec qui m'avait invitée au bal de Noël. À ma robe. À des choses qui ne comptaient absolument pas.

Blake fait courir ses doigts à travers mes cheveux. Je me penche contre lui. J'en absorbe chaque seconde.

— La robe t'aurait plu. Elle était noire. Décolletée. Je l'ai toujours dans mon placard. Je crois que je ne l'ai jamais portée.

Il me serre encore plus fort contre lui. Jusqu'à ce que je puisse sentir son souffle. Il est régulier, sa respiration sereine.

Je tombe dans ses bras. C'est bon, sécurisant, rassurant. On ne m'a jamais rassurée. Pendant trois ans, c'est moi qui ai dit aux autres que *tout allait bien se passer*.

Et maintenant, c'est lui qui prend le relais.

J'en ai envie.

Je veux m'écrouler dans les bras de Blake.

Je veux qu'il s'occupe de moi.

— Mon entraîneuse est venue me trouver, dis-je en déglutissant. C'était juste avant ma course. Je l'ai un peu snobée en me demandant ce qui pouvait être aussi important. Mais elle faisait une tête bizarre. Il s'était passé quelque chose. Elle m'a emmenée sur le petit parking. Elle ne parvenait pas à me regarder en face. Je n'ai pas pu la regarder, moi non plus. Je ne me souviens pas exactement de ce qu'elle a dit, simplement que je suis partie en courant. J'ai couru jusqu'à l'hôpital même si c'était à des kilomètres. Je ne savais absolument pas ce qui s'était passé, si ma famille était vivante ou morte.

Il me serre davantage.

— J'ai compris que c'était grave à la façon dont l'infirmière m'a regardée. Mais ça n'a pas semblé réel. J'avais l'impression d'être devant un film. Maman et papa étaient morts. Lizzy était en réa. Je suis restée avec elle pendant longtemps. Je ne rentrais que pour me changer et prendre une douche. Je dormais dans la salle d'attente. Ça n'a duré que quelques jours, mais j'ai eu l'impression que c'étaient des semaines. J'aurais été complètement seule. Je n'aurais eu personne.

Une goutte tombe sur ma jambe. Puis une autre. Ma main tremble, renversant un peu de gin-tonic.

Blake me prend la main et détache le verre. Il le pose par terre, puis entremêle ses doigts aux miens.

Il me regarde dans les yeux.

C'est un regard que je n'avais jamais vu. Pas chez lui.

Comme s'il m'aimait.

Comme si la seule chose qu'il voulait était mon bonheur.

Il replace une mèche de cheveux derrière mon oreille.

— Ça a dû être difficile.

— Je n'ai pas eu le temps de trouver ça difficile. Mes parents n'avaient aucune économie. Ils avaient des dettes. Leur assurance-vie a suffi à régler mes frais de scolarité pour le lycée. Puis à couvrir ce que mon travail ne suffisait pas à payer. Mais ce n'était pas suffisant.

— Tu avais dix-huit ans ?

— Oui. Dieu merci. Mais nous n'avions pas d'autre

famille. Lizzy aurait été placée en famille d'accueil si je n'avais pas pu devenir sa tutrice légale.

Il écarte les cheveux de mes yeux.

— C'est naturel de vouloir être à l'aise.

— C'est la dernière fois où j'ai été libre, ce matin à la compétition. Ça ne concerne pas l'argent, Blake. C'est plutôt la sensation de pouvoir faire n'importe quoi. Je ne l'ai pas ressentie depuis longtemps.

Il hoche la tête.

— Je veux que Lizzy connaisse ça.

— Bien sûr.

Il fait courir ses doigts le long de mon menton, l'inclinant pour que nous puissions nous regarder dans les yeux.

— Tu es libre, Kat. J'ai besoin de toi pendant quelques mois, mais quand on ne sera plus ensemble, tu seras libre de faire ce que tu voudras.

— Tant que je continue de projeter la bonne image.

— Ton image est parfaite, dit-il en me regardant dans les yeux. Tu es mieux que je l'avais imaginé.

— Pour mentir aux gens.

— Si je cherchais à tomber amoureux, ce serait de toi.

Sa main me caresse la joue.

S'il cherchait à tomber amoureux, ce serait de moi ? Quelle connerie ! Il ne va jamais tomber amoureux, de moi encore moins.

Ce n'est pas un compliment. Ce n'est pas réconfortant. Pas à moins de me convaincre que c'est plus qu'un mensonge.

— Ne dis pas des choses que tu ne penses pas.

Je me laisse glisser de l'autre côté du canapé.

— Jamais, répond-il en se rapprochant. Je veux que tu te sentes bien.

— Je ne me sentirai jamais mieux.

— Je ne suis pas d'accord.

Il m'attire sur ses genoux, passe les bras autour de ma taille.

— Je vais te changer les idées.

— Tu ne parviendras pas à m'apaiser par le sexe, lui dis-je. C'est la seule façon que tu as de gérer les émotions des autres ? Les payer ou les baiser ?

Ses prunelles irradient d'une émotion que je n'arrive pas à identifier. Non, je connais ce regard.

J'ai raison et il déteste ça.

Il relâche sa prise, me laissant froide et vide.

— Tu as raison. Je ne sais pas comment rendre quelqu'un heureux. Mais je veux que tu sois heureuse.

— Alors, ne dis pas des choses comme ça. Ne te comporte pas comme si tu pouvais m'aimer.

Il hoche la tête.

— Qu'est-ce que tu veux faire avec mon argent ?

— Je te l'ai déjà dit.

— Tu en as envie pour ta sœur. Mais pour toi ?

— Je l'ai dit à ta mère. Je veux faire des études. Une école d'art. Je veux publier des romans graphiques. Un jour.

— Les tiens ou ceux des autres ?

— Les deux. Je veux aider les gens à déverser leur âme sur la page. Et la partager avec le monde. Je sais que c'est gnangnan. Peut-être. Mais c'est ce que je veux faire. J'ai toujours pensé que je finirais par devenir prof d'arts plastiques. Quelque chose dans ce genre. Mes parents étaient profs. C'est un travail correct. Mais pas pour moi. Je ne suis pas douée avec les gens.

— Oh, si.

— Peut-être. En tout cas, je préfère travailler seule.

— Je le comprends.

Je ne peux pas m'empêcher de rire.

— Tu as des amis ? demandé-je.

Il arque un sourcil.

— C'est une accusation ?

— Non. C'est plutôt… de la curiosité. Tu ne veux pas de témoin. Tu ne dois pas réellement avoir de proches.

— Non. Je n'en ai pas. Juste ma mère et ma sœur.

— Tu ne te sens pas seul ?

— J'ai l'habitude.

Il me regarde et ajoute :

— Je sais ce que tu as enduré sous le poids de toute cette responsabilité.

— Vraiment ?

— Mon père n'était qu'un connard qui s'est tué à trop boire. Il passait ses frustrations sur ma mère.

— Oh, pauvre Meryl.

Mon cœur se serre.

— Une fois que j'ai été en âge d'intervenir, il les a passées sur moi.

Il me regarde. Sa voix trahit sa vulnérabilité.

— J'avais quatorze ans quand il est mort. J'étais soulagé. Les responsabilités n'étaient rien en comparaison avec la haine que je ressentais envers lui.

— Je suis désolée.

Mon cœur se serre pour lui aussi. Je veux effacer sa douleur, lui prouver que l'amour n'est pas forcément aussi pervers. Je veux faire du monde un endroit meilleur.

— Pas besoin. Je suis content qu'il ne soit plus là.

— Mais je suis désolée que tu aies traversé ça. L'amour ne devrait pas faire du mal. Pas comme ça.

Il me prend la main.

— Ça me rend plus fort. Tu as perdu des parents qui t'aimaient. Tu as perdu quelque chose de tangible, mais ça t'a rendue plus forte.

Je secoue la tête.

— Je ne suis pas forte.

— Si.

Une larme coule le long de ma joue.

Mes parents me manquent. Il y a toujours un vide au fond de mon cœur. J'essaye constamment d'éviter de le ressentir. Je m'empêche toujours de pleurer sur la vie que j'aurais pu mener.

Blake sèche une de mes larmes avec son pouce.

Il se penche pour poser les lèvres sur mon front.

C'est doux. Prévenant. Aimant.

Je marmonne dans son cou.

— Je suis désolée que tu aies connu ça.

— Merci.

— C'était comment ? Si tu veux en parler… Enfin, tu n'es pas obligé.

Il me serre plus fort.

— Je pensais que c'était normal. Que toutes les familles étaient aussi haineuses. Mes parents buvaient toujours. Ça donnait du courage à ma mère. Ça mettait mon père en colère. C'était une combinaison toxique. Il menaçait de la frapper et elle le traitait de connard. Elle le mettait au défi de le faire.

— Elle était courageuse.

— Mais stupide.

Il passe les doigts à travers mes cheveux.

— Je faisais pareil quand j'intervenais. Alors, il défoulait toute sa colère sur moi. Il se fichait de savoir sur qui ça tomberait, tant qu'il faisait du mal à quelqu'un.

J'exerce une douce pression sur sa main. Je ne sais pas quoi dire. Seulement que j'ai envie d'être là. D'écouter. De l'aider. De le prendre dans mes bras.

— Je n'en ai pas assez fait pour les protéger, elle ou Fiona. J'aurais pu appeler la police. J'aurais pu saboter les freins de sa voiture. J'aurais pu l'arrêter une bonne fois pour toutes.

— C'est une sacrée décision à prendre pour un gamin de quatorze ans.

Il secoue la tête. Son expression se radoucit. Sa posture également.

C'est comme s'il sombrait en moi.

À mon tour, je me laisse aller, acceptant de fondre contre lui.

Nous restons collés ensemble, respirant de concert pendant un long moment. La pièce est immobile. Silencieuse. Mais c'est agréable.

Je me sens en sécurité dans ses bras. Même avec cette laideur qui tourbillonne autour de nous.

Il écarte mes cheveux devant mes yeux.

— J'ai une distraction parfaite, dit-il.

Je m'essuie les yeux, me forçant à replacer mes émotions dans la boîte où je les enferme généralement.

— Ou bien, on peut rester ici.

Je lui prends la main et me redresse.

— Tu me proposes du cul ?

Il éclate de rire. Un vrai rire. Seigneur, c'est tellement agréable. Ses yeux se plissent, ses joues se creusent.

Il a une fossette.

C'est la plus belle chose que j'aie jamais vue.

J'ai enfin les idées claires.

Je veux être à ses côtés.

Quoi que cela puisse signifier.

Je prends la main de Blake et le suis hors de la pièce.

Chapitre Vingt-Trois

La porte d'accès au toit est fermée.

Bien entendu, Blake possède une clé.

Il me presse la main alors qu'il déverrouille la porte et l'ouvre.

Le clair de lune tombe sur les marches de béton. Je me retiens à la rampe en fer glacée tout en gravissant les marches.

Voilà.

C'est comme si je touchais le ciel. Les immeubles qui nous entourent semblent assez proches pour qu'on puisse les toucher. J'ai l'impression que les nuages sombres et gris sont à quelques centimètres à peine au-dessus de ma tête.

J'ai l'impression d'être une superhéroïne. Comme si je pouvais sauter d'immeuble en immeuble et m'approprier cette ville.

Il fait plus froid que cet après-midi, mais ça ne s'infiltre pas dans mes veines. Au contraire, j'ai presque chaud.

La piscine du toit brille d'un reflet turquoise. C'est un point lumineux qui se détache sur le ciel sombre.

La lumière danse sur l'eau, projetant des lignes étranges sur le visage de Blake.

Il m'observe, guette ma réaction. Il est plus doux qu'à l'ordinaire. Plus prévenant.

— Personne d'autre n'a accès au toit, me dit-il.

— Alors, c'est ta piscine personnelle ?

— On peut dire ça.

Il laisse tomber ses clés sur la petite table du patio. Il s'est payé une piscine sur le toit d'un gratte-ciel rien que pour le plaisir.

— Tu t'en sers au moins ? je lui demande.

— Quand j'ai besoin de réfléchir.

— Ça t'arrive souvent ?

Il sourit. Un vrai sourire. Mon cœur déborde, comme si j'étais une écolière amoureuse. Blake me sourit. Il me sourit… à *moi*.

On va se marier, et je m'excite pour un sourire.

Je suis dans la merde.

— Bien vu, dit-il.

— Alors, j'avais raison ? Tu l'admets.

Il rit. Pour la deuxième fois en une heure. C'est un record.

Il hoche la tête.

— Tu veux faire trempette ?

— Après toi.

Il passe son t-shirt par-dessus sa tête.

J'essaye de ne pas le reluquer, mais c'est plus fort que moi. Son corps est une œuvre d'art.

Comment ai-je pu rejeter ses avances il y a quelques minutes ? C'est impossible.

Il se glisse hors de son jean. Mon regard est attiré par ses cuisses musclées, ses hanches étroites, son boxer en coton…

Je déteste ce boxer en coton.

J'aimerais le dessiner sous tous les angles possibles, capturer chaque nuance de son corps avec mon crayon.

— On dirait que tu as chaud, dit-il.

— Ça va.

Il se dirige vers moi, déboutonne mon manteau et le fait glisser sur mes épaules.

Je tremble, mais ce n'est pas à cause du froid. C'est à cause de sa proximité. De son contact.

Je retire mon pull, puis je tends la main vers son boxer.

Blake secoue la tête. Il tombe à genoux et ouvre la fermeture éclair de mes bottes. Je les quitte, l'une après l'autre.

Il me soulève le pied pour me retirer ma chaussette, puis fait pareil avec mon autre jambe.

Le bout de ses doigts court sur la couture de mon jean, remonte le long de ma jambe jusqu'à mon sexe, puis redescend sur l'autre.

Enfin, il remonte et ouvre soigneusement mon bouton et ma fermeture éclair.

Il repousse mon jean – et ma culotte – sur mes chevilles.

Je m'en déleste. Ce n'est pas aussi gracieux que son strip-tease, mais c'est efficace.

Je me retrouve en soutien-gorge.

Il est en boxer.

Nous avons souvent été nus ensemble, mais ça n'a jamais été aussi intime, aussi révélateur.

Comme si nous ouvrions enfin nos cœurs.

Il se redresse lentement.

Il n'est qu'à quelques centimètres de moi, assez près pour m'embrasser, me toucher, me faire l'amour.

Je suis bête, ce n'est pas « faire l'amour » avec Blake. C'est baiser. Il baise. Il n'aime pas.

Je passe ce mot à la déchiqueteuse que je range quelque part où je ne la verrai plus.

L'amour ne fait pas partie de l'équation.

Je finirai bien par l'accepter.

D'une façon ou d'une autre.

Je fais un pas en arrière, défais mon soutien-gorge et le laisse tomber à terre. Je me détourne, mais je sens le regard de Blake sur moi.

Il envoie une onde de chaleur dans tout mon corps.

Je me dirige vers la piscine et y plonge un orteil. L'eau est chaude. Accueillante.

Blake abandonne son boxer. Je ne peux pas m'empêcher de le contempler. Il est vraiment parfait. Il serait à sa place dans un musée. Il devrait avoir sa propre aile au Metropolitan, remplacer le David à la Galleria dell'Accademia de Florence.

— Tu attends quelque chose ? demande-t-il.

Je secoue la tête.

Je me lance et saute dans la piscine.

Bon sang, c'est intense.

Les cheveux sur ma nuque se hérissent. J'enfonce la tête. Sous l'eau, tout n'est qu'un flou bleu et blanc.

L'eau ondule, clapote. J'entends une éclaboussure au-dessus de moi. C'est Blake. Il est dans la piscine.

Je refais surface pour constater qu'il n'est qu'à un mètre et demi de moi, l'eau ruisselant sur ses épaules parfaites.

Il se rapproche.

— Distraite ?

J'acquiesce.

— Merci de m'avoir écoutée, tout à l'heure. Et de m'avoir parlé… J'ai presque cru que tu étais un fiancé compréhensif.

Il me frôle le menton du bout des doigts.

Je le regarde pendant aussi longtemps que je peux le

supporter. Il est toujours intense, mais il y a une douceur dans ses yeux. Une certaine gentillesse.

Mes poumons ont vraiment du mal à se remplir à nouveau.

Trop de choses se déroulent autour de moi.

Cette piscine est une oasis de calme. L'œil du cyclone. Mais j'ai plutôt l'impression que c'est le cyclone lui-même. Quelque chose fait rage dans mon cœur.

— Tu es importante pour moi, me dit-il.

— Oui, je sais que nous ne sommes pas… Je ne sais pas vraiment ce que nous sommes, mais certainement pas amoureux.

— Je ferai mon possible pour te soutenir.

— Que pourrais-je désirer de plus chez un mari ?

Ma voix se brise. Je replonge sous l'eau. Le chlore me pique les yeux.

Je parviens à peine à discerner les contours du corps de Blake. Ils sont flous, mais ils restent parfaits.

Je pousse contre la paroi et me laisse flotter là où je n'ai pas pied. Quand j'émerge à nouveau, Blake me regarde. Avec intensité.

Il se rapproche.

Plus près.

Ses cheveux mouillés sont rabattus en arrière. Ça lui va bien, vraiment, mais jusque-là, je n'ai rien vu qui ne lui aille pas.

— Kat.

Sa voix est douce.

— Je vais bien, merci. Je me dis simplement que j'ai de la chance de faire un faux mariage avec un homme aussi compréhensif. Je suis vraiment la fille la plus chanceuse au monde.

Il me dévisage, hésitant à me croire. Puis il hoche la tête comme si c'était le cas.

— Tu n'as jamais été amoureux ?

— Jamais.

— Rien ?

— Rien de plus que du désir.

— Oui, bien sûr, dis-je en essorant mes cheveux. Moi non plus. J'en ai envie, un jour, mais ce n'est pas une priorité. Il faut que je pense à mes études et à une carrière.

Je pince les lèvres.

— Tu crois que c'est à cause de tes parents ? Parce que ce qu'ils ont connu était un amour qui a pris un mauvais tournant ?

— Je ne vais pas perdre de temps à me demander pourquoi.

Il fait courir une main dans mes cheveux.

— Je n'ai jamais vu l'amour autrement. Regarde Fiona et Trey. Ils sont malheureux.

— Mes parents étaient amoureux. Ils étaient heureux.

— Comment peux-tu en être certaine ? demande-t-il.

— Je le sais. L'amour, ça se sait. Ça se ressent.

Mon cœur s'emballe. Ma respiration aussi.

— Et c'est génial. Tout doux, agréable et parfait.

— Tu as dit que tu n'avais jamais été amoureuse.

Ah oui, j'ai dit ça. Et c'est vrai.

Le rouge me monte aux joues. La chaleur se répand le long de ma poitrine, jusqu'à mon ventre.

Son regard me désarme.

Il me donne l'impression d'être encore plus nue.

J'essaye de reprendre le fil de mes pensées.

— Je n'ai jamais été amoureuse. Mais j'ai aimé des gens. Ma sœur. Mes parents. Ma meilleure amie, au primaire. C'est une sensation agréable aussi.

Ses yeux restent fixés sur moi. Il a des mots au bout de la langue, mais il les ravale.

Je pique à nouveau une tête et j'exécute une pirouette dans l'eau.

Elle est bonne, à la température idéale. Je m'y prélasse. C'est la même sensation que l'amour. On est complètement englouti, mais on sait que l'on est en sécurité. On sait que ça va aller.

Ce n'est pas comme si ce concept était familier.

Ce n'est pas comme si je tombais amoureuse.

Non, ce n'est rien de ce genre.

Chapitre Vingt-Quatre

Nous passons vingt minutes à nager dans la piscine. Les nuages sont plus sombres, plus gris. La bruine se transforme en averse.

J'ignore la suggestion que me fait Blake de partir. Nous sommes déjà dans l'eau. La pluie ne va pas nous faire de mal.

Puis le ciel devient blanc. Un éclair. Le tonnerre éclate quelques secondes plus tard. Très bien, fini de jouer. Je n'ai pas besoin qu'on me dise qu'une piscine au sommet d'une tour d'acier n'est pas un endroit où il fait bon s'attarder pendant un orage.

Blake m'aide à sortir. Il m'envoie vers les escaliers toute nue et récupère nos vêtements tout seul. Il essaye de me protéger, mais je préférerais partager le risque d'électrocution. Je préférerais que nous fassions les choses ensemble, comme une vraie équipe.

La porte du toit s'ouvre et Blake me rejoint.

Il est en boxer, le reste de ses vêtements en boule contre sa poitrine.

Il passe mon pull par-dessus ma tête. La laine s'imbibe

de toute l'eau qui dégouline encore sur ma poitrine et mes épaules. J'ai un peu plus chaud, mais ce n'est pas suffisant. J'ai encore froid.

Je dévale les escaliers quatre à quatre, la main sur la rampe de métal froid jusqu'à ouvrir la porte.

Elle est fermée.

Blake est le seul qui possède une clé du toit, mais la porte se referme quand même automatiquement.

C'est une bonne mesure de sécurité.

Il se positionne derrière moi, son torse contre mon dos. Il est mouillé. Lisse. Ferme.

J'aime sentir son corps contre le mien.

J'ai envie de me débarrasser de ces vêtements.

De perdre entièrement le fil de mes paroles.

Sa main glisse sur la mienne. Sa respiration me réchauffe le cou. J'inspire profondément par le nez, force mes nerfs à se calmer.

Sans résultat.

Blake me tend ma culotte.

— Je ne crois pas que tu veuilles être filmée. À moins que ce ne soit un de tes fantasmes.

— Non.

Je ne crois pas, non. J'enfile ma culotte en rougissant.

— Merci.

Il déverrouille la porte et l'ouvre.

Il fait tout aussi froid ici. La chair de poule me parcourt. Mes mamelons durcissent. Je croise les bras, mais ça ne suffit pas à me réchauffer.

— Tu as faim ? demande-t-il.

— Je mangerais bien quelque chose.

Je contenterais volontiers un autre de mes besoins, mais un repas, ça me va aussi.

Il me prend la main et me guide vers un espace salon, aussi sophistiqué et moderne que son bureau.

Il y a une épaisse table blanche, une petite cuisine avec des appareils en acier inoxydable et un sofa noir rectangulaire. Il serait très bien en toile de fond d'une case de BD, surtout avec les nuages par la fenêtre.

J'imagine les ombres. La façon dont Blake se tiendrait dans la pénombre. Une image un peu bateau – l'homme impénétrable émergeant dans la lumière –, mais ça fonctionne.

Blake laisse tomber nos vêtements sur la table. Il s'agenouille devant un placard et en sort une couverture.

— On va devoir partager.

Il me la tend, puis il désigne le plafond.

— Il n'y a pas de caméra dans la pièce, si tu veux te changer.

— Me changer ? dis-je en haussant un sourcil.

Il rit. C'est un vrai rire, encore une fois.

— Entre autres.

Mon cœur tambourine dans ma poitrine. Ma respiration reste suspendue dans ma gorge. Je veux son rire. Son corps. Et son cœur.

Ce qui est hors de question.

Je dois cesser de m'accrocher à cette idée.

J'essaye.

Mais quand il me regarde de ses yeux bleus perçants…

— Assieds-toi. Réchauffe-toi.

Il désigne le sofa.

C'est une bonne idée. J'abandonne mes vêtements mouillés par terre et je m'enveloppe dans la couverture.

Blake remplit une cafetière d'eau.

— Qu'est-ce que tu bois ?

— Du chocolat chaud.

— Vraiment ?

— Tu as quelque chose contre le chocolat chaud ?

Je pose une main sur ma hanche, mais le geste est impossible sous la couverture.

Blake se tourne vers moi, observant ma tentative de rébellion.

Ses lèvres s'incurvent en un sourire. Puis, oh, mon Dieu ! Ça se produit à nouveau.

Il rit encore.

Mon corps tout entier se remplit de chaleur. Son rire me donne une impression de bien-être impossible. Son bonheur ne peut tout de même pas me combler à ce point.

— Alors, on va préparer du chocolat chaud.

Il s'empare d'une grosse tasse sur le plan de travail.

Je m'assieds sur le canapé, forçant mon corps à se détendre.

Ça n'arrivera pas. Mon ventre est toujours léger. Mon cœur s'emballe toujours.

Mais je reprends le fil de mes pensées.

Je place la couverture sur ma tête. C'est tranquille. Calme. Et ainsi, il n'a pas à voir mon expression. Je suis lasse d'être sous le microscope.

Il se dirige vers le canapé.

— Tu n'es pas très douée pour partager, n'est-ce pas ?

Non, effectivement.

Je redescends la couverture sur mes épaules.

Il se tient devant le canapé, un mug dans chaque main.

— Je ne crois pas, dis-je.

Je peux très bien partager certaines choses. Mais pas mes sentiments. Pas mon histoire. Certainement pas mon histoire.

Quant à partager la couverture, eh bien, je ferai de mon mieux.

Je prends une tasse et me décale afin de libérer la moitié de la couverture. Blake s'assied à côté de moi et la tire sur nos genoux.

Mes yeux refusent de m'obéir. Ils se braquent sur les épaules de Blake, son torse et son ventre. Il est toujours mouillé, ce qui fait ressortir les lignes de ses pectoraux.

J'ai envie de le dessiner.

Le réalisme n'a jamais été mon style, mais c'est la seule façon de capturer l'être majestueux qu'est Blake. Une version cartoon ne ferait jamais le poids.

Rien ne pourrait faire le poids.

Je laisse mes paupières se fermer, m'immergeant dans le bruit de la pluie. La chaleur du mug. L'odeur du chocolat qui flotte jusqu'à mes narines.

Quand j'ouvre les yeux, je suis surprise par l'obscurité. Le ciel est effrayant. Bleu nuit avec de gros nuages gris. La pluie est violente, mais le son est magnifique. Comme de la musique.

— Kat ?

— Oui ?

Je regarde Blake dans les yeux, mais cela n'apaise pas ma nervosité. Je veux toujours me perdre dans ces yeux-là.

— Ça va ?

— Je ne vais pas me plaindre.

Je bois mon chocolat. En poudre, mais c'est tout de même réconfortant. J'avale une longue gorgée, puis je pose ma tasse par terre.

Je n'ai pas besoin de chocolat et de sucre.

J'ai besoin qu'il efface le reste du monde.

Blake me regarde comme il le fait toujours. Il ferait un scientifique formidable. Ou bien un juge. On ne peut jamais deviner ce qu'il se passe derrière ces yeux magnifiques.

Il me tend son café. Je hoche la tête et en avale une gorgée. Il est noir. Savoureux. Fort. Parfumé à la vanille.

Mon regard retourne vers la fenêtre. Vers la pluie qui bat les carreaux.

— Je ferais mieux de rentrer bientôt.

— Il pleut à verse.

— Il pleut toujours à cette époque de l'année.

Je me déplace et la couverture glisse de mes épaules jusqu'à ma taille.

— Je suis certaine que tu as beaucoup de travail à faire. Je ne veux pas m'imposer.

Il pose sa tasse par terre.

— J'aime que tu sois là.

— Oui, mais il faut que tu travailles. Et je dois travailler, moi aussi. Je serai peut-être capable d'envoyer ma candidature avant la fin des admissions du printemps pour les écoles d'art. Il y a tant de choix. Je n'y ai jamais vraiment réfléchi. Mes parents avaient insisté pour que j'aille dans un lycée normal.

Les yeux de Blake restent sur les miens. Il ne jette pas le moindre regard à mon buste exposé. Est-ce par respect ou manque d'intérêt ? Je l'ignore. Aujourd'hui, tout semble différent. Presque comme si nous étions vraiment en couple.

C'est un mensonge.

Mais aujourd'hui, ce rappel ne me convainc pas.

Des explications entrent en contradiction dans mon esprit. Certaines choses sont réelles. Le sexe, par exemple, c'est bien réel.

Peut-être ça, aussi.

Je me déplace sur les genoux de Blake, mes cuisses de part et d'autre des siennes, mon entrejambe contre le sien.

Il est chaud et m'offre sa sécurité. Mais ce n'est pas vrai. Rien n'est sûr dans cette situation.

Il glisse une mèche de mes cheveux derrière mon oreille.

Je passe les bras autour de ses épaules puissantes, refermant les cuisses autour de lui.

Il presse ses paumes contre mes reins.

Ça me donne un frisson le long de la colonne vertébrale.

Quand je le regarde à nouveau dans les yeux, sa curiosité a disparu. Il redevient le Blake que je comprends. L'animal aiguillonné par le désir et l'envie de tout contrôler.

Mes paupières se referment doucement alors que je l'embrasse. Il a le goût du café et de la vanille, de Blake.

Je glisse ma langue dans sa bouche.

Il me serre plus fort, me rend mes baisers avec une énergie renouvelée.

Ses mains descendent jusqu'à mes fesses, ses ongles s'enfoncent dans ma chair.

Je gémis dans sa bouche. Cette fois, je ne lui cède pas le contrôle. J'ai besoin de le toucher partout. J'ai besoin de le toucher comme je l'entends.

Il fait passer ses doigts sur mon dos, mes épaules. Puis autour de mon cou, dans mes cheveux.

Blake recule. Ses yeux trouvent les miens.

— Allonge-toi sur le dos.

Je secoue la tête.

— J'ai envie de te toucher.

— On le fera à ma façon.

L'autorité dans sa voix contracte mon bas-ventre. Mais je ne peux pas céder en si bon chemin.

Je lui renvoie son regard.

— J'ai envie de te toucher.

Il hoche la tête.

— Et tu vas le faire. Fais-moi confiance.

Je lui fais confiance, c'est bien là le problème.

Mais c'est une sorte de compromis.

J'ai *besoin* de le faire.

Sa façon me convient. Non, elle est parfaite.

Alors, j'accepte.

— Très bien.

Je m'écarte et retire la couverture. Mon corps se love contre le sien. Je peux le sentir. Il est dur, presque à moi.

Blake me saisit les mains et les dirige sur ses épaules.

J'explore son torse du bout de mes doigts. C'est tellement bon de le toucher. Un peu comme s'il m'appartenait.

Il m'empoigne les fesses et attire mon corps contre le sien. Son autre main remonte vers mes cheveux, et il ramène ma tête vers lui.

Il m'embrasse. C'est brutal et doux à la fois.

C'est sa façon à lui, mais elle me plaît.

Je souligne les détails de son torse sous mes doigts. Il a un petit duvet, juste sous le nombril. Je glisse la main dessous et joue avec l'élastique de son boxer.

Il m'attrape le poignet pour replacer ma main sur son épaule. Une mise en garde. Ou bien un ordre. Je n'en suis pas sûre.

Il porte ses lèvres à mon oreille.

— Pas encore.

Puis il dépose des baisers le long de mon cou.

Chaque effleurement de ses lèvres me fait frissonner.

J'ai terriblement envie qu'il m'en donne plus. Tout ce qu'il souhaite me donner.

Je frotte mon entrejambe contre le sien. La friction de mon sexe contre le sien est divine. Son satané boxer est toujours au milieu. Il gratte ma chair tendre. Il rend tout plus dur, plus rude.

Le plaisir se concentre dans mon intimité. J'ondule plus fort des hanches, gémissant à son oreille.

Il me répond par un grognement contre mon cou.

Ses ongles s'enfoncent dans mon dos.

C'est douloureux, mais agréable. Comme s'il me marquait. Comme si j'étais à lui.

Il m'embrasse en posant les mains sur mes fesses pour me soulever les hanches.

Sa main m'effleure le sexe.

Je gémis, les doigts crispés sur ses épaules.

Il me caresse avec son doigt.

Mon entrejambe se contracte.

Mes mamelons durcissent.

Le désir montre entre mes cuisses tandis qu'il me touche.

Je suis remplie d'extase.

Je regarde Blake dans les yeux, me forçant à soutenir son regard.

C'est intense, mais supportable.

Je peux le supporter.

Je garde les yeux braqués sur les siens alors qu'il me caresse, qu'il me rapproche de plus en plus du précipice.

La pression augmente en moi.

Il m'entraîne de plus en plus haut.

Jusqu'à ce que je ne puisse plus en supporter davantage.

Je referme les dents sur sa lèvre, je lui tire les cheveux.

J'y suis.

Encore un va-et-vient de son doigt et je bascule.

Je soupire son nom en jouissant.

Je le regarde dans les yeux alors que mon sexe continue de palpiter sous les ondes de choc secondaires. Je me sens tellement bien.

— Viens ici, dit-il en pressant sa paume contre mes reins. J'ai besoin d'être en toi.

Je hoche résolument la tête, vibrante de désir.

Il fait glisser son boxer sur ses genoux et porte ses mains à mes hanches.

Lentement, il guide mon corps sur le sien.

Son gland est pressé contre moi. Puis c'est un centimètre à la fois.

Putain.

C'est tellement bon de le sentir en moi.

C'est parfait.

Blake m'empale sur lui.

Je remonte jusqu'à ce qu'il soit à peine en moi, puis je redescends et il me remplit tout entière.

Les mains sur les hanches, il me guide de haut en bas.

Il pénètre plus profond.

Plus fort.

Je presse mes mains contre ses épaules pour garder l'équilibre.

J'ondule, frottant mon clitoris contre lui.

Le plaisir tourbillonne en moi, augmente à chaque mouvement de mes hanches, à chaque effleurement de ma peau contre la sienne.

Il enfonce ses ongles dans ma chair, prononçant mon nom dans un grognement.

Puis il ferme les paupières.

Plisse le front.

Il y est presque.

Je regarde le plaisir s'emparer de son visage alors que je le baise. Je le fais entrer en moi, encore et encore. Plus fort. Plus profond. Plus vite.

Je ferme vivement les yeux.

Dans mon sexe, la tension atteint son point culminant.

Je jouis avec une intensité inouïe. Le plaisir se déverse à travers tout mon corps. Dans mon buste, le long de mes cuisses, jusqu'à mes lèvres, mes yeux et mon nez.

Chaque partie de mon être palpite, épuisée.

Je tourne mon attention vers Blake. Ses lèvres s'entrouvrent. Il émet un râle, ferme les paupières.

Ses mains se cramponnent à mes hanches.

Il recule, repositionnant nos corps.

À présent, il est derrière moi.

Je lui tourne le dos, mes genoux sur les coussins du canapé, mes mains sur le dossier.

Je me cambre, m'offrant à lui.

Il me saisit les hanches.

D'un seul mouvement fluide, il me pénètre.

Si profondément que j'ai mal.

Mais c'est tellement bon.

— Blake, je grogne.

J'arque mon dos afin de sentir le moindre de ses mouvements.

Sa poigne se resserre autour de mes hanches. Sa respiration s'accélère.

Il est tout proche. Il perd le contrôle. Il est à moi.

Il va et vient plus fort, plus rapidement.

Mes doigts se serrent sur le canapé.

— Blake.

Il fait glisser ses ongles sur mes hanches. Sa queue palpite, ses cuisses tremblent.

— Putain, Kat.

Il me pilonne, et enfin, il touche au but.

Ça me fait basculer.

Mon orgasme est rapide. Violent. Intense. Je m'agrippe au canapé alors que mon sexe frémit. Le plaisir se répand à travers ma poitrine, se communique jusque dans mes doigts et mes orteils.

Il ne cesse d'aller et venir durant mon orgasme.

Puis il l'atteint à son tour.

Il grogne contre ma peau tout en éjaculant.

Lentement, il démêle nos corps.

Je m'écroule, tête la première sur le canapé.

Il remet son boxer, s'assied à côté de moi, me prend dans ses bras.

C'est tellement bon. Mais il n'est plus à moi.

Il s'est à nouveau fermé. Je comprends ce Blake-là mieux qu'avant.

Pourtant, son cœur est toujours sous scellé.

Cette fois, c'est moi qui m'écarte.

Je me redresse.

— As-tu des vêtements à me prêter pour que je puisse rentrer ?

— Bien sûr.

Il baisse les yeux.

Si je le connaissais moins bien, j'aurais pu jurer que c'est de la déception sur son visage.

Souhaite-t-il vraiment que je reste ici ?

Que notre intimité dure au-delà de la fusion de nos corps ?

Difficile à croire.

Mais c'est tentant.

Il me libère de cette idée lorsqu'il me guide jusqu'à son bureau. Il y a un pantalon de jogging dans le tiroir du bas de son armoire de classement. Il est à sa taille, mais il y a un cordon. Ça ira.

Blake me dépose un baiser sur les lèvres.

— Tu vois Ashleigh demain à six heures.

— Je sais.

— Bonne chance.

———

IL Y A UN MOT SUR LA TABLE, À LA MAISON.

Je suis chez Sarah, on révise pour un contrôle. J'ai déjà mangé. Je t'aime, Lizzy.

Je ne sais pas si je dois la croire. Elle passe beaucoup de temps chez Sarah. Mais Lizzy a dix-huit ans.

Il est normal qu'elle sorte, qu'elle ait des copains, et même qu'elle couche avec eux.

Elle veut être une adulte indépendante.

C'est normal.

Même si je déteste ça.

Je retire les vêtements de Blake et entre dans la douche. L'eau chaude me frappe le crâne, les épaules et la poitrine.

Je me fais un shampooing, applique de l'après-shampooing et me savonne rapidement. Je ne veux pas être seule avec mes pensées. Je ne veux pas être seule, point final.

Quand j'ai fini, j'enfile un peignoir, me prépare un sandwich et le mange devant mon ordinateur.

Il y a tant d'écoles d'art, mais elles demandent toutes des portfolios.

Je n'ai rien produit de sérieux depuis le lycée. Certains de ces dessins sont passables, mais ils n'ont rien à voir avec la personne que je suis actuellement.

Cela ne compte peut-être pas. C'est une demande d'admission. Ce n'est pas comme si j'avais à dévoiler mon âme pour un agent artistique.

Cela étant…

Je veux montrer mon meilleur travail. Pas des dessins conservés par hasard.

Je prends mon carnet et un crayon et je dessine Blake de mémoire. Ce n'est pas parfait. On ne le reconnaîtrait pas au premier coup d'œil. Mais j'ai capturé cette lueur impénétrable dans son regard.

Ces verrous autour de son cœur.

Je tourne la page et essaye d'en faire quelque chose de différent.

Avant l'accident, je rêvais de dessiner des romans graphiques. De transcrire quelque chose de réel à propos de la vie, entre les images et les mots.

C'est drôle. À l'époque, je n'avais rien à dire, et tout le temps du monde pour le faire. Maintenant que je déborde intérieurement, j'ai à peine l'énergie de prendre un crayon.

Ça va changer. Une fois que cette mascarade sera terminée, j'aurai tout le temps et l'énergie qu'il faut. Et ça prendra la direction que je veux. Pour Lizzy *et* pour moi.

J'essaye de dessiner une version comics de Blake. Il a les épaules larges, des yeux ronds, un nez puissant et une mâchoire carrée.

Ce n'est pas entièrement ressemblant. Je peaufine les yeux jusqu'à ce qu'ils ressemblent davantage à ceux de Blake. Voilà. Ce n'est pas parfait, mais c'est un bon début.

Ensuite, je dessine une version cartoon de moi-même. Trop maquillée, avec des cheveux ondulés, une robe de cocktail moulante et des talons vertigineux. La fausse Kat. Une super petite copine.

Il n'y a rien de moi dans ce portrait. Rien de réel. J'essaye de dessiner la véritable Kat, avec ses cheveux en bataille, ses vêtements normaux et son incapacité à s'ouvrir aux autres. Mais ce n'est pas quelque chose que je parviens à dessiner. Pas encore, du moins.

J'y arriverai un jour.

Je ne déverrouillerai peut-être jamais le cœur de Blake.

Mais je découvrirai le mien.

Chapitre Vingt-Cinq

shleigh secoue la tête. On lit l'irritation sur son visage.

— On a convenu hier que ça commencerait à 18 h précises.

La vendeuse lui adresse son meilleur sourire commercial.

— Il n'est que 17 h 45, Mademoiselle. Vous aimeriez peut-être une coupe de champagne en attendant.

Elle se tourne vers moi.

— Mademoiselle Wilder ?

— Non, merci.

Je me recroqueville dans un coin. Ces joutes verbales ne m'intéressent pas.

Elle se penche sur le comptoir pour murmurer quelque chose à la vendeuse. Ce n'est pas mon problème. Cette histoire de robe de mariée ne devrait pas forcément être mon problème, mais je n'arrive pas à me résoudre à laisser Blake s'en charger.

Je griffonne dans mon carnet – une bande dessinée de quatre pages qui raconte mon accord avec Blake. Mais comment suis-je censée retranscrire les sentiments qui tourbillonnent en moi ? Ils ne sont pas adaptés au papier. Ils ne sont adaptés à aucun support.

Quatre cases. Toutes les mêmes. Blake qui se tient là, détaché et distant, avec une liasse de billets à la main. *Je peux t'aider.*

C'est triste. Il ne se rend pas compte qu'il a bien plus à offrir que de l'argent. Il ne réalise pas la gentillesse dont il peut faire preuve.

Je regarde mon téléphone. Pas de nouvelles de Lizzy, même si ça fait des heures que l'école est terminée.

J'arrache le dessin de Blake et le chiffonne. Je ne vais plus penser à lui aujourd'hui.

Je suis là pour ma robe.

C'est là-dessus que je dois me concentrer.

— Merci, avec plaisir.

Ashleigh s'assied à côté de moi. Elle jette un œil à mon carnet d'un air curieux.

— Blake m'a dit que vous êtes une artiste.

— On peut dire ça.

— Natalie sort les robes pour vous. Elles devaient être prêtes.

Elle glisse ses pieds hors de ses chaussures à talons et se les frotte.

— Il ne nous reste plus que trois semaines. On a besoin de quelque chose de prêt à porter.

Elle m'enveloppe du regard.

— Tout vous ira, à part une taille empire. Vous avez un style de robe particulier en tête ?

Je la regarde comme si elle parlait une langue étrangère.

— Je n'y avais pas songé.

— Compte tenu de la météo, je crois qu'il faut éviter

une traîne. Je ne pense pas que vous ayez envie de laisser un sillage de boue.

— Très bien.

Je dessine un cercle dans mon carnet. Ça me semble raisonnable.

Elle fronce les sourcils, tire un iPad de son sac, se connecte à un site internet de mariage et me montre les différentes silhouettes.

À l'exception du fourreau, elles sont toutes évasées, et la plupart de façon excessive. Il y a une robe trapèze, une robe cintrée coupe évasée, une autre en forme de trompette, une robe sirène et une robe de bal.

Elle me dresse la liste des avantages et des inconvénients de chacune, mais ça m'entre dans une oreille et ressort par l'autre.

Lizzy est plus douée que moi pour ce genre de choses.

Mais où est-elle ?

— Mademoiselle Wilder.

La vendeuse, Natalie, nous appelle dans la salle d'essayage.

Elle est immense. Il y a quatre ou cinq cabines disposées en cercle. Des miroirs sur chaque porte. Et une estrade tournante.

Une belle vitrine pour une future épouse-trophée.

Natalie désigne un banc de couleur rose pastel. La pièce tout entière est rose. Tout exprime l'amour et la romance.

— Ce sont des robes magnifiques.

Natalie rapproche un portant.

Il y a des dizaines de toilettes dans différentes teintes de blanc, d'ivoire et de rose clair. Il doit y avoir des kilomètres de mousseline et de dentelle là-dessus.

— On recherche quelque chose de sophistiqué, dit Ashleigh.

— Bien sûr.

Natalie retire une robe du portant. C'est une simple robe en mousseline ivoire à la taille froncée. Elle est mignonne, sans plus.

— Elle ne va pas à la plage. Elle se marie.

Ashleigh repousse la robe d'un geste.

— Quelque chose de théâtral. Nous serons sous les cerisiers en fleurs. Au printemps. On veut de la dentelle. Quelque chose de féminin. Innocent, mais sexy. Ravissant. Les fleurs de cerisier représentent le mystère de la beauté féminine.

Bon sang. Je n'avais jamais entendu quelqu'un faire un poème sur une robe.

Je m'éclaircis la voix.

— C'est l'interprétation chinoise des fleurs de cerisier. Au Japon, elles sont considérées comme un symbole du caractère éphémère de la vie.

— Très bien, dit Ashleigh. Alors quelque chose de beau, de délicat et de théâtral à la fois.

Natalie hoche la tête et se retient de lever les yeux au ciel. Je la comprends. Comment une robe pourrait-elle être à la fois théâtrale et délicate ?

Elle nous en apporte une autre.

Celle-ci est en satin épais d'un blanc éclatant, couverte de perles qui brillent de mille feux.

Ashleigh secoue la tête et la repousse d'un geste.

— Vous me faites penser à Blake, ce jour-là, au centre commercial, dis-je.

— Oh, je suis si terrible que ça ?

Elle adresse à Natalie un sourire avenant.

— Kat, peut-être pourriez-vous expliquer ce que vous voulez ?

— Je ne sais pas vraiment. Quelque chose de joli.

Je me creuse les méninges pour trouver les mots qui

conviennent afin de décrire la robe. Si je veux devenir artiste, je dois vraiment apprendre à améliorer mon côté design. Je vole les mots que Blake a utilisés pour me décrire.

— Quelque chose de beau, tout en retenue.

Natalie décroche une robe du portant. Une robe de bal sans bretelles, avec un décolleté en cœur. La jupe bouffante occupe la moitié de la pièce.

— C'est le contraire de « tout en retenue », commente Ashleigh.

Elle regarde son téléphone et fronce les sourcils.

— Pardonnez-moi.

Natalie secoue la tête.

— Voulez-vous l'essayer pour voir comment elle vous va ?

Pas vraiment. Elle est moche. Mais l'essayer, c'est toujours mieux que de rester plantée ici.

J'acquiesce et suis Natalie dans l'une des cabines.

— Avez-vous apporté un bustier ? demande-t-elle.

— Quoi ?

— On va l'essayer sans soutien-gorge. Juste pour voir ce que ça donne.

Elle désigne les crochets au mur.

— Appelez-moi quand vous serez prête.

D'accord. Je vais me déshabiller presque entièrement devant une femme que je n'ai jamais rencontrée. C'est normal…

Je me mets en culotte et laisse mes vêtements par terre.

— Je suis prête.

Natalie entre dans la pièce.

— Tournez-vous, ma chère.

Elle m'aide à enfiler la robe, remonte ma fermeture et referme l'arrière. Je me retrouve comprimée.

Je jette un regard au miroir. La robe a un corsage. Il

me serre la poitrine et la taille, puis pouf ! Ça ressemble plus à un hémisphère qu'une jupe. Je trébuche sur l'organza en retournant dans la pièce principale.

Ashleigh s'est rassise sur le banc. Elle fait une grimace dégoûtée.

Natalie lui décoche un regard noir.

— Essayons autre chose, dit Ashleigh. À moins qu'elle ne vous plaise, Kat.

J'observe mon reflet. J'ai l'air d'une princesse de Disney qui a eu un accident.

— Ce n'est pas ma préférée.

Natalie m'offre une autre robe. Celle-ci est plus droite. Elle s'évase légèrement au-dessus du genou. Je crois que c'est une coupe trompette.

Je retourne dans la cabine. Natalie m'habille et me déshabille. Tout ce que je fais, c'est quitter et enfiler les robes.

J'évite mon reflet jusqu'à ce que nous soyons arrivées dans la pièce principale.

— Oh ! s'écrie Ashleigh. Vous êtes belle. Et tout en retenue, cette fois.

Je pose les yeux sur le miroir.

Cette robe me correspond davantage. Elle est simple. Pas de perles ni de broderies. Juste une jolie dentelle et un motif floral.

Ashleigh prend une photo avec son téléphone. Elle me sourit.

— Et si on essayait d'ajouter quelques accessoires ?

— D'accord.

Je contemple mon reflet. Je porte une putain de robe de mariée. Je me marie. C'est totalement absurde.

C'est un mensonge facile.

Tout ce que j'ai besoin de faire, c'est de sourire et de me comporter comme si tout était normal.

Je laisse Natalie s'occuper de moi. Un voile. Un collier. Une ceinture ouvragée. Des chaussures à talons argentées.

Elle me tourne vers le miroir, attendant que je sourie. Il faut en passer par là, d'une certaine façon. Je suis censée faire des bonds, pousser des cris et proclamer mon bonheur éternel.

Je regarde mon reflet. C'est une jolie robe.

Elle me va bien.

Mais elle ne sonne pas juste.

Cette situation ne sonne pas juste.

Un tintement se fait entendre et la porte s'ouvre.

— Bonjour.

C'est Lizzy. Elle est venue.

Normalement. Il faut que je me comporte normalement.

Elle entre dans la pièce principale et écarquille les yeux quand elle me voit dans la robe.

— Oh, Kat, mon Dieu ! Tu es belle !

— N'est-ce pas ?

Ashleigh étudie son travail avec fierté.

— Mais je crois qu'il faut enlever la ceinture. Elle vous plaît ? demande-t-elle en se tournant vers moi.

— Elle est jolie, dis-je.

— Oui, mais est-ce qu'elle vous plaît ? Est-ce *la* robe ? demande-t-elle.

Le regard de Lizzy passe de Natalie à moi.

— Elle est vraiment belle.

— C'est vrai, concédé-je.

— Mais ce qui compte, c'est seulement ce que tu en penses, dit Lizzy. C'est ton mariage et c'est toi qui décides de ce que tu portes.

— Ce n'est qu'une robe, je maîtrise la situation.

— Oui, tu maîtrises toujours la situation.

Lizzy laisse tomber son sac à dos par terre.

Est-ce un geste colérique ou simplement parce qu'il est lourd ?

Je ne sais pas.

La robe est trop serrée. J'ai du mal à respirer.

Je tends la main vers la fermeture, mais Natalie m'arrête.

Elle fait un geste à Ashleigh.

— Pouvez-vous aider Mademoiselle Wilder à se changer ? Je vais montrer à… Comment vous appelez-vous, ma chère ?

Elle tend la main à ma sœur.

— Lizzy.

Elles se serrent la main.

— Allons voir les robes de demoiselles d'honneur, d'accord ?

— D'accord. À moins que ce ne soit toi qui contrôles ça aussi, Kat.

Je fusille ma sœur du regard.

Elle sait à quel point c'est difficile pour moi.

Pourquoi est-ce qu'elle remue le couteau dans la plaie ?

J'entre dans la cabine, mais je n'arrive pas à retirer la robe. Je frappe légèrement.

— Est-ce qu'on peut venir m'aider ?

Ashleigh me rejoint. Elle tire sur la fermeture.

— Vous êtes vraiment belle.

— Merci.

— Y a-t-il quelque chose dont vous vouliez me faire part ? demande-t-elle avant d'ajouter dans un murmure : je connais Monsieur Sterling depuis longtemps. Il est… exigeant.

— Non, ce n'est rien. Je suis simplement… Disons que ça s'enchaîne très vite.

Elle hoche la tête.

— C'est un type bien.

— C'est vrai.

— Et vous comptez pour lui.

Je sors de la robe.

— Que voulez-vous dire ?

— Votre accord. Il… Je suis désolée. Je croyais que vous saviez que j'étais au courant.

Son regard se radoucit.

— Ne lui dites pas que je vous l'ai dit.

— Je ne lui dirai rien.

— Je travaille avec lui depuis longtemps. Il a toujours été difficile.

Elle prend une autre robe.

— Mais je ne l'ai jamais vu aussi exigeant. Il veut vous rendre heureuse. C'est simplement… sa façon de faire.

Elle a raison. J'ai remarqué la même chose.

Mais je ne suis pas certaine que sa façon de faire puisse me rendre heureuse un jour.

— J'aimerais qu'il veuille me rendre heureuse à ma façon.

— Si seulement les hommes étaient aussi simples !

Je hoche la tête.

— Sont-ils toujours compliqués ?

— Je suis certaine que vous connaissez Monsieur Sterling mieux que moi.

— Peut-être.

Elle acquiesce.

— Il est différent quand il parle de vous.

Elle remonte la fermeture de la robe.

— Il vous apprécie vraiment, Kat. Mais ce n'est peut-être pas suffisant. En tout cas, je n'avais jamais vu ça avant.

— Vous voulez dire avec les autres femmes ?

— Il me demandait d'organiser certains de ses autres rendez-vous ou week-ends en déplacement. Enfin, ce n'étaient pas vraiment des rendez-vous. C'était plutôt…

— Du sexe sans lendemain ?

— C'est l'impression que j'ai eue.

Elle ouvre la porte.

— Vous êtes prête ?

— Oui.

Elle m'entraîne dans la pièce principale.

— La robe est belle.

Oui.

Elle est parfaite.

Je devrais être heureuse.

Je devrais même être en pleurs.

Seigneur, si ma mère était là, si je me mariais vraiment, je pleurerais comme une fontaine.

Elle aurait aimé cette robe. Elle est magnifique. Une robe de bal avec un large décolleté en V, légèrement évasée. Des manches de dentelle qui descendent jusqu'à mes poignets. Il y a un petit nœud sous l'échancrure profonde dans le dos.

Elle est parfaite.

Ashleigh me fait signe de me tourner.

Je lui obéis.

Je me sens bête, mais quand je vois ma robe apparaître dans le miroir…

C'est parfait.

Je suis Cendrillon qui s'habille pour le bal.

Ashleigh accroche un voile à mes cheveux et le rabat derrière ma tête.

La voilà, celle qui se tiendra à l'autel avec Blake.

Un sanglot me remonte dans la gorge. J'essaye de le ravaler, mais il ne veut pas céder.

J'essuie une larme. Puis une autre.

Je secoue la tête. *Ça va.*

Je dois faire semblant que ce sont des larmes de bonheur.

Je dois être capable de gérer ça.

— Excusez-moi.

Je me précipite vers la cabine et referme la porte derrière moi.

— Kat, fait Ashleigh en frappant à la porte. Ça va ? Je peux aller vous chercher du champagne, ajoute-t-elle dans un murmure.

— J'ai juste besoin d'une minute.

Elle s'écarte de la porte. Je m'accroupis, faisant de mon mieux pour serrer mes genoux contre ma poitrine. Ma jupe est au milieu. Même ça, ça ne va pas.

Je les entends discuter dans la pièce à côté. C'est un murmure sonore. Le même que mes parents adoptaient quand nous étions petites.

Elles se taisent. Des pas se rapprochent. Quelqu'un frappe à la porte.

— Kat, on peut se parler ? demande Lizzy.

Je me redresse et essuie mes yeux.

— Oui.

J'ouvre la porte et Lizzy entre. Elle porte une longue robe rose. Elle est magnifique, adulte. Ma petite sœur sera ma demoiselle d'honneur.

Un autre sanglot me noue la gorge. Cette fois, je ne le réprime pas. C'est une cause perdue.

Je sèche mes larmes. J'essaye de sourire comme si j'étais heureuse.

— Ne me raconte pas des salades, dit Lizzy.

Je cesse de sourire et elle secoue la tête.

— Ce mec te déchire.

— Ce n'est pas vrai.

Elle baisse la voix pour murmurer :

— Ça ne lui fait vraiment rien que tu en souffres ?

J'essuie une larme. Blake n'a absolument pas l'air de s'en préoccuper. Mais Lizzy ne parvient pas à se projeter.

— Il y a beaucoup d'argent en jeu. Je peux tolérer d'être malheureuse pendant un moment.

— Il est au courant que tu as des sentiments pour lui ?

—Je ne ressens rien pour lui.

— Ne me mens pas. Et à toi non plus. Tu mérites mieux que ça, dit-elle en me regardant dans les yeux.

—Je ne peux pas le quitter.

— Pourquoi pas ?

— Parce que j'ai envie d'être avec lui.

Elle écarquille les yeux.

— Oh. Kat… je suis désolée.

—Je… je dois le faire. Même si c'est douloureux.

— Pourquoi ?

— Pour sa mère.

— C'est gentil… Stupide, mais gentil.

Elle tend la main vers la poignée.

— Rentrons à la maison. On peut parler. Manger de la glace.

Je secoue la tête.

— Il faut que je finisse.

Que je finisse tout ça.

— Arrête tout maintenant, Kat. Ne te force pas à le faire.

— Ce n'est pas si mal. C'est simplement que… Ça me fait penser à maman. Elle me manque beaucoup.

Lizzy incline la tête, mesurant mes paroles.

— Tu le jures ?

—Je le jure.

— Très bien. Rentrons quand même. J'ai un contrôle à réviser.

— Non. Je veux rester.

— Ça va aller si tu restes seule ?

— Oui.

Peut-être.

Je hoche la tête.

Elle me regarde comme si elle ne me croyait pas.

Mais elle ouvre quand même la porte et sort dans la pièce principale.

— Je t'aime, Kat.

— Je t'aime aussi.

Je me ressaisis et lui emboîte le pas. Natalie et Ashleigh attendent. Elles me regardent.

Je dis au revoir à Lizzy, qui disparaît par la porte d'entrée.

— Vous voulez une photo dans cette robe ? demande Natalie.

— Non, elle est parfaite, dis-je.

Ashleigh hoche la tête.

— Excusez-moi.

Elle regarde son téléphone et se rend dans l'autre pièce en secouant la tête.

Elle appelle quelqu'un. Blake, probablement.

Natalie m'aide à quitter la robe. Elle semble compatissante, mais heureusement, elle reste silencieuse.

Je remets mes vêtements.

Enfin, Natalie part pour tout réarranger. Je m'attarde dans la cabine d'essayage aussi longtemps que possible.

Au moins ici, personne ne me regarde, personne ne doute de moi, personne ne décide de ce qui est le mieux pour ma vie.

Mon reflet me fixe du regard. C'est simplement Kat. Pas la fiancée du milliardaire, pas la grande sœur, pas l'artiste en devenir. Rien que Kat.

Je ne suis toujours pas certaine de savoir qui c'est.

La porte d'entrée s'ouvre à nouveau. La clochette tinte. Encore une fois. Une voix grave. Puis Ashleigh lâche une exclamation.

Je pousse un soupir. Elle a appelé Blake.

Comme s'il était mon père, et moi son enfant capricieuse.

Ou peut-être s'est-elle inquiétée et n'a pas su quoi faire d'autre.

Quoi qu'il en soit, je n'arrive pas à me débarrasser du sentiment que je vais me faire gronder pour mon écart de conduite.

J'ajuste mon pull et reviens dans la salle.

Effectivement, Blake est là. Il est parfait dans son costume noir élégant.

— Allons dîner, dit-il.

Mon estomac gronde au même moment. Mon cœur s'emballe alors que je plonge dans ses yeux bleus perçants.

— D'accord.

Ashleigh lui adresse un regard désapprobateur.

— Natalie va s'énerver si vous voyez la robe.

— Très bien.

Il affiche un sourire imperceptible.

Trêve de politesses. Je pousse la porte. À l'extérieur, le soleil se couche. Une lueur orange illumine l'horizon. C'est splendide.

Mais autour de moi, tout me semble laid.

Chapitre Vingt-Six

Nous mangeons dans un restaurant fusion thaï hors de prix. C'est prétentieux. Le décor est un mélange de statues de Bouddha en or et de photographies de fermiers en Thaïlande. Comme si l'un d'entre eux aurait pu se permettre les prix affichés à la carte !

Je joue avec mon curry rouge du bout de la fourchette. C'est délicieux. Les crevettes sont fraîches. Les légumes sont croquants. Le riz est moelleux.

Mais ma langue reste engourdie.

Blake est assis à côté de moi, pourtant j'ai l'impression qu'il est à des années-lumière. Je ne suis pas là. Pas vraiment.

Je suis coincée dans ma tête.

J'essaye de convaincre mes sentiments de battre en retraite. Il reste moins d'un mois avant notre mariage. Je peux survivre un mois à faire semblant.

Blake porte un fleuron de brocoli à ses lèvres et lui coupe la tête d'un coup de dents.

Il mange comme un parfait homme d'affaires. Il est lent, méthodique.

Je sirote un thé glacé à la paille. Cet établissement n'a pas de bar et c'est aussi bien ainsi. Rien ne doit pouvoir troubler mon jugement.

À quoi pense-t-il ?

Que se passe-t-il derrière ces yeux bleus somptueux ?

Il me surprend à l'observer et hausse un sourcil.

— Tu veux commander autre chose ?

Je plante ma fourchette dans une crevette et la gobe tout entière.

— Non.

— Ashleigh était inquiète.

— À propos de quoi ?

— Je ne sais pas. Je ne lui ai pas demandé de t'espionner.

Nous nous dévisageons. Je suis certaine que mon expression est plus révélatrice que la sienne.

Blake reste un mystère, mais son inquiétude est évidente.

Il se soucie vraiment de moi.

— Je ne tiens pas réellement à en parler.

J'embroche une autre crevette et la fourre dans ma bouche.

Il écarte mes cheveux de mes yeux. Il a eu ce même geste la dernière fois. Ça m'apaise.

Ce devrait être un crime que quelqu'un parvienne à me calmer et à m'énerver aussi facilement.

Il me regarde dans les yeux.

— Essaye quand même.

— J'ai toujours pensé que mon mariage serait plus... réel.

Il hoche la tête.

— Et mes parents… J'ai toujours pensé qu'ils seraient là, dis-je en prenant un poivron rouge. Ils me manquent.

— Je suis désolé.

— Lizzy… Elle pense que je suis stupide de te laisser me malmener.

— C'est ce que je fais ?

— Parfois.

Je mâche, puis j'avale. Il me reste la moitié de mon assiette. J'essaye de retrouver mon appétit. Il y a un mois, j'aurais tué pour un tel repas.

— Elle croit que je le fais pour elle.

— Et ce n'est pas vrai ?

— Si. Mais elle ne veut pas… Elle a toujours cette impression que j'essaye de tout contrôler.

Je joins les mains tout en réfléchissant. J'essaye de protéger Lizzy, certes, mais c'est mon travail. C'est ma petite sœur, même si elle n'est plus un bébé depuis longtemps.

Son expression est grave.

— Tu veux en parler ?

— Non. Toi et ta sœur, vous ne vous entendez pas bien. Je ne suis pas certaine de vouloir tes conseils.

— J'aimerais t'aider, pourtant.

— Tu m'aides, dis-je. Cet argent va changer ma vie.

— Plus que ça.

Il me regarde dans les yeux, replace mes cheveux derrière mon oreille.

— Je veux te rendre heureuse.

J'ai des papillons dans le ventre. Blake ne sait pas ce qu'il me fait. Il ne sait pas l'effet qu'il a sur moi. Il ne sait pas à quel point c'est injuste.

J'inspire profondément.

— Ne fais pas ça.

— Quoi donc ?

Ses doigts m'effleurent le cou. Les épaules.

— Ne dis pas des choses aussi sirupeuses.

— Mais j'ai *envie* de te rendre heureuse.

— Arrête.

C'est exactement comme à la piscine. Je suis à deux doigts de me faire engloutir, mais quelque part, je pense que ça va aller.

— Tu es importante pour moi, dit-il.

Je ferme les yeux, me délectant de la sensation de ses mains sur ma peau.

Je veux tout.

Tout de lui.

— Blake. Ne fais pas ça. Si tu dois murmurer quelque chose, murmure une promesse coquine.

Il pose ses lèvres dans mon cou. Puis sur mon oreille.

— Je veux te faire jouir.

Mon sexe réagit. C'est mieux.

— Comment ?

— Plaquée contre le mur, et tu m'imploreras de t'en donner plus.

Je hoche la tête et il fait remonter sa main le long de ma cuisse.

— C'est tout ce que tu veux de moi, Kat ?

— C'est tout ce que j'aurai.

— Cc n'cst pas vrai.

— Est-ce que tu m'aimeras un jour ?

— Non.

— Alors, oui. C'est tout ce que je veux.

Il m'embrasse à nouveau dans le cou.

C'est doux et tendre.

Mais ce n'est que sexuel.

Il faut que ça reste seulement sexuel.

Si je ne prête pas attention, je vais avoir le cœur brisé.

Je me racle la gorge.

— Commandons du dessert.

Il perd le contrôle pendant une seconde. Il fronce les sourcils, comme s'il essayait de me comprendre. Puis il regarde mon assiette à présent presque vide et acquiesce.

— Ensuite, je rentrerai en métro, annoncé-je. Je n'ai pas encore choisi mon école et je suis certaine que tu as beaucoup à faire au bureau.

Il me regarde.

— Non.

— Comment ça, non ?

— Je veux dire que tu ne rentres pas chez toi. Tu viens chez moi.

— Non.

— Tu n'as qu'une façon de dire non, Kat, et ce n'est pas ce mot-là.

Son expression s'endurcit.

— Tu rentres avec moi ce soir.

Ne voit-il pas que j'essaye de me protéger ?

Peut-être qu'il s'en fiche. Cet homme n'a pas besoin de protection. Il est froid, distant et insensible à la douleur qui découle de l'amour.

Je me lève d'un bond.

— Je rentrerai chez moi toute seule, dis-je en soutenant son regard. Maintenant, si tu veux bien m'excuser, je vais aux toilettes.

Le regard de Blake est intense. Je me détourne, mais je le sens toujours sur moi.

Je ne comprends pas.

Il dit que je compte pour lui. Alors, pourquoi me taraude-t-il ainsi ? Pourquoi m'offre-t-il des bribes de lui ? Pourquoi me fait-il tomber amoureuse ?

Je ne vais pas y arriver.

Pas s'il continue de me fourrer son cœur sous le nez.

Pas s'il fait semblant de m'en offrir davantage.

Les toilettes sont au bout d'un petit couloir. Je tire la porte et entre.

C'est beau. Cossu.

Le comptoir est en marbre, le miroir immaculé, le lavabo un rectangle de porcelaine.

J'ouvre le robinet et m'éclabousse le visage. Pas de maquillage aujourd'hui. Rien à nettoyer.

Je suis simplement Kat, ou peut-être la coquille vide qu'il reste de Kat à cause de l'effet produit par Blake.

La porte s'ouvre. Je regarde le miroir, essayant de l'ignorer. Ce sont des toilettes publiques, rien d'étonnant.

— Ce n'est pas notre accord.

Quoi ? C'est Blake.

Je me frotte les yeux et regarde une deuxième fois pour en avoir le cœur net.

— Ce sont les toilettes des femmes, dis-je.

Il jette un œil alentour, entre les portes des compartiments et le sol. Il n'y a personne. On n'entend pas un bruit. C'est propre. C'est même plutôt joli.

Il retourne à la porte et tire le verrou.

Ses yeux passent lentement sur moi. Son souffle s'accélère.

— Retire tes vêtements.

Je recule, mais je suis coincée contre le lavabo.

Sa voix devient plus basse.

— Ne m'oblige pas à te le demander deux fois.

Chapitre Vingt-Sept

M on entrejambe s'embrase.

Mes joues rougissent.

J'ai passé une bonne partie de la journée nue, mais pas dans ce contexte.

Ça n'a jamais été aussi invitant.

Je soutiens le regard de Blake. Il est avide, exigeant.

Il est quelque part entre le Blake que je ne comprends pas et celui que je comprends à cent pour cent.

Je ne suis pas certaine que cela importe.

Je veux me donner à tous les Blake.

Je veux céder à tous les Blake.

L'ennui, c'est que je désire plus que ce Blake guindé ne souhaite m'en donner.

Il fait un pas vers moi.

— Kat. Tout de suite.

Sa voix est grave. En l'entendant, je sens mon sexe se contracter.

Elle me tranquillise, cette voix.

Tout ceci a un sens.

Tandis que le reste… pas vraiment.

Je passe mon pull par-dessus ma tête et le laisse tomber à terre.

Ses yeux se fixent sur les miens.

Ses pupilles se dilatent.

Il en a envie autant que moi.

Il en a besoin autant que moi.

Blake ne me comprend pas non plus. Pas la version vêtue de mon être, du moins.

J'abandonne mon t-shirt à côté de mon pull.

Toutes les pensées qui courent dans mon esprit s'apaisent. Pour le moment, je suis à Blake et il est à moi. C'est tout ce qui compte.

Je dégrafe mon soutien-gorge et le fais glisser sur mes épaules. Mes tétons durcissent. Un frisson me parcourt.

J'ai déjà été nue avant, mais jamais aussi exposée.

La chaleur se propage entre mes cuisses. Il y a quelque chose de parfait dans cette situation. Je veux qu'il me regarde, qu'il pense à moi, qu'il me désire.

— Touche-toi les seins, m'ordonne-t-il.

Sous ses yeux, un frisson me dévale le dos. Je me frotte un mamelon avec le pouce.

Je lui rends son regard tout en m'exécutant.

Un autre tremblement me saisit. Mon souffle est saccadé. Mon cœur s'emballe. Mon corps tout entier palpite.

Je fais glisser mes doigts sur mes tétons comme il a l'habitude de le faire. J'ai envie de fermer les paupières pour pouvoir véritablement m'imprégner de cette sensation, mais je les force à rester ouvertes.

Sa langue passe sur ses lèvres. Il me fait signe de m'approcher.

Je fais trois pas vers lui, jusqu'à ce que nous soyons assez proches l'un de l'autre pour nous toucher.

Blake m'attrape par les hanches. Il tire mon corps contre le sien, le bassin en avant. Il bande.

Putain ! C'est tellement bon de le sentir bander. Je ne m'en lasserai jamais.

Ses mains glissent sur mes épaules et mon buste, puis il les fait remonter le long de mes côtes et sur mes seins.

Je hoquette quand il entreprend de jouer avec mon mamelon. C'est bien meilleur que ma main. Tellement mieux.

Je lutte pour garder les yeux ouverts, braqués sur les siens.

Une onde de chaleur me traverse. Chaque effleurement de ses doigts attise le feu à l'intérieur de moi.

La tension croît entre mes cuisses. J'ai déjà besoin de lui. J'ai désespérément besoin de lui.

Je frotte mon entrejambe contre le sien, me délectant de la sensation de son érection.

Il tire sur mon jean.

— Tourne-toi vers le miroir.

C'est ce que je fais. Mon cou est pressé contre son visage. Il y frotte ses lèvres. Puis ce sont ses dents. Brutales, cette fois. La douleur m'embrase, retenant toute mon attention. Je m'agrippe à nouveau à sa veste.

— Pas avant que je ne t'aie donné la permission.

Il enfonce les dents dans son cou pour me tester.

— Garde les mains contre toi.

Je m'accroche aux coutures de mon jean. Tout est bon pour forcer mon corps à coopérer.

Blake me mordille la nuque, les oreilles, la clavicule. Ses morsures sont tellement bonnes ! Un picotement m'électrise.

Toute pensée consciente a disparu depuis longtemps. Cet homme est tout ce que je connais, tout ce que je ressens. Je ferme les yeux et m'imprègne de la sensation de sa bouche, de ses dents, de sa langue.

Je pousse un grognement grave.

Il me tire les cheveux, faisant basculer ma tête en arrière, et continue de me mordiller, encore et encore. Mes mains tremblent à présent. Elles ont terriblement envie de le toucher. *J'ai* envie de le toucher.

Mais il faut que j'attende.

Il colle la bouche sur mes mamelons et suce avec vigueur. C'est tellement bon que je peux à peine le supporter.

L'extase monte, mon sexe frémit. J'ai désespérément envie que tout s'apaise.

La douleur m'éperonne quand il mordille mon téton. Mes mains se dirigent instinctivement vers ses cheveux, mais je me retiens. Les mains le long du corps. Ce sont les règles.

Blake se dirige vers mon autre sein. Il suce, mordille et lèche. Le plaisir et la douleur tourbillonnent en moi. La sensation est tellement forte que mes jambes se dérobent. Je n'ai rien à quoi me raccrocher.

— Ouvre ton jean.

Il fait un pas en arrière pour regarder.

Mon corps se glace, le suppliant de rester proche. Pour le moment, Blake est la seule chose dont j'ai besoin.

Mais je dois jouer le jeu selon ses règles. Je pousse un soupir tremblant et je fais ce qu'il me demande.

Ses yeux rencontrent les miens.

— Touche-toi.

Je baisse mon jean jusqu'à mes genoux, puis ma culotte. Mon souffle se fait court. Je suis quasiment nue.

Les pupilles de Blake se dilatent.

Mes doigts descendent jusqu'à mon nombril. Presque …

J'effleure mon clitoris. J'ai terriblement envie de jouir, mais je veux que ce soit Blake qui le fasse.

— Je ne veux pas que tu fasses semblant, Kat, dit-il à voix basse. Touche-toi vraiment.

Mon sexe se contracte. Je soutiens son regard tout en me frottant. Le plaisir monte en moi. Je rougis.

Je me masturbe pour lui dans des toilettes publiques, et ça me plaît. Que m'arrive-t-il ?

— Tu veux jouir, Kat ?

— Oui, dis-je dans un souffle.

Mon doigt décrit des cercles autour de mon clitoris. Je palpite. J'en ai tellement envie.

— Tu veux me toucher ?

Seigneur, oui. J'acquiesce.

— Oui.

— Viens ici.

Je fais un pas vers lui. Assez près pour le toucher à nouveau.

— Plus près.

Je presse mon corps contre le sien. Ses doigts s'aventurent sur mes hanches, mon ventre, mes seins. Il me pince les mamelons tellement fort que je hoquette.

Il plaque ses lèvres contre les miennes. C'est un baiser agressif. Autoritaire.

Je m'enflamme. Chaque partie de mon être ressent du plaisir, ressent son corps.

Il recule, ses lèvres au-dessus de mon oreille.

— À genoux.

Bon sang, oui ! Je tombe à genoux, m'accrochant à ses hanches pour garder l'équilibre.

Blake baisse les yeux. Il défait sa ceinture, ouvre son pantalon.

Je m'humecte les lèvres. On y est presque.

— Kat, regarde-moi.

Je m'exécute.

— Tu veux jouir ?

— Oui.

— Tu veux me sucer la queue ?

— Oui.

— Alors, touche-toi.

Il enfouit sa main dans mes cheveux, me maintenant en place.

Quant à moi, je glisse une main entre mes jambes.

Je ne me retiens plus.

Je me frictionne le clitoris plus fort. Plus vite.

Le plaisir monte.

Presque …

De sa main libre, Blake baisse son pantalon jusqu'à ses genoux. Puis son boxer tendu par sa verge.

Le désir me submerge. J'enfonce un doigt dans mon sexe. Hum. C'est presque aussi bon que lui.

Il presse une paume contre l'arrière de ma tête pour me rapprocher. Je frotte les lèvres contre sa queue.

Elle a bon goût : un soupçon de savon… et du pur Blake.

Je lui agrippe la hanche pour garder l'équilibre, mais il repousse ma main.

— Frotte-toi les seins, m'ordonne-t-il.

Mes genoux sont au sol, je n'ai rien à quoi me retenir. Aucun moyen de rester en équilibre.

J'insère deux doigts dans mon sexe.

De l'autre main, je me frotte les mamelons.

Le plaisir déferle dans mon corps. J'y suis presque, mais je ne peux pas encore jouir.

Je ne peux pas jouir avant de l'avoir pris dans ma bouche.

Blake enfonce les deux mains dans mes cheveux, retenant ma tête en place.

Je fais courir ma langue sur son gland, savourant son goût.

Il presse ses mains des deux côtés de ma tête, me guidant sur sa verge.

Je la prends dans ma bouche et lui suce le gland.

Il grogne et donne des coups de reins tout en me retenant à deux mains.

Lentement d'abord, puis plus vite. Plus profond. Je presse ma langue à plat contre sa queue, le suçant tandis qu'il me ramone la bouche.

Blake gémit. Je fais pénétrer mes doigts plus profond dans un effort désespéré pour m'harmoniser à son rythme.

Le plaisir est à son comble. Les sensations sont telles que c'en est presque trop.

Il me baise la bouche. Plus fort. Plus loin. Je détends ma gorge, réprimant un haut-le-cœur.

J'ai besoin de l'accueillir aussi profondément qu'il voudra bien aller.

Il me tire les cheveux, à présent. Sa respiration devient enfiévrée. Éperdue.

— Jouis pour moi, Kat !

Je m'abandonne aux sensations, mes doigts répondant à sa cadence.

Plus brutal, plus intense, plus absolu. Le plaisir se concentre en moi. Il ne cesse de croître à chacun de ses grognements.

Nous y sommes presque.

Il me tire vivement les cheveux et cette explosion de douleur me fait presque basculer.

Mon corps est en feu. Tout est trop. Trop de plaisir, trop de douleur, trop de sensations.

Enfin, je comprends ce que c'est que d'en vouloir toujours plus.

Mon Dieu ! J'en veux plus.

Je bouge plus vite. Je suce plus fort. Je me pince le mamelon jusqu'à gémir. Un orgasme me propulse vers les sommets. C'est tellement pressant, soutenu, tellement bon.

L'extase me saisit alors qu'il va et vient dans ma bouche.

Encore un aller-retour de mes doigts et je jouis.

L'orgasme m'emporte. Mon sexe palpite, mes cuisses tremblent. C'est tellement délicieux !

Je le suce, tentant désespérément de contenir la sensation.

Mais ça ne suffit pas. Je dois me rattraper à ses hanches afin de conserver mon équilibre.

Il baisse alors les yeux vers moi et me maintient immobile tout en continuant de pénétrer ma bouche.

Blake grogne. Ses paupières se ferment. Ses ongles raclent mon cou.

De son autre main, il me tire les cheveux. Plus fort, toujours plus fort. Je geins contre son sexe.

C'est plus qu'une légère douleur, cette fois, mais c'est parfait. Il me désire à la folie.

— Putain, lâche-t-il.

Il donne un ultime coup de reins alors que l'orgasme le submerge. Me cramponnant la tête, il se déverse dans ma bouche.

J'attends qu'il ait terminé et je déglutis.

Blake relâche sa prise. Je retombe à quatre pattes, reprenant mon souffle. Mon cœur s'emballe toujours. Mon corps est toujours surexcité.

Il m'offre ses mains. Je les prends et il me redresse.

Blake m'aide à renfiler ma culotte et mon jean, puis ses doigts effleurent mes hanches, mes côtes, ma poitrine, mon cou.

Je croise son regard. Je suis toujours torse nu, mais ce n'est pas la raison pour laquelle je me sens exposée.

Le rouge me monte aux joues. Mon attention se braque au sol.

Il passe une main à travers mes cheveux, la même douce caresse qu'avant.

— Ça va ?

J'acquiesce.

Il ajuste son pantalon puis s'agenouille et m'aide à finir de m'habiller.

Enfin, ses yeux trouvent les miens.

— Tu es prête à rentrer ?

Je hoche la tête. Cette relation risque de me briser le cœur, mais mon cœur en redemande. Il exige tout de Blake, tout le temps.

C'est la seule façon dont je peux le posséder.

Chapitre Vingt-Huit

Nous mangeons notre dessert sur le canapé de Blake. Bien entendu, il s'est arrangé pour que du riz au lait et des mangues nous attendent à son appartement. Cet homme sait tirer les ficelles d'une façon inimaginable.

Je zappe d'une chaîne à l'autre. Je m'arrête sur une rediffusion de *Grey's Anatomy* et il regarde avec une fascination non dissimulée.

— Qu'est-ce que c'est que ce truc ? demande-t-il.

— C'est une série géniale où tous les médecins et les infirmières couchent ensemble. Je la regardais avant, avec Lizzy.

Quand je n'étais pas trop occupée pour avoir le temps de passer des heures devant Netflix.

— Pourquoi ?

— C'est de la télé. C'est amusant. Tu ne regardes jamais la télé juste pour te vider la tête ?

Il me dévisage comme si j'étais folle.

— Non, bien sûr que non, dis-je à sa place. Quand tu

as trois heures de libres dans la semaine, tu les passes toutes à quoi ? À jouer aux échecs ?

— Non. Je les passe à baiser des femmes magnifiques.

— Vraiment ?

Il hausse les épaules.

Je ris. Blake plaisante. C'est bizarre, mais c'est génial.

Il prend une cuillerée de riz collant et la glisse dans ma bouche. Un soupçon sucré et crémeux de noix de coco. En effet, c'est très collant. La dernière fois, c'est lui qui l'était…

J'enfonce les ongles dans mes cuisses pour ne pas réagir. J'aimerais qu'on puisse entrer en connexion aussi quand on est habillés.

Je lèche la cuillère. Blake hausse un sourcil comme pour dire *hum, tu aimes vraiment ce riz au lait.*

Je lui fais un doigt d'honneur.

Il sourit. Mon cœur bat à tout rompre dans ma poitrine.

C'est bien. Son sourire m'excite. Je peux l'accepter. Ça ne signifie pas que nous sommes sérieux.

Quelle femme ne glousserait pas devant un sourire parfait ?

Surtout aussi rare que celui de Blake.

— Et tu te dégageais du temps pour regarder cette série ? demande-t-il.

— Pas ce programme en particulier. Mais c'est important de se détendre.

Je mange la mangue avec les doigts. Le jus coule sur mes mains.

Blake la prend et passe sa langue sur ma peau, léchant la moindre goutte. Ses yeux se connectent aux miens.

— Tu ne te relaxes jamais si je ne te force pas à le faire, dit-il.

— J'avais l'habitude de déjeuner avec ma sœur.

Et je passais tout le repas à me stresser à propos de l'addition.

— C'était très relaxant, continué-je.

Il me regarde comme s'il ne me croyait pas.

— Suis tes propres conseils, Kat. Que fais-tu, simplement pour toi ?

— Je ne sais pas.

— Tu dois te faire plaisir.

Il fait courir son doigt le long de mon cou.

— Tu mérites tout ce que le monde a à offrir.

Il me regarde comme s'il me promettait le monde entier, mais je ne veux que ça. Qu'il me regarde comme si j'étais la seule chose au monde, comme si j'étais la chose qu'il veuille explorer.

La chaleur m'envahit, se concentrant dans mon ventre. Ce n'est pas un empressement fébrile après ce qui s'est passé dans les toilettes. Ce n'est pas le fait de le toucher. Pas physiquement.

Je m'éclaircis la gorge.

— Et que m'offres-tu ? Quelque chose de mieux que le monde ?

Ses lèvres forment un sourire, puis – Dieu merci, je suis assise, parce que mes genoux faiblissent – il éclate de rire.

C'est un rire profond. Un rire parfait. Ses yeux s'illuminent et une petite fossette apparaît sur sa joue.

Il écarte une mèche de mes yeux.

La couverture réchauffe mon oreille alors qu'il se penche plus près.

— Bien mieux que le monde.

— Et qu'est-ce que c'est ?

Il désigne du menton une boîte rangée sur l'étagère. Un jeu d'échecs.

— L'opportunité de gagner.

— Ah oui ?

— À moins que tu ne craignes les défis.

Survivre aux mois qui vont venir en sa compagnie sans me désagréger ?

— Jamais.

Il dispose l'échiquier sur la table basse. Nous disputons une dizaine de parties. Toujours le même handicap pour Blake. Pas de reine. Je parviens à gagner plusieurs fois. Mais en vérité, je n'ai pas la tête à la stratégie.

Je ne pense qu'à lui. À ses doigts qui glissent sur les pièces ou bien sur son menton pendant qu'il réfléchit. Sa frustration attendrissante quand il perd une pièce. La façon dont ses yeux s'écarquillent et s'éclairent. Une nouvelle idée, quelque chose qui l'excite.

Son sourire.

Cette fossette sur sa joue.

Son rire.

Son rire parfait.

Mon cœur s'emballe. Toute cette énergie nerveuse pour un jeu de stratégie. Cela ne me ressemble pas. Je parviens à me débrouiller avec des gens qui me crient dessus, avec six tables qui me réclament simultanément, sans aucun moyen de régler les factures du mois suivant.

Je me débrouille toujours.

— Je devrais vraiment aller me coucher.

Je bâille exagérément pour faire croire à mon excuse.

Blake plaque ses lèvres contre les miennes.

— Je viens avec toi.

Il va *dormir* avec moi ? Je hoche rapidement la tête. Avec enthousiasme. Je pars d'un pas presque sautillant.

Je me brosse les dents et enfile un pyjama que j'ai trouvé dans la commode. Ma taille, mon style. Je ne sais pas où il a déniché ça ni qui l'a acheté.

La seule chose qui m'importe, c'est qu'il soit là.

Que nous soyons là tous les deux.

Il m'attire dans son lit. Ses lèvres frôlent les miennes. Nous n'avons jamais échangé un baiser aussi doux et prévenant.

Il me tient contre lui jusqu'à ce que je m'endorme.

Il m'étreint comme s'il m'aimait.

———

JE ME RÉVEILLE DANS UN FRISSON. PAS DE BRAS AUTOUR DE moi. Personne dans le lit. L'appartement est silencieux. Vide.

Il y a un mot sur le plan de travail.

JE SUIS PARTI AU TRAVAIL PLUS TÔT. JE SERAI RENTRÉ VERS 20 h si tu veux rester. Sinon, commande un taxi et utilise ma carte de crédit. J'insiste.

Fais comme chez toi.

Blake.

À LA MAISON VERS 20 H. C'EST ENCORE TÔT. DANS douze bonnes heures.

Je farfouille dans la cuisine. Il y a du café, du thé, des céréales, du lait. Et c'est à peu près tout. Il y a beaucoup de choses à faire dans cette partie de la ville. Je pourrais passer la journée entière dans le parc. Ou au Metropolitan Museum.

Mais je ne vais pas réorganiser ma journée autour de Blake. Même si son appartement est agréable et si j'ai envie de me balader dans Central Park, je ne vais pas rester ici.

Je me prépare des céréales et du café et je m'assieds sur le balcon. Il fait plus chaud aujourd'hui, mais le fond de l'air est toujours frais. Je m'enroule dans une couverture et dessine la vue sous différents angles.

Cet appartement me manquera.

Blake me manquera encore plus.

J'essaye de repousser cette pensée, mais elle s'accroche dans mon esprit.

La seule perspective pire que de rester avec lui, c'est de m'en aller.

Chapitre Vingt-Neuf

À 20 h 05, je reçois un texto.

Blake : Merde, tu n'es pas là. Et moi qui espérais que tu allais m'accueillir toute nue.

J'en ai le souffle coupé. C'est ainsi qu'il me veut. Coincée dans son appartement, prête dès la seconde où il rentrera. Le parfait cliché d'une future épouse !

Bien sûr, ça ne me dérangerait absolument pas de le voir nu. Je ne verrais certainement pas d'inconvénient à ce qu'il me renverse sur le canapé et me baise à en perdre la raison.

Je secoue la tête.

J'ai besoin de contrôler mes sentiments débordants.

Nous avons un accord. Ce sont les affaires, et je dois m'assurer que ça le reste.

Point barre.

Kat : Tu aurais peut-être dû me proposer de m'accueillir nu.

Blake : Viens. Tu verras.

Kat : Je ne peux pas. Je dois bosser sur mon portfolio. Le dossier pour Columbia est à rendre la semaine prochaine.

Mes doigts restent suspendus au-dessus de l'écran du

téléphone. C'est une semi-vérité. La date limite pour le dépôt des candidatures est la semaine prochaine, mais pour le portfolio, j'ai encore un mois.

J'ai besoin de trouver comment prendre de l'élan avant de plonger.

Où que ce soit.

———

PENDANT TOUTE LA SEMAINE, NOS TEXTOS SONT SIMILAIRES.

Il m'invite à venir ou bien me propose qu'on se retrouve quelque part pour baiser.

J'évite en prétextant du travail.

J'ai presque l'impression qu'il a envie de moi.

Non, j'en suis certaine. Simplement pas comme j'aimerais.

Blake : Tu dois avoir besoin de faire une pause, maintenant.

Oui, désespérément.

Kat : Je suis trop fatiguée pour aller au centre-ville.

Blake : Je viens te retrouver.

Kat : Et coucher avec toi alors que ma sœur est dans la pièce d'à côté ?

Blake : Non. Dans ma limousine.

Mon sexe se contracte.

Blake : On a des réservations pour aller dîner samedi prochain. Au centre-ville à dix-huit heures. Avec maman et Fiona.

Kat : Tu as déjà pensé à me demander mon avis ?

Blake : Acceptes-tu de dîner avec moi ?

Kat : Oui.

Blake : Amène Lizzy. Ma mère veut la rencontrer.

Kat : Bien sûr. Pour Meryl, pas pour toi.

Blake : Bien entendu. Je ne me fais pas d'illusion quant à la raison pour laquelle tu fais tout ça.

Et pourtant… Ce n'est pas simplement pour Meryl.

C'est aussi pour lui. Ou peut-être pour moi. Parce que j'ai envie d'être en sa compagnie. Seulement, j'ai besoin de découvrir comment je peux passer du temps avec lui sans tomber plus amoureuse que je ne le suis déjà.

Blake : Maintenant, Kat, est-ce que je peux te faire jouir dans ma limousine ?

Kat : On a besoin de se parler ?

Blake : Rien que pour s'échanger des promesses coquines.

Kat : Laisse-moi un quart d'heure pour me préparer.

Blake : Ne porte rien sous ton manteau.

———

BLAKE EST ASSIS SUR LE SIÈGE. IL PORTE UN COSTUME ET une cravate, l'image même de la confiance en soi.

Ses yeux rencontrent les miens. Ils exigent tout.

Des promesses sensuelles. On ne se fait que des promesses sensuelles ce soir. Ce soir et pour toujours.

— Retire ton manteau, m'ordonne-t-il.

Mon corps obéit avant que ma tête ne puisse protester.

Je fais glisser le manteau le long de mes épaules.

Je ne suis pas entièrement nue. Je porte des bas jusqu'aux cuisses et des talons.

Il observe mes bas d'un air approbateur.

— Ils n'étaient pas sous mon manteau, techniquement, dis-je.

Il affiche un demi-sourire. Il doit apprécier les formalités. C'est dans son style.

La limousine quitte la rue.

Je presse les paumes contre mes hanches. J'ai besoin de me donner une contenance.

C'est pour moi. Parce que j'ai envie de lui, je veux cette distraction. J'aimerais que mes pensées soient à des milliers de kilomètres de là.

Il se penche en arrière, écartant les jambes.

— Allonge-toi sur la banquette. Sur le dos.

Lentement, j'étends mon corps sur le siège en cuir froid.

Il se penche à côté de moi, effleure l'intérieur de mes cuisses du bout des doigts.

Sa caresse est légère. Superficielle. Je devrais être habituée à ses gestes, mais c'est impossible.

Mon corps en désire davantage.

Blake sort une bouteille de champagne d'un seau à glace.

Il écarte le goulot de la bouteille loin de moi et fait sauter le bouchon qui rebondit sur le plafond et atterrit par terre. La mousse se déverse.

Une goutte frappe ma poitrine. C'est froid. Et poisseux.

Une chaleur intense se répand dans ma poitrine. Il ne me touche pas. Il ne lèche pas cette goutte. J'en ai besoin. C'est tout ce que je veux.

Ça fait trop longtemps.

Blake retire rapidement sa veste de costume.

— Lève les bras au-dessus de ta tête.

Mon corps obéit immédiatement.

Il place la bouteille à cinq centimètres au-dessus de ma bouche et fait dégouliner du champagne sur mes lèvres.

Je lèche les bulles. Ma langue est avide. Tout en moi est avide. J'ai besoin de ce nectar sucré et fruité. J'ai besoin qu'il me délivre de mes inhibitions.

Blake trace une ligne sur mon corps avec le champagne, de mes lèvres jusqu'à mon nombril, avant de remonter.

Il dépose un baiser sur mon bassin. Puis c'est sa langue sur ma peau, lapant la moindre goutte.

Il remonte vers mon ventre. Ma poitrine. Mon cou.

Il suce ma peau pour tout lécher.

Ses doigts frôlent l'intérieur de mes cuisses. Cette caresse me fait trembler. Il met trop de temps. Je ne peux pas attendre. Je patiente déjà trop.

Puis il m'embrasse et j'ai tout ce dont j'ai besoin. Nous échangeons les sensations comme par un effet de vases communicants. Seulement, je ne saurais pas les identifier.

Il a besoin de moi.

J'ai besoin de lui.

Pour le reste, je ne sais pas.

Son baiser est affamé. Exigeant.

Quand il recule, il halète.

Il baisse les yeux vers moi, un mélange d'affection et de désir emplissant son regard.

— Ça va ?

— Parfaitement bien.

Il défait sa cravate et la serre dans son poing.

Puis il s'active, liant mes poings et les attachant.

Je me retrouve une fois de plus à sa merci.

— Je t'en prie, dis-je en cambrant le dos. Baise-moi.

— Je vais te baiser si fort que tu vas voir des étoiles.

Je hoche la tête. Oui. Tout de suite.

— Mais tu dois attendre.

Non. Je déteste attendre. Il me fait toujours attendre.

Ses yeux restent collés aux miens alors qu'il se débarrasse de sa chemise. Puis de sa ceinture. De ses chaussures. De ses chaussettes. De son pantalon.

Il fait glisser son boxer à ses pieds.

Mon sexe se contracte. Nous sommes nus ensemble dans cette voiture. Nous sommes tout près du but que nous convoitons tous les deux.

Il referme la main autour du goulot de la bouteille de champagne. Son doigt glisse sur le rebord.

Puis ce sont ses lèvres.

Quel allumeur !

Il fait couler du champagne sur ma bouche.

C'est génial, mais ce n'est pas ce que je désire.

Je me cambre, la seule façon que je connaisse pour l'implorer. J'aime être à sa merci, mais il se montre trop impitoyable.

Blake trace une autre ligne le long de mon cou, de mes seins, de mon ventre. Cette fois, il s'arrête à mon nombril.

C'est comme s'il promettait de continuer avec sa langue.

Comme s'il promettait de me donner enfin ce dont j'ai besoin.

Sa langue glisse dans mon cou. Elle est plate, mouillée, infiniment douce.

Le plaisir tourbillonne en moi. Mes nerfs s'éveillent ainsi que mon corps tout entier. C'est là. Dans cet instant. Une palpitation de désir.

Il continue jusqu'à mes seins. Sa langue glisse sur son mamelon. Puis il le lèche. Une vague de plaisir me parcourt. Il recommence.

Encore.

Et encore.

La chaleur se rassemble dans mon sexe tandis qu'il m'allume ainsi. C'est tellement bon. Mais ça ne me suffit pas…

Je tremble quand il abandonne mon téton. Il fait courir sa bouche sur mon ventre, léchant chaque goutte, puis il descend lentement sur mon corps. Ses caresses se font plus douces alors qu'il se dirige vers mon nombril.

Puis en dessous.

— Je t'en prie, dis-je dans un souffle.

J'écarte les jambes au maximum.

— Demande-moi.

Il presse sa main contre ma hanche, me plaquant sur le siège.

— Baise-moi, Blake. Je t'en prie, baise-moi. J'ai besoin que tu me pénètres. J'ai besoin que tu jouisses en moi.

Il se penche et sa bouche s'empare de mon mamelon.

Le plaisir submerge mon corps.

— Je t'en prie.

Je cambre le dos afin de pousser mon sein dans sa bouche.

— Je t'en prie.

Ses dents raclent mon téton. Ses mains se referment autour de mes cuisses. Oui. Oh, oui. Le désir est surpuissant.

Blake fait glisser ses lèvres sur mon ventre, juste sous mon nombril.

Plus bas.

Toujours plus bas.

Là.

Sa langue danse sur mon clitoris.

Je me penche en arrière, me détendant dans mes liens alors qu'il me lèche de haut en bas.

Ses ongles sont durs contre mes cuisses. Sa langue se déplace avec une précision parfaite. Chaque mouvement fait naître en moi une nouvelle vague d'extase.

Presque …

Je presse mes cuisses contre ses mains. Ses ongles m'entament la chair. L'explosion de douleur suffit à me faire partir au quart de tour. Un orgasme revient à la charge. Il se rapproche, meilleur et plus intense. Puis tout se libère en une vague parfaite de plaisir.

Blake est rapide. Ses mains autour de mes épaules, il positionne son corps au-dessus du mien.

Son poids est tellement bon.

Il est chaud.

Il me tient les hanches alors qu'il me pénètre d'un coup de reins.

C'est fort. Profond. Trop rapide, et pas assez. C'est trop, mais ce ne sera jamais suffisant.

Je me cambre et lève les hanches pour l'accueillir plus profondément.

Il grogne lorsque nos corps s'unissent.

Il me regarde dans les yeux pendant qu'il me baise.

D'une main, il colle mon épaule au siège de la banquette. L'autre me tient fermement en place.

Je m'abandonne.

Je me perds dans les mouvements de son corps.

Chaque pénétration me donne l'impression d'être à la fois entière et insatisfaite. C'est tellement bon de le sentir en moi, pourtant ça ne suffit pas. J'ai besoin d'en avoir plus. J'ai besoin de tout.

Il ondule plus fort. Plus loin.

Un orgasme remonte en moi. Je gémis. Je halète. Je grogne son nom.

J'arc-boute les hanches pour aller à sa rencontre, pour le faire pénétrer plus profondément.

Là.

Le plaisir parcourt mon corps au moment de l'extase. Il me met K.O. Mes muscles se détendent, une jambe glisse de la banquette. L'autre est toujours pressée contre son dos.

Les mains de Blake sont sur mon menton.

Il me contemple avec ce mélange parfait de désir et d'affection.

Il dépose un baiser éperdu sur ma bouche, son corps contre le mien.

Puis il me pénètre avec force.

Les mains sur mes fesses, attirant mon corps contre le sien, il me pilonne avec vigueur.

Comme si j'étais son jouet.

Comme si j'étais exactement ce dont il avait besoin.

Il lâche un râle dans ma bouche. Ses ongles s'enfoncent dans la chair de mes fesses.

Ça y est. Sa queue palpite alors qu'il jouit, me remplissant, posant sa marque sur moi.

Il s'écroule, ses lèvres dans mon cou.

Je reprends ma respiration alors qu'il se rhabille et défait le nœud de la cravate.

— J'aimerais que tu viennes chez moi.

Il me prend la main et dépose un baiser sur mon poignet.

— Si tu acceptes.

— J'ai trop de choses à faire.

Je lui rends son regard. Il était sincère. Il veut être avec moi. Même si c'est ce que je souhaite aussi, c'est du contraire que j'ai besoin.

— Bien sûr.

Il hoche la tête et se cale sur la banquette.

En fait, il a l'air… triste.

Nous gardons le silence tandis que la limousine retourne à mon appartement.

Elle s'arrête.

Blake glisse mon manteau sur mes épaules et referme les boutons. Puis il s'agenouille devant moi et remonte mes bas sur mes jambes, l'un après l'autre. Ensuite, il passe aux bottes.

Il fait courir le bout de ses doigts sur mes mollets, puis à l'intérieur de mes genoux.

— Je te verrai un autre jour.

Mais quelle Kat désirera-t-il alors ?

Chapitre Trente

L izzy est contrariée par ce dîner.

Ou bien par cet accord qui continue de me lier à Blake.

Ou encore par le fait que je « me mente à moi-même ».

Elle passe l'après-midi dans sa chambre en s'excusant successivement de faire ses devoirs et de choisir une tenue.

Je frappe à sa porte à dix-sept heures. Le trajet en métro jusqu'au centre-ville nous prendra au moins une demi-heure. Je ne veux pas rendre la chose plus difficile pour elle en la forçant à prendre un taxi.

Je reste bouche bée quand elle m'ouvre. Elle est tellement jolie. Tellement adulte.

Ses cheveux sont rassemblés en un chignon élégant. Son maquillage est léger et subtil. Sa robe noire très chic lui va à merveille.

— Tu es belle, dis-je.

— Merci, toi aussi, répond-elle. On y va ?

— Dans une minute.

J'observe ma sœur attentivement. Nous nous sommes à

peine adressé un mot depuis notre dispute dans la boutique. Elle me manque. Notre camaraderie me manque.

Je vérifie mon téléphone pour voir si j'ai des nouvelles de Blake.

Il y a quelques textos de bonne nuit. Puis une relance avec l'adresse du restaurant. C'est tout.

Il ne me désire peut-être pas. Je n'en sais rien. C'est déroutant.

Je fourre mon carnet dans mon sac. C'est une nouvelle habitude. Au cas où l'inspiration viendrait. J'ai toujours beaucoup de travail à effectuer pour mon portfolio.

— Écoute, Kat.

Lizzy regarde son pied et le presse par terre.

— Ça ne fait rien. On en parlera plus tard.

— Tu es sûre ?

— Oui, dit-elle en ouvrant la porte. À propos de l'autre jour… je sais que j'aurais dû…

— C'est bon. Je comprends.

Je la suis à l'extérieur.

———

LE RESTAURANT EST BEAU. ROMANTIQUE.

Des murs noirs. Des bougies aux flammes qui ondulent. Des bouquets de roses.

C'est l'endroit parfait pour un rendez-vous. Ou bien une demande en mariage. Ou alors une déclaration d'amour éternel.

C'est parfait pour une grande case de BD. Le moment heureux où le couple tombe amoureux ou bien le moment terrible où tout se désagrège.

Je ravale la boule qui remonte dans ma gorge. Une semaine encore et Blake et moi allons nous marier.

Dans une semaine, je serai l'épouse d'un homme qui ne m'aimera jamais.

Ça me semble de plus en plus réel tous les jours.

L'hôtesse nous conduit dans une pièce privée au fond du restaurant. Elle est tout aussi romantique, mais plus claire. Des lampes raffinées dans un coin offrent une belle luminosité.

Meryl est assise en bout de table, un verre de vin à la main.

Blake est à côté d'elle, les doigts autour d'un verre de whisky, son attention sur sa mère.

Elle se tourne vers nous.

— Il était temps que quelqu'un d'intéressant arrive.

Elle regarde Lizzy.

— Vous devez être la sœur de Kat.

— Lizzy, répond-elle en lui tendant la main.

Meryl la lui serre.

— Ravie de vous rencontrer, ma chère. Vous êtes aussi jolie que Kat. Dites-moi qu'il y a un homme qui a terriblement envie de vous enlever.

Lizzy éclate de rire.

— Quelques-uns.

— Aucun n'est acceptable pour votre sœur aînée ? demande Meryl.

— Comment le savez-vous ?

Lizzy s'assied. Elle se tourne vers Meryl. Son expression s'illumine, s'anime.

— Je ne les trouve pas bien non plus. Ils font tellement… garçons.

— Et vous voulez un homme ? demande Meryl.

Lizzy hoche la tête.

— Elle n'a que dix-huit ans, dit Blake.

— Mais elle fait plus âgée, comme toi.

Meryl se penche pour murmurer quelque chose à l'oreille de ma sœur.

Celle-ci éclate de rire et se tourne vers moi.

— Je comprends.

— Quoi donc ? demande Meryl.

— Pourquoi Kat a tant… insisté… à propos de ce dîner.

Lizzy tapote la chaise à côté d'elle.

— Elle avait vraiment hâte que je vous rencontre.

— J'avais hâte aussi.

Meryl avale une longue gorgée de vin.

— Dites-moi, ma chère. Êtes-vous artiste comme votre sœur ?

Lizzy rit.

— Non. Je ne comprends rien à l'art.

— Moi non plus, admet Meryl dans un murmure théâtral.

— Je ne comprends pas cet artiste qui peint sur des tissus. Enfin, c'est génial sur une jupe, mais sur les murs d'un musée ?

Lizzy secoue la tête avec dégoût.

Je ne peux m'empêcher de sourire. Même si Lizzy ne sait absolument pas de quoi elle parle. Le mouvement moderniste…

— Tu es magnifique.

La voix de Blake attire mon attention. Il me regarde dans les yeux.

— Tu m'as manqué.

— Toi aussi. J'ai été occupée.

Je m'assieds à côté de ma sœur et regarde Meryl.

— Avec mes candidatures pour mes études.

— Encore ?

Meryl joue avec le pied de son verre.

— Pour une école d'art, on a besoin d'un portfolio. Mais rien de ce que je dessine ne me semble assez bien.

— Son travail est génial. Elle se sous-estime, commente Blake.

— Je ne t'ai encore rien montré, dis-je en rougissant.

— Tu laisses ton carnet ouvert sur la table. Je te vois dessiner souvent.

Sa voix est fière. Il apprécie réellement mes compétences.

Ça ne fait que rendre les choses plus déroutantes encore.

Je lui manque. Il veut tout me donner. Il s'intéresse à mon art.

Pourtant, il ne m'aimera jamais.

Ça ne colle pas.

Ça n'a aucun sens.

— Comment ça se passe, Lizzy ? Ton programme d'échecs ? demande Blake.

Elle rougit.

— Oh. Ça va. Enfin, j'essaye quelque chose avec Go, mais c'est impossible.

Elle le regarde.

— J'ai passé plusieurs heures à tester le chat-bot.

— Ça t'intéresse plus que moi, dit-il.

— Tu as vraiment programmé ça tout seul ?

— Oui, répond-il. Je n'avais rien développé depuis un moment.

— C'est génial, fait Lizzy fort d'une voix excitée. On se connecte à un chat où on peut jouer à un jeu, explique-t-elle en se tournant vers moi. On doit deviner si on parle à un humain ou un bot, et l'autre personne doit faire pareil.

— Et si l'autre personne est un bot ? je demande.

— Alors, il devine. Parfois, deux bots se parlent. On

peut lire leurs discussions, dit-elle en écarquillant les yeux. C'est tellement cool.

— Merci, dit Blake.

— Je crois que programmer, c'est sa manière à lui de prendre du bon temps, dis-je.

Meryl rit, mais c'est tendu. Elle porte son poing à sa bouche et toussote.

Blake se penche vers elle, mais elle le repousse d'un geste de la main.

— C'est bon, mon chéri. J'ai soif, c'est tout.

Elle tend son verre vide.

Comme par magie, un serveur entre dans la pièce. Il sourit à Meryl.

— Un autre ?

— Vous êtes trop gentil.

Elle lui tend son verre, puis l'homme se tourne vers Blake.

— Vous aussi, Monsieur ?

Il hoche la tête.

— Un gin-tonic pour ma fiancée.

— Tu commandes pour elle ? fait Meryl en toussant. Vraiment ? Un peu vieux jeu pour une fille de Manhattan.

— Ce monsieur ne va plus savoir quel cocktail lui préparer, dit Blake avec un demi-sourire.

Puis il me regarde et me fait un clin d'œil.

C'est une autre blague. Ce n'est pas une bonne blague – le serveur ne risque pas de m'apporter un *manhattan* au lieu d'un gin-tonic –, mais elle m'est destinée.

Ça me rend toute chose.

— Oui, c'est bizarre. Mais je crois qu'ils aiment ce genre de choses, dit Lizzy en regardant le serveur. Un Coca Light avec une cerise pour moi.

— Un autre verre pour ma fille, ajoute Meryl en désignant la place vide à côté de Blake. Elle est au téléphone avec Trey.

Le serveur hoche la tête et disparaît.

Meryl recommence à tousser. Une violente quinte de toux. Elle s'éclaircit la gorge et se force à sourire.

— Lizzy, j'ai entendu dire que vous alliez à l'université l'année prochaine. C'est vrai ?

Lizzy se redresse. Elle triture sa robe.

— Eh bien, ma chère, dites-nous. Vous êtes-vous décidée ?

— Stanford.

Mon estomac se noue.

— Vraiment ?

— Oui. Je suis désolée, Kat. J'aurais dû t'en parler plus tôt. Mais je me suis déjà inscrite. Hier, en fait, dit-elle en se mordant la lèvre. Tous mes frais de scolarité sont payés.

— C'est fantastique, ma chère, s'extasie Meryl. Un joli campus. Et la Californie... eh bien, ce n'est pas à mon goût, mais le temps y est agréable.

— Les diplômés de Stanford sont très cotés dans la Silicon Valley.

Blake avale une longue gorgée. Ses yeux passent sur Meryl.

Il y a quelque chose dans son expression. Il est inquiet.

Seigneur, si Blake est inquiet, ce doit être sérieux. Aurais-je enfin réussi à interpréter ses expressions ?

Je l'examine de plus près. Non, ce n'est sûrement pas ça. Il reste toujours un mystère. Un beau mystère qui me fait jouir tellement fort que j'en crie. Mais un mystère quand même.

— Tu vas me manquer, dis-je.

— Blake, mon chéri, j'espère que tu occuperas ta femme pour éviter que sa sœur lui manque, dit Meryl avec un petit rire en se tournant vers moi. Et vous cherchez une école aussi, n'est-ce pas ?

— Je ne commencerai pas avant le semestre de printemps.

Je tire sur l'ourlet de ma robe. Exactement comme Lizzy.

— La plupart sont au nord-est.

Aucune n'est proche de Stanford.

Meryl sourit à Lizzy.

— Au moins, vous aurez l'appartement pour vous pendant plusieurs mois.

— Ah, oui. Je ne pense pas que tu resteras habiter ici une fois que Blake et toi serez mariés, dit Lizzy.

— Après le voyage de noces, précise-t-il en me regardant avec de l'amour dans les yeux − un amour de façade, naturellement. On pourrait aller choisir les meubles demain, si tu veux.

Meryl secoue la tête.

— Allons, mon fils n'a jamais choisi un seul meuble. Il a une décoratrice.

— Ah oui ? je demande.

— Vous feriez mieux de reprendre les rênes, ma chère. Son appartement et son bureau sont terriblement fonctionnels. Qui pourrait vivre comme ça ? C'est comme un film de science-fiction.

Lizzy tend l'oreille.

— Lequel ? Ne me dis pas que tu as un film précis en tête, Blake.

— Elle déteste l'art, mais pas les films de science-fiction, dis-je en secouant la tête.

Meryl éclate de rire.

— C'est une plébéienne. Comme moi. Il faut laisser l'art et la littérature à des intellectuels comme vous et

Blake. Nous autres, nous avons besoin de dynamisme, d'action.

— C'est vrai, dit Lizzy en regardant Blake. Où partez-vous en voyage de noces, au fait ?

— À Paris, dit-il.

D'accord. Paris. Je le savais. Je hoche la tête comme si c'était ma décision. Ça ne sera pas si mal de baiser avec Blake dans la Ville lumière. Avec tant de romance autour de nous…

— Paris. Fantastique.

Quelque chose change sur le visage de Meryl. Elle devient plus sérieuse.

— Je suis contente que vous…

— Maman ?

— Vous semblez heureux. Je n'aurais jamais cru… dit-elle en regardant son verre de vin. Je n'aurais jamais cru que Blake trouve quelque chose de réel.

Réel. D'accord… J'affiche mon plus large sourire.

Lizzy fronce les sourcils, mais elle ne dit rien.

Je crois qu'elle comprend. Comment aurait-elle pu ne pas comprendre ? Meryl illumine la pièce. C'est impossible de ne pas vouloir la rendre heureuse.

Le serveur arrive avec nos boissons.

C'est une distraction idéale.

Lizzy plonge le nez dans son soda.

Je ne suis pas certaine de pouvoir rester impassible. Entre Stanford maintenant officiel, notre mariage dans deux semaines et Meryl qui tousse…

C'est trop.

Un bonjour sonore interrompt mes pensées.

Fiona entre dans la pièce. Seule.

Nous faisons les présentations, puis elle s'assied à côté de Blake.

— Ça va, maman ?

— Très bien. Arrête de me poser la question.

Mais Meryl n'a pas l'air bien. Sa peau a une teinte légèrement jaune. Elle transpire. Son sourire est tendu. Sa voix chevrotante.

— Tu es sûre ? demande Fiona.

— J'aimerais pouvoir passer un dîner sans parler de mon état de santé. On fête le mariage de ton frère.

— Bien entendu, dit Fiona en me tapotant sur l'épaule. Je vais aux toilettes. Vous m'accompagnez, Kat ?

Ce n'est pas vraiment une question.

Mais que pourrait-elle avoir à me dire ?

Elle m'a déjà offert une petite fortune pour que je parte.

Je sonde Blake du regard.

Il me fait signe d'aller avec elle.

Il connaît sa sœur mieux que moi.

— D'accord, dis-je en reculant ma chaise. J'ai besoin de remettre du rouge à lèvres.

Je suis Fiona aux toilettes. C'est tranquille, désert.

Et très beau. Comment des toilettes peuvent-elles être aussi belles ? Ça défie toute logique.

Fiona me renvoie mon regard.

— J'en déduis que vous allez toujours vous marier ?

— Oui.

— C'est à vous de décider, dit-elle en regardant dans le miroir, ajustant ses cheveux. Je dois admettre que je l'admire.

— Quoi ?

— Votre contrat prénuptial. Vous n'aurez qu'un million de dollars si vous divorcez.

Qu'un million de dollars. Qu'est-ce qui ne va pas chez ces gens ?

Elle me regarde.

— Ma proposition tient toujours. Je sais que cent mille

dollars, c'est bien moins qu'un million, mais c'est plus rapide.

— Je ne veux pas d'argent.

Elle me regarde dans les yeux.

— Je vous crois.

Je rougis.

— Alors, pourquoi faites-vous…

— Je pensais que j'épargnais Blake. Et c'est peut-être vrai. Si vous en aviez à son argent, vous auriez pris le chèque et vous seriez partie en courant. Ou alors, vous auriez demandé beaucoup plus dans votre contrat.

— Je vous ai dit…

— Je sais. Vous n'en voulez pas à son argent. Vous voulez être avec lui.

— Oui, bien sûr.

— Je connais mon frère. Je l'aime. C'est mon meilleur ami. Mais c'est le mec riche dans toute sa splendeur. Il pense que le monde tourne autour de ses désirs.

— Il ne fera pas…

— Exactement. Il ne le fera pas. La phrase peut s'arrêter là. Toutes les choses dont vous avez rêvé étant petite, les balades romantiques sur la plage, les dîners aux chandelles, les longs baisers passionnés. Il ne vous les offrira pas. Il n'en prendra pas le temps. Et quand vous en aurez assez − et faites-moi confiance, ça arrivera −, vous le quitterez. Ça le brisera. Et ce n'est pas ce que je veux.

— Je ne partirai pas. J'aime Blake.

À la seconde où ces mots sortent de ma bouche, je sais que c'est la vérité. J'aime Blake. Je suis follement, terriblement amoureuse de lui.

Mon estomac fait des bonds.

Je suis follement amoureuse de lui, mais il ne sera jamais capable de dire plus que *je t'apprécie*.

Mes genoux cèdent.

Oh, Seigneur !

J'ai vraiment merdé.

Je m'accroche au lavabo afin de rester debout.

La porte des toilettes s'ouvre à la volée. C'est Lizzy. Elle semble inquiète.

— La mère de Blake s'est évanouie.

Fiona blêmit.

— Elle va bien ?

— Ils appellent une ambulance, dit Lizzy en tremblant. On devrait… Kat ? Qu'est-ce qu'on devrait faire ?

Fiona se précipite hors de la pièce.

J'inspire profondément.

— Suivons l'ambulance.

Chapitre Trente-Et-Un

Les urgences sont un endroit sinistre. L'atmosphère est confinée. Le sol grince. L'éclairage est aveuglant.

Fiona fait les cent pas.

Lizzy se laisse tomber sur un fauteuil gris élimé.

Blake s'adosse contre le mur, les yeux sur ses chaussures en cuir vernies.

Je presse mes paumes contre mes cuisses. Que puis-je dire ? Meryl se meurt. Ce ne sont pas de bonnes nouvelles. Mais maintenant, c'est plus proche qu'un lointain avenir.

Blake s'approche. Il s'agenouille et lève les yeux vers moi. Sa paume se pose sur ma joue.

Du pouce, il me frotte la tempe.

— Ça va aller.

Sa voix est ferme, rassurante.

Je le crois, même si ce n'est pas vrai. Ça ne va pas aller. Elle va mourir.

Elle va mourir en croyant à ses mensonges.

Il passe les bras autour de moi.

Je glisse de mon siège et m'abandonne à son contact.

C'est tellement étrange de voir Blake sur le sol des urgences, dans son costume à mille dollars. À se mettre à mon niveau. À me réconforter.

Il me réconforte.

Il fait tout ce qu'il peut.

Nous restons assis comme ça pendant une éternité.

Enfin, Lizzy se redresse.

— Je vais me chercher un soda. Vous voulez quelque chose ?

Oui, mais rien qui ne sorte d'un distributeur. Je secoue la tête.

— Viens avec moi quand même.

Elle me tend la main et me décoche un regard qui signifie *il faut qu'on parle*.

Je la prends. Je la laisse m'aider à me lever et m'emmener loin de Blake. Dans un couloir tranquille. Loin du vacarme des urgences et des cris des patients.

Lizzy trouve un distributeur dans le coin et tire un dollar de son sac.

— Ça va ?

Je secoue la tête.

— Ça me rappelle la dernière fois. Ce n'est pas aussi grave, mais c'est un peu la même chose. J'ai presque tout perdu ce jour-là.

Ma sœur me prend dans ses bras.

— Je ne veux pas qu'on se dispute. Tu es ma meilleure amie. Pour toujours. Et quoi qu'il se passe avec Blake, je te soutiendrai. D'accord ?

— D'accord.

— Je t'aime.

— Je t'aime aussi, dis-je en la serrant fort. Tu vas tellement me manquer.

— Tu pourras me rendre visite quand tu voudras.

— Je n'y manquerai pas.

Je lâche Lizzy et braque mon attention sur le distributeur. Je n'aime pas trop les sodas. Trop sucrés. Et je n'ai pas
besoin de caféine. Je suis déjà largement éveillée.

— Tu devrais rentrer. Tu as les cours.

— C'est samedi.

— Quand même. Rentre. Dors. Révise. Il se peut que
je reste ici encore longtemps.

Elle plisse le front.

— Tu en es certaine ?

— Oui.

— Tu sais quoi ? Je vais rester encore dix minutes. Si tu
veux toujours que je parte, je le ferai.

Je hoche la tête. C'est bien d'avoir Lizzy auprès de moi.
Ça me réconforte.

Nous retournons aux urgences. Un médecin est en
train de parler à Blake et Fiona.

Il fait front, mais elle tremble.

Ce qu'il leur a dit doit être positif, toutefois, parce que
Fiona pousse un soupir de soulagement.

Nous nous approchons afin d'entendre la conversation.

— Elle va bien, annonce Fiona en souriant presque.
Elle va bien.

Le médecin hoche la tête.

— Elle est sous sédatif. Vous pourrez lui rendre visite
demain matin.

Il se penche et murmure quelque chose.

Elle secoue la tête. Son soupçon de sourire disparaît
aussitôt.

— On peut la voir ? demande-t-elle sans s'adresser à
quelqu'un en particulier.

Il hoche la tête, murmure quelques ordres et retourne
dans le couloir.

Je les suis tous les deux jusqu'à la chambre de Meryl.

Elle est petite. Privée.

Ça ressemble tellement à ce jour-là, il y a trois ans.

Nous sommes séparés par une cloison tout en fer et en verre.

Je peux la voir, mais pas m'approcher.

Elle dort. Le moniteur de son rythme cardiaque est régulier. C'était pareil pour Lizzy. Une promesse de survie.

Or cette fois, *elle* ne survivra pas.

Mes jambes faiblissent. Je presse le bras de Blake, mais je m'écroule quand même.

Il me rattrape, m'aide à m'asseoir sur une banquette. C'est privé. En quelque sorte.

C'est assez loin de tout le monde pour qu'on puisse parler.

Il écarte mes cheveux de mes yeux.

Ça me calme.

Ça apaise tous les nerfs de mon corps.

Bien entendu.

Je suis follement amoureuse de lui.

Et il me regarde avec toute l'inquiétude du monde dans les yeux.

— Je vais m'assurer que tu reçoives ton argent, dit-il. Même si elle meurt avant le mariage.

— L'argent ne compte pas pour moi.

— On peut faire ça ici, demain. Il y a une chapelle au bout du couloir. Ta robe doit être prête. Ashleigh peut appeler le tailleur. Je lui offrirai le double pour qu'il la termine cette nuit.

J'inspire profondément.

Blake a l'air désespéré. Il a besoin de contrôler la situation. Il a besoin de poursuivre ce mensonge.

Mais j'ai besoin de quelque chose qu'il ne peut pas me donner.

Je ne peux pas l'épouser comme ça.

— Non, dis-je.

— Kat, je t'en prie.

— Je suis désolée.

Une larme roule sur ma joue. Meryl va mourir et je ne peux rien faire pour la sauver.

Je n'ai rien pu faire pour sauver mes parents.

Je ne peux rien faire pour réparer ça.

— Kat. Pense à ce que tu dis.

Je déglutis. Juste une dernière fois. Je me penche et presse mes lèvres contre celles de Blake. Il a bon goût, celui du whisky et de… Blake.

— Au revoir, dis-je en quittant la banquette. Je lui rendrai visite demain matin.

— Kat, tu ne peux pas.

Je secoue la tête.

— Je dois. Je… je trouverai le moyen de te rembourser l'appartement. Je trouverai quelque chose.

— Ce n'est qu'une journée. Une demi-heure. Ensuite, elle pourra mourir heureuse.

— Je suis désolée.

Je retire la bague de mon doigt et l'abandonne dans sa paume.

— Mais pourquoi ?

— Est-ce que tu m'aimes ?

— Kat.

— C'est le seul moyen de me faire changer d'avis.

Et ça n'arrivera jamais.

Il ne tombera jamais amoureux de moi.

Chapitre Trente-Deux

C hambre 302. Une pièce sans fenêtre au milieu du couloir.

Les hôpitaux sont toujours déprimants, mais celui-ci décroche le pompon. Il n'y a pas de vie dans cette chambre. Elle est laide, silencieuse, morne.

Meryl est allongée sur son lit d'hôpital. Son visage présente toujours cette couleur jaune pâle peu naturelle. Elle semble faible et fatiguée, mais elle est heureuse aussi.

— Ma belle, que faites-vous debout si tôt ? demande-t-elle.

J'approche une chaise de son lit et me mets à l'aise. Je vais rester là un moment.

— Les visites ont commencé il y a trois minutes.

— Je vous pardonne ce retard.

Elle m'observe attentivement. Ses yeux se posent sur ma main gauche dépourvue de bague.

— Vous n'êtes plus tenue de me rendre visite.

— Je n'y ai jamais été tenue, dis-je en serrant l'anse de mon sac. Vous avez été tellement gentille avec moi. Vous m'avez réellement acceptée comme votre belle-fille. Je suis désolée de ne pas pouvoir être… si Blake et moi n'allons pas…

Elle fronce les sourcils.

— Que s'est-il passé ?

— Je ne vais pas vous embêter avec mes problèmes de relation.

Elle renâcle.

— Ma belle, ça ne m'ennuie pas. Je préfère n'importe quoi plutôt que de rester assise ici alors que tout le monde me regarde comme si j'allais mourir.

Elle prend la télécommande du lit et l'ajuste afin de se retrouver quasiment en position assise.

— Je peux vous aider. Je connais mon fils.

— Alors, vous connaissez le problème.

Meryl se renfrogne.

— Il a dit que vous vous êtes disputés à propos du mariage. Il voulait l'avancer. Vous avez pensé que c'était une tentative transparente pour apaiser sa pauvre mère mourante.

Je ne peux pas m'empêcher de sourire. Elle a un sens de l'humour extraordinaire.

— Il a vraiment dit ça ?

— Je sais lire entre les lignes, dit-elle en avalant son verre de jus d'orange. Il dit que c'est juste une dispute et que vous vous réconcilierez vite. Mais à en juger par la tête que vous faites…

Je fais une certaine tête ? Cette satanée capacité qu'ont les Sterling pour lire les gens ! J'essaye de sourire, mais cette fois, ça ne vient pas naturellement.

— C'est peu probable.

— M'a-t-il dit la vérité ?

La tension monte en moi. Je ne mens plus. Pas à elle.

— C'est sa version, dis-je en regardant le carrelage blanc. Lui et moi n'avons jamais… il n'a jamais…

— Ma chérie, je sais que vous faisiez semblant.

Mon cœur bat très fort.

— Quoi ?

Meryl m'adresse un sourire malicieux.

— Je ne connais pas les détails, mais je le vois bien. C'est presque attendrissant. Je n'avais jamais réalisé à quel point il voulait me rendre heureuse.

— C'est vrai.

Mon regard revient immédiatement sur le sol. Il est rayé, avec des lignes blanches toutes moches.

— Et il est entêté, dis-je.

— Très.

Je me force à garder le contact visuel. Elle a les mêmes yeux bleus que Blake. Ils sont tout aussi perçants. Tout aussi capables de me percer à jour.

— Comment l'avez-vous su ?

— Il n'a pas le moindre soupçon d'impulsivité. S'il voyait vraiment quelqu'un, je l'aurais su depuis des mois.

Quelque chose en moi se détend. Ce n'est pas qu'il est incapable d'aimer. Du moins, elle ne le pense pas.

Je hoche la tête.

— Une partie était vraie. On s'est rencontrés alors que je sortais d'un entretien d'embauche et il m'a offert le travail. Si on peut appeler ça comme ça.

J'arrache quelques fils qui dépassent du tissu de mon sac.

— Je me sens terriblement mal de vous avoir menti.

— Ce n'est pas la peine. Vous recevrez quelque chose d'intéressant en échange ?

— Très intéressant.

— Ma belle, en ce qui me concerne, nous n'avons jamais eu cette conversation. Reprenez Blake, épousez-le, divorcez et ruinez-le.

— On a signé un contrat prénuptial.

— Et combien recevrez-vous ?

Je serre mon sac contre mon ventre.

— Beaucoup.

Meryl hausse un sourcil.

— Ce qu'il vous a offert ne lui manquera même pas.

Elle se redresse pour pouvoir se pencher plus près.

— C'est un monde difficile pour les femmes. Vous devez utiliser tout ce que vous avez pour vous en sortir. Vous êtes belle, intelligente… et vous mentez très bien.

— Vous voulez vraiment que je mente à votre fils pour pouvoir divorcer et prendre son argent ?

— C'était son idée.

— Les chats ne font pas des chiens.

J'éclate de rire. Seigneur ! Toute cette histoire est absurde. Ma vie était bien plus facile avant que je rencontre Blake, mais elle était bien moins intéressante, je dois dire.

— J'aimerais vraiment pouvoir le faire.

Elle m'attrape le poignet. Ses yeux deviennent sérieux.

— Ma chérie, vous pouvez le faire. Et vous devriez le faire. Vous seriez bien plus heureux que Fiona et Trey.

— Probablement.

— Cela dit, elle n'a pas été heureuse depuis la fois où elle a été élue reine du bal au lycée, dit Meryl en secouant la tête. Ces enfants sont un vrai problème. Ils ne savent pas ce que c'est que de grandir sans rien. Leur père avait de l'argent. Il les a gâtés. Et il avait une bonne assurance-vie.

Son expression s'adoucit.

— Ils ont du succès. C'est censé être ce que toute mère souhaite. Mon Dieu ! Je suis un cliché, à me plaindre de l'état du mariage de mes enfants… ou de leur échec.

Mon ventre se tord, déchiré. Cette confession ne nous libère pas. Blake a peut-être raison, il aurait mieux valu mentir. Il vaut mieux mourir heureux en croyant un mensonge…

J'étudie l'expression de Meryl, adoptant mon meilleur « regard Sterling ». Ses yeux sont particulièrement jaunes, mais ils sont également pétillants. Vivants. Ses lèvres sourient.

Elle est heureuse, en dépit des circonstances.

— Vous voulez la vérité ? demandé-je.

— Bien sûr, ma chérie.

— Je suis idiote de ne pas épouser Blake. Cet argent pourrait me libérer. Je pourrais passer dix ans à étudier et dix autres à explorer le monde. Mais je ne serais pas capable de le faire le cœur brisé.

Elle écarquille les yeux et se rapproche.

— J'aime Blake, dis-je. Je l'aime et il ne tombera jamais amoureux de moi. Je ne peux pas vivre comme ça, à le désirer constamment d'une façon qui lui est complètement inconnue. Ça me tuerait.

— Oh, ma chère, dit-elle en me tapotant le bras. Je suis désolée.

Je me prépare à ravaler une larme – toute cette histoire me détruit –, mais elle ne vient pas. Je suis trop fatiguée, trop anesthésiée, trop… quelque chose.

— Vous devez prendre soin de vous.

Meryl m'étudie, puis elle tire mon bras vers elle.

— Rendez-moi service et descendez à la boutique.

— D'accord.

— Vous avez du liquide ?

Je hoche la tête.

— Achetez-moi la romance la plus sirupeuse que vous trouverez. Et achetez-vous une tasse de café. Vous avez une mine de déterrée.

Un rire franchit mes lèvres.

— C'est comme si c'était fait.

— Blake s'occuperait bien de vous, ajoute-t-elle.

— C'est vrai.

Mais ce n'est pas suffisant.

———

J'ACHÈTE À MERYL UN EXEMPLAIRE DE CHAQUE ROMANCE dans le magasin – il n'y en a que trois – et je me prends une cannette de café glacé.

La chambre de Meryl n'est pas très loin. Je garde les yeux sur le carrelage blanc.

Chambre 302. Je tends la main vers la porte.

Merde.

Blake est là.

Il porte un jean et un t-shirt. Ses cheveux sont en bataille. Il a des cernes sous les yeux. Il est débraillé. Pas comme le Blake animal, celui que je comprends.

C'est une autre version.

Une version que je n'avais jamais vue.

J'entre d'une démarche assurée qui dit *peu m'importe que mon ex soit là*. Mes chaussures grincent sur le carrelage. Je me force à sourire.

Les yeux de Blake se braquent sur les miens.

— Kat.

Mon nom est une complainte sur ses lèvres. Mais il ne me demande pas ce que je voudrais lui donner – tout mon amour et toute mon affection.

Je donne à Meryl ses livres.

— Je ferais mieux d'y aller. Je reviendrai demain.

Blake ne me quitte pas des yeux.

— Reste. Discutez. Je peux revenir plus tard.

— Non, ça va. J'ai beaucoup de travail à faire. Et des délais pour mes candidatures.

J'appuie la cannette de café à l'intérieur de mon poignet. Ça me provoque un frisson.

— J'espère que vous vous sentez mieux.

Elle hoche la tête.

— Vous aussi.

Je sors dans le couloir.

Les yeux au sol. Je ne me retournerai pas. Je ne peux pas. S'il me regarde encore…

— Kat, attends.

La voix de Blake résonne dans le couloir.

Mon intention de l'éviter s'évanouit. Cette voix est enivrante. Je veux qu'elle m'entoure. Je la désire de toutes les façons possibles.

— Oublie cette histoire d'avancer le mariage, dit-il. Faisons-le comme prévu dans les jardins. J'avais envie de t'épouser.

Ces mots sont comme une belle musique. De la poésie.

Du cinéma.

Je secoue la tête.

— Je ne peux pas.

Ses doigts m'effleurent le poignet.

— Il doit bien exister un moyen de te faire changer d'avis.

La chaleur emplit mon corps. Il joue avec moi.

— Il en existe un.

— Lequel ?

Je me tourne et observe son visage. C'est un mélange étrange de tristesse et de détermination. Aux portes de l'enfer, il se comporte toujours comme un satané automate.

— Ce n'est pas une possibilité, dis-je.

Sa voix est forte et profonde quand il répond :

— Tout est possible.

Je secoue la tête.

— C'est une chose que tu ne pourras pas négocier, dis-je en faisant un petit pas en arrière. Dis à Meryl que je la verrai demain.

— Kat.

— Prends soin de toi.

— Toi aussi.

Chapitre Trente-Trois

— T on copain t'a envoyé un cadeau.

Lizzy désigne un petit paquet sur la table de la cuisine.

— Qu'est-ce que tu fais debout ? je lui demande.

— Je t'ai entendue partir, répond-elle en tapotant des doigts sur la table. Alors…

J'imite son intonation irritée.

— Alors…

Elle désigne le paquet du menton.

— J'ai fait du café, dit-elle en levant sa tasse. Français.

Je m'en verse une tasse et m'installe à table.

— Alors…

Lizzy tambourine des orteils par terre. Elle s'éclaircit la gorge, avale une longue gorgée.

— Tu ne vas pas l'ouvrir ?

— C'est plus amusant de te faire attendre.

Et je ne suis pas prête à ce que ça pourrait être.

C'est un petit paquet entouré d'un papier gris simple avec un nœud rose dessus. Ça lui va bien. Ça ressemble exactement à son bureau sophistiqué et fonctionnel.

C'est sa vie. Grise partout. La petite touche de couleur est superficielle. Tellement facile à arracher.

Même si c'est ma couleur favorite.

Et le thème du mariage.

Lizzy soupire.

— Je vais l'ouvrir.

— Tu n'oserais pas.

Elle hausse les sourcils.

— J'ai déjà lu la carte.

— Et ?

Elle prend la carte – du même gris que le papier – et la tient contre sa poitrine.

— Je ne sais pas s'il l'a écrite avant que tu le largues.

J'ai des papillons dans le ventre. Très bien. Je tends la main vers cette fichue carte. Je l'arrache des mains des Lizzy.

Kat,

J'espère que ça te fera penser à autre chose. Si ce n'est pas suffisant, ma façon est bien plus amusante.

Sincèrement,

Blake

Sincèrement.

Ça retourne le couteau enfoncé dans ma poitrine.

Mais ça prouve que j'ai raison.

Je ne peux pas valoir qu'un *sincèrement*.

Je déballe le cadeau avec précautions.

Il est dur. Lisse. Un livre.

C'est un exemplaire relié de *Ghost World*. Une édition spéciale de toute la BD et du scénario du film. Je l'ouvre et…

Il est dédicacé.

C'est parfait.

Mon cœur bat dans ma poitrine.

Je ne vaux qu'un *sincèrement*.

Voilà tout le problème. Non que ce cadeau ne soit pas parfait. Non que Blake ne paraisse pas savoir exactement ce que je désire.

Je referme le livre et le pousse vers le centre de la table. Du café. J'ai besoin de boire ce café. J'avale une longue gorgée. Français. Noir. Fort. Avec un soupçon de vanille.

Exactement comme le goût de *ses* lèvres après la piscine.

Merde. Ça ne marche pas.

— Hé… Kat… dit Lizzy d'une voix chantante.

— Oui ?

— Tu veux que je parte d'ici pour qu'il vienne faire des choses ?

— Non.

Je range le livre dans notre bibliothèque. Je le regarderai plus tard. Quand il me fera penser à autre chose qu'à ses mains puissantes et ses yeux perçants.

— Je veux sortir déjeuner avec ma sœur, me dit-elle.

Elle affiche un sourire moqueur.

— Non, Lizzy. J'ai rompu nos fiançailles hier soir et sa mère est à l'hôpital. Ce n'est pas le moment de faire des sorties. D'accord ?

Elle s'affaisse sur sa chaise.

— Je plaisantais.

— Pardon, je n'ai pas dormi.

— Alors, on peut aller dans ce restau où ils ne vérifient pas l'âge ? demande-t-elle.

— Certainement pas.

LE DÉJEUNER EST TRANQUILLE. J'ENGLOUTIS UNE assiette entière de pain perdu et je passe l'après-midi à faire une sieste avec mon carnet de croquis contre ma poitrine.

Lizzy prépare le dîner. Ce n'est pas la meilleure cuisinière du monde, mais moi non plus.

Nous mangeons en silence devant la télévision.

Elle aussi est peut-être perdue. Sa vie sera différente bientôt. Elle se retrouvera de l'autre côté du pays. Avec de nouveaux amis, dans un nouvel environnement.

Elle se résigne à étudier.

Je m'allonge de tout mon long sur le lit avec mon carnet. J'ai travaillé sur toutes ces petites bandes, quatre, six ou même dix cases. Quand je les aligne côte à côte, elles s'agencent. Ça ressemble un peu à *Ghost World*, d'ailleurs. Ce sont des vignettes d'une vie qui refuse de rester la même.

Elle a bien changé durant tout ce temps. Ce n'est pas simplement avant l'accident et après l'accident. Chaque jour est différent. Chaque jour, je suis différente. La rencontre avec Blake…

Ça n'a fait qu'accélérer les choses.

Je travaille sur une histoire de six cases. J'ai envie de transmettre tellement de choses, mais je ne suis pas encore assez bonne.

Les images dans ma tête ne sortent pas correctement sur le papier. J'ai besoin d'entraînement. J'ai besoin d'expérience.

Il n'est pas trop tard pour revenir sur ma décision. Il n'est pas trop tard pour accepter l'argent de Blake afin de financer mes études.

Mais ça me semble injuste. Il existe d'autres moyens. Des bourses basées sur le besoin. Des prêts.

Je pourrai travailler à temps partiel pendant que j'irai au collège communautaire.

Entre la vérification des délais pour les inscriptions et le travail sur ma BD, je ne vois pas le temps passer.

Lizzy me souhaite bonne nuit. Elle promet de passer me voir avant de partir à l'école demain. Mon téléphone sonne quand la batterie commence à se vider. Je m'apprête à le brancher quand je vois…

Blake : Kat, appelle-moi. J'ai besoin de parler de Meryl.

Ça ne fait qu'une heure ou deux et il y a aussi un appel manqué.

Je compose le numéro de Blake et garde le téléphone contre mon oreille. *Pourvu qu'elle aille bien, pourvu qu'elle aille bien, pourvu qu'elle aille bien.*

— Kat, répond-il. Ça va ?

— Oui. Tu peux me dire ce qu'il se passe ? dis-je en serrant fort le téléphone. Je veux dire, merci pour le livre.

— C'était censé être un cadeau de mariage anticipé.

— Quand même.

— Ça te plaît ?

Il y a une vulnérabilité dans sa voix. Il veut vraiment me rendre heureuse.

— Beaucoup.

Je m'éclaircis la gorge, mais cela n'aide absolument pas à chasser l'engourdissement de mes membres.

— Comment va Meryl ?

Il arrête de respirer.

— Kat…

Toute trace d'espoir disparaît de sa voix.

Mon cœur se serre.

Blake est secoué.

Il n'est jamais secoué.

Ça ne doit pas bien se passer.

Sa voix est tranquille. Douce.

— Elle rentre à la maison ce soir.

J'inspire profondément et expire lentement.

— Qu'est-ce que ça signifie ?

— Ce sont des soins palliatifs. Elle n'a plus que quelques jours.

Merde.

— Ça va ?

Il souffle péniblement.

— Et toi ?

Je secoue la tête. Mais il ne peut pas me voir.

Une larme coule le long de ma joue.

Comment un événement inévitable peut-il être aussi douloureux ?

Meryl mérite mieux.

Elle mérite plus.

Elle a été tellement gentille avec moi. Plus gentille que quiconque depuis très, très longtemps.

Je m'essuie les yeux.

— Ça va.

— Elle reste dans sa maison aux abords de New York.

— Oh, puis-je… ? Je ne voudrais pas m'imposer.

— Elle aimerait avoir ta compagnie.

Sa voix est redevenue assurée.

J'inspire à nouveau, profondément.

— Je prendrai le premier train demain matin.

— Je pars dans une heure. Je passe te chercher.

Mon cœur s'emballe. Je parviens à prendre une inspiration saccadée.

— D'accord. Frappe à la porte quand tu seras là. Lizzy dort.

— Compris.

— Merci.

— Kat ?

— Oui ? dis-je, le ventre noué.

— Ça va aller.

Ce n'est pas vrai. Mais il est gentil de mentir.

———

Il toque si doucement que je l'entends à peine. C'était rapide. Ma valise n'est qu'à moitié faite. Mes vêtements sont en désordre sur le sol.

Ma tête…

C'est difficile pour moi. Pourquoi s'accroche-t-il ?

Je me déplace vers la porte principale et ouvre la porte.

Blake est là, en jean et avec un haut bleu sombre. Comme si c'était un rendez-vous normal. Comme si je n'avais pas rompu nos fiançailles hier. Comme si sa mère n'était pas mourante.

Ses yeux croisent les miens.

Il entre et referme la porte.

Nous sommes seuls ici. Lizzy est dans sa chambre, mais le reste du monde semble très éloigné.

Il glisse mes cheveux derrière mon oreille.

Je m'incline vers lui quand ses doigts frôlent ma joue. C'est doux et attentionné, comme s'il m'aimait vraiment.

— Ça va ? demande-t-il.

— Non.

Il passe les bras autour de moi. Son corps est chaud et ferme, mais il y a quelque chose de doux dans son étreinte.

Il s'approche davantage.

Frotte mes épaules de sa paume.

— Comment tu fais pour être aussi calme ?

Je tire sur sa chemise.

Il passe sa main à travers mes cheveux.

— Je n'ai pas le choix.

Je prends le temps de respirer à fond. Je sais exactement ce qu'il veut dire. Se maîtriser, c'est le seul moyen de ne pas s'écrouler.

— Tu fais pareil, observe-t-il en faisant courir ses doigts sur ma joue. Tu es forte.

— Merci.

— Ça me fait mal, ajoute-t-il d'une voix posée. C'est simplement que je ne le montre pas.

— Tu ne montres rien. Tu es comme un robot.

Il rit.

Oh, Seigneur, ce rire !

Le mur autour de mon cœur se fissure.

Ça me rend chaude de partout.

Et ça me convainc que tout va bien se passer. Un jour. D'une certaine façon.

Il recule.

— Assieds-toi.

Je m'exécute.

Il me sert un verre d'eau, que je bois avidement comme si j'avais soif depuis des années.

Blake s'assied en face de moi. Il se penche plus près, les coudes sur les genoux, sa joue dans sa paume. Il me regarde droit dans les yeux.

— Tu es une fille très gentille.

— J'ai vingt et un ans. Je ne suis pas une fille.

Ses lèvres esquissent un demi-sourire.

— Tu as besoin de temps ?

— Donne-moi cinq minutes pour terminer ma valise.

Il hoche la tête, tend le bras et écarte les mèches folles de mes yeux.

Il recueille une larme sur son pouce.

Mes jambes faiblissent. Dieu merci, je suis assise. Je suis tiraillée dans trop de directions différentes.

Mon corps a terriblement besoin de son réconfort.

Mais nous ne sommes pas ensemble. Nous ne faisons même pas semblant d'être ensemble.

Je ne peux pas le lui demander. Même si j'en ai terriblement besoin.

Je me relève et me dirige vers ma chambre. Elle est en désordre, mais rien qui ne sorte de l'ordinaire pour une femme de vingt et un ans.

Je plie un autre jean, un autre t-shirt, un autre pull. Des chaussettes et des sous-vêtements de rechange. Voilà. C'est tout.

Dans le pire des cas, ou plutôt le meilleur des cas, je peux revenir chercher des rechanges. Bon sang, Blake a probablement du personnel pour ça.

On frappe légèrement à ma porte.

— Entre, je murmure.

Il entre dans la chambre.

Son regard se pose sur ma main gauche nue. Il baisse les yeux. Comme s'il souhaitait réellement m'épouser. En fait, je sais qu'il en a envie. Mais pas pour les bonnes raisons.

Il s'assied sur mon lit et tapote la place à côté de lui. C'est un lit minuscule – deux petites places –, mais il y en a juste assez pour nous deux.

Je pose ma tête sur son épaule et il passe un bras autour de moi.

Ses doigts frôlent mon dos.

Seigneur, il est vraiment réconfortant. On aurait pu avoir un mariage parfait sans ce petit détail : il ne m'aime pas.

— Tu as mal, dit-il.

Je hoche la tête.

— Je suis désolée. C'est ta mère. Ce n'est pas juste de ma part de réagir comme ça.

Il passe les doigts dans mes cheveux, éveillant tous les nerfs de mon corps.

Je me tourne instinctivement vers son contact. C'est la chose la plus réconfortante au monde.

— Je peux te changer les idées, dit-il en faisant courir le bout de ses doigts dans mon cou. Mais tu devras faire les choses à ma façon.

Son souffle est chaud et moite.

Sa façon m'intéresse.

Je veux me sentir entièrement différente.

Ses caresses sont tellement douces. Mes paupières se ferment lentement. Mes nerfs sont à vif. Je ressens un désir qu'il est le seul à pouvoir contenter.

— Tu dois t'abandonner entièrement, dit-il.

C'est parfait. Je hoche la tête.

— Je t'en prie.

Il se redresse et va fermer la porte de ma chambre. Il écarte ma valise du chemin et observe le lit.

— Tu as des foulards ?

J'en sors un de ma commode et le lui tends.

Blake fait rouler ses épaules.

— Enlève tes vêtements. Tous.

Je retire mon pull, mon t-shirt et mon jean. Il ne me reste que mon soutien-gorge et ma culotte.

Les pupilles de Blake se dilatent. Il se passe la langue sur les lèvres. Je dégrafe mon soutien-gorge et le fais glisser, une épaule après l'autre.

Il contemple ma poitrine comme s'il était sidéré, lâchant un gémissement lorsque mon soutien-gorge tombe par terre.

Son regard revient vers mes yeux. Il y a quelque chose chez lui aujourd'hui, une sorte d'urgence. Il en a besoin, lui aussi. C'est une libération pour lui autant que pour moi.

Mon entrejambe est déjà humide alors que je fais glisser ma culotte sur mes chevilles.

Blake me fait signe de m'approcher.

Oui ! Deux pas en avant et mon corps se retrouve

pressé contre le sien. Je suis exposée devant lui. Je suis à lui. Il peut se servir de moi à sa guise.

Il me caresse, du cou jusqu'aux fesses. Sa main est légère, patiente. Bien trop patiente.

Il m'embrasse, insérant lentement sa langue dans ma bouche.

Je lui attrape les épaules, passe ma jambe autour de sa hanche et grogne contre lui.

Son baiser s'accentue. Ça me semble tellement juste. Difficile de croire que tant de choses ne devraient pas avoir cours dans cette non-relation.

Il ajuste nos positions afin que je me retrouve à un pied du mur. Pas celui que j'ai en commun avec Lizzy, l'autre, celui qui nous sépare de nos voisins.

Blake guide mon bras, plaçant ma paume à plat contre le mur, puis il fait la même chose avec l'autre.

Ses mains se referment autour de mes hanches. Il m'approche de quelques centimètres supplémentaires. À présent, mon nez est presque contre le mur. Je n'ai guère de place pour respirer.

Il passe le foulard autour de ma tête, me plaçant ce bandeau sur les yeux, et le noue solidement. Tout est trouble, mais je perçois toujours la lumière dans la pièce.

Mon corps se refroidit quand il s'écarte.

L'éclairage change. La lumière du plafond est éteinte maintenant. Il n'y a que la lampe du bureau. J'entends un mouvement derrière moi. Blake retire certains de ses vêtements. Je meurs d'envie de me retourner et d'ôter ce bandeau afin de me délecter de ce corps magnifique.

Il s'approche. Ses ongles raclent contre mon dos, descendant le long de ma colonne vertébrale. Il enfonce ses doigts dans la chair de mes fesses avec un grognement sonore.

— Qu'est-ce que tu veux ? demande-t-il.

— Toi.

— Comment ?

Ce frémissement d'excitation dans mon ventre est saturé. Je le désire tous les jours et je sais que je ne le posséderai jamais comme je le veux. Mais ce n'est pas ce qu'il demande. Il ne se préoccupe pas de savoir si je l'aime ou pas.

Ce n'est pas de l'amour.

C'est de la baise, pure et simple.

Je presse le bout de mes doigts contre le mur, cherchant à contenir cette sensation éperdue dans mon corps.

— En moi. Si profondément que je ne pourrai plus respirer.

Blake grogne alors qu'il glisse deux doigts entre mes cuisses.

Je presse mes paumes contre le mur. Ce n'est pas suffisant. Ça ne suffit pas pour apaiser le désir qui court en moi. Je ravale un gémissement. Je ne veux pas réveiller ma sœur. Pas comme ça.

Il me baise avec ses doigts.

Puis il porte son autre main à mon sein et joue avec mon téton.

Le dos contre sa poitrine, je m'imprègne de la sensation de son corps contre le mien.

C'est du sexe. Juste du sexe.

Mais c'est bien plus, aussi.

Il veut que je me sente bien. Physiquement. Mentalement. Émotionnellement.

— Blake.

Je frappe ma main contre le mur. Je sens une tension profonde et lancinante en moi. C'est une agonie parfaite.

Il trace des cercles autour de mon mamelon, propageant des contractions jusque dans mon bas-ventre.

J'y suis presque…

Je cambre le dos, remuant mon corps contre le sien, l'accueillant plus profond.

La tension dans mon intimité se noue.

Je m'arque contre lui, me mords la lèvre.

Là.

Je plaque ma main sur ma bouche pour ne pas faire trop de bruit, et je jouis dans un spasme de plaisir qui se répand à travers mes membres, repoussant tous les nuages orageux.

Blake pose ses mains sur mes hanches et me met en position.

J'incline mon bassin alors qu'il me pénètre. C'est comme si je me retrouvais, comme si j'étais entière à nouveau.

Il approche sa bouche de mon oreille.

— C'est tellement bon d'être en toi.

Il grogne en enfonçant ses ongles dans ma chair.

Il s'enfonce plus loin, toujours plus loin.

Je halète. C'est trop de pression, tellement que j'en ai mal. Mais c'est bon, aussi.

Il passe une main autour de ma taille et me retient contre lui. Je ne peux que céder au plaisir de le sentir profondément en moi.

Le plaisir monte en spirale dans mon corps.

— Blake…

Je vide mon esprit de toute pensée consciente.

— Dis-moi que tu es à moi, m'ordonne-t-il.

— Pour la soirée, dis-je.

— Pour toujours.

Il glisse ses doigts sur mon clitoris alors qu'il s'enfonce en moi.

— Pour ce soir.

Mes jambes tremblent. Mon souffle reste coincé dans ma gorge.

— Je suis à toi ce soir.

Il pousse un grognement bas et profond.

Puis il donne des coups de reins plus forts, plus violents.

Je cambre le dos pour le rencontrer, frottant mon clitoris contre ses doigts comme s'ils étaient mon sex-toy personnel. La douleur en moi se transforme en béatitude. J'y suis presque.

— Ne t'arrête pas !

— Certainement pas.

Il m'attrape les cheveux et tire ma tête en arrière afin que mon cou se retrouve pressé contre sa bouche.

— Tu es à moi, gronde-t-il contre mon cou.

Ce soir. Je suis à lui pour la soirée. C'est la seule chose dont j'ai envie.

Il saisit mes hanches et me plaque contre le mur. Je tourne la tête et me cambre pour le garder aussi profondément que possible.

Blake m'embrasse. C'est vigoureux, affamé, éperdu. Il gémit dans ma bouche.

Puis ses lèvres sont dans mon cou et il redouble de vigueur.

Ses doigts glissent sur mon clitoris au même rythme. Presque. Presque…

— Blake.

Je jouis à nouveau en soufflant son nom.

L'orgasme est une vague. Je tombe en chute libre. Je perds le fil de tout ce qui est étranger à l'extase qui se répand à travers mon corps.

Il ne s'arrête pas. Il continue de me caresser, de me pénétrer. C'est trop de sensations à la fois, presque douloureuses.

Blake me mordille l'oreille.

— Putain. Kat.

Soudain, ce n'est plus trop. C'est parfait, au contraire. Cet orgasme me terrasse brusquement. Il commence fort, puis il monte en flèche, de plus en plus tendu.

Tout se libère quand ses ongles s'enfoncent dans ma peau.

Je jouis par vagues successives. J'en tremble et perds mon appui sur le mur.

Blake m'attrape et me jette sur le lit la tête la première. Je m'agrippe à ma couverture alors qu'il m'écarte les jambes et se glisse en moi.

Il est à moi pour la soirée.

Me plaquant sur le matelas, il me baise sans relâche.

Quelques coups de reins et il jouit à son tour, frissonnant avec l'orgasme.

Je reprends lentement ma respiration.

Blake s'écroule à côté de moi. Il retire mon bandeau et me prend dans ses bras.

Il me regarde avec une certaine affection.

Comme s'il m'aimait vraiment.

— Ça va ?

Sa voix est douce. Prévenante.

Je hoche la tête.

— Super.

Physiquement, du moins.

Il presse ses lèvres contre les miennes.

Ce ne sont pas de la chaleur et du désir purs.

C'est du besoin. De l'amour. Quelque chose qui ressemble à de l'amour.

Mon cœur s'emballe. J'ai chaud partout.

Je m'autorise à le croire, me raccroche à la moindre bribe de son affection.

— Je ne voudrais pas te presser, mais on devrait y aller.

Il replace mes cheveux derrière mes oreilles.

Je désigne la porte du menton.

— Tu ne m'as pas donné mes cinq minutes.

Il descend du lit et va attendre dans le salon.

Je m'habille et me brosse les cheveux.

Je ferai tout mon possible pour survivre à la semaine qui m'attend.

Chapitre Trente-Quatre

P as de limousine aujourd'hui. Blake conduit une voiture de sport noire. Elle est rutilante, dedans comme dehors. Ça lui correspond à la perfection.

L'excuse est qu'il voulait donner sa semaine à Jordan.

Mais je ne le crois pas.

Je crois qu'il voulait de l'intimité.

Je parierais tout ce que j'ai que jamais personne n'a vu Blake pleurer, du moins pas depuis l'âge adulte.

Le trajet se passe en silence.

À cette heure-ci, les routes sont vides. Tout n'est qu'un mélange d'asphalte et de ciel.

Je pose ma tête contre la portière, côté passager, et regarde les étoiles qui filent. Plus nous nous éloignons de la ville, plus elles brillent.

Soudain, nous nous retrouvons en dehors de New York. Je cligne des paupières, et nous voilà garés devant la maison de Meryl.

C'est drôle. Cet endroit est l'image même de la perfection idyllique. Ce n'est pas le genre d'endroit où quelqu'un vient mourir.

Blake insiste pour porter ma valise. Je le laisse faire.

C'est une attention gentille. J'ai besoin de cette chaleur.

Nous entrons en silence dans la maison. Il y a de la lumière dans la cuisine et un infirmier est assis à table avec une tasse de café. Il salue Blake comme s'ils se connaissaient.

— Madame Sterling se repose, annonce l'infirmier. Elle a demandé qu'on ne la dérange pas avant huit heures demain matin.

— Merci.

Blake pose notre valise au pied des marches, puis il se tourne vers moi.

— Tu vas dormir dans la chambre de Fiona cette nuit. La dernière à droite.

— Et Fiona ? je lui demande.

— Elle arrivera dans la matinée.

Il écarte les cheveux de mes yeux.

— Tu pourras me rejoindre dans ma chambre quand elle arrivera.

Je déglutis. Partager un lit avec Blake, c'est aussi tentant que dangereux. Ce sera trop facile d'avoir des sentiments. Je suis folle de lui alors qu'il *m'apprécie* seulement.

— Je ne voudrais pas te chasser de ta chambre.

Je glisse mes mains dans mes poches.

— J'insiste, fait-il en désignant la chambre à l'étage.

— Laisse-moi poser les bagages.

Je m'assieds à table à côté de l'infirmier et lui tends la main.

— Je suis Kat.

— Vincent, dit-il en la serrant.

— Comment ça va ? Elle va bien ?

— Je ne peux pas en parler.

— Bien sûr.

La confidentialité entre patients et soignants. Je le sais.

— Vous jouez aux échecs ? je lui demande.

— Pas du tout.

— Moi non plus. J'aurais pu avoir une chance de gagner une partie sans handicap.

Vincent regarde sa montre.

— Allons-y.

Je trouve l'échiquier et le pose sur la table. Je lui donne même les blancs.

Vincent le regarde pendant une minute, puis il avance un de ses pions de deux cases. Son attention est presque entièrement concentrée sur son café, il a la tête ailleurs.

Moi aussi, mais le jeu est une distraction parfaite. Je réfléchis à chaque coup comme si c'était d'une importance critique.

Les escaliers grincent. Blake.

Il s'assied à côté de moi, frottant l'intérieur de mon poignet avec son pouce.

La caresse de Blake m'apporte du réconfort. Je veux y céder. M'en imprégner tout entière.

Mais je ne peux pas. Pas s'il ne m'aime jamais.

Je gagne. Pour être honnête, Vincent n'essaye même pas. Mais une victoire est une victoire.

Vincent s'excuse, se sert une autre tasse dans la cuisine et va attendre dans le séjour.

Blake prend sa place et dispose les pièces pour une autre partie.

— Tu as besoin de boire quelque chose ?

Je secoue la tête.

Nous jouons en silence. Pas de handicap à la reine. Il retire une tour à la place.

Je garde les yeux sur l'échiquier au lieu de le regarder lui. Il y a trop de choses dans son expression. Ça me frappe.

Je me retrouve en échec et mat. Bon…

— On en fait une autre ? demande-t-il.

J'accepte. Je me concentre sur les pièces. Ce sont de petites choses en plastique, pas chères et fragiles. Le genre d'échiquier qu'on achète à cinq dollars à la supérette. Mais je n'ai pas besoin de mettre un prix sur tout.

Cet échiquier est une distraction inestimable.

Ça vaut tout l'or du monde.

Je suis plus agressive durant cette partie. On commence à se prendre des pièces. J'ignore mon éternelle stratégie de contemplation et je fais le premier mouvement qui me vient à l'esprit. C'est de l'instinct pur.

— Échec, dit Blake.

— Quoi ?

— Tu m'as mis en position d'échec, dit-il. Tu n'as pas remarqué ?

Je regarde l'échiquier. Merde ! Comment ai-je pu rater ça ?

— Tu ne vas pas m'avoir aussi facilement, Wilder.

Putain. Ce rire ! Il me fait fléchir les genoux, me donne des papillons dans le ventre, me fait ressentir… *tout*.

Il déplace sa reine devant son roi. Apparemment, ce stupide roi sacrifie sa femme. Connard.

Eh bien, à la guerre comme à la guerre. Je lui prends sa reine.

— Échec et mat.

— C'est bien, tu fais attention.

— J'étais trop concentrée pour ne pas voir que tu étais prêt à sacrifier une femme.

— C'était la meilleure solution tactique.

Sa voix est légère, plaisante.

— Tu choisis toujours la meilleure solution tactique, n'est-ce pas ?

Il me prend la main.

— Pas si c'est préjudiciable à long terme.

— Mais au bout du compte, tout est une question de stratégie.

— Ce sont les échecs.

— Mais c'est toujours une stratégie avec toi, dis-je en remettant ma main sur mes genoux. Tu veux rejouer ?

— Kat.

— Non. Tu as raison. C'est juste un jeu.

— Repenses-y, dit-il en me regardant dans les yeux. On n'a pas besoin de se dépêcher.

— Oui, tant que j'en parle à ta mère demain ?

— Ce n'est pas ça.

Il tend le bras vers moi, mais je repousse sa main.

Je lui renvoie son regard sans sourciller.

— Je ne vais pas épouser quelqu'un qui ne m'aime pas.

Il ne dit rien.

— Bonne nuit, Blake.

Je quitte la table et monte les escaliers sans le regarder une seule fois.

———

La banlieue est tranquille. Même chez nous à Brooklyn, un peu à l'écart, New York est une ville bruyante. Il y a des taxis, des piétons et des métros qui vrombissent sous terre.

Ici, il n'y a rien. Même pas un ventilateur en bruit de fond.

Je tourne et me retourne. Je ne vais pas m'endormir. Je n'aurais pas dû passer l'après-midi dans un état quasi comateux.

On toque doucement à ma porte.

Je quitte le lit et vais répondre.

C'est Blake, en pyjama. Il a l'air normal. Non, chagriné. En souffrance.

— Viens dans ma chambre, murmure-t-il.

— Ce n'est pas une bonne idée.

— Fais-le quand même.

Il glisse une main autour de ma taille et m'attire à lui.

— Tu ne devrais pas dormir seule.

— Je ne devrais pas dormir avec toi.

Il presse ses lèvres sur les miennes.

— Alors, ne dors pas.

La chaleur se répand dans tout mon corps. C'est un argument convaincant.

Mais je ne peux pas.

Je me hisse sur la pointe des pieds et appuie mes lèvres contre les siennes.

— Je suis désolée. Pour tout.

Je fais un pas en arrière.

Il hoche la tête, compréhensif.

Cela dit, ça me brise le cœur de devoir refermer la porte et retourner dans le lit toute seule.

———

Une fois encore, je me réveille seule.

La chambre est lumineuse. La maison bourdonne de conversations.

Je me brosse les dents, me change et descends au rez-de-chaussée. La cuisine et la pièce à vivre sont vides. La conversation doit se dérouler dans la chambre de Meryl.

Je me verse une tasse de café et monte les escaliers.

Je frappe légèrement.

— Entrez, ma chère. Faites attention où vous mettez les pieds.

J'ouvre la porte. La pièce est pleine de monde. Vincent n'est pas là, mais une infirmière d'une trentaine d'années se trouve dans le coin, occupée à replacer une intraveineuse. Blake est assis sur une ottomane. Son apparence est parfaite, comme toujours.

L'infirmière adresse un signal à Meryl et s'éclipse discrètement.

Meryl tapote la main de son fils.

— Va prendre ton petit-déjeuner.

— Ça va, dit-il.

— Et prends une douche tant que tu y es.

Elle fait un geste comme pour indiquer qu'il sent mauvais.

— N'est-ce pas, Kat ?

— Absolument.

Il l'embrasse sur la joue.

— Je te donne une heure. Je t'aime.

— Je t'aime aussi, répond-elle.

C'est drôle, je n'ai jamais entendu un membre de la famille Sterling prononcer ces mots avant.

J'aime cette sonorité.

Je m'écarte pour laisser à Blake la place de passer. Son corps frôle le mien, réveillant mes nerfs fatigués.

Je lui vole son siège.

— Comment vous sentez-vous ?

Meryl désigne l'intraveineuse.

— Fantastique. Ça doit provenir de la morphine. Je suis particulièrement bien.

J'en reste bouche bée et je ris à moitié. Puis j'avale une longue gorgée de café pour me donner le temps de penser.

— Votre chambre est vraiment bien rangée.

Elle rit.

— Vous voyez les choses du bon côté. C'est ce qui me plaît chez vous, Kat.

Sa voix s'adoucit.

— Vous êtes gentille de venir me voir.

Elle désigne mon café de la main et je le lui tends.

— Même si vous n'êtes là que pour le sexe.

Son expression se remplit d'extase quand elle avale une gorgée.

— On oublie les petites choses de la vie. C'est tout ce qui compte. La saveur d'une bonne tasse de café. La joie de coucher avec quelqu'un qu'on adore…

Mes joues deviennent écarlates.

— Seigneur !

Elle rit.

— Croyez-moi, ma belle. La vie s'écoule tellement vite. Je sais que vous avez essayé de survivre, mais vous ne pouvez pas oublier les petites choses.

— Je vous en prie, ne parlons plus de sexe.

Elle me rend ma tasse.

— D'accord, les fleurs de cerisier au printemps. Vous devez les aimer si vous planifiez votre mariage juste en dessous.

Elle joint les mains.

— Avez-vous changé d'avis sur ce mariage ?

— Je pense que ce serait pareil si ma mère était toujours en vie. Elle me demanderait continuellement quand je vais me marier.

Meryl sourit.

— J'aime vous voir ensemble, mais vous devez suivre votre cœur. C'est ce que j'aurais dû faire. Je n'aurais jamais dû épouser Orson.

— Vous ne l'aimiez pas ? je demande.

— Non. Je pensais que je l'aimais. Mais c'étaient mes hormones.

Elle regarde le ciel bleu par la fenêtre.

— Vous avez peut-être raison de ne pas céder.

— Je suis certaine que Blake sera heureux.

Je serre mes doigts autour de la tasse en porcelaine.

— J'espère qu'il sera heureux.

— Faites-moi une promesse, ma chère.

— Pas avant de savoir ce que c'est.

Elle retrouve son sérieux.

— Donnez une autre chance à mon fils.

— Meryl.

— Un seul rendez-vous. Une chance de vous faire changer d'avis.

— Ce n'est vraiment pas juste de me le demander, dis-je en regardant ma tasse de café. Ce n'est pas comme si je pouvais refuser.

— Comme je vous l'ai dit, il faut saisir ce que vous souhaitez et vous y accrocher.

Elle se cale à nouveau sur son lit.

— Blake me dit que vous candidatez pour des écoles d'art. Je veux tout savoir.

Je lui raconte mes candidatures dans les moindres détails : les délais, les conditions pour le portfolio, les différentes villes dans lesquelles je pourrais être acceptée. Je lui dis même qu'il me sera impossible de payer sans une bourse.

Elle m'écoute et répond avec sagesse. C'est bien d'avoir quelqu'un qui veille sur moi. Même si elle ne sera plus là pour très longtemps.

Je ne m'arrête qu'à l'arrivée de Fiona. Alors, je me retire et passe le reste de la matinée à travailler sur une autre vignette.

Chapitre Trente-Cinq

M eryl nous envoie déjeuner dans un restaurant des environs, affirmant qu'elle a besoin d'un moment à elle pour s'entretenir seule avec son avocat.

Fiona s'éclipse et disparaît dans sa voiture.

Blake et moi mangeons dans un restaurant quelconque. Honnêtement, je ne sens pas le goût des choses. Je ne suis même pas certaine de savoir ce que je mange.

Nous rentrons à la maison, main dans la main. Blake me presse les doigts jusqu'à ce qu'ils blanchissent.

J'étudie son expression, mais ça ne m'aide pas à comprendre. Ça ne m'aide jamais.

À la maison, Meryl boit son café sur le canapé avec Fiona.

Elle marmonne qu'elle n'avait pas envie de se laisser dépérir dans son lit. Nous faisons tous semblant de ne pas l'avoir entendue nous rappeler qu'elle est mourante.

Nous passons l'après-midi avec du café et du gâteau, à nous remémorer des moments plus agréables.

Meryl revisite chaque moment embarrassant de l'enfance de Blake et de Fiona. L'atmosphère s'illumine de rires.

Le soleil se couche. Nous commandons une pizza. Je sens tous les goûts, cette fois. Les tomates acidulées, le fromage fondant, la croûte croquante. Une pizza de New York parfaite. Accompagnée d'un bon vin rouge.

Meryl fait signe à l'infirmière de nuit de s'en aller, lui demandant d'attendre dans l'autre pièce. Elle organise les pièces du jeu d'échecs.

— Tu veux perdre contre ta mère ? demande-t-elle à Blake.

— Non, mais je pourrais bien avoir envie de l'écraser, la taquine-t-il.

— Je te donne une chance, prends les noirs.

Blake rit.

Ça me réchauffe toujours

Blake est heureux.

Et il y a de l'amour tout autour de nous. C'est beau. Agréable.

Meryl remporte chaque partie. Nous restons à cette table à parler et à rire jusqu'au beau milieu de la nuit. Même Fiona est gentille avec moi. Aucun signe qu'elle ait envie de se débarrasser de moi.

Meryl me serre dans ses bras pour me dire bonne nuit.

— Quoi qu'il puisse arriver, ma chère, c'est bon de vous avoir rencontrée.

––––––

Je sais qu'elle est partie à la seconde où je me réveille. Il y a quelque chose de différent dans l'air… une immobilité accablante.

Je repousse la couverture et me précipite dans le

couloir. Blake et Fiona sont assis à la table de la cuisine. Elle pleure au-dessus de sa tasse de café et il la réconforte.

Je m'accroche à la rambarde.

— Elle est… elle est… ?

Blake lève les yeux vers moi. Il hoche la tête.

— Elle est morte aux environs de cinq heures ce matin.

Mon ventre se serre. Je griffe la rambarde. De petites particules de vernis se détachent sous mes ongles.

Meryl n'est plus là.

Je me force à respirer. Ce n'est pas aussi difficile que je l'avais envisagé. Elle était heureuse. Elle est en paix.

Et quoi qu'il puisse arrive, c'était bon de l'avoir rencontrée.

Ça va aller, vraiment.

Chapitre Trente-Six

Tout se mélange.

Blake se charge de tout organiser.

Je m'assieds sur le canapé, regardant mon carnet de croquis comme s'il allait m'offrir du réconfort. C'est vrai, mais ce n'est pas suffisant.

Fiona est dévastée. Elle reste dans sa chambre afin que personne ne puisse la voir pleurer. C'est une stratégie admirable.

Je parviens à dormir un peu.

Au matin, j'avale un petit-déjeuner léger. Je bois un peu de café. J'enfile la robe noire que j'ai apportée pour l'occasion.

Je parviens même à écouter quelques éloges funèbres à l'enterrement.

Meryl m'a dit de trouver ce que je veux, de m'en saisir, parce que personne d'autre ne pourra me le donner. Parce que ce sera la seule façon de l'obtenir.

Je lui dois d'essayer.

Un homme en costume me tape sur l'épaule. Il a la cinquantaine. C'est l'image même d'un avocat discret.

— Mademoiselle Katrina Wilder ? demande-t-il.

Je hoche la tête.

— Vous êtes désignée comme bénéficiaire sur le testament de Mademoiselle Sterling. Si vous voulez bien m'accompagner.

— Oui, bien sûr.

L'information me monte lentement au cerveau. Je suis une bénéficiaire. Ça signifie que Meryl m'a laissé quelque chose dans son testament.

Je suis l'avocat dans un couloir encombré vers un bureau situé à l'arrière du bâtiment.

Blake et Fiona sont déjà là.

Fiona ne porte pas son alliance.

Elle est peut-être d'accord pour divorcer. Elle sait forcément que c'est ce que sa mère aurait voulu.

Blake attire mon attention. Son regard me pénètre. Il exige de moi tout ce que j'ai à donner.

Je déglutis.

— Salut.

Il me répond par un hochement de tête.

— Salut.

L'avocat s'éclaircit la voix.

— Mademoiselle Wilder, je vous en prie, asseyez-vous.

Il désigne la chaise vide.

Je m'assieds.

Il se glisse derrière le bureau et produit un contrat.

— Monsieur Sterling, Madame Crane.

— Mademoiselle Sterling, le corrige Fiona.

— Bien entendu, Mademoiselle Sterling. Vous savez que votre mère a laissé la majeure partie de ses biens à des organismes de charité.

Ils hochent la tête sans surprise.

— Mais il y a eu un changement de dernière minute, dit-il. Pour ajouter Mademoiselle Wilder en tant que bénéficiaire.

— Quoi ?

Fiona écarquille les yeux et interroge Blake du regard.

Il hausse les épaules pour dire *comment le saurais-je ?*

— Mademoiselle Sterling, votre mère vous lègue la maison. Avec quelques instructions.

Il lit un passage du testament :

— » Dieu sait que Blake ne va pas me donner de petits-enfants. Fiona, ma belle, elle est à toi. Profites-en. Trouve-toi un nouvel homme qui soit un million de fois meilleur que ton futur ex-mari et qui la remplisse d'amour. »

Elle s'essuie les yeux.

— Merci, Larry.

L'avocat, qui s'appelle apparemment Larry, hoche la tête.

— Monsieur Sterling, j'ai bien peur que Meryl ne vous ait rien légué en termes de biens matériels. Seulement l'échiquier.

Fiona rit, mais ce n'est pas moqueur. Elle a plutôt l'air d'apprécier ce que cela signifie pour eux.

— Mademoiselle Wilder, dit-il enfin en me regardant dans les yeux. Laissez-moi vous lire ceci.

Larry regarde le testament.

— » À ma nouvelle amie Katrina Wilder, je lègue deux cent mille dollars. Ma belle, j'espère que vous utiliserez cet argent pour vos études, mais il est à vous. Allez saisir ce qui vous fait plaisir. »

Mon cœur cesse de battre un instant.

Deux cent mille dollars. Ça ne peut pas être vrai.

— Mademoiselle Wilder, dit l'avocat en me regardant. Ça va aller ?

Je dois être rouge comme une tomate.

Tout le monde me regarde.

Je ne parviens plus à respirer.

Je…

Deux cent mille dollars.

C'est ridicule.

C'est une fortune.

C'est tout.

Je me force à parler.

— Vous pouvez relire ça ?

Il reprend.

— C'est deux cent mille dollars, Katrina.

Deux cent mille dollars. Tout l'argent dont j'ai besoin pour mes études.

Larry continue.

— Je peux vous faire le détail des organismes de charité, si vous le souhaitez.

— Non, merci.

Fiona se redresse en lissant son ensemble noir parfait.

— Je devrais rentrer à la maison pour la commémoration. Tu viens ? demande-t-elle à Blake.

— Je te retrouverai là-bas.

Il attend que Fiona soit partie avant de se tourner vers moi.

— Ça va ?

J'ajuste ma robe.

— Ça va aller. Et toi ?

— Ça ira, répond-il en se redressant et en m'offrant sa main. On peut se parler ?

J'accepte.

— D'accord.

Blake salue l'avocat du menton et me fait sortir de la pièce.

———

Nous allons au restaurant, à l'angle de la rue. C'est une gargote. Des banquettes en vinyle. Du carrelage en damier. De grosses assiettes d'œufs au plat, beignets de pommes de terre et bacon.

Blake m'ouvre la porte. Il désigne une longue banquette rouge.

C'est comme s'il me tirait une chaise pour m'inviter à m'asseoir. C'est un vrai gentleman.

Et pourtant, il ne détonne pas dans cet endroit. Même dans son costume à deux mille dollars.

Il salue l'homme qui se tient derrière le comptoir comme s'ils étaient de vieux amis.

Je resserre le cardigan sur ma poitrine.

Ses yeux croisent les miens.

— C'est la robe de bal du lycée dont tu m'as parlé ?

— C'est une drôle d'occasion pour la porter, dis-je en hochant la tête.

— Oui, mais elle te va bien.

— Ma poitrine ?

Son rire est triste.

— Oui. Mais le reste aussi. Elle est…

— Belle et discrète ?

— Mes clichés t'ennuient déjà. On est quasiment mariés.

Je ris nerveusement. Je retire mes couverts de ma serviette et joue avec ma fourchette.

— C'est étrange de porter une robe de fête à un enterrement.

— Ça ne devrait pas l'être. Pas pour ma mère. Ça lui aurait plu.

— À cause de mes seins ?

— Oui. Mais parce qu'elle est belle. Parce qu'elle est pour une fête. C'est ce qu'elle aurait voulu. Elle voulait qu'on célèbre sa vie au lieu de la pleurer.

— Beaucoup de gens disent ça.

Il acquiesce.

— Mais ça ne marche jamais vraiment comme ça.

— Non. C'est vrai.

Notre serveur nous interrompt.

— Que puis-je vous servir ?

— Du café, dit Blake. Et la spécialité au tilapia. C'est le meilleur tilapia du monde, ajoute-t-il avec un demi-sourire.

Le serveur confirme d'un geste du menton.

— J'en suis convaincue, dis-je en lui tendant le menu. Et un thé glacé.

— Très bien. Je suis désolé pour Meryl, dit-il à Blake.

— Merci.

— C'était une femme extraordinaire.

— C'est vrai, dit Blake.

L'homme s'éloigne, secouant la tête comme s'il ne pouvait pas supporter que la vie soit aussi injuste.

Je plie ma serviette en triangle.

— C'était une femme extraordinaire.

Blake sourit. Un vrai sourire. Ce n'est pas exactement de la joie. C'est plutôt comme s'il chérissait le souvenir de sa mère.

Je ressens la même chose. Ça fait terriblement mal qu'elle ne soit plus là. Trois ans se sont écoulés depuis la mort de mes parents et c'est toujours douloureux.

Mais je ressens plus que de la douleur.

Il y a des souvenirs heureux partout.

Au cours des trois années qui viennent de s'écouler, j'ai refoulé tout ce qui concernait mes parents, la douleur comme la joie.

Je ne peux plus continuer comme ça. J'ai besoin de ressentir, de tout ressentir, même si ça fait autant de mal que de bien.

Les doigts de Blake me frôlent la paume.

— Ça va ?

— Ça va aller, dis-je en mettant les mains sur mes genoux. Je suis désolée que tu l'aies perdue.

— Moi aussi.

Il s'abîme dans ses pensées.

Je joue avec l'ourlet de ma robe afin de ne pas laisser mes pensées dériver. C'est peut-être la dernière fois que je voie Blake. Je ne dois pas l'oublier.

— Reste avec moi ce soir, dit-il. Je vais retourner au penthouse après la commémoration.

Je soutiens son regard. On dirait qu'il voit clair en moi.

Généralement, ça me déboussole. Je me sens exposée. Mais pas aujourd'hui. C'est une bonne sensation. Ça me semble juste.

J'ai l'impression qu'il me voit vraiment. Kat. Pas sa super-copine, mais la fille sous le maquillage, le balayage californien et les beaux habits.

Je lui rends son regard, essayant de trouver l'homme sous le costume grand luxe et l'expression d'acier. Il y a des traces de lui. Il a mal, et ce n'est pas seulement à cause de sa mère.

Pour une fois, je reconnais son expression.

Il se sent seul.

J'inspire profondément, soupesant mes options.

— Ça va aller pour moi, dis-je.

Son masque se brise.

— Je sais que ça ira pour toi. Mais pas pour moi.

— Oh.

Mon cœur bat dans ma poitrine.

— Je ne veux pas être seul.

Il secoue la tête.

— Non, en fait, je préfère être seul qu'avec quelqu'un d'autre.

Il presse sa paume contre la table.

— Je veux être avec toi ce soir.

Oh ! J'inspire profondément et expire lentement.

— Tu veux dire pour – je déglutis – le sexe ? Ou bien pour autre chose ?

— Pour ce que tu veux, dit-il en pinçant les lèvres. Tant que je passe cette nuit avec toi.

J'ajuste ma robe. Ça ne m'offre aucune clarté.

Il a mal et je veux effacer ça. Je veux l'aider de toutes les manières possibles.

Et je souhaite aussi ce réconfort.

Je plonge à nouveau dans ses yeux bleus perçants.

— Très bien.

Il pousse un profond soupir de soulagement.

— Merci.

— Ça ne veut rien dire. Nous ne sommes pas ensemble.

Il hoche la tête.

— Bien entendu.

— Voilà, dit le serveur en nous apportant nos boissons. Le sucre est au bout de la table.

Il tourne le dos et s'en va.

J'avale une longue gorgée de mon thé glacé.

Blake paraît se radoucir. Il ressent peut-être de l'affection pour moi. Mais ce n'est pas suffisant.

Je veux être avec quelqu'un qui soit follement, passionnément amoureux de moi. Pas juste quelqu'un qui trouve ma compagnie agréable.

Blake touille son café noir. Il en avale une petite gorgée, les yeux sur moi.

— J'ai promis quelque chose à Meryl ce premier matin, dis-je.

— Tu as promis ou bien elle l'a demandé ?

— Elle a demandé.

— Je n'en doute pas.

Un rire s'échappe de ses lèvres. Il secoue la tête comme s'il était toujours étonné par sa personnalité exigeante.

— Tu n'as pas à l'honorer.

— Tu ne sais pas ce que c'est.

— Quand même.

— Mais j'en ai envie, dis-je avant d'inspirer. Je lui ai promis de te donner une autre chance. Un rendez-vous.

Quelque chose transparaît sur son visage. De l'inquiétude. Il recule légèrement, refermant les doigts autour de sa tasse de café.

— J'espère que ça ne compte pas.

Je secoue la tête.

— Ce serait terriblement déplacé de le faire le jour de son enterrement.

— Elle aurait aimé.

— Elle aurait aimé que je t'épouse sans contrat prénuptial, que je divorce et que je te prenne la moitié de tout ce que tu as.

Il se remet à rire. Un grand rire doublé d'un sourire. Il rejette la tête en arrière et se claque les cuisses.

Son rire est toujours la plus belle musique à mes oreilles.

— Non, dit Blake, elle aurait adoré.

— Tu lui avais parlé de notre accord ?

— C'est toi qui l'as fait.

Ma poitrine se serre. Comment le sait-il ?

— Ce n'est rien, dit-il. En fin de compte, c'était ce qu'il y avait de mieux à faire. Elle est morte en pensant que quelqu'un m'appréciait. C'est tout ce que je voulais.

— Oui, bien sûr.

Je concentre mon attention sur mon thé glacé. *Appréciait.* Je l'apprécie ? Si c'est l'histoire qu'il veut se raconter, très bien.

— Que lui as-tu dit exactement ? demandé-je.

Il me regarde dans les yeux.

— Que je t'appréciais et que je voulais te rendre heureuse.

Ce mot encore. *Appréciais*. Seigneur, quel mot atroce. C'est le pire mot qui soit.

— Demain, dit-il. Pour notre rendez-vous. On pourra commencer demain matin.

Il m'observe de près.

— Si ton emploi du temps le permet.

C'est une autre plaisanterie. Je crois. Ses blagues sont nulles, mais ça me plaît.

Je hoche la tête.

— Demain me convient parfaitement.

Chapitre Trente-Sept

L'appartement de Blake me semble différent de la dernière fois. Il est plus froid. Plus dépouillé, plus fonctionnel encore.

C'est peut-être la dernière fois que je le vois.

Que je le vois lui aussi.

Il referme la porte et tire le verrou.

— Il y a des vêtements dans la chambre d'amis si tu veux te changer.

— *Des* vêtements ou bien *mes* vêtements ?

— Ashleigh les a choisis pour toi.

— Non. Je me sens bien là-dedans.

Et je ne veux pas vraiment porter les vêtements que son assistante a choisis. Ça ne fait que me rappeler la nature commerciale de notre accord.

— Tu as faim ?

— Un peu.

— Je vais préparer quelque chose.

Il se rend dans la cuisine.

Je fais le tour du salon à l'ameublement sommaire.

Rien que cette pièce doit faire au moins 90 m². Seigneur, cet appartement doit coûter une fortune.

Un sentiment dérisoire comme l'amour me fait abandonner beaucoup de choses, mais il n'y a aucun doute dans mon esprit.

Tous les appartements magnifiques du monde ne sont rien comparés à cette sensation parfaite de sécurité avec les bras de quelqu'un autour de vous.

Bon sang.

Voilà que je fais de la poésie. Mais au moins, je sais où j'en suis.

J'accepterai uniquement que Blake soit follement amoureux de moi.

J'étudie tous les recoins de la pièce. Le canapé en cuir confortable. Le grand écran de télévision. La baie vitrée ouvrant sur le balcon.

La bibliothèque en bois de noisetier, dans le coin. Elle est remplie de romans de science-fiction. Je n'en ai lu aucun, mais je reconnais quelques noms.

L'étagère du bas est différente. Elle croule de romans graphiques qui sortent d'une liste de best-sellers : *Manteau de neige*, *Fun Home*, *Souriez*, *Le Bleu est une couleur chaude*.

Comme le dirait Lizzy, *des choses de filles ennuyeuses*.

Exactement ce que j'aimerais lire.

— C'est pour toi.

Sa voix parvient à mes oreilles.

Je me tourne vers lui. Il se tient dans la cuisine, versant du whisky dans un verre plein de glaçons.

Je hoche la tête.

— Merci.

Mon cœur s'emballe. Ce sont des livres, pas une déclaration d'amour. Mais ça signifie beaucoup.

Il me comprend.

Il sait ce que je veux.

Il veut me rendre heureuse.

Peut-être est-il capable de m'aimer.

Soudain, ma robe noire me semble malvenue.

Je ne porte pas le deuil de cette relation. Ni ce soir ni demain.

C'est notre dernière chance. Cela signifie aussi que c'est ma dernière chance. Ce sont peut-être mes dernières vingt-quatre heures en compagnie de Blake. Je vais en profiter.

— Pardonne-moi.

Je me rends dans la pièce consacrée au sexe — je suis certaine que Blake l'appelle sa chambre d'amis, mais soyons réalistes — et j'enfile un débardeur, un pantalon de pyjama et un sweat à capuche.

Je suis tentée de m'attarder ici. C'est familier. À vrai dire, c'est la pièce dont je garde les souvenirs les plus positifs.

Je ferme les paupières. Je me perds dans les souvenirs de son corps uni au mien, de ses lèvres sur ma peau, de sa voix grave qui vibre dans mon cou. C'est le Blake que je comprends. Qui me comprend. Qui me donne exactement ce dont j'ai besoin.

Oui, je comprends ce Blake.

Et il me comprend.

Nous voulons nous rendre heureux mutuellement.

Je ravale cette pensée en retournant dans la pièce principale.

Blake est en pyjama. C'est toujours bizarre de le voir aussi décontracté, détendu. Blake en t-shirt et pantalon à carreaux, c'est une vision absurde, même s'il ressemble toujours à un dieu du sexe.

Il désigne la table basse. Il y a une assiette de fruits rouges et de chocolat noir, ainsi que deux verres. L'un est ambré, l'autre clair.

— Du gin et du chocolat ?

Je rejoins le canapé.

Il s'assied à côté de moi. Ses doigts me frôlent la joue, le menton.

— Tu préférerais du whisky ?

Je secoue la tête.

Il prend mon verre et me le tend. C'est exactement comme la première fois. L'effleurement de ses doigts éveille mes sens.

Je m'approche jusqu'à ce que nos cuisses se touchent.

Ses doigts me caressent le dos, pressant le coton délicat de mon sweat contre ma peau. Il enfouit la tête dans le creux de mon cou, glisse ses bras autour de ma taille.

Waouh, j'ai des papillons dans le ventre. Mes muscles faiblissent. C'est exactement l'endroit qui me convient. Dans ses bras. Dans son appartement. Dans sa vie.

Mais pas si c'est seulement *sa* vie. Uniquement si c'est la nôtre.

Le souffle de Blake réchauffe mon oreille.

— Merci, dit-il.

— De quoi ?

Je serre les genoux. Ça n'aide pas à réprimer l'électricité qui me parcourt. Je veux son corps, oui, mais plus que pour un coup d'un soir. Pour tout !

— D'être là.

Je veux être là. Il n'y a pas une seule partie de mon être qui souhaite être ailleurs en cet instant.

J'avale mon gin-tonic en une seule gorgée. C'est frais, avec une note résineuse.

— Kat.

Je prends une framboise et la fourre dans ma bouche. C'est une perfection sucrée et acidulée.

— Ça va ?

— Oui.

Il se tourne vers moi et fait courir le bout de ses doigts sur mon menton, l'inclinant afin que nous nous regardions dans les yeux.

— Tu en es sûre ?

Non. Pas du tout. Mais je suis certaine que je veux être ici.

— Regardons un film.

Il me renvoie mon regard. Ses yeux se remplissent d'une affection sincère.

— Tout ce que tu veux.

— C'est un peu bête, dis-je.

— Tu as dit la même chose pour ton livre favori, observe-t-il en écartant les cheveux de mes yeux. Pourquoi es-tu embarrassée par les choses que tu aimes ?

— Ça ne m'embarrasse pas.

Je joue avec la fermeture de mon sweat.

— Disons plutôt que c'est personnel.

Je rougis. C'est vraiment personnel. Mais je veux qu'il sache. Je veux qu'il connaisse tout de moi.

— *Matrix*.

Il rit.

— Tu réalises à qui tu es en train de parler ?

— Oui, je réalise que tu possèdes une société d'informatique et je crois que tu es un geek. Mais ce n'est pas ce qui est personnel. Ce n'est pas un film qui me plaît tant que ça.

Je finis le reste de ma boisson.

— C'est ce que Lizzy et moi regardions quand elle est sortie de l'hôpital. On a dû voir la trilogie tout entière une vingtaine de fois. Elle adore ces films. Un film où des robots essayent de réduire l'humanité en esclavage ? Elle adore. *Battlestar Galactica* est de loin sa série préférée.

— Et toi ? demande-t-il.

— Je suis du côté des robots.

Je pose mon verre sur la table. Très bien. Je vais répondre à la question qu'il posait vraiment.

— Ce n'est pas exactement mon film préféré, mais c'est la chose la plus réconfortante que je puisse regarder. Ça me fait ressentir quelque chose comme… de l'amour.

Il fait courir sa main dans mes cheveux et la repose à l'arrière de mon cou. De l'autre, il m'incline le menton de telle sorte que nous nous retrouvons face à face.

Sa voix est douce. Prévenante.

— *Matrix* est mon film préféré.

— Ah oui ?

Il hoche la tête.

Je déglutis.

J'ai vu *Matrix* vingt fois. Plus, même. On pourrait croire que c'est un film à propos de rebelles qui se battent dans un monde parfait artificiel.

Mais ce n'est pas ça.

Ça parle d'amour.

L'amour est ce qui les sauve.

L'amour est ce qui sauve le monde.

L'amour est ce qui compte.

Chapitre Trente-Huit

J e m'endors sur le canapé et me réveille dans le lit de Blake.

Il est derrière moi, son bras sur la courbe de ma taille.

C'est tellement différent de la dernière fois où j'étais avec lui. Quand je m'étais réveillée seule, je m'étais sentie froide et vide.

Pour l'instant, j'ai chaud. Le monde tout entier est chaud.

Je referme les paupières. Je me donne une minute encore pour sentir ses bras autour de moi.

Je fais de mon mieux pour me glisser hors du lit sans réveiller Blake. Il a l'air paisible, les yeux fermés, avec sa poitrine qui se soulève et s'abaisse lentement.

Je me dirige à pas de loups dans la salle de bains et me brosse les dents. Il y a du bruit dans la chambre. Puis des pas. Il toque doucement.

Je marmonne un *tu peux entrer*.

Il le fait. Ses cheveux sont ébouriffés. Et il a vraiment l'air fatigué.

Je souris involontairement.

Ses yeux se posent sur moi.

— Pourquoi tu souris comme ça ?

Je recrache le dentifrice.

— Pour toi.

— Je te rends heureuse ?

— Parfois.

— Je veux te rendre heureuse.

Je me tourne vers le lavabo et me rince la bouche. Je ne sais pas que faire de ses mots.

Il s'approche. Il attend que je me redresse, puis me prend dans ses bras.

J'enfonce la tête dans sa poitrine. Il fait courir une main dans mes cheveux.

C'est chaud.

Confortable.

— Détends-toi. Je vais préparer le petit-déjeuner, dit-il.

— C'est toi qui prépares ?

— Oui.

— Toi ? Pas ton assistante, une cuisinière ou une bonne ?

Il ricane.

— Tu es presque insultante.

— Tu te sens insulté ?

— Seulement par ceux qui comptent pour moi, dit-il en prenant sa brosse à dents. Je prépare des petits-déjeuners délicieux. Tu vas ravaler ce que tu viens de dire.

— Ou bien serai-je trop occupée à avaler ton délicieux repas ?

Il rit.

— Ce n'est pas un très bon jeu de mots.

— C'est pour ça qu'il te va bien, dis-je en faisant un pas en arrière. Sans vouloir t'insulter.

— C'est bon de connaître tes forces et tes faiblesses.

Il se retourne vers le lavabo.

Quant à moi, je me rends dans la pièce principale, prends mon carnet et m'affale sur le canapé. J'ai besoin d'immortaliser toutes les pensées qui se bousculent dans ma tête. D'abord, l'enterrement. Six cases. Ça commence par un cercueil fermé. C'est un peu lourd, mais c'est nécessaire.

Puis il y a Blake, assis sur une chaise inconfortable dans son costume élégant, les yeux à terre, l'air misérable.

Et moi, derrière lui, songeant à le rejoindre.

Un plan subjectif de lui qui se redresse.

Lui sur l'estrade.

Les mots *elle était tout.*

—J'aime quand tu es perdue dans tes pensées.

Blake se penche pour déposer un baiser sur mes lèvres.

Ça a le goût du dentifrice à la menthe.

— Tu n'y es pas encore habitué ? je demande.

— Ça me plaît quand même, dit-il en se dirigeant vers la cuisine. Tu veux du café ?

— Oui, s'il te plaît.

Il entre et je reprends mon dessin.

Lentement, les arômes emplissent la pièce. Ce café français à la vanille. Celui qu'il a bu après la piscine. Je ne peux même plus sentir la vanille sans y penser.

J'essaye de mettre la nuit dernière dans des cases, mais je ne sais pas par où commencer. Par le dîner ? Le trajet jusqu'ici ? Mon corps pressé contre le sien sur le canapé ?

Comment puis-je faire tenir tous mes sentiments pour lui dans quatre, dix ou même cent pages ?

L'odeur des poivrons rouges et de l'huile d'olive remplit la pièce.

J'abandonne mon travail et me déplace vers la cuisine.

Blake étale des légumes dans une poêle. Il casse des

œufs dans un saladier en plastique, les bat, les verse dans la poêle.

Il est bon cuisinier.

Du moins, à en juger par l'odeur de l'omelette.

Il se retourne vers moi, passe ses doigts dans mes cheveux, me regarde comme si je détenais le secret de tout le bonheur du monde.

— Du lait et du sucre ?

— Oui, merci.

Je me hisse sur la pointe des pieds pour l'embrasser. C'est tellement normal. Tellement familier. Tellement bon.

C'est parfait.

Il remplit deux tasses et ajoute juste assez de lait et de sucre dans l'une des deux.

Je lui dérobe la tasse et avale une longue gorgée.

C'est parfait.

Et ça me fait penser à lui. À la vanille sur ses lèvres. Je reste perdue dans mon café. Et mes pensées. Ça fait moins de deux mois, mais j'ai l'impression que ça dure depuis toujours. Est-ce vraiment moi qui ai heurté Blake, ce jour-là ? J'ai l'impression que c'était une tout autre personne.

— Voilà.

Blake dépose une assiette devant moi. Une omelette, un avocat, deux douzaines de framboises.

— Merci.

Je m'assieds devant le plan de travail. Ça sent tellement bon, mais je me force à manger lentement.

Hum ! Les œufs sont moelleux. Et frais ! Je ne savais même pas que des œufs pouvaient avoir le goût du frais.

Les poivrons sont craquants, les tomates sucrées.

— J'admets. Tu es bon cuisinier.

J'enfourne une autre bouchée d'omelette.

Blake s'assied à côté de moi et avale lentement la sienne.

Ses yeux passent sur moi.

J'essaye de ralentir.

— Tu n'es pas obligée de faire ça, dit-il en buvant son café. J'aime quand tu es bordélique.

Je m'essuie la bouche avec une serviette.

— C'est difficile à croire.

Je désigne d'un geste l'appartement parfait.

— Qui te dit que j'ai envie que ce soit comme ça ? rétorque-t-il.

— Mes yeux. Je parie que tu dépenses beaucoup pour que cet appartement reste super propre.

Il ricane.

— Ce n'est pas faux. Mais c'est bien trop propre. J'en ai assez du propre.

Il me regarde dans les yeux.

— J'en ai assez des choses sans complications.

Je déglutis.

— Ah oui ?

— Tu te rappelles ce que je t'ai dit cette première nuit dans mon bureau ?

— C'était il y a longtemps.

Il frôle mon menton du pouce, y écrasant une goutte de café.

— Tant que tu seras avec moi, tu ne manqueras de rien.

La chaleur se répand en moi. Je m'efforce de poursuivre mon petit-déjeuner.

— Je n'ai manqué de rien.

Ou presque. Il y a une chose qu'il ne peut pas me donner, mais Blake a été clair dès le début, l'amour n'entrerait pas en ligne de compte.

Je termine mes œufs et mon café, puis m'attaque aux framboises.

Blake m'observe. Il chipe un fruit dans mon assiette et le fourre dans sa bouche.

Très bien, nous pouvons être deux à jouer à ce jeu-là.

Je vole un quartier d'orange dans la sienne et y mords à belles dents. Le jus dégouline sur mes lèvres, mon menton, ma poitrine.

Blake rit. Il l'essuie avec son pouce, qu'il porte alors à ses lèvres.

Il me regarde dans les yeux tout en suçant son doigt.

Ça ne devrait pas être sexy, mais ça l'est.

Je me laisse glisser du tabouret et place mon corps devant le sien.

Il presse une main sur mes reins. L'autre glisse à travers mes cheveux.

Il m'embrasse fougueusement. Comme s'il n'en avait jamais assez.

Non. Ce n'est pas *comme*.

Il n'en a jamais assez.

Moi non plus.

Je ne parviens toujours pas à le dire avec des mots. Ça n'a jamais été mon fort.

Mais ça – mon corps contre le sien – je peux le dire comme ça.

Je t'aime.

Sois à moi.

Sois à moi pour toujours. Pour de vrai. Pour tout.

Je tire sur son t-shirt, glisse ma langue dans sa bouche.

Ce n'est pas suffisant.

J'ai besoin de plus.

J'ai besoin de tout.

Blake descend de son tabouret, son corps contre le mien.

Tout en moi se détend.

C'est exactement là où nous sommes censés être. Le

bonheur à deux, le sexe, l'amour et tout ça. Dans sa cuisine. Dans l'appartement qui peut nous appartenir. Dans une vie qui peut être à nous.

Il passe la main sous mes fesses et me soulève sur l'îlot de cuisine.

J'enroule mes jambes autour de lui.

Il me retire mon débardeur.

Il ne m'allume pas, aujourd'hui. Il porte les mains à mes seins et frotte mes mamelons avec ses pouces.

Il me donne ce dont j'ai besoin.

Je l'embrasse plus fort, cambrée pour frotter mon bassin contre le sien.

J'enfouis mes doigts dans ses cheveux, maintenant sa tête contre la mienne, laissant *tout* ce que je suis se déverser en lui.

Quand il interrompt notre baiser, je tremble.

Je fais glisser son t-shirt par-dessus sa tête.

— Maintenant, s'il te plaît.

Il hoche la tête en tirant sur mon pantalon de pyjama.

Les mains derrière mon dos, je décolle les hanches pour qu'il puisse le faire glisser plus facilement sur mes fesses.

Il tombe jusqu'à mes genoux. Mes chevilles.

Je m'en débarrasse d'un coup de pied.

Il retire son propre bas.

Nous sommes nus dans la cuisine.

Mais je ne me sens pas exposée.

Je me sens admirée. Comme si, quelque part, j'avais les deux versions de Blake.

Comme si peut-être, nous étions capables de nous comprendre aussi bien en permanence.

J'enfonce mes mains dans ses cheveux et l'attire vers moi pour l'embrasser.

Ses mains sur mes hanches, il me met en position.

Sa verge presse contre moi.

Lentement, il me pénètre.

Putain !

La chaleur envahit mon corps.

Mais c'est plus que du désir. Je ne fais qu'un avec lui. Avec *lui* et pas avec cet animal rendu fou par le sexe. C'est le Blake aux yeux bleus tristes, au rire séduisant, avec une tendance pour l'évitement.

Il est à moi.

Et je suis à lui.

Ça a du sens.

Le monde entier a un sens.

Il me rend mon baiser.

J'ondule des hanches en même temps que lui, prenant tout ce qu'il a à me donner, offrant tout ce que j'ai à lui donner.

Presque…

Là.

Encore un coup de reins et je jouis. Mon sexe se contracte autour de lui. J'enfonce mes ongles dans sa peau, l'attirant plus près, le faisant mien.

Il grogne contre ma bouche.

Il me serre plus près tout en allant et venant.

Puis il y est. Son étreinte se resserre et je le sens palpiter en moi.

Il est à moi.

Nous restons ainsi ensemble pendant très, très longtemps.

C'est vraiment parfait.

Comme si j'étais parfaitement à ma place.

Chapitre Trente-Neuf

J e consacre ma journée à Blake.

Nous faisons le tour du Metropolitan toute la matinée, nous déjeunons au café, nous nous promenons dans le parc tout l'après-midi.

Le printemps se fait sentir, avec le soleil resplendissant, l'air frais, l'herbe verte, les fleurs qui bourgeonnent avec des pointes de couleur.

Le monde est en éveil, bien vivant.

Moi aussi.

C'est ce que je veux. Tout ce que je veux.

Nous faisons le tour du parc jusqu'à ce que le soleil strie le ciel de lignes orangées.

Blake s'arrête sur un banc et me fait asseoir sur ses genoux. Il presse ses lèvres sur les miennes.

C'est tendre. Mignon. Parfait.

Quand nous nous interrompons, j'ai du mal à garder les yeux sur le ciel. Ses yeux bleus sont magnifiques. Et ils expriment toutes les émotions du monde.

Il se penche plus près, une main entre mes omoplates, l'autre replaçant mes cheveux derrière mes oreilles.

— Viens à Paris avec moi.

Sa voix est vulnérable, comme si ma réponse avait le pouvoir de le briser.

— On pourra passer la semaine à coucher ensemble. On ira dans tous les musées d'Europe. J'ai déjà libéré mon emploi du temps.

— C'est pratique ?

Son expression reste douce.

— Ce n'est pas ça.

Il fait courir le bout de ses doigts sur ma joue.

— Je veux être là-bas avec toi. Je veux passer la semaine avec toi.

La chaleur me remplit. Elle commence dans ma poitrine et se répand dans tout mon ventre. J'inspire profondément. C'est tellement proche de tout ce que je désire.

Mais ce n'est pas suffisant.

— Et puis quoi ? je demande.

— Alors, on sera ensemble.

Sa voix est douce. Sincère.

— J'aime t'avoir près de moi.

— C'est tout ? Tu aimes m'avoir près de toi ?

J'enfonce mes doigts dans ses épaules. Je me force à lui rendre son regard.

Ses doigts frôlent ma joue.

— Je t'apprécie, Kat.

Ce mot me hérisse. *Apprécie*. Je déglutis.

— C'est tout ?

— On sera heureux.

Peut-être. Mais ce n'est pas suffisant.

Ses doigts recoiffent mes cheveux. Ça me détend et m'excite tout à la fois. C'est tout.

Mais ce n'est pas suffisant.

— Je suis amoureuse de toi, Blake.

Je prends un ton aussi assuré que possible.

— Je suis folle amoureuse de toi, et ça me rend dingue. Je ne peux ni manger ni dormir. Je n'arrive pas à penser à autre chose. Je n'arrive pas à dessiner autre chose. J'essaye, mais quelque part, tout me ramène à toi.

Je le regarde dans les yeux, essayant d'y déceler une réaction. Je ne vois qu'une chose, et ce n'est pas de l'amour. Ce n'est pas de la joie provoquée par le fait que je le lui dise enfin.

Il a peur.

Il a peur de mes sentiments.

— Kat.

— Je comprends, tu ne crois pas en l'amour. Tu ne penses pas en être capable. Quoi qu'il en soit, ce n'est pas grave. Si c'est vraiment ce que tu ressens, très bien.

Je serre son pull.

— Mais je ne peux pas être avec toi si tu ne m'aimes pas. À moins que tu ne sois fou amoureux de moi, toi aussi.

Il veut toucher ma joue, mais je l'en empêche.

— Ne fais pas ça.

Je le regarde dans les yeux, mais ça ne m'aide pas à comprendre ce qu'il s'y passe.

— Tu n'as pas à répondre tout de suite. Tu peux y réfléchir.

— Kat.

Sa voix se brise.

J'inspire profondément.

— Si tu es amoureux de moi, alors j'irai à Paris avec toi. J'irai n'importe où. Mais c'est tout ou rien, Blake. Je ne peux pas être avec quelqu'un qui ne m'aime pas.

J'essaye de quitter le banc, mais il me retient. Il m'attrape par les épaules, à la fois doux et autoritaire.

J'essaye à nouveau de bouger, mais il me serre plus fort.

— Aucune négociation possible, dis-je.

— Tu comptes pour moi.

— Et ce n'est pas suffisant.

Je pousse sur sa poitrine, mais ça ne va toujours pas. Très bien. Je peux utiliser le mot pour cette fois.

— Échecs.

Il me lâche immédiatement.

Je reprends mon sac sur le banc, puis je lance un dernier regard à Blake, à ses yeux magnifiques et impossibles à déchiffrer.

Il ne me reste plus rien à dire ou à faire.

Je recule. Il me regarde toujours, mais ne proteste pas. Il ne me demande pas de rester.

Je ravale la boule dans ma gorge.

— On se reverra, alors.

Je tourne les talons et me mets à courir. Je cours jusqu'à ce que le parc ne soit plus qu'un flou. Jusqu'à ce que je me retrouve assise dans le métro qui me ramène vers Brooklyn.

Chapitre Quarante

Lizzy me prend dans ses bras à la seconde où je franchis le seuil de notre appartement. Je n'ai pas besoin d'un miroir pour savoir que la douleur est inscrite sur tous mes traits. Elle ne peut pas disparaître. J'implose.

— Ça va ? demande-t-elle.

Je secoue la tête et serre ma petite sœur un peu plus fort.

— Tu veux en parler ?

— Oui.

Pour une fois, j'en ai vraiment envie.

Nous discutons pendant des heures. Je raconte à Lizzy tout ce qui s'est passé avec Blake au cours des deux derniers mois. Je lui parle du testament, de Meryl, des écoles d'art auxquelles je postule.

Elle m'écoute avec une attention parfaite. Elle avoue que Stanford était son premier choix, qu'elle avait toujours eu l'intention d'y aller, mais qu'elle avait trop peur de m'en parler.

Je l'envoie se coucher un peu après minuit. Elle a école

demain. Elle marmonne qu'elle a déjà manqué l'école pour mon faux mariage et qu'elle ne va certainement pas me laisser seule.

Mais je vais quand même dans ma chambre. Je dessine au lieu de dormir.

Tout est Blake, tout a un rapport avec lui. Je n'arrive pas à songer à autre chose.

Et ce n'est pas comme si je pouvais le lui reprocher. Il a toujours été très clair dans ses intentions. Il a toujours été fidèle à sa parole.

Bon sang, ce n'est pas comme s'il avait dit non. Ce n'est pas un absolu. Il y a toujours une possibilité. Une infime possibilité, mais c'est quelque chose.

LIZZY NE VA PAS EN COURS. JE RESTE ENFERMÉE DANS MA chambre, à dessiner et faire la sieste successivement.

J'éteins mon téléphone. Je ne pourrais pas supporter un *je ne t'aime pas, je suis désolé.* J'ai besoin de plus de temps pour panser mes blessures avant de m'ouvrir à cette possibilité.

À l'heure du déjeuner, Lizzy frappe pour me demander si j'ai mangé. Quand je réponds que non, elle m'apporte un toast au fromage et de la soupe de tomate. Exactement ce que Maman préparait les jours de pluie. Je plonge le sandwich dans la soupe afin qu'il s'imprègne du goût savoureux de la tomate.

Lizzy s'assied sur mon lit, m'observant avec attention.

— Bon, je pensais…

— Oui ?

Je fourre une autre bouchée de ce délice au fromage dans ma bouche.

Elle essaye vraiment de me convaincre de son enthousiasme.

— On a loué les jardins botaniques pour demain. On devrait peut-être y aller. Ça pourrait être bien.

Bien n'est pas le bon mot. Pas du tout.

Je la regarde, essayant de comprendre pourquoi elle me suggère cela.

Ça ne lui ressemble pas.

Elle est plus intelligente, d'habitude. Je n'ai pas besoin qu'on me rappelle que Blake voulait s'engager avec moi dans une vie sans amour.

Lizzy joue avec son jean.

— Kat. Je sais que tu es contrariée, mais tu aimes le parc. Je suis passée devant hier et c'est magnifique. Ce seront les derniers jours où les arbres auront des fleurs. Elles sont tellement roses et belles. Tu veux vraiment rater ça ?

Bon sang. Elle connaît ma faiblesse.

— D'accord.

— Super, fait-elle en souriant.

Son sourire est trop large, comme si elle cachait quelque chose.

Elle quitte le lit.

— Je vais te laisser travailler, maintenant.

Elle referme la porte en partant.

La musique est forte dans sa chambre, mais je jure que j'entends des voix. Comme si elle était au téléphone avec quelqu'un.

Comme si elle planifiait quelque chose.

Chapitre Quarante-Et-Un

C'est une belle journée. Le ciel est très bleu. L'air est chaud. Le soleil brille sur l'herbe.

Les fleurs de cerisier sont parfaites. Luxuriantes, roses et vivantes.

Lizzy parle à la femme au guichet d'entrée. Il y a un panneau qui annonce *Parc fermé pour un événement privé*. Nous sommes l'événement.

La femme hoche la tête et sourit. C'est un sourire qui dit *oh mon Dieu ! Félicitations !*

Ça me tord l'estomac.

Elle ouvre le portail et nous fait entrer.

Heureusement, elle ne commente pas le fait que nous ne portions pas de vêtements de mariage.

Il y a quelque chose sur le visage de Lizzy. Elle est nerveuse.

C'est étrange.

Lizzy n'est jamais nerveuse. Du moins, elle ne me fait jamais savoir qu'elle est nerveuse.

Nous traversons la roseraie, son endroit favori. Des roses de toutes les teintes, rouge, rose et pourpre. S'assurant que personne ne la regarde, elle cueille une rose d'un rouge profond.

— Lizzy !

— C'est pour toi.

Elle me tend la fleur.

— Tu dégrades la propriété du gouvernement pour moi ?

— C'est pour te prouver à quel point je t'aime.

— Comme c'est gentil.

Je ris. Je me sens bien. Je parviens quand même à me sentir bien. C'est déjà quelque chose.

Elle attrape ma main libre et se met à courir.

— On ferait mieux d'aller voir ces fleurs de cerisier.

Cette fois, je sais qu'il se passe quelque chose. Elle a horreur de courir.

Seules quelques dizaines de mètres nous séparent du bosquet d'arbres.

Ils sont encore plus beaux vus de près. Les pétales satinés flottent vers le sol, colorant la pelouse d'un rose chatoyant.

— Euh, Kat, dit Lizzy en s'éclaircissant la gorge. Voilà…

Oui, il se passe résolument quelque chose.

Je suis son regard à travers le bosquet jusqu'au lac, là où aurait dû se tenir la cérémonie.

Blake.

Il est là. Il est trop loin pour que je puisse discerner l'expression de son visage, mais on dirait qu'il tient un bouquet de fleurs.

Mon cœur s'emballe. Il ne peut pas être là. Ce n'est pas possible…

S'il est là pour rompre avec moi en douceur…

Je déglutis.

Mes pieds se déplacent de leur propre initiative. Ils me

portent de l'autre côté du pont, devant les lanternes en papier suspendues entre les arbres, sur le sol de béton.

Il est à vingt pas. Quinze. Dix. Il a une main dans la poche de son jean, l'autre tient un bouquet de roses. Son t-shirt à manches longues lui retombe un peu sur les épaules. Il cultive le look détaché à la perfection. Je le lui accorde.

Il est particulièrement doué pour me rendre folle. Je le lui accorde volontiers, ça aussi.

Il désigne le bouquet.

— Elles sont censées être pour ta sœur. C'est elle qui m'a aidé à organiser tout ça.

— Je n'en doute pas.

Blake laisse tomber les fleurs à terre.

— Kat.

Il se passe la main dans les cheveux. Ses joues s'empourprent.

Blake Sterling est nerveux.

C'est adorable.

— Tu étais vraiment sérieuse pour Paris ? demande-t-il.

— Oui.

Mon estomac fait des bonds. Ça veut dire que… il… je… nous… J'inspire profondément. Il ne faut pas que je m'excite trop. Pas alors qu'il est en mesure de m'écraser.

Il prend ma main et frotte son pouce contre mes doigts. Ses yeux trouvent les miens.

— Je t'aime, Kat Wilder. Je suis, comme tu l'as dit, fou amoureux de toi.

Mes genoux faiblissent, mais je parviens à rester debout.

— Je pense à toi constamment. Ça fait mal quand tu n'es pas là. Il manque quelque chose. D'abord, ça m'a dérouté. Et je ne me laisse pas dérouter facilement.

Il me presse la main.

— J'ai essayé de travailler davantage, mais ça n'a rien fait. Je n'arrêtais pas de penser à toi.

Un pétale atterrit sur ses cheveux. Je l'écarte et passe mes doigts à travers ses mèches souples.

Ses lèvres adoptent un sourire.

Ça me fait toujours fondre.

C'est tout pour moi, toujours.

— J'ai essayé de le nier. La possibilité de ne plus jamais te revoir m'a fait mal comme je n'ai jamais eu mal auparavant. Ça aurait été la pire erreur de toute ma vie.

Il glisse la main autour de ma taille.

— Je t'aime.

À mon tour, je passe les bras sur ses épaules. Ça m'aide à rester debout. Blake m'aime. Blake m'aime. *Blake m'aime.*

Je suis la fille la plus chanceuse de la terre entière.

— Je t'aime aussi, dis-je.

Ses lèvres rencontrent les miennes.

C'est aussi chaud que nos autres baisers, mais cela contient plus qu'une simple excitation. Tout son amour se déverse en moi. Tout mon amour se déverse en lui.

Il est à moi.

Et je suis à lui.

C'est parfait.

— Alors, pour Paris ? demande-t-il.

— Une promesse est une promesse.

Je pousse un cri de joie quand il me prend dans ses bras. Nous sommes seuls dans le parc à présent. Lizzy n'est nulle part. Elle est déjà rentrée.

Le parc est à nous.

Le monde est à nous.

— Le vol part dans combien de temps ? je demande.

— Trois heures.

Il presse ses lèvres contre mon cou.

— Mais le jet privé sera prêt dès notre arrivée.

— Je me demande ce qu'on va faire pendant trois heures, dis-je.

Il me serre contre lui.

— Tu sais exactement ce qu'on va faire.

Je croise son regard.

— Redis-le.

— Je t'aime, Kat Wilder.

— Je t'aime, Blake Sterling.

Épilogue : Première partie

SON PREMIER JOUR D'ÉCOLE

Seulement deux avenues et trois stations de métro séparent l'Université de Columbia du penthouse. À peine le temps de sentir le soulagement bienvenu de la climatisation avant que je ne me retrouve à nouveau dans la rue.

Je monte quatre à quatre les marches du métro. Bon sang. Il fait chaud. Très chaud. Mais ça ne me dérange pas.

Ma première journée à la fac est terminée. Du moins sur les lieux. Le département d'art a tellement aimé mon portfolio qu'ils m'ont proposé une place à la rentrée d'automne. Avec les frais cent pour cent payés. L'argent de Meryl est toujours bien au chaud sur mon compte en banque, en cas de jours plus sombres.

Dieu sait que le ciel s'assombrira bientôt et qu'il se mettra à pleuvoir. Cette ville ne s'arrête jamais. Si ce n'est pas la chaleur, c'est la pluie, la neige ou le vent. Cela dit, je n'en changerais pour rien au monde.

Encore deux pâtés de maisons et me voilà dans le hall heureusement climatisé. J'essuie la sueur qui perle sur mon front alors que j'attends l'ascenseur.

Je ne suis pas l'image même de la grâce, mais je n'ai plus rien à prouver.

— Bonjour, Mademoiselle Wilder ! me salue le gardien. Comment va votre sœur ?

— Elle est en Californie. C'est horrible.

Il secoue la tête. Seul un New-Yorkais d'origine est véritablement en mesure de comprendre. Qui pourrait quitter la meilleure ville au monde pour la Californie ?

Les portes de l'ascenseur s'ouvrent. Je m'avance à l'intérieur et fais glisser ma clé d'accès à l'étage du penthouse.

Les miroirs me renvoient le reflet de mon maquillage qui coule. J'avais tracé mon meilleur œil de chat pour l'université, mais la majeure partie a fondu. Ce n'est pas grave. La seule chose dont j'ai envie hormis un verre d'eau froide, c'est une bonne douche.

Ding. Je sors dans le couloir et fourre la main dans la poche frontale de mon sac à dos pour y trouver mes clés. C'est idiot que cette pièce ait une serrure. Pour accéder à l'étage, il faut déjà une première clé. Une serrure, c'est déjà trop. Trois serrures, c'est de la folie pure.

Mais c'est tellement Blake.

Ça y est. Je glisse ma clé dans la porte, tourne le verrou et entre dans la pièce.

Il fait sombre.

Les lumières sont éteintes.

Les rideaux sont tirés.

Ah ?

Quelque chose file près de moi et rebondit sur le mur. C'est petit. Un bouchon.

Les rideaux s'ouvrent.

Blake se tient devant la fenêtre, une bouteille de champagne mousseuse à la main. Voilà qui explique le bouchon.

Il désigne le plafond de la main. Il y a plusieurs dizaines de ballons bleus et blancs. Les couleurs de Columbia. Une bannière est accrochée en travers de l'immense pièce. *Félicitations, Kat.*

Et… Oh, mon Dieu ! Il porte un de ces ridicules débardeurs masculins à dos nageur. Bleu, avec le mot Columbia écrit en grandes lettres blanches.

Il me surprend à l'observer.

— Si tu aimes, tu devrais voir le caleçon assorti.

— Ah oui ?

Il hoche la tête, s'approche de trois pas, s'empare des flûtes de champagne sur la table basse et m'en tend une.

— Tu n'es pas contente d'être entrée à l'université alors que tu as l'âge légal de consommer de l'alcool ? demande-t-il.

— Tu en es sorti trop jeune pour boire.

— Ne te compare pas à un vieil homme, sourit-il.

— Un vieil homme de vingt-six ans ?

— Une antiquité.

Il retire mon sac à dos de mes épaules et le pose à côté du canapé.

— Tes épaules ne te font pas mal de devoir porter cette chose partout ?

Il fait courir son doigt le long de mon bras.

Le désir me traverse. Ce sont des doigts magiques. Je m'éclaircis la gorge, reprenant mes esprits.

— C'est plutôt mon cou.

Il frotte mon cou de sa paume tandis que son autre main rejoint le décolleté de mon débardeur.

— Je n'aime pas que tu portes ça en classe.

— Tu te sentirais mieux si je marquais *Propriété de Blake Sterling* dessus ?

— Oui, dit-il en pressant les lèvres dans mon cou. Mais je ne pense pas que tu me le proposes.

— Eh bien, peut-être, si ce n'était pas moi qui avais acheté le débardeur.

Il rit. Un rire profond. Depuis que nous sommes partis à Paris ensemble, j'ai souvent entendu ce rire.

Je l'entends tous les jours et il me fait toujours fondre. C'est le son le plus agréable de toute la terre.

Il presse ses lèvres contre mon cou et pousse un grognement grave.

D'accord… ce son-là passe en second, mais de très peu.

J'avale une petite gorgée de champagne. Les minuscules bulles fruitées coulent dans ma gorge. Bon sang. C'est bon. Je termine mon verre d'une grande lampée.

Blake le place sur la table basse et retire de mes yeux les cheveux emmêlés.

— J'ai quelque chose pour toi.

Je réprime une envie de taper dans mes mains. Les cadeaux surprises, ce sont toujours d'agréables… eh bien, d'agréables surprises.

— Montre-moi.

Il rit, avec un beau sourire jusqu'aux oreilles. Ses yeux pétillent. Ses joues se creusent de fossettes. Il secoue la tête comme si j'étais vraiment ridicule et tire un paquet-cadeau de la bibliothèque.

Il me le remet.

— Ça va te plaire.

— Tu n'es pas censé dire ça.

— Et toi, tu n'es pas censée dire *montre-moi*.

— Oh, tu utilises mes propres paroles contre moi, n'est-ce pas ?

Je retire l'emballage du cadeau. C'est un roman graphique. *Des pétales dans le vent*. Le même titre que j'avais donné à mon projet de portfolio. Et l'image de couverture est l'un de mes dessins. Un autoportrait.

À la place du nom de l'auteur, il est inscrit *Kat Wilder*.

Merde ! C'est moi l'auteur. C'est mon projet de portfolio, la dernière version.

— C'est une maquette, dit-il. Ça te plaît ?

Je suis sûre que je reste bouche bée. C'est une maquette de mon propre projet, et on dirait un vrai roman graphique. Ça a l'air génial.

Je le feuillette. C'est parfaitement édité. Chaque vignette est d'une couleur différente et elles sont toutes parfaites, aussi vives ou mates que dans mon dessin d'origine.

J'expire tout l'air que contenaient mes poumons.

— J'adore.

— C'est censé t'inspirer.

Il fait défiler les pages, s'arrêtant à la vignette de Blake… enfin, inspirée par Blake. Dans l'absolu, c'est de la fiction.

Il s'arrête directement à une page où les deux personnages s'apprêtent à coucher ensemble.

— Je sais que moi, ça m'inspire.

— Pervers !

Blake désigne le panneau au bas de la page, celui où la porte de la chambre se referme.

— C'est cruel de ta part de ne pas laisser tes lecteurs voir ce qu'il se passe.

— C'est vrai ?

Il hoche la tête.

— Sadique, même.

Il me mordille l'oreille, écartant le livre qu'il pose sur la table basse.

— Ce n'est pas ce genre d'histoire.

Ça pourrait l'être.

Il descend le long de mon cou. Ses doigts s'aventurent sur la ceinture de mon short en jean.

— Hé, Sterling. Si tu veux faire ça, on va le faire à ma façon.

Là, je lui renvoie ses propres paroles. Même si j'aime vraiment ces mots. Et sa façon de faire, bien à lui.

Il recule, ajustant son débardeur Columbia comme s'il était mon élève assidu.

— Et quelle est ta façon ?

Je pose une main sur ma hanche.

— Retire tes vêtements.

— Où ai-je déjà entendu ces paroles ?

— Ne me force pas à te le demander deux fois.

Je réprime un gloussement. Je ne parviens pas à être autoritaire.

Mais il m'obéit quand même.

Blake passe son débardeur par-dessus sa tête. La lumière de la fenêtre sublime son corps, soulignant toutes ses lignes parfaites et bien nettes. Il est musclé. On dirait une statue.

Il enlève son short et tire sur son caleçon, révélant quelques mots sur le côté. Columbia.

Un rire franchit mes lèvres.

— C'est de l'acharnement. Vas-y, retire-le.

Il fait glisser son caleçon jusqu'à ses genoux.

Oh, waouh, oui !

Je lui fais signe de s'approcher.

— Et maintenant, déshabille-moi.

Nous travaillons ensemble. Je lève les bras et il fait passer ma chemise au-dessus de ma tête. J'ondule des hanches alors qu'il fait glisser mon short jusqu'à mes pieds. Puis il fait courir ses doigts sur mes mollets, mes cuisses, mes hanches, mon ventre, mon dos.

Le désir fait palpiter tout mon corps.

À sa façon ou à la mienne, nous allons le faire.

—Je ne t'ai pas dit de faire ça, observé-je.

Il dégrafe mon soutien-gorge et le laisse effleurer mes épaules. Ses doigts caressent mes seins, tracent des cercles lents autour de mes mamelons.

— Je devrais te donner la fessée pour avoir désobéi à mes ordres, dis-je.

— Tu devrais.

Il pousse mes sous-vêtements jusqu'à mes genoux, empoigne mes fesses et rapproche nos corps.

Sa verge se presse contre mon bassin. Je me hisse sur la pointe des pieds afin de la positionner tout contre mon clitoris.

Putain, oui !

Blake m'embrasse. C'est fort, affamé et doux tout à la fois. D'un mouvement fluide, il me soulève. Mes jambes s'enroulent autour de ses hanches, mes bras autour de son cou. Il me porte jusqu'au mur et m'y plaque. Oui. Cent fois oui.

— Accroche-toi.

Il m'embrasse violemment.

Il me pétrit les fesses de ses ongles tout en ajustant ma position. Un soupçon de douleur. Juste assez pour me sentir bien. Pour retenir toute mon attention.

Son gland me pénètre. C'est toujours aussi bon que la première fois. Toujours aussi bon que toutes les autres fois.

Je ne me lasserai jamais de coucher avec cet homme.

J'embrasse Blake, me raccrochant alors qu'il me pénètre.

Oui ! Oh, oui !

Il m'appuie contre le mur, ondulant en moi de plus en plus énergiquement.

Là. C'est parfait. Il enfonce ses doigts dans ma peau, maniant mes hanches afin que chaque pénétration aille plus profond. Ma poitrine nue est pressée contre la sienne.

C'est tellement bon de sentir nos corps ensemble. Nous sommes tellement bien ensemble.

C'est vraiment parfait.

Sa langue s'invite dans ma bouche, l'explorant comme si cela le fascinait toujours. J'en fais de même. Dieu sait que cet homme me fascine. Je veux savoir tout ce qu'il y a à savoir sur Blake. Son esprit, son cœur, son corps. Particulièrement son corps.

J'enfonce mes ongles dans son dos et il grogne dans ma bouche. Je serre les jambes autour de ses hanches, oscillant contre lui. Mon clitoris frotte l'os de son pubis. C'est une friction légère et délicieuse.

Le plaisir vibre en moi. Il se contracte davantage. Encore plus.

Je retire mes lèvres, bascule la tête en arrière, gémis son nom.

La pénétration suivante me fait exploser. L'extase remplit mon corps. C'est une chute libre. C'est partout, tout autour de moi.

Il me serre davantage.

Le souffle court, il redouble de vigueur. Ses paupières se referment. Des grognements s'échappent de ses lèvres.

Il y est presque.

Il m'étreint avec force, me presse contre le mur.

Là.

L'orgasme le submerge. Il râle, enfonçant ses doigts dans ma peau tout en éjaculant en moi. Je m'écroule dans ses bras. Mais il me tient toujours, adossée contre le mur. Je dénoue les jambes et campe mes pieds par terre.

Blake laisse courir le bout de ses doigts sur mon menton, l'inclinant pour me regarder dans les yeux.

— Je t'aime.

Je presse mes lèvres contre les siennes.

— Je t'aime aussi.

Après avoir dîné au restaurant thaïlandais en bas de la rue, nous grimpons dans la limousine.

Blake tire un bandeau de la poche du siège et le place sur mes yeux.

— La destination suivante est une surprise.

— Quel genre de surprise ?

Il m'embrasse le cou.

— Pas ce genre-là. Pas encore.

Je me cale contre la banquette. D'accord. Notre destination est une surprise et nous ne passons pas le trajet à baiser.

— Tu veux bien me donner un indice ?

— Non.

Je secoue la tête.

— Tu es tellement difficile. Je ne devrais pas l'accepter.

— Non, tu ne devrais pas.

— Pourquoi est-ce que je le fais, alors ?

— Mon corps.

J'éclate de rire.

— Pas ton argent ?

— Non. C'est pour le sexe.

— Ça aide.

— Ça ne fait qu'aider ?

— Il y a également le fait que je t'adore.

— Pas autant que *je* t'adore.

Blake se glisse sur le siège à côté du mien et me caresse l'intérieur de la cuisse, juste sous l'ourlet de ma jupe.

Tellement, tellement près.

J'étouffe un cri quand la limousine s'arrête et qu'il retire sa main.

— Tu peux l'enlever, dit-il.

Je passe le bandeau au-dessus de ma tête, le jette de côté et sors du véhicule.

Nous sommes à Midtown, devant un immeuble. L'Empire State Building. Il est bleu et blanc aujourd'hui.

— Pour ton premier jour à la fac, dit-il. La ville tout entière te fait la fête.

— Il rend hommage aux universités. Hier, il était violet, pour l'Université de New York.

Il me prend la main et me guide à l'intérieur du bâtiment. Les heures pour la plateforme d'observation sont passées, mais il en faudrait plus pour arrêter Blake. Il salue le garde de la main et entre dans l'ascenseur.

— À ce que j'en sais, tu n'as pas le vertige, me dit-il.

— Pas du tout.

Rien ne ressemble à l'excitation que l'on ressent quand on est dans les nuages.

Il passe une carte d'accès devant l'ascenseur et appuie sur le bouton de la plateforme d'observation. Je ne me demande même plus comment il fait ces choses-là. C'est un tour de personne riche.

C'est exactement comme lorsque j'étais enfant. L'ascenseur gravit tant d'étages si vite que j'en ai les oreilles qui bourdonnent. Je déglutis trois fois pour les débloquer. Ah. Enfin !

Les portes s'ouvrent et nous sortons. La plateforme d'observation tout entière est vide, hormis un seul agent de la sécurité dans le coin.

Je pousse les doubles portes et m'avance sur le balcon. Il y a du vent ici, mais l'air est chaud. Un temps parfait de septembre. Idéal pour la ville.

Le soleil se couche derrière nous. Il se couche si tard à cette époque de l'année. Blake glisse son bras autour de mes hanches alors que je m'accroche à la rambarde. La ville est tout autour de nous, et elle est somptueuse.

Un sourire lui monte aux lèvres. Il écarte à nouveau les cheveux de mes yeux. Il rit quand le vent les rabat.

— Ça m'apprendra.

Il m'éloigne de la rambarde afin que nous soyons au milieu du toit-terrasse.

Les yeux de Blake croisent les miens, mais il les baisse aussitôt. On dirait presque qu'il est nerveux, pourtant ce n'est pas possible. Blake Sterling n'est jamais nerveux.

— Espérons que ça se passe mieux que la dernière fois.

Il me prend la main et met un genou à terre.

Oh, waouh !

— Kat Wilder, je suis fou amoureux de toi, et la seule chose qui manque à ma vie – il tire un écrin de sa poche et l'ouvre – est de faire de toi ma femme.

Je contemple la bague.

— C'est la même, admet-il. Elle te va vraiment bien.

Je cherche mes mots. Ma voix se brise.

— Oui. Bien sûr.

Il glisse l'anneau à mon doigt.

Je le tire par les mains pour qu'il se redresse. Il referme les bras autour de moi, s'approche et m'embrasse.

Il m'embrasse comme s'il n'avait jamais l'intention de reprendre sa respiration.

Épilogue : Deuxième partie

LEUR PREMIER NOËL

Le 22 décembre

Seules quatre rues séparent la sortie du métro de l'appartement. Aujourd'hui, j'ai l'impression que c'est quatre kilomètres. Le temps n'est pas réellement glacial, mais le vent est assez fort pour me donner des frissons à travers mon manteau en laine. Mes bottes prennent l'eau. Mon jean est trempé.

Tout cela ne compte plus quand je vois Blake. Il se tient dans le vestibule, les mains dans les poches de son costume, les épaules en arrière, le visage sévère.

Il s'adoucit lorsque je franchis le seuil. Ses yeux trouvent les miens. Je ne peux pas me retenir de sourire. Je ne peux pas me retenir de me jeter dans ses bras. Je suis certaine que mes bottes salissent son costume gris immaculé, mais peu importe.

Blake passe ses doigts dans mes cheveux.

— Comment ça s'est passé ?

— Pas trop mal. Heureusement que j'ai eu un excellent prof particulier en physique.

Je presse mes lèvres contre les siennes. Hum. Il a le goût de la vanille.

— Je crois que j'ai réussi, j'aurai peut-être même un B.

— Je suis sûr que ce sera un A. Je suis fier de toi.

Je repose les pieds par terre.

— Tu n'es pas censé être au travail ?

— Si.

— Tu sèches le travail pour moi ?

— Il faut qu'on discute de quelque chose.

Sa voix est sérieuse. Voilà qui annonce de mauvaises nouvelles.

Je déteste les mauvaises nouvelles.

Je m'arrête pour admirer le sapin de Noël géant dans le hall d'entrée. Ça fait plusieurs semaines qu'il est là, mais j'étais trop concentrée sur mon école pour en former une image mentale. Il serait génial dans une case de bande dessinée, l'image même d'une décadence intouchable et élégante.

Même à trois pas de distance, je peux sentir l'odeur des aiguilles. Je m'approche, passe mes doigts sur les guirlandes rouge clair. Ce sapin est immense. C'en est même ridicule. Il mesure dix mètres de haut, et il est absolument parfait.

Pas parfait dans le genre paillettes et beauté sublime, comme Beyoncé par exemple. Non, c'est une perfection inerte, immuable, qui aurait sa place dans un magazine plutôt que dans la vie réelle.

Je m'imagine en train de le dessiner. Il faudra que je lui consacre une page tout entière. Il faudrait que je trouve le moyen de saisir à la fois sa majesté et son absence d'âme.

Blake fait courir ses doigts sur mon menton.

— Kat.

Je me retourne vers lui, examine l'expression dans ses yeux. Il lutte contre quelque chose.

— Qu'est-ce qui ne va pas ?

— Allons en parler là-haut.

Blake salue le garde d'un hochement du menton. Sa

prise se resserre autour de mon poignet alors qu'il m'entraîne vers les ascenseurs.

Il est plus brutal que d'habitude. Je me retiens de l'interroger. Blake n'est pas fermé quand nous sommes seuls, mais en public, c'est un mur d'acier.

À l'intérieur, le penthouse est toujours aussi épuré. Aucune trace de la joie de Noël. Sans le ciel blanc et morne de l'autre côté de la baie vitrée, on pourrait se croire au mois de juin.

Bon, ce n'est pas entièrement vrai. Les arbres dans le parc sont dénudés, bruns et gris au lieu d'être d'un vert profond, et tous les gens dans la rue portent d'épais manteaux.

Je me débarrasse de mes bottes et suspends ma veste au crochet. Blake pose mon sac à dos près du canapé. C'est là où je m'assieds quand je dessine. Et il déteste que mes affaires soient sur le canapé. Il doit savoir à quel point j'ai envie de dessiner la vue.

— Du café ? demande-t-il.

— Oui.

Je le regarde pendant qu'il prépare deux tasses. Enfin, il m'en tend une. Sucré, savoureux et à la vanille. Comme ses lèvres.

— Je sais que c'est un peu tard, mais je me disais que je pourrais acheter un sapin de Noël demain. Ou même aujourd'hui. C'est seulement midi. On a le temps d'aller sur la Cinquante-neuvième Avenue, dans la zone commerciale, ou bien d'aller acheter un arbre en plastique à Target.

Son expression s'endurcit. Il se tourne vers la fenêtre, s'avance dans la douce lueur du jour. La lumière d'hiver est belle. J'ai besoin de l'immortaliser afin de capturer les traits saillants, les ombres et toute la douleur dans ses yeux.

Je m'approche, frôle sa joue du bout des doigts. Il se

laisse aller dans ma main, lâchant un souffle long et profond. Ce n'est pas un soupir, mais presque.

— Qu'est-ce qui ne va pas ? je lui demande.

Ses yeux restent braqués sur la fenêtre.

— Je ne fête pas Noël.

Il avale une longue gorgée de café, interrompant le contact.

— Ta sœur sera là demain. Fêtez-le ici ou bien prends mon jet professionnel pour l'emmener à Aruba. Je serai au bureau jusqu'au vingt-six.

Je joue avec ma bague de fiançailles. Elle est énorme, coûteuse, élégante. Comme son appartement. Comme sa société. Comme lui.

— Tu veux bien m'expliquer ?

Sa façade se fissure. La mélancolie se répand sur son visage. Ses lèvres se pincent. Ses sourcils se froncent avec frustration. Pour une fois, sa posture n'est ni forte ni insensible.

Ma voix se radoucit.

— Tu peux t'enfuir si tu veux, mais j'ai besoin de savoir pourquoi.

— J'ai trop de souvenirs douloureux.

Je hoche la tête. Blake n'a pas eu la vie facile. Son père était un homme cruel et abusif. C'est Blake qui a dû s'occuper de sa mère et de sa sœur, même lorsqu'il était petit.

— Alors, tu t'abîmes dans le travail ?

Il hoche la tête.

— Tous les ans ?

Une fois encore, il acquiesce.

— Et tu as attendu le vingt-deux pour me le dire ?

— Tes études passaient en premier.

Je ne sais pas si je veux le prendre dans mes bras ou bien le frapper. Il veut vraiment que mes devoirs passent en premier. Même avant lui. Même s'il a désespérément besoin de moi.

Je resserre les poings. La colère prend le dessus.

— Alors, quoi ? Tu t'enfuis complètement pour Noël ?

Blake est aussi froid que de la pierre quand il se tourne vers moi.

— Tu peux le fêter comme tu l'entends. Je ne te gênerai pas.

— Je veux le fêter avec toi.

Sa voix chevrote.

— Je suis désolé, Kat.

Peu importe. Je ne vais pas laisser Blake me repousser. Pas pour quelque chose d'aussi important.

— Non.

Je me campe fermement sur mes jambes. Mais je suis en chaussettes et le plancher vient d'être ciré. Je glisse et atterris à quatre pattes.

Blake baisse les yeux vers moi. Il sourit, séduit par ma maladresse ou alors par mon refus.

Je lève la tête.

— Quand as-tu célébré quelque chose pour la dernière fois ?

Son expression s'endurcit.

— Dix ans ? Plus ?

— Tu aimerais peut-être, maintenant. Si tu tentes le coup.

Il s'agenouille, proposant de m'aider à me redresser. Je lui prends la main, mais je m'y accroche pour le tirer à terre avec moi.

Il ne résiste pas et mon intouchable PDG de fiancé se retrouve assis en tailleur sur le sol, dans son costume à trois mille dollars. N'importe qui d'autre aurait l'air bête. Mais quelque part, Blake parvient toujours à garder le contrôle.

Je croise son regard.

— Des souvenirs heureux parviendront peut-être à remplacer les anciens.

Il repousse mes cheveux derrière mon oreille. C'est doux. Gentil.

Il en a envie aussi. Il suffit simplement que je l'aide à s'en rendre compte.

— Je t'aime, murmuré-je. Laisse-moi t'aider.

— C'est impossible.

C'est impossible. Pas *je ne veux pas que tu m'aide*s. Tout n'est pas perdu !

Je presse le bout de mes doigts contre les siens. Cette intimité propage des frissons le long de mon dos. Je savoure l'excitation de notre contact peau à peau, à la fois ancré dans le réel et accablant.

Je mêle mes doigts aux siens et je lui rends son regard.

— Non.

Il me dévisage, indéchiffrable.

— Peu de gens me disent non.

— Dans quelques mois, je deviendrai ta femme. Et je ne vais pas abandonner l'idée de passer mes vacances avec toi sans me battre.

Je presse ma main libre contre sa cuisse et l'utilise comme appui afin de me hisser sur ses genoux.

— On va passer un accord.

Tout change dans son attitude. La douleur s'estompe, remplacée par un visage parfaitement impassible. Sa posture se redresse. Ses yeux deviennent glacials.

— Quelles sont tes conditions ?

Merde. C'est un négociateur intimidant. Je déglutis. J'enroule les jambes autour de lui, pressant mon bassin contre le sien. C'est un coup bas, certes, mais cette situation est trop importante pour la jouer à la loyale.

— Cette année, on va essayer Noël à ma façon. Si tu détestes, on n'aura plus jamais à le fêter.

Il ne grimace pas.

— Ça peut aller jusqu'à soixante ans.
Soixante-dix, même.

— Ça prouve à quel point c'est important pour moi.

Je passe mon pull par-dessus ma tête et je le jette
par terre. Un autre coup bas, mais peu m'importe. Je
tente mon meilleur regard intimidant, façon Blake
Sterling.

— Et à quel point je suis certaine de mon coup.

Je glisse ma main libre autour de sa nuque. Il est
chaud, même quand il affiche un visage aussi froid que le
climat hivernal.

Je passe les doigts dans mes cheveux.

— Tu me fais confiance ?

— Ça ne va pas se résoudre avec de la confiance.

— Mais tu me fais confiance.

Il hoche la tête.

— Je te le jure.

— Et si…

Je me mords la lèvre, soudain intimidée par mes conditions peu conventionnelles. Je canalise ses capacités de
négociation. Il est temps de sceller cet accord.

— Si c'est trop, tu peux reprendre le contrôle.

Il passe son doigt le long de mon menton, l'inclinant
pour pouvoir me regarder dans les yeux. Je soutiens son
regard. Il n'est plus blessé ni fermé. Il est intrigué, à
présent.

— Je serai à toi, complètement à toi, et tu pourras faire
tout ce que tu veux, dis-je. Où que nous soyons.

Il presse ses lèvres dans mon cou. C'est suffisant pour
envoyer une vague de chaleur entre mes jambes. Ses dents
raclent ma peau. C'est doux, puis douloureux, tellement
que je pousse un petit cri.

Oh, mon Dieu ! Comme j'ai envie d'avoir sa bouche

sur moi ! Comme je voudrais qu'il me retire ces épaisses couches de vêtements d'hiver.

— Tu es à moi, Kat.

Il me mord plus fort, les mains sur la ceinture de mon jean. Ses doigts jouent avec le bouton.

— Partout où je veux, comme je veux, quand je veux.

Il me regarde dans les yeux.

— Ne fais pas semblant que ce n'est pas ce dont tu as besoin.

Je rougis.

— Si.

— Tu as besoin que je prenne le contrôle.

Je hoche la tête.

— Tu as besoin de te soumettre à tous mes ordres.

Il déboutonne mon jean. Sa main se pose sur mes fesses. Il me redresse afin de pouvoir faire glisser mon pantalon sur mes chevilles.

Blake laisse courir ses mains sur les côtés de ma culotte en coton. Son contact est électrique. Ça fait presque une semaine que nous n'avons pas couché ensemble. Et encore plus longtemps qu'il ne m'a pas attachée, livrée à sa merci. Je n'ai fait qu'étudier au cours des deux dernières semaines.

Mon sexe se contracte. Il a raison. J'aime quand il prend le contrôle. Et j'en ai besoin tout de suite.

Ses mains restent sur mes hanches.

— Que m'offres-tu ?

Puis elles sont sur mes fesses. Il approche mon corps du sien afin que mon sexe ne se retrouve qu'à quelques centi-mètres de ses lèvres. Ma culotte est au milieu, mais elle ne fait pas le poids face à la détermination de Blake.

— Tu peux m'utiliser, dis-je. Si c'est ce dont tu as besoin pour te sentir mieux. Si c'est ta seule façon de supporter cette douleur.

Son souffle est chaud contre ma peau.

— Je t'en prie, ajouté-je en inspirant profondément, rassemblant tout mon courage. Je veux t'aider à traverser ça, même si c'est à genoux.

— Je ne vais pas me servir de toi.

Il passe le bout des doigts sur l'élastique de ma culotte. Sa voix se durcit.

— Je l'ai déjà fait ?

— Non, mais… dis-je en me penchant contre lui. Tu peux avoir un chèque en blanc. Combien veux-tu ?

Ses doigts parcourent ma culotte, de plus en plus bas, jusqu'à appuyer le tissu en coton contre mon clitoris.

— Pas avant qu'on ne se soit mis d'accord à ce sujet.

Mon corps se rebelle. Il déborde de plaisir, me priant de m'écrouler dans les bras de Blake afin qu'il puisse me jeter sur le canapé.

— Si c'est trop, on peut arrêter, cesser toutes les activités pour les vacances et aller quelque part où on pourra être seuls. Où tu auras le contrôle.

Je le regarde, certaine que je vais fondre sous le poids de son regard.

Il ne répond rien.

— Qu'est-ce que tu en penses ? je demande. Tu es prêt à essayer ?

Je retiens mon souffle en attendant sa réponse.

———

Blake soutient mon regard.

— Je t'ai déjà.

— Mais…

— Je vais essayer, Kat.

Il retrousse mon débardeur et presse ses lèvres contre mon ventre.

— Mais seulement parce que c'est important pour toi.

Il m'embrasse juste sous le nombril.

— Retire ton haut.

J'hésite.

Sa voix se fait bourrue et autoritaire.

— Tout de suite.

La frustration traverse son masque. Il a besoin de reprendre le contrôle. Il a besoin du seul endroit où le monde est cohérent.

J'en ai besoin, moi aussi.

Je passe mon haut par-dessus ma tête et le laisse retomber sur mon sweat. Ses yeux se remplissent de désir. J'en ai besoin. J'ai besoin de tout.

Je m'apprête à dégrafer mon soutien-gorge, mais il m'attrape le poignet et repose ma main sur mes genoux.

— Attends que je te le dise, m'ordonne-t-il.

Il me dévisage lentement, savourant chaque instant.

— *Maintenant*, enlève ton soutien-gorge.

Je m'exécute lentement, un bras à la fois.

Il fait courir ses mains sur mes côtes, jusqu'à mes épaules. Puis il empoigne mes deux seins. Il ne m'attise pas, il ne joue pas. Pas encore.

— Tu as vraiment envie que je te touche, ma belle ? Dis-moi à quel point.

Sa voix est parfaitement contrôlée alors qu'il effleure mes mamelons de ses pouces.

Une pointe de désir se répercute directement jusqu'à mon sexe. Comment ? Peu importe. Tant qu'il me touche. Tant qu'il me fait sienne.

— Comme tu veux. Tout ce dont tu as besoin.

— De quoi as-*tu* besoin, Kat ?

Il me pince les tétons. Sa bouche s'approche de mon cou. Sans prévenir, il enfonce ses dents dans ma peau.

Hum. Je lâche un hoquet et froisse son costume dans

mon poing.

— C'est ce dont tu as besoin, n'est-ce pas ?

Il me pince jusqu'à ce que je me mette à haleter.

— Tu as besoin que je prenne le contrôle.

Il me mord à nouveau, sa main sur mon ventre. Sans préliminaires, il glisse un doigt dans ma culotte et à l'intérieur de mon sexe. Je suis humide et prête pour tout ce qu'il désire.

— Oui, dis-je dans un souffle. S'il te plaît.

— Explique-moi.

— Oui. J'ai besoin que tu prennes le contrôle. J'ai besoin d'être à ta merci. S'il te plaît.

Il descend ma culotte sur mes cuisses. Sa voix redevient douce, prévenante.

— Viens ici.

En une seconde, il a repris son apparence froide. Le Blake qui contrôle tout. Blake le dominateur. Il déteste quand je l'appelle comme ça.

Mais ça me plaît.

Plus encore, j'adore ça.

Merde, j'aime vraiment quand il prend le contrôle.

Il m'attire plus près de lui afin que ma poitrine se retrouve à la hauteur de sa tête. Ses mains remontent le long de mes côtes. Il m'empoigne un sein et le porte à sa bouche. Il s'y prend d'abord doucement, suçant délicatement, puis plus fort, et enfin si brutalement que je grogne.

Il mord mon mamelon, envoyant une décharge de douleur jusqu'au bout de mes doigts. Sa morsure suivante est plus violente. Elle me fait encore plus mal, mais c'est bon. Mon sexe se contracte. J'en oublie presque mon objectif.

J'ai besoin de l'aider à se sentir mieux.

Mais il se sent déjà mieux.

Il n'y a pas le moindre soupçon de frustration sur son

visage.

Rien que l'envie de contrôler, qui détrempe mon entrejambe.

Il se dirige vers mon autre sein, le taquinant sans pitié.

Il ne s'arrête que lorsque je suis pantelante.

— Mets les mains sur mes épaules.

Je lui obéis, basculant mon corps au-dessus du sien. Il lève les yeux vers moi en tirant mon jean jusqu'à mes genoux, puis ma culotte. Ses doigts remontent le long de mes cuisses. Tellement près de l'endroit où j'ai besoin qu'ils soient.

Mon regard se porte sur le ciel blanc éclatant. Il n'est pas vraiment morne. Il est magnifique, en réalité.

— Regarde-moi, Kat.

Il enfouit sa main dans mes cheveux, me faisant pivoter face à lui.

— Regarde ce que tu me fais.

Sa main frôle mon clitoris. Je parviens à soutenir son regard, alors même que la pression s'intensifie, alors que l'extase se répand à travers mes cuisses.

Comment puis-je lui faire quoi que ce soit ? C'est moi qui suis à sa merci.

Il me caresse, de plus en plus fort. Je lui tire les cheveux et il maintient la pression. C'est parfait.

L'étau se resserre. J'ai envie de fermer les paupières, tenter de contenir la tension.

Mais je ne le fais pas. Je suis ses ordres. Mon regard reste sur Blake et je vois ce que je lui fais.

Ses pupilles sont dilatées. Sa bouche est ouverte. Il bande. Je ne peux pas le sentir dans cette position, mais je peux voir son érection qui pousse contre son pantalon.

Il me caresse jusqu'à ce que je ne puisse plus le supporter, jusqu'à ce que je laisse mes yeux se fermer, jusqu'à ce que mes dents s'enfoncent dans ma lèvre.

Là, il s'arrête.

— Ouvre les yeux, Kat. Je veux que tu me regardes quand tu jouis.

J'y parviens à peine.

— Pour que tu saches que tu es à moi, ajoute-t-il.

Je hoche la tête.

— Et que *je* suis à toi.

Je me mords la lèvre. Il ne me touche pas. Je déteste qu'il ne me touche pas. Mon corps est au bord de la jouissance, il appelle ses mains.

— Dis-moi comment tu as envie de moi, dit-il.

— Touche-moi.

J'ai du mal à prononcer ces mots.

— Et puis ?

—Je veux que tu me baises.

— Comment ?

Je combats ma timidité. Il ne me touchera pas tant que je ne lui donnerai pas une réponse spécifique. Il veut démontrer quelque chose. C'est ridicule de ma part de m'offrir à lui alors que je suis déjà sienne.

Les lignes de sa cravate retiennent mon attention. Oui. C'est ce que je veux. Je fais descendre les doigts le long de son épaule et sur le tissu rayé.

— Je veux que tu attaches ça autour de mes poignets, pour que je ne puisse rien contrôler d'autre que le volume de mes cris.

Ses doigts frôlent le haut de ma cuisse.

— Pourquoi m'as-tu donné carte blanche alors que tu en as envie autant que moi ?

—Je ne savais pas quoi offrir d'autre.

Une main sur ma nuque, il m'embrasse intensément. Mon corps s'éveille dans un mélange de désir et d'affection.

Quand nous interrompons notre baiser, Blake me

regarde dans les yeux. Sa respiration se fait pesante, comme s'il était à deux doigts de perdre le contrôle.

— Tu ne sais pas à quel point j'ai besoin de toi.

Il me prend les mains et les place sur ses épaules, une à la fois.

— Garde les yeux sur moi si tu veux que je te baise. C'est compris ?

Je me mords la lèvre. Ce serait terrible de perdre. J'acquiesce. Oui. Je comprends.

Avec une lenteur insoutenable, ses doigts remontent le long de ma cuisse, puis de haut en bas. Ils frôlent mon clitoris, si légèrement que je les sens à peine. Cette douceur ne fait que rendre le geste plus intense encore. Je me trémousse pour le retenir. Il recommence et j'enfonce les mains dans le tissu épais de son costume.

Mes yeux demeurent sur les siens, alors même que son contact se fait plus fort, que la pression à l'intérieur de moi se resserre, m'empêchant de respirer. Je suis tentée de détourner les yeux, de presser les paupières, mais je ne le fais pas. J'inspire et expire doucement, concentrée sur chaque vague de plaisir qui envahit mon corps.

C'est trop intense. Je suis au bord, prête à basculer. Son nom m'échappe dans un gémissement. C'est ma seule façon de garder les yeux sur lui.

La caresse suivante me désagrège. Mon orgasme est puissant et rapide. La pression devient insupportable, puis se libère dans un torrent d'extase. J'ai terriblement envie de fermer les yeux, de plonger dans la sensation de mon corps. Au lieu de ça, je soutiens son regard. Je me plonge profondément dans le désir que je vois dans ses yeux, jusqu'à ce que j'y nage, jusqu'à ce que ce soit la seule chose que je ressente.

Blake me fait asseoir sur ses genoux. Ses lèvres trouvent

les miennes. Il m'embrasse avec ardeur, si fort que je perds le fil de tout ce qui nous entoure.

Je suis vaguement consciente que nous sommes dans son… enfin, notre… appartement, quelques jours avant Noël. Mais la seule chose sur laquelle je me concentre est la chaleur de son corps, la vanille sur ses lèvres, la fermeté de ses muscles.

Il met la main sur mes fesses et me pose par terre. D'un mouvement preste, il retire de mes pieds mon jean et ma culotte.

Je le regarde se déshabiller. C'est bien trop lent. D'abord, sa veste de costume. Puis il détache sa cravate et l'enroule autour de sa main. Enfin, il se penche vers moi.

Je lève les bras au-dessus de ma tête afin qu'il puisse me ligoter les poignets.

Il retire plus rapidement sa chemise, ses chaussures, ses chaussettes, son pantalon, son caleçon. La douce lumière blanche jette un halo magnifique sur les lignes dures de son corps. Il est trop beau pour être vrai, comme une statue de marbre.

Il s'agenouille entre mes jambes et me les écarte de force. C'est un geste plein de désir, mais doux. Il n'a rien à prouver. Il me donne ce que je veux.

Ce que nous voulons tous les deux.

Blake plaque son corps contre le mien, ses mains de part et d'autre de ma poitrine. Sa verge pousse contre mon sexe. Il m'allume, mais ce n'est pas suffisant.

Mon corps vibre. J'ai tellement, *tellement* envie qu'il entre en moi.

Ses lèvres sont sur les miennes.

Lentement, il me pénètre.

Je grogne contre sa bouche. Je cambre le dos, mes poignets luttant contre leurs liens.

Le poids de son corps me coince contre le plancher de

bois. Il est toujours aussi lisse, et avec mes mains liées, je ne peux éviter de glisser.

Les préliminaires n'ont pas duré. Cette fois, il me prend avec vigueur et rapidité. J'enroule les jambes autour de lui. C'est le seul moyen de me retenir, de ne pas glisser jusqu'au bout de la pièce.

Chaque coup de reins me plaque contre le plancher. Ma tête et mes épaules me font mal. Ce n'est pas cette douleur agréable qu'il me procure, mais une pression que je n'aime pas.

Je le regarde dans les yeux. Il est perdu dans cette sensation. Il va et vient avec fougue. C'est bon de le sentir en moi, mais je veux qu'il soit présent, qu'il me regarde comme je le regarde.

— Blake, dis-je en me hissant. Regarde-moi.

Il cligne des yeux. Son regard rencontre le mien. Il est bizarre, comme s'il ne savait pas où il était.

Puis il m'embrasse. Je lui rends son baiser, concentrée sur les sensations de son corps. Sa chaleur. Sa fermeté. La façon dont ses muscles se tendent plus nous approchons du but. Sa bouche descend dans mon cou. Je tourne la tête pour m'offrir à lui. C'est comme ça que j'ai envie de lui, quand il se sent si bien qu'il ne peut pas s'empêcher de me marquer.

Ses morsures m'entraînent. Le plaisir se rapproche. Nous y sommes presque.

La chaleur qui court dans mon corps se rassemble entre mes cuisses. Le désir se transforme en une pression intense, éperdue. Si vibrante et forte que je ne peux me retenir de gémir.

Le coup de reins suivant me fait basculer. Je jouis à nouveau, mes poignets tirant sur les liens de sa cravate afin de contenir cette puissante vague de plaisir.

Blake ne fait rien pour ralentir. Ses mouvements

deviennent effrénés. Ses dents s'enfoncent dans mon cou. Sa verge me pénètre profondément. Sa respiration se perd.

Je murmure son nom. Après avoir joui deux fois, toute sensation supplémentaire est difficile à supporter. Mais j'ai besoin de le faire exploser, lui aussi. J'ai besoin qu'il soit à moi.

Il me mord encore une fois, et ça y est. Je le sens dans son souffle, dans la crispation de ses épaules. Un autre va-et-vient et il grogne, sa verge pulsant en moi lorsqu'il jouit.

Blake attend de s'être vidé, puis il tend les bras et défais mes liens. Il examine alors mes poignets, l'un après l'autre.

— Tu t'es perdu pendant un instant, dis-je.

— Oui, mais tu m'as trouvé.

Il se penche pour m'embrasser.

Je m'en imprègne un moment.

— On peut aller acheter un sapin aujourd'hui ?

Blake secoue la tête, s'asseyant à côté de moi.

— Demain.

L'affection disparaît de ses yeux. Il se referme. Je me redresse et place mon corps près du sien, mes mains dans ses cheveux, lui caressant la joue. Mais rien ne le ramène.

— Ça va aller, dis-je. Je te le promets.

Il détourne la tête comme s'il ne me croyait pas.

———

Pour le déjeuner, nous allons au restaurant thaïlandais au bas de la rue. Le sapin de Noël dans la salle n'aide pas à apaiser l'humeur de Blake. Heureusement, il n'y a pas de décoration autour de nos banquettes, juste les photographies habituelles de plages tropicales, de temples bouddhistes et de manguiers.

Nous mangeons en silence. J'essaye de trouver les mots

adéquats pour remonter le moral de Blake, mais je sais qu'ils lui sembleront creux.

Une fois rentrés, il se retire dans son bureau. Il s'attendait à trois jours de travail ininterrompus, un luxe pour un homme contraint de bien réfléchir à toutes les décisions de sa boîte.

Deux tasses de café ne contribuent assurément pas à dénouer la tension dans ma poitrine. Il avait commencé à travailler moins. Nous dînons ensemble tous les soirs et passons tous nos dimanches tous les deux. Mais il aime trop son travail. Ce serait facile pour lui de s'y plonger pour toujours.

Je passe l'après-midi à dessiner. Après quelques esquisses, je prends le rythme. Je dessine une douzaine de cases, bois une tasse de café et répète le mouvement. Je travaille sur un nouveau roman graphique, ma première incursion dans le domaine de la fiction pure. C'est une histoire simple qui parle d'un jeune amour lors d'un été new-yorkais. Le graphisme est censé être chaud et vibrant, les émotions fortes et irrésistibles.

Mais aujourd'hui, ça ne vient pas. J'ai froid, je me sens nulle et petite. Tout à l'extérieur est morne et gris. Tout à l'intérieur est dur et vide.

Blake ne connaît qu'une seule façon de gérer la douleur, et c'est celle-ci. C'est ce que je me dis chaque fois qu'un doute s'immisce dans ma tête, pendant que je dîne toute seule, que je prends ma douche, que je regarde la télé, toujours toute seule.

Minuit passé, je vais me coucher seule. Il travaille toujours, la porte de son bureau est fermée, les murs autour de son cœur si hauts que je ne serai peut-être pas capable de les escalader.

Blake ne connaît qu'une seule façon de gérer la douleur.

Ces mots ne me réchauffent pas le cœur.

Le 23 décembre

Blake n'est pas dans le lit quand je me réveille. Il est dans la cuisine, en pyjama, buvant une tasse de café devant le ciel blanc lugubre. Il y a des nuages aujourd'hui.

Son regard se tourne vers moi.

— Ça va ? je lui demande.

— Je te le dirais si ça n'allait pas.

— Mais…

— Ne me pose plus la question.

Il ne va pas bien, clairement, mais je n'arriverai à rien en insistant. Je retourne à la salle de bains, me brosse les dents, me maquille légèrement et passe un jean et un pull en laine.

Quand je reviens dans la cuisine, Blake est habillé aussi.

Ses yeux croisent les miens.

— Tu as faim ?

— J'achèterai quelque chose à Starbucks.

— Tu veux aller à Starbucks ?

Je hoche la tête.

— Pourquoi ?

Il me regarde comme si j'étais folle. La plupart des New-Yorkais sont fiers de leur dégoût pour Starbucks, ne mettant les pieds dans un café de cette chaîne qu'en extrême recours. Quant à moi, je ne prends certainement pas la peine d'y aller alors qu'il y a tant de cafés indépendants à choisir.

Mais bon sang, on commence à ressentir l'esprit de Noël, et cela exige une boisson au café sucrée.

Pendant un moment, je reviens sur mon plan. Blake boit son café noir. Il commandera un expresso, ronchonnera et commencera la journée de mauvaise humeur. Mais il aime le chocolat. Et quand c'est mélangé à de la menthe, c'est l'apogée de la saison.

À tout le moins, il pourra le goûter sur mes lèvres.

— Pour les boissons de Noël, précisé-je.

Il me dévisage avec encore plus de curiosité.

— Je sais que tu aimes le nappage au chocolat, ajouté-je.

Je croise les bras.

— Ne me fais pas croire le contraire.

— C'est un ordre ?

Mes joues rougissent.

— Peut-être plus tard.

Il se rapproche. Ses mains se ferment autour de mes poignets, me forçant à décroiser les bras avant de les placer autour de lui. Je le serre fort, inspirant l'odeur de son savon.

Il fait courir ses doigts dans mes cheveux.

— Aujourd'hui, c'est toi qui commandes.

Un frisson me traverse. Il faut que je sois au top. Je hoche la tête et presse mes lèvres contre les siennes.

— Tu as faim ?

— J'ai mangé.

— Alors, va chercher ton manteau pour qu'on puisse y aller.

Je trouve mes bottes et les enfile.

— On y va à pied. On prendra un taxi pour rentrer.

Il hausse un sourcil comme s'il n'était pas certain de mon plan, mais il ne proteste pas. C'est vrai, les chauffeurs ne sont pas toujours contents d'attacher un arbre de Noël sur le toit. Mais je ne vais tout de même pas fourrer un sapin dans la limousine de Blake.

Dehors, le vent est froid et l'air est pesant. Ces nuages sont synonymes de neige. Si ce n'est pas aujourd'hui, alors demain. J'en ai le souffle coupé. De la vraie neige, ce serait génial. Avec un Noël blanc, j'ai l'impression d'être dans un rêve.

Nous ne sommes qu'à quelques rues du Starbucks le plus proche. Blake me serre la main. Pas de protestations, pas d'ordres, aucun signe qu'il ne se sente pas bien. Il observe l'intérieur du café avec amusement.

Je commande un moka à la menthe sans crème pour lui, et pour moi un latte au pain d'épices avec un sandwich aux œufs brouillés. Il essaie de payer, mais je dégaine ma carte plus vite. Il n'est pas question que Blake paye pour la moindre de ces activités de Noël. Je m'en occupe. J'ai à peine touché aux deux cent mille dollars que Meryl m'a laissés. Ma bourse couvre les frais de scolarité, les manuels et les repas.

Nous nous asseyons à une table minuscule dans l'angle. Blake semble tellement grand sur la petite chaise, mais il s'y cale quand même.

— Y a-t-il quelque chose que tu as déjà aimé à propos de Noël ? je lui demande.

Ses doigts dansent sur sa paume.

— Quand on était tout petits, Meryl nous envoyait chez ma grand-mère, Fiona et moi.

— Tu l'aimais bien ?

Blake secoue la tête.

Décidément, je ne progresse pas avec ces histoires de Noël.

— Qu'est-ce que tu aimais pendant ton séjour chez ta grand-mère ?

Il affiche un sourire imperceptible.

— Le chocolat.

Pile à ce moment, une des baristas annonce nos commandes. Au comptoir, mon sandwich est prêt. Je fais deux voyages pour tout apporter à la table, mais j'insiste pour le faire moi-même.

Il y a de l'affection dans les yeux de Blake. Il tient la tasse sous son nez, la reniflant comme la plupart des gens hument le vin. Il avale une petite gorgée et son visage exprime la surprise.

— Ce n'est que du sucre, dit-il.

— Bien sûr. C'est le concept des boissons de Noël. Des quantités astronomiques de sucre afin de booster temporairement ton humeur et ton énergie. Puis de la caféine pour conserver cet élan.

J'engloutis mon sandwich en une seule bouchée. Ce n'est pas la meilleure chose que j'aie jamais mangée, mais j'ai trop faim.

— Tu y as réfléchi.

J'avale une gorgée de ma boisson au goût de pain d'épices. Elle est terriblement sucrée, si sucrée et artificielle que je sens à peine le goût du café.

Il boit à son tour. Cette fois, il n'y a aucune surprise sur son visage. Il ne donne pas non plus l'impression d'aimer sa boisson.

Nos regards se croisent.

— Tu es gentille, Kat…

— Mais tu détestes ça ?

Il hoche la tête.

— Le café est censé être amer.

— Comme toi ?

— C'est ça.

Il sourit à moitié et m'offre sa tasse.

Je la prends et en avale une gorgée minuscule. Malgré son taux de sucre abominable, c'est délicieux. Réconfortant, crémeux, chaud. Un mélange merveilleux de cacao et de menthe. Bien meilleur que celui au pain d'épices.

— Je vais garder celui-là.

Je jette l'autre à la poubelle quand nous sortons du café.

L'air froid marque un contraste saisissant avec le gobelet chaud dans mes mains. Je resserre mon manteau autour de moi.

Je presse la main de Blake, faisant courir mon pouce sur ses deux premiers doigts.

— Qu'est-ce que tu aimais dans le chocolat de chez ta grand-mère ?

— On n'avait jamais de sucreries à la maison. Meryl insistait pour qu'on mange sainement.

— Vraiment ?

Il hoche la tête.

— Des légumes au dîner. Des fruits en dessert.

— Mais elle…

Je peine à trouver une explication qui ne soit pas *mais ta défunte mère était une bonne vivante*. Une bonne vivante très gentille, mais une bonne vivante qui n'en est pas moins décédée d'une maladie du foie.

— Elle était alcoolique. Tu peux le dire, fait-il en s'arrêtant à un feu rouge. Elle n'en faisait pas un secret.

Je regarde des deux côtés. Pas de voitures. Nous sommes toujours en plein cœur de l'Upper East Side. Je traverse la rue hors du passage clouté. Blake me suit.

— Très bien. Oui, dis-je. C'était une alcoolique. Elle aimait tous les plaisirs des sens. Je ne me l'imagine pas vous priver de sucreries.

— Elle voulait une vie meilleure pour moi et Fiona. Elle était heureuse de t'avoir rencontrée.

— Elle m'a immédiatement percée à jour, dis-je.

— C'est pour ça qu'elle t'aimait bien, répond-il en baissant les yeux à terre. Elle était forcée de boire. Pour elle, c'était le seul moyen de survivre.

Je me mords la lèvre. À bien y songer, une aversion pour Noël et l'habitude de travailler soixante heures par semaine – et non plus cent, comme avant – sont des mécanismes de survie relativement fonctionnels. C'est mieux que de se tourner vers la bouteille ou de s'enfuir pour contracter un mariage sans amour.

Peu importe.

Je ne vais pas laisser Blake s'enfuir.

J'ai peur de poser la question suivante, mais je le fais quand même.

— Pourquoi est-ce que vous alliez chez ta grand-mère à Noël ?

Son expression devient rigide. Il retire sa main de la mienne et la fourre dans sa poche. Nous traversons les trois prochaines rues en silence.

Quand il reprend la parole, c'est avec des trémolos dans la voix.

— Mon père était pire pendant les vacances.

Ma poitrine se contracte. J'ai terriblement peur de lui demander des explications. Je ne peux pas le faire ici. Pas encore.

Au lieu de ça, je passe mon bras dans le sien et demeure aussi près que possible. Nous ne parlons que lorsque nous nous arrêtons dans un café, au coin d'une rue, et que je lui commande un expresso.

Il est coincé dans ses mauvais souvenirs, mais je ne vais certainement pas l'y laisser. Je consulte la carte de la ville sur mon téléphone. Parfait, il y a un supermarché Duane Reade à cinq pâtés de maisons, de l'autre côté de l'avenue. C'est un peu éloigné, mais ça vaut le détour.

— Suis-moi.

Je le précède hors du café et nous nous éloignons du parc.

Blake me regarde avec curiosité, mais pas autant que lorsque j'ai suggéré Starbucks. Cela dit, il me suit sans protester, même quand j'entre dans la supérette.

Je me dirige tout droit vers le rayon des sucreries.

— Je suis certaine que ta grand-mère avait du chocolat de marque, mais il doit bien y avoir quelque chose qui y ressemble.

Il parcourt les étagères du regard. Ses yeux tombent sur un carton jaune clair de truffes bon marché. Il la prend, l'examinant soigneusement.

— La mère de Meryl était pauvre. Elle ne pouvait pas se permettre de dépenser de l'argent pour des bonbons.

Il se baisse pour prendre un autre paquet de chocolats – un assortiment de Noël à la menthe, avec des sucres d'orge. Sans dire un mot, il me le tend. Ses yeux croisent les miens. Ils sont remplis d'assurance, comme s'il savait que j'ai terriblement envie de ces chocolats de Noël.

— Merci, dis-je. C'est super.

Ses lèvres forment un sourire presque imperceptible.

— Tu veux autre chose ?

Il secoue la tête et avale une longue gorgée de son café. *C'est tout*, semble-t-il me dire. Puis il presse les lèvres contre ma joue comme pour m'ajouter à sa liste d'envies.

Je paye le chocolat à la caisse. Le caissier nous remercie en nous souhaitant un joyeux Noël. Blake grimace, mais ne dit rien. Il me suit à l'extérieur, où je déchire le plastique qui entoure le chocolat avant d'ouvrir la boîte.

Je les lui offre.

— Tu as un préféré ?

Il choisit une truffe enrobée de chocolat, en mord la moitié, la mâche et avale.

— Ce n'est pas aussi sucré que ton café.

Il m'en offre l'autre moitié.

Je l'accepte et la fourre dans ma bouche, avec moins d'élégance que lui. Ce n'est pas aussi bon que le chocolat noir qu'il a dans sa cuisine, mais ce n'est pas si mal.

— Merci.

— Tu as l'intention de manger toute la boîte ? demande-t-il.

— Tu as de bons souvenirs associés au chocolat. Prends-en un autre.

Ses lèvres esquissent un demi-sourire. Il hoche la tête et fait ce que je lui demande. Cette fois, il en choisit un fourré au caramel. Bien entendu, il parvient à éviter la moindre trace sur le visage.

Il pointe un index vers la boîte.

— Et un autre pour toi.

— Je vais faire une overdose de sucre.

— Je m'assure que tu brûles ces calories.

Je rougis et parcours les friandises du regard, en choisissant une au hasard. C'est à la crème de framboise, avec un goût artificiel. Il y a un an, j'aurais adoré. Blake m'a dégoûtée des aliments ordinaires.

— Tu penses à quelque chose ? je demande.

— Simplement que tu es adorable.

Bon, c'est un début. Un nouveau souvenir lié à Noël : la fois où sa fiancée l'a forcé à manger des chocolats bon marché de la supérette. Voilà un souvenir, encore un millier à créer.

Je referme le couvercle, range la boîte dans le sac plastique et le passe à mon poignet. Les vingt minutes de marche qu'il nous reste se déroulent en silence.

Nous arrivons enfin au marché de Noël. C'est petit, moins de cent mètres carrés, entouré par des barrières en métal. Les arbres sont si rapprochés qu'il n'y a presque pas la place de se déplacer parmi eux. Tout sent le sapin, *Noël*.

Il y a beaucoup de clients, principalement des couples et des familles, mais tout s'estompe et mon attention se focalise sur un sapin dans le coin. Il est plutôt petit et il lui manque plusieurs branches. Objectivement, il est moche, mais cette imperfection est charmante.

— À quoi tu penses ? demande Blake.

— À cet arbre, dis-je en le pointant du doigt. Il me rappelle mon premier Noël avec Lizzy après l'accident.

Sa voix s'adoucit. Il me caresse la nuque du bout des doigts. Sa peau est tellement chaude. Elle fait fondre le froid qui nous entoure.

— Raconte-moi.

Je me tourne vers Blake pour le regarder dans les yeux. Il est difficile à déchiffrer, comme d'ordinaire, mais il a l'air d'aller bien.

— Elle détestait monter en voiture. C'est toujours le cas. Je n'allais pas traîner un sapin jusqu'à notre appartement, alors on a cherché quelque chose au supermarché. Ils n'avaient qu'un arbre qui faisait environ soixante centimètres de haut, violet métallisé.

— Charmant !

— Oui, dis-je en me collant contre son torse. On ne savait pas vraiment quoi faire. Nos parents avaient toujours été fans de Noël. Ils étaient profs et les vacances d'hiver leur laissaient tout le temps de le fêter. J'étais perdue sans eux.

Il joue avec mes cheveux.

— Ils te manquent.

— Bien entendu.

Je pose à nouveau les yeux sur le charmant petit arbre.

— La douleur était récente, mais ça m'a aidée à avancer. On a tout fait différemment. On a commandé des plats chinois au lieu de préparer un grand dîner. On a décoré ce petit arbre avec exactement trois sucres d'orge. Et on s'est simplement acheté un cadeau. J'ai offert un pull *Star Trek* à Lizzy. Elle m'avait acheté un manga d'occasion à la boutique de la bibliothèque. Puis on est restées debout toute la nuit à regarder la trilogie *Matrix* pour la dix millième fois.

Il soupire.

— Kat, tu n'as aucune idée de l'effet que tu me fais.

Je croise son regard, incapable d'interpréter son expression.

— C'est-à-dire ?

— Le monde est beau, à travers tes yeux. J'aimerais le voir tout le temps comme ça.

— Le monde *est* beau.

Ses yeux se remplissent d'affection. Il repousse mes cheveux derrière mon oreille dans un geste tendre.

— Tu as traversé tant d'épreuves, et tu restes idéaliste.

— Non, dis-je en me mordant la lèvre. C'est simplement que… Regarde ces arbres…

Je désigne un grand sapin couvert d'aiguilles.

— Ils sont beaux. Et le parc. Les rues. Le ciel.

Mon regard revient vers ses yeux.

— Et toi aussi. Quand tu souris, quand tu éclates de rire.

Son expression change, comme s'il était dépassé. Mais Blake n'est jamais dépassé. Et certainement pas par moi.

Ses doigts frôlent mon menton, propageant une onde

de chaleur directement dans mon ventre. Il m'incline la tête et nous nous regardons dans les yeux.

— Je t'aime.

— Je t'aime aussi.

Il me serre fort contre lui, puis recule. Je lui donne assez d'espace pour qu'il puisse affronter ce qui se passe dans sa tête magnifique.

Une famille choisit son sapin, non loin de là. Les parents ont la trentaine. Ils ont une fille d'environ quatre ou cinq ans. Elle porte un manteau rose vif et court partout comme si elle pensait qu'il ne lui arriverait jamais rien de mal. Quand elle trébuche, elle se redresse aussitôt.

Elle se dirige vers le plus grand sapin du marché, puis elle tire dessus comme si elle en avait besoin tout de suite. Elle est adorable et heureuse.

Tout le monde ici est heureux.

Tout le monde sauf Blake. Il a la mine renfrognée. Il regarde une autre famille, un homme d'environ trente ans et un petit garçon qui ne doit pas avoir plus de dix ans. L'homme crie sur son fils. Le petit tient une tasse vide et le jean de l'homme est taché de chocolat chaud. Ça ne vaut vraiment pas la peine de crier, mais apparemment, il est en colère.

Puis il tend le bras et attrape son fils si fort que l'enfant se met à pleurer.

Le visage de Blake se crispe. Il enfonce les mains dans ses poches. Il n'a pas à dire quoi que ce soit, je sais ce que ça signifie. Il a besoin de partir sur-le-champ.

— Je vais appeler ton chauffeur, lui dis-je.

Je prends la main de Blake et l'entraîne sur le trottoir. C'est difficile de composer le numéro à une main, mais je me débrouille.

Jordan décroche.

— En quoi puis-je vous aider, Mademoiselle Wilder ?

— Pouvez-vous nous retrouver à l'angle de la Cinquante-neuvième et de la Cinquième ? On va commencer à marcher à partir de la Première Avenue.

— Vous n'êtes pas loin de chez Blake…

— Dépêchez-vous, s'il vous plaît.

Je raccroche et range mon téléphone dans ma poche. Je me mords la lèvre, me maudissant d'employer un ton si insistant. J'ai travaillé dans un restaurant pendant trois ans. J'ai toujours détesté quand les gens me demandaient de me dépêcher, comme si je n'essayais pas déjà d'aller le plus vite possible.

Je regarde Blake dans les yeux. C'est comme si je le perdais. Il part loin, quelque part, vers quelque chose qui lui déchire le ventre. Cette sensation m'est familière. Pas autant qu'à lui, mais je la connais. Chaque fois que j'entends parler d'un horrible accident de voiture, je ne peux pas respirer et je suis certaine que je suis prête à me briser.

La seule chose qui me permet d'aller de l'avant, c'est de savoir que ma sœur va bien.

La limousine nous retrouve à l'angle de la Troisième Avenue. Jordan est vite arrivé. Nous nous passons des salutations d'usage. J'ouvre la portière pour Blake et j'attends qu'il grimpe à l'intérieur.

Tout se calme une fois que nous sommes seuls. Ou presque seuls. J'adresse un signe amical à Jordan.

— On retourne chez Blake.

Mais ce dernier secoue la tête.

— Tu as besoin de ton sapin.

— C'est vrai. Et si on en achetait un en plastique à Target ?

Il hoche la tête.

— Celui de Brooklyn, s'il n'y a pas trop de circulation.

Je m'apprête à remonter la cloison.

— Ça devrait prendre vingt minutes, si vous voulez de l'intimité.

L'intonation de Jordan est impassible, mais son implication est claire. Nous avons vingt minutes pour baiser.

Blake presse le dos contre la banquette. Il y a moins de tension dans ses épaules, moins de douleur dans son expression.

— Tu es certain de ne pas vouloir rentrer ? je demande.

— Je t'ai dit de ne pas me demander si j'allais bien.

Je me glisse sur sa banquette et me rapproche autant que possible.

Il est toujours tendu, détourné comme s'il était perdu dans une sorte de puits de souffrance assez profond pour pouvoir s'y noyer.

Je veux lui prendre la main, mais il la laisse sur ses genoux.

— Parle-moi. Je t'en prie.

— Pas maintenant.

— S'il te plaît.

— Cet homme. Il ressemblait à Orson. Beau, charismatique et absolument infect.

— Tu n'en sais rien…

Je me mords la langue. Inutile de nous disputer au sujet d'un inconnu. Nous ne le reverrons plus jamais.

— Raconte-moi.

Il tourne les yeux vers la vitre fumée. Elle est teintée et entièrement opaque. La vue ne doit pas être intéressante.

Je lui serre la main.

— S'il te plaît.

— Mon père se contrôlait quand il était sobre, mais l'alcool faisait ressortir toute la haine en lui. Un soir, il est rentré saoul. Meryl avait des bougies allumées. Elle essayait de faire semblant que la situation était normale, alors qu'on était assez âgés pour comprendre à quel point il était méprisable.

Je resserre ma poigne.

— Il a renversé une des bougies. Les cadeaux ont pris feu. Puis le sapin. Il s'est contenté de rire pendant qu'on essayait de l'éteindre. Il y avait un extincteur sous l'évier, mais le temps qu'on retire l'arbre, il était calciné et noir. Quand j'ai essayé de l'enlever…

Blake baisse les yeux.

— Il t'a frappé ?

Il hoche la tête.

— C'était la première fois que je l'empêchais de lui faire du mal.

Mon cœur bat contre ma poitrine.

— Quel âge avais-tu ?

— Dix ans.

Seigneur, je n'arrive pas à respirer. Je n'arrive pas à penser. La limousine me semble plus sombre et plus froide. Blake doit vivre avec ces souvenirs tous les jours. Combien d'autres en a-t-il ? Jusqu'où vont-ils ? Il ne parle pas beaucoup de son père, mais je sais qu'il a connu des années de maltraitance.

Ce serait peut-être mieux de le laisser disparaître. Ce ne sont que quelques jours, après tout.

— Ne te sens pas désolée pour moi, Kat. Je ne peux pas le supporter.

— Tu es certain que tu peux y arriver ?

Son expression s'endurcit.

Il secoue la tête.

Il se tourne vers moi et me dévisage lentement, les mains sur mes épaules pour me caresser le cou.

— Tu as un bleu.

Je baisse les yeux. Effectivement, j'ai un léger hématome violacé près de ma clavicule. Ça date d'hier, mais je vois au regret dans les yeux de Blake qu'il s'en rend compte.

— Je t'ai fait mal, dit-il.

— J'aime ça. Je me sens marquée.

La voiture s'arrête. Ce doit être un feu rouge. J'ai envie de lui caresser les cheveux, mais il se détourne.

— Tu n'es pas comme ton père, dis-je.

— Il maintenait le contrôle en faisant du mal à son entourage.

— Tu ne me prends rien, Blake. Je te donne le contrôle parce que j'en ai envie. Tu m'as dit toi-même que j'en avais envie, que j'en avais besoin.

Il regarde à nouveau la vitre sombre.

— C'était un mensonge pour me séduire ? je lui demande.

— Non, répond-il d'un ton sec.

— C'est juste un suçon, tu sais.

— Si on continue, je ne serai peut-être pas capable de m'arrêter la prochaine fois que tu me le demanderas.

— Si !

— Je vais te faire mal.

Je passe mes doigts dans ses cheveux, le serrant fort tout en le faisant pivoter vers moi.

— Non, je te fais confiance.

Il laisse aller sa tête contre moi. Cette sensation de proximité me dépasse. Il n'est pas à un million de kilomètres. Il est là, avec moi, dans cette limousine.

— Je te crois, dit-il.

Mais en vérité, je tremble. Je ne sais pas si je vais y arriver.

———

Putain ! Le centre commercial où se trouve le magasin

Target est l'image même de l'esprit de Noël. Les murs sont couverts de couronnes et de guirlandes lumineuses. La musique qui passe en boucle est une succession de chansons de Noël galvaudées. Tout le monde porte du rouge et du vert.

Le magasin est plus discret. Ses lumières jaunes au néon et son sol blanc le rendent intemporel et anonyme. Mais les décorations, mon Dieu ! Les décorations ! Il y a des découpes en carton d'arbres et d'enfants souriants qui déballent des cadeaux.

Je m'empare d'un grand chariot rouge et conduis Blake directement vers la section de Noël au fond du magasin.

Il est derrière moi, mais il n'est pas vraiment là. Il est quelque part, très loin. Pourquoi est-ce que je subis son entêtement ? J'aurais dû le forcer à rentrer à la maison.

Il y a une dizaine d'arbres de Noël différents sur un présentoir à un mètre du sol. Pour être honnête, ils me plaisent tous. Aucun d'eux n'a l'odeur du sapin, mais chacun présente une agréable teinte vert forêt. Il y a quelque chose de sympa à construire son propre arbre, à choisir exactement où vont les branches et dans quelle direction elles se tournent. C'est peut-être suffisant pour que Blake sente à nouveau qu'il reprend le contrôle.

Son expression est indéchiffrable. J'inspire profondément, abandonnant l'idée de comprendre ce qui se passe dans sa tête.

Je désigne l'arbre dans le coin du fond. C'est la plus petite option.

— Pourquoi pas celui-ci ?

Il hoche la tête. Sans un mot, Blake saisit la grande boîte qui contient le bon modèle et la place dans le chariot.

— Tu veux parler d'autre chose ? je demande.

— Tu as besoin de décorations.

C'est vrai. Elles sont dans l'allée d'à côté. Il y a des

dizaines d'options, depuis les figurines de *Star Wars* jusqu'aux angelots. Blake choisit un ensemble de boules métalliques bariolées et brillantes. Elles sont bien plus colorées que le reste de son appartement, mais le léger reflet argenté se mariera à merveille.

Son regard se pose sur une boule cassée à terre. Il la ramasse et en examine les éclats. Elle est en mille morceaux assez acérés pour entailler la chair.

Quelque chose s'allume dans ses yeux, un souvenir, mais cette fois, je n'insiste pas. Je lui tends ma main et il la prend.

— C'est suffisant, déclaré-je.

Enfin, nos regards se rencontrent. Son regard est plus serein, comme s'il avait réussi à chasser sa douleur.

— Des sucres d'orge, dit-il. Et des guirlandes lumineuses.

— Tu es très consciencieux pour quelqu'un dont l'assistante se charge de tous les achats.

— Qui lui donne la liste, à ton avis ?

Il effleure ma joue. C'est aussi réconfortant que la première fois. Je me penche contre lui, m'imprégnant de tout ce qui le constitue. Il a mal, mais il prend toujours soin de s'assurer que j'aille bien.

Il presse ses lèvres contre mon front.

— Tu as besoin d'autre chose ?

— De quoi faire des biscuits. Un mélange tout prêt, un rouleau à pâtisserie, des emporte-pièce, du sucre décoratif, du glaçage.

Il se radoucit.

— Si on fait des biscuits, il faut tout faire nous-mêmes.

Nous remplissons le chariot avec les ingrédients et les ustensiles nécessaires. C'est parfaitement normal, comme les milliers de fois où je suis venue ici avec Lizzy.

Après avoir payé, nous retrouvons Jordan dans la rue

devant le centre commercial. Il a largement de la place dans le coffre pour le carton de l'arbre en plastique. Ce qui signifie que la limousine est entièrement à nous.

Au lieu de parler, je pose la tête sur l'épaule de Blake, lovant mon corps contre le sien. Il fait glisser ses doigts à travers mes cheveux, dans une caresse douce et délicate. C'est un répit parfait. Je peux sentir son cœur et entendre sa respiration. Il est proche, chaud, tout à moi.

Le trajet passe trop vite. Jordan insiste pour nous aider à sortir les sacs. Une fois que tout est sur le trottoir, Blake lui serre la main.

— Vous êtes libre à minuit ce soir pour trois semaines. Je ne veux plus vous voir jusque-là, plaisante Blake.

Jordan hoche la tête.

— Ashleigh vous a-t-elle parlé de votre prime ?

— Oui, Monsieur, c'était très généreux de votre part. Merci. Joyeux Noël.

Blake ne fronce pas les sourcils. C'est déjà ça.

Jordan se tourne vers moi.

— Et joyeux Noël à vous aussi, Mademoiselle Wilder. Ça a été un plaisir de vous rencontrer cette année.

— Joyeux Noël.

Soudain, je réalise la fréquence à laquelle les gens prononcent ces deux mots. Chaque fois que je me suis rendue dans un magasin au cours des deux derniers mois, le caissier m'a remerciée en me lançant *Joyeux Noël*. Toutes les autres personnes que j'ai vues ces deux dernières semaines m'ont dit au revoir avec un *Joyeux Noël* guilleret.

Même dans une ville remplie de gens qui observent d'autres coutumes religieuses, *Joyeux Noël* est partout.

Ça doit être difficile de tout détester de cette fête.

Il n'y a aucun signe de mécontentement sur le visage de Blake. Pas de colère, de frustration ni de tristesse. Au contraire, il est heureux.

Il se penche et m'embrasse.

— On a des biscuits à préparer.

Je réfrène l'envie de sauter de joie et de battre des mains. Et puis merde ! J'applaudis et m'exclame :

— Oui !

Il sourit, ses yeux empreints d'affection.

Nous avons du mal à tout charrier dans l'ascenseur, puis dans la salle à manger. Blake parcourt l'appartement du regard comme s'il essayait de déterminer où l'arbre sera le moins choquant. Je désigne le coin derrière la table. Il hoche la tête et y dépose le carton.

Je commence à sortir les ingrédients et à les mesurer.

Quelques minutes plus tard, les plans de travail sont déjà couverts d'une poudre blanche, un mélange de farine et de sucre. Blake regarde ce désordre avec horreur, mais il n'émet pas une seule protestation.

— Tu as déjà fait des biscuits ? je demande.

— Jamais.

— Vraiment ?

Il hoche la tête.

— Préchauffe le four à 175 °C. Et mets de la farine sur la planche à découper. Celle en bois.

— À ton service.

Je dois me racler la gorge pour me retenir de grommeler. Je suis assaillie par trop d'images mentales pour pouvoir un jour les réunir dans une BD.

— Tu as quelque chose à l'esprit, Kat ?

Ses lèvres forment un sourire.

— La seule chose que j'ai à l'esprit est le goût délicieux des biscuits.

Blake regarde le bol.

— Je ne suis pas un expert, mais je crois que tu as besoin d'œufs et de sucre.

— Et de vanille.

Il sourit jusqu'aux oreilles et plaque ses lèvres sur les miennes. Elles n'ont plus le goût de la vanille, juste celui de Blake. Une vague de chaleur me traverse. Mes genoux cèdent. Je dois me raccrocher au plan de travail pour reprendre l'équilibre.

Après notre baiser, Blake suit tous mes ordres à la lettre. J'ajoute les ingrédients frais et remue la pâte jusqu'à ce qu'elle soit lisse. Il chaparde la cuillère que j'ai à la main, prend un peu de pâte sur son index et me le tend comme s'il me le donnait à goûter.

Je referme les lèvres autour de son doigt, léchant la pâte avec délectation. Elle a le goût du sucre et de la vanille. Puis celui de sa peau. Ma tête fourmille d'idées.

Blake laisse courir son doigt sur ma lèvre inférieure. Ce contact fait naître une étincelle au fond de moi. Je le veux tout de suite, mais je ne suis pas prête à abandonner ma tâche.

Je m'éclaircis la voix.

— On ne devrait vraiment pas manger de la pâte crue. Les œufs risquent de donner la salmonellose.

Il part d'un rire franc qui réveille quelque chose en moi, qui réveille *tout* en moi.

— J'apprécie ta prudence.

Il enfonce le doigt dans le bol de pâte et le porte à ma bouche.

Je lèche à nouveau, puis lui suce le doigt. Il ferme les paupières et un léger grognement franchit ses lèvres, mais il garde le contrôle, passant le bout de ses doigts sur ma bouche pour redescendre le long de mon cou.

J'inspire profondément afin de contenir le désir qui déferle dans mon corps.

— J'en déduis que tu aimes faire des biscuits.

Il acquiesce.

— Alors, mettons-nous au travail.

Je croise les bras, lui jetant mon meilleur regard d'intimidation.

— Saupoudre de la farine sur la planche pour qu'on puisse étaler la pâte.

— Oui, Madame.

— C'est Mademoiselle Wilder, pas Madame.

— Tu ne resteras pas une Mademoiselle bien longtemps.

Il caresse ma bague de fiançailles.

Puis il saupoudre de la farine sur la planche. J'y dépose la boule de pâte et prends le rouleau à pâtisserie. Blake se positionne derrière moi, ses mains sur les miennes, et se penche contre moi alors que j'étale la pâte.

Mes mains avancent. Mon buste suit. Ça me fait presser les fesses contre son entrejambe. Sans nos vêtements et la farine, on pourrait facilement s'envoyer en l'air, ici et maintenant.

C'est très difficile de rester concentrée sur l'esprit de Noël que nous invoquons, mais j'y parviens. Je trouve les emporte-pièce et confectionne trois bonshommes de neige en biscuit. Blake découpe deux étoiles, qu'il place sur le papier sulfurisé à côté de mes bonshommes.

Il y a tout juste assez de place pour quelques autres. Je presse les restes de pâte en boule, l'aplatis et prends l'emporte-pièce en forme de sapin de Noël.

Quelque chose me pique la peau. Aïe. Mon pouce saigne sur la pâte toute blanche. Je le porte à ma bouche et suce, apaisant légèrement la douleur.

Blake me dévisage avec attention.

— Ça ne fait pas mal, dis-je.

— Je vais te chercher un pansement.

Il fait un pas vers la salle de bains.

— Tu as trouvé un moyen unique de te passer de colorants.

La pâte est teintée de rouge, à présent. Il y a quelque chose de familier dans cette situation et dans ses paroles.

Ma mère avait dit quelque chose comme ça. C'était il y a longtemps. Je l'aidais à cuisiner. Lizzy avait l'emporte-pièce en forme de bonhomme et je ne voulais pas attendre mon tour. J'avais improvisé et utilisé un couteau pour découper une forme approximative. Mais il m'avait échappé des mains et je m'étais entaillé le doigt si profondément que nous avions dû aller aux urgences.

À tous les instants, ma mère s'est montrée douce et prévenante. Mon père était parti faire des courses. Il a dû se dépêcher de nous retrouver à l'hôpital, mais il était toujours calme.

Je n'avais pas eu peur. Pas vraiment. Je savais que ça se passerait bien, que mes parents me protégeraient.

Mes yeux se ferment. Je suis de nouveau aux urgences, seulement, c'est juste après l'accident. Je ne suis pas calme, cette fois. Je suis terrifiée. L'infirmière m'informe de la mauvaise nouvelle, que ma mère et mon père ne sont plus là, que Lizzy est en réanimation. Je parcours les couloirs en courant sans même me rendre compte que mes jambes bougent, puis je regarde son moniteur cardiaque à travers la paroi de verre.

J'étais terrifiée à l'idée qu'elle puisse mourir. Pas simplement pour elle, mais parce que je n'aurais pas supporté de la perdre. Je ne pouvais pas supporter de me retrouver seule.

Mes jambes faiblissent. Je plaque le dos contre le réfrigérateur et me laisse glisser à terre. Je suis toujours là, dans l'appartement de Blake, mais je suis impuissante et terrifiée tout à la fois.

On perd bien trop facilement tout ce qui compte.

Et si je perdais Blake aussi ?

Une larme me brûle les yeux. Il ne sert à rien de la

repousser. Je ramène les genoux contre ma poitrine et enfonce mes doigts dans le tissu râpeux de mon jean.

J'entends des pas, mais je ne lève pas la tête. Puis il y a des bras autour de moi. Blake passe son bras sous mes genoux, me porte jusqu'au canapé et m'étend sur le dos.

Il me caresse la clavicule sans un mot. À quoi serviraient les paroles ? Elles ne ramèneront pas mes parents. Elles ne ramèneront pas Meryl. Elles n'apaiseront rien.

Je parviens enfin à ouvrir les yeux. Il me regarde d'un air protecteur. Il tient un flacon de crème désinfectante. Je hoche la tête comme pour lui donner la permission.

Blake est tendre alors qu'il nettoie et traite ma plaie superficielle. Il le fait avec facilité, comme s'il avait soigné des centaines de blessures auparavant.

Il *a* soigné des centaines de blessures auparavant.

Cette pensée me noue l'estomac.

Pendant ce temps, ses doigts me caressent la joue.

— À quoi penses-tu ?

— J'ai peur.

— De quoi ?

— De te perdre.

Je bascule la tête en arrière pour regarder par la fenêtre. La blancheur est toujours éclatante.

— J'ai déjà failli tout perdre une fois. Je ne sais pas si je peux à nouveau passer par là.

Il se glisse sur le canapé à côté de moi. Ses doigts vont vers mon menton, qu'il incline pour que nous nous regardions dans les yeux.

— Tu veux en discuter ?

Je secoue la tête.

— Et si je te faisais penser à autre chose ?

Ses yeux pétillent. Il ne me propose pas de regarder un film ou de jouer à un jeu. Du moins, pas à un jeu conventionnel.

— Il faut qu'on mette les biscuits dans le four, dis-je.

Il sourit.

— Comment arrives-tu toujours à faire passer d'autres choses avant tes propres désirs ?

C'est ce que je fais depuis longtemps. Plus tellement maintenant, mais c'est difficile d'en perdre l'habitude.

— Je les mettrai dans le four après m'être occupé de toi.

Il dépose ses lèvres sur mon front.

— Tu veux te reposer ?

— Non.

— Tu veux te détendre ?

Je n'hésite pas.

— Oui.

— Alors, redresse-toi un peu et défais ton jean.

———

Je m'exécute aussi rapidement que possible. Plus vite encore. En un éclair, je redresse le dos et ma fermeture est ouverte. Je ne sais pas quoi faire d'autre de mon jean.

Blake s'agenouille devant moi.

— Lève les fesses.

J'obéis.

Il fait glisser mon pantalon sur mes fesses, puis le long de mes cuisses. Ses mouvements sont lents, révélant un centimètre de peau après l'autre.

Une tension se concentre entre mes jambes. J'ai besoin qu'il me touche vraiment. Et j'ai besoin de le toucher, moi aussi. J'espère seulement qu'il comprend que j'ai terriblement envie de sentir tout de lui.

Enfin, il retire le jean au bout de mes pieds. Ses doigts caressent ce qu'il a dénudé, le long de mes mollets et de mes cuisses. Puis ils s'arrêtent sur mes hanches et tirent sur les côtés de ma culotte.

Elle est bien plus sexy que d'habitude. Un shorty en dentelle noire qui me fait un cul d'enfer. Séduit, Blake se passe la langue sur les lèvres. Je dois faire appel à toute ma retenue pour ne pas retirer mon pull afin de lui montrer le soutien-gorge assorti.

— Tu l'as mise pour moi ?

— Oui, dis-je dans un souffle. Au cas où ce serait trop. Je voulais quelque chose qui retienne ton attention aussi rapidement que possible.

Son expression est pleine de désir. Ça a marché. Je ne peux pas dire que j'ai le moindre désir de m'en vanter.

J'écarte les jambes, me calant au bord du canapé.

Blake m'attrape les genoux et me maintient en place.

— Patience.

Ses doigts remontent à nouveau le haut de mes cuisses. Je retiens mon souffle. Mon cœur s'emballe. Mon corps n'est pas patient. Il a besoin de son contact, de quelque chose qui lui fasse oublier tout le reste.

— Redresse-toi.

Il tapote le sol devant le canapé.

— Les pieds ici.

Je me mets debout. Il est pile devant moi, sa tête à quelques centimètres de mon sexe. Mes cuisses se contractent avec impatience. Oui, cent fois oui ! Je veux cette bouche sur moi.

Il enfonce les mains dans la chair de mes fesses, puis ses ongles. La douleur subite retient toute mon attention. Mes inquiétudes concernant Noël, mes souvenirs, ma peur tenace de perdre le contrôle – tout cela s'estompe jusqu'à ce qu'il ne reste que ses ongles contre ma peau.

Blake saisit les côtés de ma culotte. Lentement, il la fait

glisser sur mes fesses, jusqu'en bas de mes cuisses, mes pieds. Ses mains se referment autour de mes chevilles comme s'il me défendait de m'en débarrasser d'un coup de pied.

Son souffle est chaud contre ma peau. Je tremble. Il referme le bras autour de mes fesses et s'en sert pour attirer mon corps en avant. C'est quasiment impossible de conserver l'équilibre, surtout maintenant que son souffle envoie des ondes de choc vers mon sexe.

— Ne bouge pas, dit-il.

— Mais…

— Pas avant d'avoir joui.

Il pose ses lèvres sur mon bassin. Puis deux centimètres plus bas. Enfin, sa bouche rejoint mon clitoris.

Ne pas bouger ? Comment suis-je censée réussir ce tour de force ? Il se glisse entre mes jambes et me lèche de haut en bas.

J'ai besoin de toute mon attention pour ne pas m'écrouler. Je presse mes mollets contre l'avant du canapé. C'est la seule façon de conserver mon équilibre alors que Blake s'occupe de moi.

Sa langue est douce, humide et tellement, tellement chaude. Chaque coup de langue propage dans mon corps une vague de plaisir. Généralement, je lui attraperais les cheveux ou contracterais les orteils. Sans me laisser déconcentrer, je plonge dans l'extase. C'est tellement intense que je perds le fil du monde tout entier.

Tout ce que je sais, c'est que la langue de Blake est sur moi. Elle fait des étincelles, douce et lisse, puis ferme et pointue, tour à tour rapide et avide, puis lente et patiente. Il gémit contre ma cuisse. Il a besoin de ça autant que moi.

— Blake…

Mon gémissement l'encourage. Il porte sa main libre sur ma cuisse. Elle n'est qu'à cinq centimètres. Puis à deux.

Son doigt caresse enfin mon sexe.

Je hoquette. Mes genoux tremblent, mais je parviens à rester debout. Si je bouge, il s'arrêtera. Je ne suis peut-être pas attachée, mais je n'en reste pas moins à sa merci.

Mon Dieu ! Comme j'aime être à sa merci.

— Blake.

C'est comme si je l'implorais.

Ça ne marche pas. Il fait courir son doigt sur moi, décrivant des zigzags sans me pénétrer. Sa langue glisse sur mon clitoris, se concentrant à l'endroit parfait.

Le plaisir monte en flèche. Difficile de rester debout. Je ferme les yeux pour me concentrer sur la sensation. La pression à l'intérieur de moi est intense. Quelques instants de plus et j'aurai basculé. Puis je jouirai tellement fort que je ne pourrai plus respirer.

Mais je m'emballe. J'ai besoin d'être présente dans l'instant, de m'imprégner de la sensation de la langue douce de Blake.

La chaleur augmente entre mes jambes à chaque coup de langue. Il repose sa main sur mon sexe, me taquinant sans merci. Je réprime l'envie de le supplier. Il ne me laissera pas en plan.

Alors que mon désir me donne envie de crier, Blake glisse son doigt en moi. Je pousse un soupir de soulagement. Oui. J'ai besoin qu'il me pénètre, même si ce sont ses doigts et non sa verge.

Il approche ses dents de ma cuisse, me mordillant la peau tout en me baisant avec son doigt. Je grogne. Je tremble. Je croise les doigts. Tout est bon pour ne pas changer de position.

Il ajoute un doigt supplémentaire et ses dents s'enfoncent profondément dans ma cuisse.

C'est trop. C'est tellement bon. Mes genoux cèdent et je retombe sur le canapé. Si près du précipice, mais pas encore.

Les yeux de Blake sont enflammés. Il retire son pull et son t-shirt. Je parcours son corps des yeux comme si c'était la première fois. Ses épaules larges, sa poitrine puissante, ses abdominaux parfaits, la ligne de poils juste au-dessus de son jean.

Mon corps est douloureux, appelant désespérément le plaisir.

— Blake, je t'en supplie.

— Tu ne vas pas encore jouir.

Il enfonce ses mains dans mes cheveux.

— Mets-toi à genoux.

Une étincelle s'allume en moi. C'est presque aussi bon. Même mieux. Je me laisse glisser du canapé, à genoux devant lui, afin de me retrouver face à son entrejambe.

Sa verge turgescente presse contre son jean. J'ai envie de passer les doigts dessus, mais je dois attendre. Il ne me le refusera pas.

— Ouvre mon pantalon, dit-il.

Je m'exécute.

— Tu veux me toucher, Kat ?

— Oui.

— Tu veux me sucer la queue ?

— Oui.

Il fait descendre son jean sur ses hanches. Puis son boxer. Je presse mes mains contre mes cuisses afin de contenir mon besoin éperdu de le toucher. Pas avant qu'il ne m'ait donné le feu vert.

Il enfouit sa main dans mes cheveux et appuie légèrement, m'approchant de lui. Mes lèvres le frôlent. Je lève les yeux comme pour lui demander la permission. Elle est là, dans ses yeux.

Je m'accroche à ses hanches comme point d'appui alors que je le prends dans ma bouche. Presser ma langue contre lui et lui sucer le gland me procure presque un orgasme.

Un grondement lent et profond s'échappe de ses lèvres. Il me pousse dans mes retranchements, tout près du bord. J'enroule une main autour de lui et le caresse tout en l'accueillant profondément.

Je taquine son gland de la langue, l'allumant comme il l'a fait pour moi. Son mouvement se fait plus brutal, désespéré. Il exerce une pression sur mon crâne, m'incitant à aller plus profond.

Je lève les yeux vers lui tout en le suçant. Ses yeux sont toujours autoritaires, mais ils sont également emplis de désir. Son visage tout entier est contorsionné par l'envie, comme s'il parvenait à peine à se contrôler.

Son goût est agréable et la sensation est encore meilleure. Je le suce jusqu'à ce que ses cuisses se contractent. Jusqu'à ce qu'il en tremble.

Blake tire fort sur mes cheveux, m'écartant de lui. Il semble au bord de l'extase, comme s'il souhaitait désespérément jouir.

— Tourne-toi, les mains sur le dossier du canapé, les genoux sur la banquette.

Je m'exécute aussi rapidement que possible. Les mains sur mes hanches, il positionne son corps derrière le mien. Sa verge se présente contre mon sexe. Je pousse un profond soupir. Il m'imite.

— Jouis avec moi.

Sur ce, il s'enfonce.

Je hoquette, les doigts crispés sur le cuir souple du canapé. Blake est fougueux. Il me griffe les hanches tout en me pilonnant. C'est violent et profond. En quelques instants, je suis à deux doigts de basculer. La pression est tellement intense que je peux à peine me contrôler.

Mes cuisses tremblent. Je lâche un grognement.

— Blake, j'y suis presque.

Ses ongles raclent ma peau. Une explosion de douleur

me traverse, se mêlant à l'extase et formant une combinaison bien plus puissante. Mon corps souhaite désespérément l'orgasme, comme s'il avait attendu un million d'années, mais j'ai besoin que ça dure un moment de plus.

Sa main s'abat violemment sur mes fesses. Oui. Là. Il recommence, encore et encore. La vague de douleur me pousse en avant, jusqu'à ce que mes cuisses soient parcourues de spasmes.

Je perds le contrôle de ma respiration. Je ne peux qu'accepter les sensations qu'il crée en moi. Une poussée de douleur. Une poussée de plaisir. Une tension qui ne cesse de croître.

Ça y est. J'y suis. Je jouis dans un cri, mon sexe se contractant autour de sa verge, l'attirant en moi.

Il me donne à nouveau la fessée. J'ai joui avant lui. Je lui ai désobéi, mais ça ne fait que m'encourager. La pression se relâche et remonte. Je vais jouir une fois de plus. J'enfonce mes dents dans ma lèvre. Cette fois, j'ai envie de jouir avec lui.

Blake fait courir ses ongles le long de mon dos, de mon cou jusqu'à mes fesses. Il me pénètre plus fort, plus profond, plus vite. Il grogne, il y est presque.

Je ferme les yeux, ravie de le sentir en moi, de sentir cette pulsation dans sa verge alors qu'il s'approche du précipice. La pression monte crescendo. Encore un coup de reins et il bascule, éjaculant en gémissant. Par contre coup, je plonge dans un autre orgasme.

Le plaisir me remplit, puis je redescends lentement. C'est plus fort, cette fois, plus intense, jusqu'au bout de mes orteils.

Blake se retire, les bras autour de moi, et m'allonge sur le canapé à côté de lui.

Il me caresse les cheveux comme pour me demander : *tu te sens mieux ?*

Je hoche la tête. Beaucoup mieux.

———

Une fois que nous avons repris notre respiration, Blake m'emmène à la salle de bains et fait couler un bain. Il m'enlève mon pull et mon débardeur. Il écarquille les yeux en me découvrant. Clairement, il apprécie mon soutien-gorge, même si la culotte assortie est restée dans l'autre pièce.

Il effleure les contours du soutien-gorge, puis la dentelle. Le tissu frotte contre mon mamelon, me remplissant d'un nouveau désir. Comment est-ce possible de vouloir recommencer aussi rapidement ?

— Tu as mis ça pour moi aussi ? demande-t-il.

— Je n'ai pas d'autre fiancé pour qui le mettre.

Ses lèvres esquissent un sourire. Il fait courir ses doigts sur le soutien-gorge, commençant par les contours et descendant jusqu'aux bonnets. J'étouffe un cri quand ses doigts me frôlent les mamelons. La dentelle crée toutes sortes de frictions délicieuses.

— Tu peux rester immobile, cette fois ? demande-t-il. Tu vas te faire mal si tu glisses sur le carrelage.

Je secoue la tête. Rester immobile me semble impossible, vu la façon dont il me touche.

Il s'empare d'une serviette et l'étend par terre.

— Sur le dos.

— Mais…

— Tu veux jouir encore une fois ?

J'acquiesce.

— Alors, tout de suite.

Je fais ce qu'il me dit. La serviette offre un peu de rembourrage contre le carrelage froid, mais je suis tellement excitée que ça ne me fait rien.

Blake s'allonge à côté de moi.

— Les bras au-dessus de la tête.

Je lève les bras. Il me tient en place, juste au-dessus des coudes. Puis il plaque ses lèvres contre les miennes. Le baiser est long et profond. Mes bras luttent contre les siens. Il maintient le contrôle, me pressant contre le carrelage.

Puis il descend le long de mon cou et de ma clavicule. Jusqu'à ma poitrine, à l'extérieur du rebord du soutien-gorge. Il tire sur un bonnet pour révéler mon sein. Ça suffit pour me faire hoqueter. Sa langue taquine mon mamelon, envoyant une vague de plaisir dans mon ventre. J'en ai déjà tant ressenti, mais j'en veux davantage. Suis-je avide ou ai-je la chance d'avoir un dieu du sexe pour fiancé ?

Il me suce les mamelons l'un après l'autre. Il est fougueux, mais pas assez pour me faire mal. Pendant ce temps, sa main libre descend le long de mon ventre et entre mes jambes. Pas de préliminaires, cette fois. Il passe les doigts sur mon clitoris, puis à l'intérieur de moi.

Je veux m'accrocher à sa chevelure, mais il m'en empêche en me serrant les bras. Ce n'est pas comme être attachée, mais je suis tout aussi impuissante. Si je ne lui faisais pas autant confiance, je serais terrifiée de me sentir aussi dépassée.

Pourtant, je lui fais confiance et ça rend tout cela bien meilleur. Il replie la jambe sur mes genoux, augmentant la pression de son emprise. Mes paupières se referment doucement. Je soupire, me détendant sous son contrôle.

Je suis à lui, seulement à lui.

Il taquine mes mamelons tout en me baisant du doigt. Le moindre geste de sa main, et les effleurements de ses lèvres me poussent plus près du bord. Je m'abandonne à cette sensation. La seule chose que je ressens, c'est le plaisir qui grandit entre mes jambes.

Sa respiration reste suspendue. J'ouvre les yeux pour le

regarder, découvrant le désir sur son visage. Il contrôle ses expressions, mais des bribes de convoitise transparaissent malgré tout.

Il n'a pas besoin de demander. Je soutiens son regard, plongeant jusque dans son âme, au fond de cet homme qui me fait me sentir tellement bien que je pourrais en mourir, cet homme qui signifie tout pour moi.

Encore quelques coups de reins et un orgasme monte. Je gémis son nom. J'y suis presque. Ses yeux se referment tandis qu'il suce mon mamelon. La pression de sa bouche me fait basculer. Je jouis, le plaisir déferlant à travers mon corps.

Blake me libère enfin. Il se redresse pour aller couper l'eau qui coule. Déjà, la baignoire est parfaitement remplie. Des pouvoirs magiques, ou bien est-ce juste Blake ? Parfois, c'est difficile de faire la différence.

———

Nous prenons un long bain paresseux ensemble. Blake me lave soigneusement les cheveux, puis m'enduit de lait pour le corps parfumé à la vanille. La seule chose qui parvient à me convaincre de passer à autre chose, c'est la faim.

L'heure du déjeuner est passée depuis longtemps. Nous commandons thaï, puis nous faisons cuire et décorons les biscuits pendant notre attente. Je salis tous les saladiers et tous les bols de la cuisine en essayant d'obtenir un glaçage d'une couleur parfaite. Ça vaut le coup, juste pour la jolie teinte rose que je confectionne. Je travaille sur une étoile, la peignant en blanc puis la décorant de pétales de cerisier. Ce n'est pas le thème de Noël, mais peu importe. Elles me font penser à Blake et je comprends pourquoi ces choses-là sont importantes.

La vie est courte et je veux la passer à courir vers la beauté du monde au lieu de m'enfuir loin de la douleur.

Blake est moins créatif dans ses décorations. Il peint les bonshommes de neige en blanc, les arbres en vert et les étoiles en bleu. J'ajoute des boules et des guirlandes à ses sapins, des écharpes et des chapeaux à ses bonshommes, des rayures à ses étoiles. Il m'observe avec affection.

Le déjeuner a tellement bon goût. Je mange mon bol entier de curry rouge aux crevettes et j'ai toujours de la place pour deux biscuits au sucre. Ils sont aussi bons que ceux que j'avais confectionnés avec mes parents, des années en arrière. Le souvenir reste douloureux, mais c'est plutôt une bonne sensation.

Je propose à Blake de choisir un film de Noël, n'importe lequel. Bien sûr, il choisit *Piège de cristal*. Pourquoi les hommes aiment-ils tant les films avec des explosions ?

C'est divertissant, mieux que de regarder pour la énième fois *Matrix Révolutions*. Je ne doute pas que Lizzy nous imposera les sept heures de la trilogie tout entière dans les jours qui viennent.

Ce film n'est pas vraiment mon truc. Je pose la tête sur les genoux de Blake, parfaitement décidée à rester éveillée. Je ne fermerai pas les yeux plus de quelques minutes…

Puis je me réveille des heures plus tard. Le ciel est orange. C'est le crépuscule. Blake n'est pas là, mais il y a un mot sur mon téléphone.

Blake : Je suis allé chercher Lizzy à l'aéroport. On devrait être rentrés avant six heures. Je commanderai une pizza pour le dîner.

Je souris. Blake et Lizzy ne s'entendent pas toujours, mais ils sont sur la même longueur d'onde sur deux points : la programmation informatique, c'est génial ; et la pizza de New York est bien meilleure que celle de Californie.

Je repêche mon carnet dans mon sac et m'installe sur le

canapé pour dessiner. Quelque chose, dans le coin de la pièce, accroche mon regard. Un éclat de couleur verte.

C'est le sapin. Il est installé. Et il est décoré avec trois sucres d'orge exactement.

Je me sens fondre.

———

Lizzy entre dans la pièce en coup de vent, une véritable boule d'énergie.

— Sterling, si tu me taquines, je te jette par ce balcon.

Elle laisse tomber sa valise par terre et son manteau par-dessus.

Blake range le tout à l'écart, puis il se penche et verrouille la porte.

— Je ne taquine que Kat.

Lizzy tire la langue, dégoûtée.

— Seigneur, garde ça pour toi. Je n'ai pas besoin d'images mentales.

Elle parcourt le penthouse du regard, les yeux écarquillés.

— Y a-t-il un endroit où vous deux n'avez pas… ? Euh, tu n'as pas besoin de répondre.

— Le moins qu'il puisse faire est de t'engager comme stagiaire. Tu es meilleure que n'importe quel diplômé d'une université lambda.

Elle le fusille du regard.

— C'est censé être un compliment ?

Il sourit.

— Je suis meilleure que la plupart des programmateurs juniors. Pas dans la Silicon Valley, mais à New York, oh que oui ! Tu as vu ce que certaines personnes appellent « coder » ?

Elle croise les bras.

Je m'interpose.

— Combien de cannettes de Coca Light as-tu bues dans l'avion ?

— C'est gratuit. Ce n'est pas intéressant si tu n'en bois pas jusqu'à ce que ta vessie explose.

Elle se tourne vers moi. Son visage s'adoucit alors qu'elle me rejoint d'un pas guilleret afin de me prendre dans ses bras.

— Tu m'as manqué.

Reculant d'un pas, elle ajoute :

— J'aime bien tes cheveux. Quand as-tu fait des mèches ?

— C'était bizarre d'être entièrement blonde.

— Ça me plaît.

Elle rejette ses cheveux en arrière comme pour comparer nos styles. Puis elle regarde à nouveau Blake.

— Tu es bien moins cupide que je l'avais cru.

— Comment ça ? répond-il sans ciller.

— Eh bien, tu restes à New York même si tu devrais être dans la Silicon Valley. Parce que la Silicon Valley, ça craint, et que New York est la ville la plus géniale de toute la terre.

Elle va ouvrir le réfrigérateur, évalue son contenu du regard et fronce les sourcils.

— Pas de soda ? Ne me dis pas que tu suis cette restriction sur les boissons sucrées ? C'est simplement pour les bouteilles de plus d'un demi-litre. Quelle…

— Ce n'est pas sain pour toi.

Ma voix est sévère, comme celle d'une mère donneuse de leçons.

Blake frotte mon épaule.

— On peut commander du soda avec la pizza.

— Oh, alors c'est lui, le parent permissif, dit Lizzy en s'asseyant à l'îlot de cuisine. Je ne l'aurais jamais deviné.

— Tu étais en train d'expliquer que je n'étais pas cupide, commente Blake.

— Oui. Tu sacrifies des profits potentiels en restant à New York.

Elle me regarde dans les yeux.

— C'est la seule raison pour laquelle je lui fais confiance.

Blake ne se laisse pas démonter de l'entendre parler comme s'il n'était même pas là. Ce n'est pas un secret que Lizzy ne lui fait pas vraiment confiance. Mais elle doit pourtant vouloir mettre ça de côté. Elle l'a aidé à organiser pas mal de surprises, y compris sa demande en mariage.

Lizzy fait courir sa main sur le plan de travail, prélevant une fine couche de sucre.

— Vous avez fait des biscuits sans moi ?

— On peut en faire d'autres tout de suite. Commande la pizza, dis-je à Blake. On va mettre un peu de désordre.

Il me regarde dans les yeux.

— Je te punirai pour ça plus tard.

Lizzy fronce les sourcils d'un air dégoûté.

— Je vais faire semblant de ne pas avoir entendu.

Je vais aider Lizzy à cuisiner. Elle adore le sucré et connaît les mesures exactes sans avoir besoin de consulter une recette. Cette fois, je fais très attention avec les emporte-pièce.

Blake commande à dîner et s'éclipse pour une demi-heure de travail.

Nous discutons de tout et de rien. Ses coupes de cheveux récentes, le temps horrible à San Francisco (il fait froid en août), les spoilers du dernier *Star Wars*. Il y a une certaine tristesse sous son surcroît d'énergie induit par la caféine. Je devine qu'elle n'est pas heureuse de l'autre côté du pays.

Avant que j'aie le temps de l'interroger davantage, la

pizza arrive. Nous mangeons ensemble, sur des assiettes en carton, tout en regardant le premier film de *Matrix*. Puis le deuxième. Même si elle a avalé une bouteille de soda de deux litres, Lizzy s'endort sur le canapé.

— Tu veux que je l'emmène dans la chambre d'amis ? propose Blake.

Je secoue la tête.

— Elle se réveillera ici et finira la trilogie. Comme ça, on ne sera pas obligés de regarder *Révolutions*.

— J'aime tous les films de *Matrix*.

— Une troisième chose que vous avez en commun. Vous être quasiment meilleurs amis, en fait.

Blake me tire du canapé.

— Prête à aller au lit ?

À aller au lit, oui. Mais je ne suis pas certaine d'avoir envie de réveiller ma sœur en faisant l'amour. Il ne me l'a pas proposé, pourtant je ne souhaite pas qu'il se fasse des idées.

Je lui presse l'épaule.

— Je ne veux pas faire quoi que ce soit pendant qu'elle est là.

— Elle restera ici trois semaines !

— Je te retrouverai de temps en temps au bureau, dis-je en me mordant la lèvre. Et elle sortira beaucoup. Elle a toujours envie de bouger.

Je me brosse les dents, me lave le visage et enfile mon pyjama. Blake est déjà au lit dans un pyjama très confortable. C'est le genre de choses qui le fait paraître à la fois décontracté et naturel.

Sauf qu'il a un monogramme.

Un monogramme…

Après avoir lu quelques pages d'un roman de science-fiction, il éteint la lumière et attire mon corps contre le sien.

Je me remplis de chaleur.

— Ça va, avec toutes ces choses de Noël ?

— Pour le moment. Le pire, c'est toujours le vingt-cinq.

— Oh, dis-je en inspirant profondément. Tu pourras t'éclipser à ce moment-là.

Il ne dit rien.

— Quand me le diras-tu ?

— Demain. Après dîner.

Il pose sa main sur mon ventre. Sa voix est neutre.

— Fiona va nous rejoindre. On pourra commander chinois et regarder *L'Arme fatale*.

Encore un film d'action qui se passe techniquement à Noël. Mais ce n'est pas grave. Je suis disposée à regarder n'importe quoi si ça me permet de passer mon Noël avec Blake.

Je serre la couverture plus fort autour de moi.

— Tu penches plutôt pour quoi ?

— J'ai envie d'être ici.

— Mais tu n'es pas certain de pouvoir le supporter ?

Il presse les lèvres contre mon cou.

— Je dois m'occuper de plusieurs choses demain. Je serai de retour pour le dîner.

— Mais…

— Je suis avec toi depuis trois mois et demi. Elle peut bien t'avoir pendant une demi-journée.

Je hoche la tête. Lizzy voudra aller faire des courses. Elle a toujours acheté ses cadeaux à la dernière minute.

Je ferme les paupières, forçant mes inquiétudes à disparaître. Mais elles me collent à la peau. J'ai besoin que Blake soit là pour Noël. J'ai besoin de lui ici, avec moi.

La veille de Noël

Q uand je me réveille, Blake est parti. Comme prévu, Lizzy est sur le canapé avec une tasse de café et un bol de céréales, et elle regarde *Matrix Révolutions*.

— Je suis choquée que Blake ait des céréales, dit-elle. C'est tellement normal pour un mec comme lui.

— Il est très normal.

— Non, aucun de vous deux ne l'est, c'est pour ça que ça fonctionne.

Elle termine son café d'une longue gorgée.

— J'espère que vous avez nettoyé le canapé après la dernière fois où vous avez fait l'amour dessus.

Mes joues s'empourprent. J'essuie toujours le canapé après l'amour. Je ne veux pas abîmer ce magnifique appartement.

— Tu as toujours été aussi perverse ?

Je me prépare une tasse de café et reste dans la cuisine.

— Oui.

— Tu dois prendre une douche avant d'aller faire les courses ou bien tu veux partir quand j'aurai fini de boire ?

— Tu vas utiliser sa carte de crédit ?

— Non.

— C'est bien.

Elle se redresse, étirant les bras au-dessus de sa tête.

— Je ne veux pas de son argent.

— Tu n'as pas fait de chichis quand tu as bu le soda qu'il a acheté.

— La soif a eu raison de moi.

―――――

Nous prenons le métro jusqu'à la Trente-quatrième Rue et nous passons la matinée à Macy's. Ça grouille de monde. Les étagères se font littéralement piller. Rien de tout cela ne désarçonne Lizzy. Elle se faufile entre ceux qui se dressent sur son passage pour parvenir au rayon des vêtements de Noël bradés.

Nous mangeons encore de la pizza pour le déjeuner. Je songe à lui faire la leçon et lui dire de bien se nourrir, mais je me ravise. Elle n'a absolument pas pris de poids comme ont tendance à le faire les étudiants, et elle semble en parfaite santé – la peau saine, les cheveux brillants, des muscles visibles aux épaules. Cet accident de voiture a vraiment amoché son dos. Elle doit s'exercer intensivement pour le maintenir en état.

Après le repas, nous reprenons nos emplettes. Nous nous arrêtons dans une dizaine de boutiques différentes. Elle achète une écharpe pour Blake. C'est une référence à une émission de télé dont je n'ai jamais entendu parler, mais elle est certaine qu'il appréciera. Elle achète même quelque chose pour Fiona. C'est un cadeau très générique, une bouteille de lotion parfumée aux épices de Noël, mais c'est quelque chose.

La pizza ne me donne pas l'énergie dont j'ai besoin

pour tout ça. À quinze heures, le surplus de glucides me file un sérieux coup de mou. Pour ne rien arranger, j'ai sauté le petit-déjeuner.

Je passe m'acheter un café et une salade.

Lizzy regarde mon goûter d'un air écœuré.

— Tu as perdu du poids. Au moins trois kilos.

— À quoi tu vois que j'ai perdu trois kilos ?

— Tu l'admets.

— J'ai recommencé à courir.

— Dans le parc ? dit-elle avec un soupir mélancolique. Ça doit être génial de vivre de l'autre côté de la rue.

— Tu peux rester avec Blake et moi, si tu veux.

— Avec ma sœur et son fiancé ? Ça ne serait pas du tout gênant. Je n'aurais pas l'impression de tenir la chandelle.

— Gênant, peut-être un peu. Mais je… Attends. Tu ne vas pas abandonner l'école, n'est-ce pas ?

Elle sirote son café latte à la vanille.

— C'est ma décision, tu sais.

Mon ventre se noue.

— Ça veut dire oui ?

Elle me regarde dans les yeux, farouche, refusant de céder.

— Non. Si je veux, je le ferai. Et je n'ai pas besoin que tu m'offres l'argent de Blake pour étudier à New York. Ou bien sa bourse. Ce n'est tellement pas éthique…

— Et pour l'argent de la location de l'appartement de maman et papa ? Je n'en ai pas besoin…

— Je ne prendrai pas ton argent.

Je serre ma fourchette.

— C'est *notre* argent.

— Je ne le prendrai pas. Tu peux bien me l'offrir un million de fois, je ne le prendrai pas.

Elle fait courir ses doigts sur le couvercle en plastique.

— Tu as déjà sacrifié beaucoup de choses pour m'aider. Je ne peux pas en prendre davantage.

Ce n'est pas exact, mais je sais qu'il ne vaut mieux rien répondre. Si elle ne veut pas d'aide, très bien. Je trouverai le moyen de l'aider sans qu'elle s'en rende compte.

Elle chipe une tomate cerise.

— Je serai peut-être à New York cette année. Un stage.

— C'est ce dont parlait Blake hier ?

Elle hoche la tête.

— Mais je ne veux pas de son aide pour l'obtenir. Il n'a fait que m'indiquer comment postuler.

Je vois bien qu'elle est extrêmement sur la défensive. J'ouvre la bouche pour contester, mais elle me coupe la parole.

— Tu aurais voulu qu'il t'aide à être acceptée à Columbia ?

— Non, bien vu. Je ne vais pas t'offrir quoi que ce soit. Pas même une bouchée de ma salade.

J'embroche un bout de laitue avec ma fourchette.

— Tu as d'autres achats à faire ? me demande-t-elle.

— Un seul.

Elle hausse un sourcil.

— Tu verras, dis-je.

Nous parlons de tout et de rien pendant que je termine ma salade.

Dehors, le ciel est bleu et le soleil brille. Midtown est superbe, un mélange d'immeubles et de parcs couverts de givre.

Je rejoue en boucle les paroles de Blake dans ma tête. Il se pourrait qu'il ne soit pas là quand je me réveillerai demain et je passerai alors la journée seule.

Lizzy ne va pas très bien le prendre.

J'inspire profondément, adoptant mon intonation la plus naturelle.

— Blake ne sera peut-être pas là demain.

Elle s'éclaircit la gorge.

— Il risque d'avoir une réunion urgente.

— Ou bien il a de la famille dont tu n'as jamais entendu parler, ou bien tu me caches quelque chose.

Elle refuse de céder et poursuit :

— Tu veux la petite monnaie qu'il me reste pour te faire parler ?

— Disons qu'il a de mauvais souvenirs liés à Noël.

— Et alors ? fait-elle sur un ton méprisant.

— Son père était violent, Lizzy. Ça ne guérit pas du jour au lendemain.

— Tu es heureuse avec lui ?

— Oui.

— C'est bien, dit-elle avant que sa voix ne redevienne sérieuse. Mais ce sont vraiment des conneries. Il ne peut pas éviter Noël juste parce qu'il a quelques mauvais souvenirs.

Je tourne à l'angle de la Trente-sixième Rue. Le feu est rouge et les voitures filent sur la route.

Lizzy tapote le sol du bout des orteils.

— Il a beau utiliser toutes ses belles paroles ou son argent tape-à-l'œil, ça ne fait rien. Ce sont les actes qui comptent.

— Tu n'as jamais eu de relation.

Le feu passe au vert et je descends du trottoir.

Elle me suit.

— Je comprends. Il dit qu'il t'aime. Il te promet monts et merveilles. Puis il part pour Noël.

Elle marche devant moi.

— J'ai oublié quelque chose ?

— Non.

Au plus profond de moi, je crois qu'il sera là demain. Je crois qu'il le fera pour moi. Mais s'il ne peut pas ?

— S'il déteste tellement ça, comment as-tu réussi à lui faire décorer un sapin ?

Elle monte sur le trottoir plongé dans l'ombre.

— Euh, ne me dis rien. Ça va me marquer à vie.

Elle plaisante, mais si elle avait raison ? Il n'a décoré le sapin qu'après avoir couché avec moi. Le doute me traverse. Non, il l'a fait pour moi, parce que j'avais mal. Je ne l'ai pas convaincu de se mettre à l'esprit de Noël au moyen du sexe.

— Tu penses à autre chose qu'au sexe et aux ordinateurs ?

Elle secoue la tête.

— Tu me promets qu'il te traite bien ?

— Mieux que bien. Il est génial.

Elle s'arrête pour s'adosser sur un mur de béton et me demande en me regardant dans les yeux :

— Et ce n'est pas simplement… Ne le prends pas mal, parce que tu es la personne la moins matérialiste que je connaisse, mais tu es certaine que ce n'est pas simplement pour son argent ?

— Oui.

— Ou sa queue géniale ? J'imagine qu'elle est géniale, mais…

— Qu'est-ce qui ne va pas chez toi ?

— Je ne pourrais pas te le reprocher. Épouse ce milliardaire, vautre-toi dans le luxe, dessine tout ce que tu veux. Tu as besoin de te détendre, mais tu n'es pas du genre à te mentir.

— Je ne suis pas avec Blake pour son argent.

Je ne vais même pas débattre de son dernier argument.

— Comment le sais-tu ?

— Je n'aime pas qu'il dépense de l'argent pour moi. J'aime des choses simples, qu'il me lave les cheveux, qu'il me prépare mon petit-déjeuner, qu'il me tienne dans ses bras toute la nuit.

— Dans son penthouse à dix millions de dollars.

— Ça pourrait être n'importe où.

Elle s'écarte du mur, attendant que je lui dise où aller. Je désigne l'avenue devant nous.

Elle marche rapidement.

— Il te lave vraiment les cheveux ?

— C'est agréable.

Lizzy termine sa boisson et la jette vers une poubelle. Elle rate sa cible.

Elle s'accroupit pour la ramasser. Son visage se crispe quand elle se redresse, comme si son dos la faisait souffrir à nouveau.

— Merci de ne pas avoir ajouté « quand il me fait jouir comme une fontaine ».

— D'où tiens-tu ce genre de choses ?

La boutique de lingerie est à l'angle de la rue. Elle est accueillante, avec des murs roses, une moquette rouge et des tonnes de sous-vêtements adorables.

Je parcours les rayons du regard.

— Tu couches ?

— Pas régulièrement, répond-elle d'un ton détaché.

Je connais ma sœur. Elle me taquine exprès. Hors de question que je morde à l'hameçon !

— Tant que tu te protèges, dis-je en passant à l'autre rangée. Quand tu dis « régulièrement »…

— Juste un mec en Californie, répond-elle en croisant les bras. Un gars, une fois. C'était bien. J'ai utilisé un préservatif. Je ne pense pas le revoir un jour.

— Super.

Ce n'est *pas* super. J'inspire profondément, mais j'ai un poids sur la poitrine. Ma sœur a dix-neuf ans. Elle aurait bien fini par coucher un jour. C'est un comportement normal.

— Ça ne te dérange absolument pas ?

— Bien sûr que non.

Je m'empare d'un ensemble rose.

— Comme ça ne te dérange pas d'entendre parler de ma vie sexuelle, ajouté-je.

Elle tire la langue.

— C'est différent. Ce sont les détails qui me dégoûtent. Tu veux que je reste ta petite sœur innocente.

Je ne l'admets pas.

— Je vais t'attendre dehors. Je t'aime, Kat, mais je ne veux pas t'imaginer en sous-vêtements. Et je ne veux vraiment pas me représenter Blake… Beurk.

Elle grimace comme si elle ne pouvait pas réprimer une image mentale.

— Tu as vingt minutes avant que je ne me lasse de mon téléphone portable.

Le carillon tinte quand elle quitte le magasin. Je me retourne vers les portants, toute mon attention sur ma recherche de l'ensemble idéal.

Je veux rendre Blake absolument fou et entretenir l'esprit de Noël. Une association positive en cette période.

Bien entendu, je cours le risque que ça le refroidisse, mais c'est un risque que je suis prête à prendre.

Voilà. Je trouve un ensemble rouge. Le soutien-gorge est à bonnets échancrés et je l'enfile dans la cabine d'essayage.

Quand je vois mon reflet, j'en reste sans voix. La bande rouge rehausse mes seins. Elle s'arrête à quelques centimètres en dessous. Les bretelles sont triangulaires. Elles ne limitent absolument pas l'accès à mes seins. Blake n'aura même pas à le retirer.

Une vague de chaleur me traverse. Je suis sexy et prête à me laisser toucher.

J'espère que cette sensation débouchera sur quelque chose.

―――――

Lizzy et moi passons quelques heures sur le canapé, à nous remettre de notre virée shopping avec du pop-corn et des programmes télé à l'eau de rose.

Vers vingt heures, Blake et Fiona arrivent ensemble. Il porte des sacs de restauration rapide. Elle a deux cadeaux bien emballés et une bouteille de vin. Elle dispose les paquets sous le sapin pour qu'on les ouvre demain matin.

Le repas n'a rien à voir avec les plats chinois à emporter ruisselants de graisse de mes précédents Noëls. C'est un sauté excellent pour la santé, acheté dans un restau fusion. De la bouffe de riches. Les légumes sont frais et croquants. Les sauces ne sont pas trop épicées. Pas d'excès de sel ni de sucre, rien que des saveurs.

La conversation est un peu guindée, au début, mais elle se détend ensuite. Lizzy n'a rien en commun avec Fiona et elle n'est pas très contente de la façon dont la sœur de Blake a essayé de me soudoyer afin que je le quitte.

Dieu merci, ma sœur reste polie. Elle parvient à discuter d'une série qu'elles apprécient toutes les deux.

Quand nous en arrivons au dessert – du riz au lait à la mangue, avec des tas de biscuits au sucre saupoudrés de paillettes alimentaires –, tout le monde passe un bon moment. Nous ne sommes pas encore une famille, mais ça s'en rapproche.

Fiona part après le dîner. Je vais aider Blake à faire la vaisselle.

— Bon, je vais partir aussi.

Lizzy regarde Blake comme s'ils partageaient un secret.

— Blake m'a parlé de la suite d'hôtel de Sterling Tech. Elle est inoccupée et me semble vraiment bien.

— Reste avec nous.

— Ça va. Je suis certaine que vous avez besoin de… papoter, dit-elle avec une lueur taquine dans les prunelles. Entre autres. Je serai de retour demain matin. J'apporterai le café.

Elle me prend dans ses bras.

— Joyeux Noël, Kat. À demain. Tu vas adorer ton cadeau.

— Bonne nuit.

Je l'embrasse sur le front et la serre de toutes mes forces. Ça a été atrocement difficile de la voir déménager à l'autre bout du pays, mais je ne peux nier qu'à présent, elle me semble indépendante et pleine de confiance en elle.

— Tu veux que je commande une voiture ? demande Blake.

— Je déteste les voitures, mais je te remercie. Il est vraiment poli, ajoute-t-elle en me regardant.

Puis elle nous salue de la main en se dirigeant vers la porte.

Blake et moi nous retrouvons seuls.

Ça y est, c'est maintenant qu'il doit répondre. J'inspire profondément. Mais je n'ai pas le temps de me lancer qu'il a déjà passé les bras autour de moi.

Il m'attire à lui.

— J'ai une surprise. Mais tu ne pourras pas l'avoir avant qu'on monte sur le toit.

Ça me plaît.

— Quel genre de surprise ?

— Je ne t'en dis pas plus, répond-il en me serrant plus fort. Va chercher ton manteau.

Nous enfilons nos vêtements d'extérieur et grimpons jusqu'au toit.

Il neige.

Des flocons blancs parfaits soufflent dans le vent. C'est mieux que tout ce que j'aurais jamais pu dessiner. Mieux que toutes les chutes de neige que j'ai vues.

L'air frais me pique le nez et la bouche. Je tire la langue et attrape un flocon. Blake me regarde avec émerveillement, comme il le fait toujours. J'aurais cru qu'il s'y était déjà habitué.

— Qu'est-ce que tu regardes ? je demande.

— J'aime quand tu as cette lueur dans les yeux. Comme si tu n'arrivais pas à croire à quel point le monde est extraordinaire.

— Parce que je n'arrive pas à croire à quel point le monde est extraordinaire.

Je m'agenouille pour ramasser une poignée de neige. Il y a de la vraie poudreuse sur le toit ! Nous n'avons jamais de la poudreuse à New York ! Les trottoirs de la ville grouillent tellement de monde que la neige se transforme systématiquement en gadoue.

Blake me regarde confectionner une boule. Elle est moins bien que celles que je faisais quand j'étais petite, mais elle reste merveilleuse.

— Tout le monde ne le voit pas comme ça, dit-il.

Je lève le bras comme si j'allais lui envoyer la boule, mais il comprend que je bluffe et ne remue même pas d'un cil.

— Oui, certaines personnes sont des PDG cyniques de boîtes d'informatique qui ont bien trop d'argent pour apprécier les petites choses comme les paysages magnifiques et les chutes de neige parfaites, dis-je.

Ses lèvres forment un sourire.

— Ce serait terrible de connaître quelqu'un comme ça.

— Vraiment affreux.

Je lui jette la boule et il l'attrape au vol. Il la regarde comme si elle le fascinait. Son enfance a-t-elle vraiment été sinistre au point qu'il n'ait jamais fait de bataille de boules de neige ? J'ai un pincement au cœur. Il a vécu une vie tellement difficile. C'est un miracle qu'il parvienne à être heureux.

— Ne sois pas désolée pour moi, Kat. Je suis l'homme le plus heureux de la terre.

— Vraiment ?

Il s'approche.

— Tous les jours, j'ai la chance de voir le monde à travers tes yeux.

Il se penche pour presser ses lèvres sur les miennes.

— Tous les jours, je me réveille près de toi.

— C'est vraiment si génial que ça ?

— Encore mieux.

Il tient la boule au-dessus de ma tête, puis l'étale sur mon bonnet.

— Et je gagne toujours.

Oh, s'il veut une bataille de boules de neige, je vais la lui donner !

— Pas cette fois.

Je me penche pour ramasser une autre boule. Blake se déplace furtivement. Il file vers la porte derrière les escaliers, sans doute pour se faire des réserves.

Je m'empresse de réaliser plusieurs boules et les transporte dans mon bonnet. Je suis aussi discrète que possible, mais je ne parviens pas à le prendre par surprise. Il détale vers la zone découverte en me lançant une boule de neige.

Elle me touche à la poitrine. Je pousse un cri de joie. Ça fait des années que je n'ai pas fait ça.

Je lui réponds avec un projectile. Il l'esquive. Mais sa

chance ne dure pas. La suivante l'atteint en plein torse. Son manteau de laine bien propre est moucheté de blanc.

Il éclate de rire. C'est toujours le meilleur son que j'aie jamais entendu. Ça me réchauffe des pieds à la tête.

Nous nous perdons dans notre bataille de boules de neige, courant partout sur le toit. Quand j'arrive à court de boules, Blake me tacle pour m'étendre au sol. Il y a suffisamment de poudreuse pour amortir ma chute.

Il m'embrasse, sa langue se glisse dans ma bouche, son corps se coule contre le mien. Cette chaleur se change en une brûlure intense et vive. Même si ma tête est pressée contre la neige, je prends feu.

Quand nous interrompons notre baiser, je le regarde droit dans les yeux. Autrefois, ils étaient impénétrables, mais j'ai appris à lire en eux.

Et ils sont aussi remplis de désir que moi.

— Disons qu'on est à égalité, dis-je.

— On fera vite la revanche.

Il se remet debout et m'aide à me redresser, approchant sa bouche de mon oreille.

— J'espère que la neige ne va pas te manquer.

— Il va geler jusqu'à mars. Comme toujours.

Blake me guide vers les escaliers.

— Pas à Saint-Barth.

Je me tourne pour le regarder.

— Qu'est-ce que tu veux dire ? Saint-Barth ? J'ai vu ton emploi du temps et il n'y a aucune mention de Saint-Barth.

Il secoue la tête.

— On part vendredi et on y restera pendant deux semaines.

— Mais Lizzy va rester seule pour le jour de l'an !

— C'était son idée, dit Blake.

— C'était aussi son idée de nous laisser seuls ce soir ?

Il hoche la tête.

— Mais la dernière fois que j'ai parlé de vacances, tu as dit que tu ne pouvais pas te permettre plus qu'un week-end de trois jours et que Sterling Tech ferait faillite sans tes mains sur le gouvernail.

Des images de soleil et de sable me dansent dans le cerveau alors que nous redescendons au penthouse. Blake ne cesse de me regarder, souriant comme si j'étais exactement là où il voulait que je sois.

Il déverrouille les trois serrures de notre appartement.

— Je préférerais avoir mes mains sur toi.

Tout d'un coup, je suis brûlante.

— Mais si ta boîte s'écroule en ton absence ? je lui demande.

— Alors, elle s'écroulera. Tu passes avant.

— Répète-moi ça.

Blake me frotte les bras. Ses mains s'arrêtent sur mes épaules alors qu'il me regarde dans les yeux.

— Tu es plus importante que n'importe quoi d'autre, Kat. Même ma boîte.

— Même…

Je soutiens son regard.

— Ça veut dire que tu seras là demain ?

— Tu auras ta réponse dans deux minutes, dit-il en désignant la chambre. Suis-moi.

Le jour de Noël

S elon l'heure du micro-ondes, il est 00 h 05. Attendre la réponse de Blake me rend tellement nerveuse que j'enregistre avec un temps de retard que nous sommes déjà à Noël.

Il m'entraîne dans la chambre. Pas dans la chambre du sexe/chambre d'amis, mais dans celle où nous dormons tous les soirs.

Elle est transformée, parée de décorations de Noël vraiment typiques de Blake. Des draps de soie rouge. Une épaisse couverture à rayures. Des guirlandes lumineuses accrochées partout.

Ainsi qu'une branche de gui au-dessus de la tête de lit.

Blake entre, un joli paquet cadeau à la main de la taille d'un carton à chaussures. Le papier est rouge brillant. Avec un gros nœud blanc.

— Mais, dis-je en inspirant profondément, tu détestes Noël. Tu ne peux pas le faire entrer dans ta chambre si tu as horreur de ça.

Je me tourne pour le regarder dans les yeux. Son regard est doux, comme s'il était heureux.

— Tu avais raison. La fuite ne sert à rien. Ça n'a fait que donner plus de pouvoir à mon père sur moi.

Son expression se radoucit.

— C'est terrifiant, mais je dois me confronter à ces souvenirs si je veux avancer. C'est ce dont j'ai envie, Kat. Je veux partager toute ma vie avec toi. Même les parties qui me font mal.

— Chaque partie ?

Il acquiesce.

— Tu ne comprends vraiment pas l'effet que tu as sur moi, ajoute-t-il.

— Comment aurais-je le moindre effet sur toi ?

— Tu m'as tout donné.

Quoi ? C'est plutôt lui qui m'a tout donné. Je secoue la tête.

— Mais tu es…

— Riche ?

Je hoche la tête.

— Il n'y a pas que l'argent dans le monde, dit-il en faisant courir ses doigts sur ma joue.

— Avant de te rencontrer, je passais tout mon temps dans mon bureau. J'avais tellement envie de tout contrôler que je n'étais pas ouvert à autre chose qu'à mes propres désirs. Mais toi… tu m'as montré à quel point le monde pouvait être beau. Tu m'as forcé à m'ouvrir à tout cela.

Je déglutis.

— Tu te rappelles quand on est allés à Paris ?

— Bien sûr. On a passé plus de temps à l'hôtel que dehors.

— C'est vrai, admet-il en souriant. Ce n'était pas la première fois que j'y allais, mais c'était la première fois que je l'appréciais vraiment.

— C'est parce qu'on était…

— Non, Kat, même si j'ai adoré nos moments dans la

chambre d'hôtel. C'est parce que c'était la première fois que la ville me semblait belle.

— Mais c'est Paris. Comment cela ne pourrait pas être beau ?

Il me serre contre lui.

— Comment ai-je eu la chance de te rencontrer ?

— Mais c'est beau, insisté-je. Tu ne pouvais tout de même pas voir cette ville autrement !

Il ne m'offre aucune explication. Ce n'est pas nécessaire. Je me souviens du Blake que j'ai rencontré au printemps dernier. Pour lui, le monde était une chose à contrôler. Il ne voyait pas sa beauté. Il ne le voyait pas du tout.

Blake fait un pas en arrière.

— J'ai un cadeau pour toi.

— C'est censé attendre jusqu'à demain.

— Ce n'est pas quelque chose que tu ferais mieux d'ouvrir devant ta sœur.

Il tire un paquet cadeau de la commode et me le tend.

Je le déballe lentement. C'est une boîte classique. À l'intérieur se trouve une bourse sophistiquée en velours. J'étudie Blake pour trouver un indice. Son expression est exigeante – la même qu'il adopte quand il est temps pour lui de prendre le contrôle.

J'ai le souffle court. Mes mains tremblent lorsque j'ouvre la bourse. C'est un vibromasseur. Lourd. En argent.

Oh, mon Dieu ! Il est *vraiment* en argent. En argent sterling. Je me retiens d'éclater de rire. Blake Sterling m'a offert un vibromasseur en argent sterling.

Ça a dû lui coûter une fortune.

Ses yeux trouvent les miens.

— Ne t'inquiète pas pour le prix.

Il s'installe dans le fauteuil en face du lit.

— Le spectacle auquel je m'apprête à assister en vaudra la peine.

La tension augmente entre mes jambes. Il a envie de me regarder. Nous n'avons jamais fait ça, jamais ainsi.

— Mets-le sur le lit, dit-il.

J'hésite.

— Kat, tu as envie de le faire ?

Bien sûr ! Je hoche la tête.

— C'est bien. Alors, pose le vibromasseur sur le lit.

Je m'exécute.

Les yeux de Blake sont rivés aux miens.

— Enlève ton pull. Et ton jean.

J'ôte mes vêtements d'un mouvement fluide. Je ne porte qu'un débardeur sur mon ensemble rouge, le soutien-gorge échancré et la culotte.

Blake parcourt mon corps du regard. Ses yeux s'arrêtent sur ma poitrine et mon entrejambe. Manifestement, le cadeau que je me suis fait marche tout aussi bien sur lui.

Il a le souffle court, mais il reste résolument assis sur la chaise.

— Retire ton haut.

Je le fais passer par-dessus ma tête. Il écarquille les yeux, me contemplant comme s'il voulait me consumer, comme s'il lui suffisait de me voir pour basculer.

Il pose les yeux sur mon soutien-gorge.

— Tu as acheté ça aujourd'hui ?

— Oui.

— Ça me plaît.

— Merci.

— Tourne-toi pour que je puisse mieux voir.

Je pivote lentement. Mes joues rougissent. Une légère nervosité remonte dans ma poitrine. Puis Blake gémit et tout disparaît. Je ne suis pas nerveuse, timide ni rien, simplement impatiente de me dévoiler à lui.

Quoi qu'il souhaite voir.

Je reprends ma position initiale et rencontre son regard.

La chaleur me traverse, se rassemblant entre mes jambes.

— Touche-toi les seins, ordonne-t-il.

Je frotte mon pouce sur mes tétons.

— Lentement. Prends-les d'abord dans tes paumes.

J'empoigne mes seins, pressant mes paumes contre mes mamelons. Il va me torturer en faisant durer cela éternelle-ment, mais je ne peux vraiment pas me plaindre.

Ses yeux sont braqués sur ma poitrine, hagards de désir.

Il se cale contre le dossier de sa chaise, écartant les jambes pour prendre autant d'espace que possible.

— Joue avec tes mamelons.

Enfin. Mes doigts ne perdent pas de temps. Chaque caresse, chaque pincement envoie une onde de choc vers mon sexe. Je parviens à peine à garder les yeux ouverts. C'est déjà tellement bon.

Mon souffle s'accélère jusqu'à ce que je halète. Je serre fort mes mamelons, comme il le fait d'ordinaire. Mon sexe se contracte, éperdu de connaître le crescendo, puis l'ex-tase, impatient d'avoir Blake.

Il me regarde avec une attention sans faille.

— Garde ta culotte pendant que tu te touches. Mais fais-le lentement.

Ma main remonte le long de ma cuisse par réflexe. Je regarde Blake comme pour lui demander la permission. Il hoche la tête. Je manque pousser un soupir de soulagement.

Lentement, je glisse mes doigts sur mon clitoris. Ce n'est pas aussi bon qu'avec Blake, mais ça m'excite qu'il me regarde. La tension monte en moi. Je suis déjà excitée.

Sa voix devient épaisse.

— Assieds-toi sur le lit, tout de suite.

Je m'exécute.

— Écarte les jambes.

Je le fais.

— Plus.

J'écarte les jambes au maximum. Ma gorge se noue. Cette même timidité manque de tout faire dérailler. La rougeur de mes joues se communique à ma poitrine et à mon ventre.

J'inspire doucement. Ça suffit pour me calmer, mais mon corps palpite toujours d'une certaine électricité.

— Tu veux m'accompagner ? je demande.

— *Après* t'avoir vue jouir.

Les yeux de Blake trouvent les miens. Le regard que nous nous échangeons suffit à faire fondre les derniers vestiges de ma nervosité.

Je veux m'offrir à lui, quoi qu'il puisse désirer.

— Allume le vibromasseur, dit-il. Puis jouis pour moi.

Je m'empare du nouveau jouet et triture les boutons pendant quelques instants avant de parvenir à l'allumer. Il vibre entre mes mains, comme lorsque mon téléphone portable est sur vibreur, seulement plus fort et sans s'arrêter une fois que l'appel passerait sur boîte vocale.

Je fais glisser le jouet le long de mon ventre. Le métal froid se réchauffe lentement, jusqu'à ce qu'il ne soit plus si froid sur ma peau.

Mon cœur s'emballe. Tous les nerfs de mon corps s'éveillent alors que je presse le vibromasseur sur mon clitoris.

Putain ! Tant de sensations ! Je n'en ai jamais ressenti autant.

La boule à l'intérieur de moi se contracte si rapidement. Je ne suis qu'à quelques secondes de la jouissance. Il faut que je retire le jouet. Ça ne peut pas s'achever aussi vite. Pas avant que Blake ne halète et ne grogne à son tour.

J'inspire profondément et presse à nouveau le jouet contre mon clitoris. Le plaisir me parcourt. C'est presque trop. Il faut que je fasse quelque chose pour le contenir. Je me laisse glisser vers le bas, mes genoux contre le matelas.

Blake me regarde avec une attention extrêmement pointue. Il en a envie tout autant que moi, même s'il sait se maîtriser et garder ses distances.

Le jouet en argent pousse contre mon sexe. Je suis déjà humide. Il s'enfonce en moi sans la moindre résistance.

Waouh ! Ce n'est pas aussi bon que lorsque Blake me pénètre, mais ça reste génial. Je me baise avec le jouet, le prenant aussi profondément que possible puis le retirant presque entièrement. Chaque fois, je m'approche un peu plus près du précipice. Le nœud se comprime un peu plus en moi, jusqu'à devenir si dur que je parviens à peine à le supporter.

Quand j'arrive enfin à ouvrir les yeux, je les pose directement sur Blake. Il a la bouche ouverte, les pupilles dilatées. Pour une fois, il est entièrement à ma merci.

Je ne vais pas perdre cette opportunité. Je vais lui offrir un spectacle dont il se souviendra.

Je me laisse tomber en arrière, allongée à plat sur le lit. J'écarte les jambes davantage, tout en continuant avec le jouet. Toujours plus fort et plus profond.

Sa respiration s'épaissit. Il grogne comme s'il ne pouvait pas supporter de regarder sans toucher.

C'est tellement agréable. Mon corps est électrique, désireux d'en ressentir plus et propulsé vers l'orgasme.

Mes yeux se ferment. Je ne peux plus attendre. Je repose le jouet sur mon clitoris et lui fais décrire des cercles jusqu'à ce qu'il se retrouve exactement au bon endroit. Chaque vibration me tend un peu plus, m'entraînant plus près du rebord. Je m'agrippe aux draps pour garder le contrôle, mais ils sont trop lisses.

— Blake, dis-je dans un souffle.

Il ne me touche même pas et il me fait jouir.

L'orgasme déferle. J'ai besoin de lui montrer tout le bien qu'il me fait. Pas seulement maintenant, mais tout le temps. Je gémis et halète. Quand ce n'est pas assez, je crie son nom, encore et encore.

Je bascule. Toute la tension à l'intérieur de moi se délite, envoyant des vagues de plaisir jusque dans mes doigts et mes orteils. Je jouis tellement fort que je peux à peine respirer.

J'essaye d'éteindre le jouet, mais les boutons sont trop difficiles. Au lieu de ça, je m'écroule.

Enfin, Blake quitte sa chaise. Je ne peux pas le voir, mais je peux l'entendre. Il tend le bras, ramasse le jouet et l'allume. Puis il s'assied sur le lit à côté de moi.

Il se penche et me caresse les cheveux.

— Tu es belle.

— Merci, dis-je en rougissant. C'est ce que tu veux dire quand tu dis que le monde est beau ?

— Pas entièrement, répond-il avec un sourire. Viens ici.

Il passe les bras autour de ma taille et m'attire sur ses genoux. Je glisse mes jambes autour de lui, m'installant à califourchon. Il lève les yeux comme l'autre fois, quand nous avons passé ce contrat de Noël. Seulement à présent, je ne lis pas l'envie de négocier dans ses yeux. Il n'a rien à prouver. Rien à part l'amour.

Un amour pur, profond et véritable.

Je l'embrasse fort. On dirait que ses sentiments se déversent en moi. Ses mots sont doux, mais son corps en dit plus long que les paroles.

Il retire son pull et son t-shirt. Je fais courir mes mains

sur les muscles puissants de son torse et de son ventre. Puis sur son jean.

Cette douceur se change en quelque chose de bien plus exigeant.

Je caresse Blake par-dessus son jean. Il grogne, ses lèvres dans mon cou. Il y a une vulnérabilité dans ses yeux. Il n'a pas l'habitude que j'ai le contrôle.

Nous remontons le long du lit. Je presse mes mains contre ses épaules pour l'étendre. Puis je l'embrasse depuis les épaules jusqu'au ventre, entre peau douce et muscles d'acier. Il est chaud et il a tellement bon goût. J'ouvre la fermeture de son jean et le fais descendre sur ses hanches. Son boxer suit le même mouvement.

Je fais glisser ma langue sur son gland avant de le prendre tout entier dans ma bouche. C'est tellement différent de la dernière fois, quand j'étais dans cette position. Aujourd'hui, il est à ma merci.

Je le suce jusqu'à ce qu'il gémisse et me tire les cheveux.

Ses ongles s'enfoncent dans mes épaules.

— Monte sur moi.

Une idée fantastique. Je me redresse pour l'enjamber. Mes mains sur sa poitrine, je m'abaisse sur lui.

C'est une sensation d'absolu.

Blake me caresse les côtes. Ses mains se rencontrent entre mes omoplates et il attire mon corps contre le sien. Nous sommes pressés ensemble, ventre contre ventre, poitrine contre poitrine.

Ce contact peau à peau suffit à me propulser au bord de l'orgasme. Mon sexe se contracte, impatient de jouir à nouveau. Je presse mes doigts contre sa peau afin de me contenir.

Il m'embrasse avec avidité, suçant ma lèvre inférieure.

Ses mains me pétrissent les fesses. Il me maintient en place, avançant les hanches pour me pénétrer.

Je fonds sous ses mouvements. Le plaisir s'élève en moi. Comment peut-on voir le monde autrement que par sa beauté ? Tout y est à sa place. Tout est parfait.

Mes paupières se ferment. Je m'imprègne de la sensation de sa peau sous mes doigts, de ses lèvres contre les miennes, de sa verge dans mon sexe. Nous nous imbriquons parfaitement ensemble, ici, maintenant et à jamais.

Encore un coup de reins et je jouis. Mes muscles internes se contractent, le serrant plus fort. Je gémis dans sa bouche pour ne pas rompre le contact. Il me rend mon baiser avec fougue, sa langue plongeant dans ma bouche comme s'il la possédait.

D'un mouvement fluide, Blake fait glisser ses mains autour de mon ventre et me fait basculer sous son corps. J'enroule les jambes autour de sa taille, les bras autour de son buste.

Le poids de son corps pèse sur moi. Sur ce luxueux matelas en mousse, c'est parfait.

Ses lèvres descendent dans mon cou. Il me mord doucement. Sa respiration s'accélère. Ses bras tremblent. Il y est presque, lui aussi.

J'ouvre les yeux pour le regarder jouir. C'est tellement beau à voir. Ses dents s'enfoncent dans sa lèvre. Son front se détend. Un frisson part de son front jusqu'à son ventre et ses orteils.

Le mouvement suivant le fait exploser. Son sexe palpite, me remplissant tout entière. J'enfonce mes doigts dans sa peau pour le serrer plus fort. Et je regarde l'expression de joie pure qui se forme sur son visage.

Il s'écroule à côté de moi et m'attire à lui. Je suis sa petite cuillère, et lui la grande.

Mes yeux se ferment. Il doit être tard maintenant. Je suis épuisée, prête à m'endormir dans ses bras.

Nous restons allongés ensemble pendant ce qui me paraît durer une heure.

Enfin, il brise le silence.

— Tu as faim ?

Je hoche la tête.

— Juste un peu.

Blake se glisse hors du lit. Je prends le temps de retirer ma lingerie pour enfiler un pyjama en flanelle.

Il est dans la cuisine, occupé à préparer deux tasses de chocolat chaud. Quand nos yeux se rencontrent, il sourit.

— Kat, regarde.

Il tend le doigt vers la fenêtre.

Il neige.

Ces flocons blancs parfaits qui tombent du toit virevoltent dans l'air. Un Noël blanc. Nous avons un vrai Noël blanc.

Blake me tend une tasse de cacao et passe une couverture autour de mes épaules. Puis il en sort une pour lui.

Il me guide jusqu'au balcon. Il fait très froid, mais peu importe. C'est Noël, il neige et je suis là, avec l'homme qui va devenir mon époux.

Tout va pour le mieux dans le meilleur des mondes.

Il glisse un bras autour de moi.

— Joyeux Noël, Kat.

— Joyeux Noël, Blake.

Remerciements

Mes premiers remerciements vont toujours à mon mari, qui ne fait pas que tolérer, mais également qui adore toutes mes petites manies (même mes diatribes au sujet de la grammaire). Kevin, je ne pourrais pas faire tout ça sans toi. Ensuite, je remercie mon père qui m'a toujours encouragée à suivre mes rêves, particulièrement lorsqu'il m'emmenait à la librairie alors que j'étais censée être punie dans ma chambre.

La version originale de ce livre a eu tant de couvertures ! Et même si la dernière est ma préférée, j'aimerais remercier tous les graphistes qui ont travaillé sur cette série : Aria, Melissa, LJ et Hang Le. Je vous remercie du fond du cœur pour ces couvertures magnifiques ! À mes correctrices, Dee et Marla, merci beaucoup pour votre travail rapide et efficace. Le résultat est fantastique. À mes bêta-lecteurs (qui sont trop nombreux pour les nommer tous) : merci de m'avoir aidée à rendre ce livre le meilleur possible.

Et mes remerciements les plus sincères vont aux

lecteurs, qui ont sauté le pas en découvrant ce nouveau roman.

Printed in France by Amazon
Brétigny-sur-Orge, FR